SHAN TIAN SHE
-新制對應版-

網羅新日本語能力試驗文法必考範圍

U0080439

日本語
文法·句型辭典

NIHONGO BUNPOO · BUNKEI ZITEN

N1,N2,N3,N4,N5
文法辭典

【吉松由美・田中陽子・西村惠子・千田晴夫・大山和佳子 合著】

NIHONGO

前言

《日本語文法・句型辭典》自出版以來，廣受讀者們的熱烈支持！因此，「新制對應版」為了回饋讀者，不僅因應新制日檢，重新分了「N1,N2,N3,N4,N5」五個級數，更新增了100多個新文法，希望能幫助讀者，考試如虎添翼，一考就過。

不管是初學者，大學生，碩、博士生，甚至日語老師、教授，《新制對應版 日本語文法・句型辭典—N1,N2,N3,N4,N5文法辭典》都是學習或教授日語，人手一本，一輩子都用得到的好辭典。

新制對應版內容更進化：

1. 超強漫畫式學習

每項文法的第一個重點例句，都會搭配活潑、逗趣的日式插圖。把枯燥的文法融入插圖的故事中，讓人會心一笑，並加深對文法的印象，您絕對會有「原來文法可以這麼有趣、這麼好記」的感覺！

2. 說明清晰，立馬掌握重點

為了紮實對文法的記憶根底，務求對每一文法項目意義明確、清晰掌握。說明中不僅對每一文法項目的意義、用法、語感、近義文法項目的差異，及關連的近義詞、反義詞、慣用語等方面進行記述以外，還分析不同的文法項目間的微妙差異。相當於一部小型的文法．句型辭典。

3. 用例句比較句型的分類用法

每個文法項目，都帶出 4、5 個例句，每個例句都以生活、工作、財經等為話題，甚至是報章雜誌常出現的用法。另外，針對同項文法的有不同用法加以剖析，並舉出不同分類用法的例句，有助於強化文法應用力。

4. 網羅日檢 N1 到 N5 文法・句型・單字

各級文法所舉出的例句中，更包括符合該級數程度的單字，如此一來便能三效學習文法、單字和例句，幾乎是為新制對應日檢考試量身打造，同時也是本超實用的日語文法書。

本書廣泛地適用於一般的日語初學者，大學生，碩士博士生、參加 N1 到 N5 日本語能力考試的考生，以及赴日旅遊、生活、研究、進修人員，也可以作為日語翻譯、日語教師的參考書。另外，搭配本書加碼收錄的實戰 MP3，熟悉專業日籍老師的語調與速度，幫助您聽力實力突飛猛進，提供最完善、最全方位的日語學習。

目錄

文型接續解說

▽動詞

動詞一般常見的型態，包含動詞辭書形、動詞連體形、動詞終止形、動詞性名詞＋の、動詞未然形、動詞意向形、動詞連用形……等。其接續方法，跟用語的表現方法有：

用語1	後續	用語2	用例
未然形	ない、ぬ（ん）、まい	ない形	読まない、見まい
	せる、させる	使役形	読ませる、見させる
	れる、られる	受身形	読まれる、見られる
	れる、られる、可能動詞	可能形	見られる、書ける
意向形	う、よう	意向形	読もう、見よう
連用形	連接用言		読み終わる
	用於中頓		新聞を読み、意見をまとめる
	用作名詞		読みに行く
	ます、た、たら、たい、そうだ（様態）	ます：ます形 た　：た形 たら：たら形	読みます、読んだ、読んだら
	て、ても、たり、ながら、つつ等	て　：て形 たり：たり形	見て、読んで、読んだり、見たり
終止形	用於結束句子		読む
	だ（だろう）、まい、らしい、そうだ（傳聞）		読むだろう、読むまい、読むらしい
	と、から、が、けれども、し、なり、や、か、な（禁止）、な（あ）、ぞ、さ、とも、よ等		読むと、読むから、読むけれども、読むな、読むぞ

連體形	連接體言或體言性質的詞語	普通形、基本形、辭書形	読む本
	助動詞：た、ようだ	同上	読んだ、読むように
	助詞：の（轉為形式體言）、より、のに、ので、ぐらい、ほど、ばかり、だけ、まで、きり等	同上	読むのが、読むのに、読むだけ
假定形	後續助詞ば（表示假定條件或其他意思）		読めば
命令形	表示命令的意思		読め

▽ 形容詞

日本的文法中，形容詞又可分為「詞幹」和「詞尾」兩個部份。「詞幹」指的是形容詞、形容動詞中，不會產生變化的部份；「詞尾」指的是形容詞、形容動詞中，會產生變化的部份。

例如「面白い」：今日はとても面白かったです。

由上可知，「面白」是詞幹，「い」是詞尾。其用言除了沒有命令形之外，其他跟動詞一樣，也都有未然形、連用形、終止形、連體形、假定形。

形容詞一般常見的型態，包含形容詞・形容動詞連體形、形容詞・形容動詞連用形、形容詞・形容動詞詞幹……等。

形容詞用例	詞幹	語尾活用詞						
		未然形・意向形	連用形		終止形	連體形	假定形	命令形
おもしろい	おもしろ	～かろ	～く	～かっ	～い	～い	～けれ	X
主要接續		接う	接て、なる等	接た等	終止句子	接體言	接ば	X

形容動詞用例	詞幹	語尾活用詞					
		未然形・意向形	連用形	終止形	連體形	假定形	命令形
たいへんだ（常體）	たいへん	～だろ	～だっ ～で ～に	～だ	～な	～なら	X
たいへんです（敬體）	たいへん	～でしょ	～でし	～です	～です	X	X
主要接續		接う	接なる、た	終止句子	接體言	接ば	X

▽ 用言

用言是指可以「活用」（詞形變化）的詞類。其種類包括動詞、形容詞、形容動詞、助動詞等，也就是指這些會因文法因素，而型態上會產生變化的詞類。用言的活用方式，一般日語詞典都有記載，一般常見的型態有用言未然形、用言終止形、用言連體形、用言連用形、用言假定形……等。

▽ 體言

體言包括「名詞」和「代名詞」。和用言不同，日文文法中的名詞和代名詞，本身不會因為文法因素而改變型態。這一點和英文文法也不一樣，例如英文文法中，名詞有單複數的型態之分（sport / sports）、代名詞有主格、所有格、受格（he / his / him）等之分。

MEMO

N5

1-01

～が

表對象；表主語。

「が」前接對象，表示好惡、需要及想要得到的對象，還有能夠做的事情、明白瞭解的事物，以及擁有的物品，如例（1）～（3）；另外，用於表示動作的主語，「が」前接描寫眼睛看得到的、耳朵聽得到的事情等，如例（4）、（5）。

1 私(わたし)は　あなたが　好(す)きです。
我喜歡你。

例句

2 お菓子(かし)を　作(つく)るので　砂糖(さとう)が　いります。
我想製做甜點，因此需要用到砂糖。

3 子(こ)どもが　できました。
我懷孕了。

4 風(かぜ)が　吹(ふ)いて　います。
風正在吹。

5 子(こ)どもが　遊(あそ)んで　います。
小孩正在玩耍。

〔疑問詞〕+が（疑問詞主語）

當問句使用「どれ、いつ、どの人」等疑問詞作為主語時，主語後面會接「が」。

1 どの　人（ひと）が　吉川（よしかわ）さんですか。
請問哪一位是吉川先生呢？

例句

2 次（つぎ）に　会（あ）うのは　いつが　いいですか。｜下次見面是什麼時候呢？

3 誰（だれ）が　一番（いちばん）　早（はや）く　来（き）ましたか。｜誰最早來的？

4 どれが　人気（にんき）が　ありますか。｜哪一個比較受歡迎呢？

が（逆接）

「但是」。

表示連接兩個對立的事物，前句跟後句內容是相對立的。

1 母（はは）は　背（せ）が　高（たか）いですが、父（ちち）は　低（ひく）いです。
媽媽身高很高，但是爸爸很矮。

例句

2 鶏肉（とりにく）は　食（た）べますが、牛肉（ぎゅうにく）は　食（た）べません。｜我吃雞肉，但不吃牛肉。

3 日本語（にほんご）は　難（むずか）しいですが、面白（おもしろ）いです。｜日語雖然很難學，但是很有趣。

4 たいていは　歩(ある)いて　行(い)きますが、時々(ときどき)バスで　行(い)きます。
大多是走路過去，但是有時候是搭公車過去。

● が（前置詞）

➡ 在向對方詢問、請求、命令之前，作為一種開場白使用。

1 失礼(しつれい)ですが、鈴木(すずき)さんでしょうか。
不好意思，請問是鈴木先生嗎？

➡ 例句

2 もしもし、山本(やまもと)ですが、水下(みずした)さんは　いますか。
喂，我是山本，請問水下先生在嗎？

3 すみませんが、少(すこ)し　静(しず)かに　して　ください。
不好意思，請稍微安靜一點。

4 試験(しけん)を　始(はじ)めますが、最初(さいしょ)に　名前(なまえ)を　書(か)いて　ください。
現在開始考試，首先請先將名字寫上。

● 〔目的語〕＋を

➡「を」用在他動詞（人為而施加變化的動詞）的前面，表示動作的目的或對象。「を」前面的名詞，是動作所涉及的對象。

1 顔(かお)を　洗(あら)います。
洗臉。

➡ 例句

2	パンを　食(た)べます。	吃麵包。
3	洗濯(せんたく)を　します。	洗衣服。
4	日本語(にほんご)の　手紙(てがみ)を　書(か)きます。	寫日文書信。

●〔通過・移動〕＋を＋自動詞

➡ 用助詞「を」表示經過或移動的場所，而且「を」後面常接表示通過場所的自動詞，像是「渡る（わたる／越過）、曲がる（まがる／轉彎）」等，如例（1）、（2）；或接表示移動的自動詞，像是「歩く（あるく／走）、走る（はしる／跑）、飛ぶ（とぶ／飛）」等，如例（3）～（5）。

1 車(くるま)で　橋(はし)を　渡(わた)ります。
開車過橋。

➡ 例句

2	この　角(かど)を　右(みぎ)に　曲(ま)がります。	在這個轉角右轉。
3	学生(がくせい)が　道(みち)を　歩(ある)いて　います。	學生在路上走著。
4	週(しゅう)に　3回(さんかい)、うちの　近(ちか)くを　5(ご)キロぐらい　走(はし)ります。	每星期三次，在我家附近跑五公里左右。
5	飛行機(ひこうき)が　空(そら)を　飛(と)んで　います。	飛機在空中飛。

N5 日語文法・句型詳解

離開點＋を

➡ 動作離開的場所用「を」。例如，從家裡出來或從車、船及飛機等交通工具下來。

1 7時(しちじ)に　家(いえ)を　出(で)ます。
七點出門。

➡ 例句

2 5時(ごじ)に　会社(かいしゃ)を　出(で)ました。　｜在五點的時候離開了公司。

3 ここで　バスを　降(お)ります。　｜在這裡下公車。

4 部屋(へや)を　出(で)て　ください。　｜請離開房間。

〔場所〕＋に

➡「に」表示存在的場所。表示存在的動詞有「います・あります」（有、在），「います」用在自己可以動的有生命物體的人，或動物的名詞，如例（1）、（2）；其他，自己無法動的無生命物體名詞用「あります」，如例（3）、（4）。

1 木(き)の　下(した)に　妹(いもうと)が　います。
妹妹在樹下。

➡ 例句

2 池(いけ)の　中(なか)に　魚(さかな)は　いますか。　｜池子裡有魚嗎？

3 山(やま)の　上(うえ)に　小(ち)さな　家(いえ)が　あります。　｜山上有棟小屋。

4 本棚(ほんだな)の　右(みぎ)に　いすが　あります。　｜書架的右邊有椅子。

1-02

〔到達點〕＋に

表示動作移動的到達點。

1 お風呂(ふろ)に　入(はい)ります。
去洗澡。

例句

2 今日(きょう)　成田(なりた)に　着(つ)きます。	今天會抵達成田。
3 私(わたし)は　椅子(いす)に　座(すわ)ります。	我坐在椅子上。
4 ここで　タクシーに　乗(の)ります。	在這裡搭計程車。

N5

〔時間〕＋に

「在…」。

幾點啦！星期幾啦！幾月幾號做什麼事啦！表示動作、作用的時間就用「に」。

1 金曜日(きんようび)に　旅行(りょこう)します。
禮拜五要去旅行。

例句

2 7時(しちじ)に　家(うち)を　出(で)ます。	七點出門。
3 7月(しちがつ)に　日本(にほん)へ　来(き)ました。	在七月時來到了日本。
4 今日中(きょうじゅう)に　送(おく)ります。	今天之內會送過去。

N5 日語文法・句型詳解

〔目的〕＋に

「去…」、「到…」。

➡ 表示動作、作用的目的、目標。

1 海(うみ)へ　泳(およ)ぎに　行(い)きます。
去海邊游泳。

➡ 例句

2 図書館(としょかん)へ　勉強(べんきょう)に　行(い)きます。	去圖書館唸書。
3 レストランへ　食事(しょくじ)に　行(い)きます。	去餐廳吃飯。
4 今(いま)から　旅行(りょこう)に　行(い)きます。	現在要去旅行。

〔對象（人）〕＋に

「給…」、「跟…」。

➡ 表示動作、作用的對象。

1 弟(おとうと)に　メールを　出(だ)しました。
寄電子郵件給弟弟了。

➡ 例句

2 花屋(はなや)で　友達(ともだち)に　会(あ)いました。	在花店遇到了朋友。
3 友達(ともだち)に　電話(でんわ)を　かけます。	打電話給朋友。
4 彼女(かのじょ)に　花(はな)を　あげました。	送了花給女朋友。

● 〔對象（物・場所）〕＋に

「…到」、「對…」、「在…」、「給…」。

➡「に」的前面接物品或場所，表示施加動作的對象，或是施加動作的場所、地點。

1 牛乳(ぎゅうにゅう)を　冷蔵庫(れいぞうこ)に　入(い)れます。
把牛奶放到冰箱。

➡ 例句

2 花(はな)に　水(みず)を　やります。	給花澆水。
3 紙(かみ)に　火(ひ)を　つけます。	在紙上點火燃燒。
4 壁(かべ)に　絵(え)を　飾(かざ)ります。	在牆壁上掛上畫作。

N 5

● 〔時間〕＋に＋〔次數〕

➡ 表示某一範圍內的數量或次數，「に」前接某時間範圍，後面則為數量或次數。

1 半年(はんとし)に　一度(いちど)、国(くに)に　帰(かえ)ります。
半年回國一次。

➡ 例句

2 1日(いちにち)に　2時間(にじかん)ぐらい、勉強(べんきょう)します。	一天大約唸兩小時書。
3 会社(かいしゃ)は　週(しゅう)に　2日休(ふつかやす)みです。	公司是週休二日。
4 3ヶ月(さんかげつ)に　一度(いちど)、テストが　あります。	每三個月有一次測驗。
5 年(ねん)に　1回(いっかい)か　2回(にかい)、風邪(かぜ)を　ひきます。	每年會感冒一兩次。

N5 日語文法・句型詳解

〔場所〕＋で

「在…」。

「で」的前項為後項動作進行的場所。不同於「を」表示動作所經過的場所，「で」表示所有的動作都在那一場所進行。

1 家(うち)で　テレビを　見(み)ます。
在家看電視。

例句

2 玄関(げんかん)で　靴(くつ)を　脱(ぬ)ぎました。	在玄關脫了鞋子。
3 郵便局(ゆうびんきょく)で　手紙(てがみ)を　出(だ)します。	在郵局寄信。
4 あの店(みせ)で　ラーメンを　食(た)べました。	在那家店吃了拉麵。

〔方法・手段〕＋で

「用…」；「乘坐…」。

以「名詞＋で」的形式，表示動作的方法、手段，如例（1）～（4）；或是使用的交通工具，如例（5）。

1 鉛筆(えんぴつ)で　絵(え)を　描(か)きます。
用鉛筆畫畫。

例句

2 お風呂(ふろ)に　入(はい)って、せっけんで　体(からだ)を　洗(あら)います。	洗澡時，用肥皂清洗身體。
3 その　ことは　新聞(しんぶん)で　知(し)りました。	我是從報上得知了那件事的。

4 エレベーターは　6人(ろくにん)までですか。じゃ、私(わたし)は　階段(かいだん)で　行(い)きます。	電梯限搭六人嗎？那麼，我走樓梯。
5 新幹線(しんかんせん)で　京都(きょうと)へ　行(い)きます。	搭新幹線去京都。

1-03

● 〔材料〕＋で

「用…」。

➡ 製作什麼東西時，使用的材料。

1 トマトで　サラダを　作(つく)ります。
用蕃茄做沙拉。

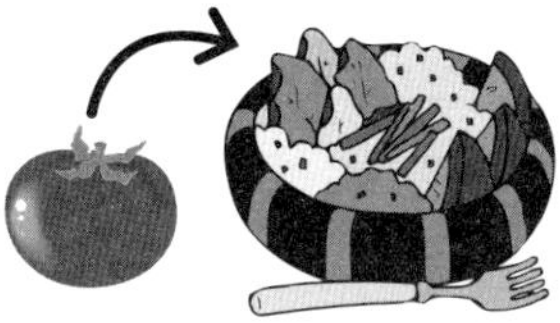

➡ 例句

2 木(き)で　椅子(いす)を　作(つく)りました。	用木頭做了椅子。
3 この　料理(りょうり)は　肉(にく)と　野菜(やさい)で　作(つく)りました。	這道料理是用肉及蔬菜做成的。
4 この　お酒(さけ)は　何(なに)で　作(つく)った　お酒(さけ)ですか。	這酒是用什麼做的？

● 〔狀態、情況〕＋で

「在…」、「以…」。

➡ 表示在某種狀態、情況下做後項的事情。

1 笑顔(えがお)で　写真(しゃしん)を　撮(と)ります。
展開笑容拍照。

N5

例句

2 家族（かぞく）で　おいしい　ものを　食（た）べます。	全家一起吃好吃的東西。
3 みんなで　どこへ　行（い）くのですか。	大家要一起去哪裡呢？
4 17（じゅうなな）歳（さい）で　大学（だいがく）に　入（はい）ります。	在十七歲時進入大學就讀。

〔理由〕＋で

「因為…」。

「で」的前項為後項結果的原因、理由。

1 風（かぜ）で　窓（まど）が　閉（し）まりました。
窗戶被風吹得關起來了。

例句

2 雪（ゆき）で　電車（でんしゃ）が　遅（おく）れました。	大雪導致電車誤點了。
3 日曜日（にちようび）で　バスが　少（すく）ないです。	由於是星期天，巴士的班次不多。
4 仕事（しごと）で　疲（つか）れました。	工作把我累壞了。

〔數量〕＋で〔數量〕

「共…」。

「で」的前後可接數量、金額、時間單位等。

1 354（さんびゃくごじゅうよん）グラムで　425（よんひゃくにじゅうご）円（えん）です。
三百五十四公克是四百二十五日圓。

➡ 例句

2 1時間(いちじかん)で　7,000円(ななせんえん)です。	一個小時收您七千日圓。
3 3本(さんぼん)で　100円(ひゃくえん)です。	三條總共一百日圓。
4 たまごは　6個(ろっこ)で　300円(さんびゃくえん)です。	雞蛋六個三百日圓。
5 4つ(よっつ)、5つ(いつつ)、6つ(むっつ)、全部(ぜんぶ)で　6つ(むっつ)　あります。	四個、五個、六個，全部共有六個。

● 〔場所・方向〕へ（に）

「往…」、「去…」。

➡ 前接跟地方有關的名詞，表示動作、行為的方向，也指行為的目的地，如例（1）～（3）；可跟「に」互換，如例（4）、（5）。

1 来月(らいげつ)　国(くに)へ　帰(かえ)ります。
下個月回國。

➡ 例句

2 川(かわ)の　向(む)こうへ　渡(わた)る　橋(はし)は　一(ひと)つしかありませんでした。	能通往對岸的橋只有一座。
3 友達(ともだち)と　レストランへ　行(い)きます。	和朋友去餐廳。
4 友達(ともだち)の　隣(となり)に　並(なら)びます。	我排在朋友的旁邊。
5 飛行機(ひこうき)に　3時間(さんじかん)ぐらい　乗(の)って　台湾(たいわん)に着(つ)きました。	搭乘飛機三個小時左右以後，到達台灣了。

N5 日語文法・句型詳解

〔場所〕へ／（に）〔目的〕に

「到…（做某事）」。

➡ 表示移動的場所用助詞「へ」（に），表示移動的目的用助詞「に」。「に」的前面要用動詞ます形，如例（1）～（4）；遇到サ行變格動詞（如：散歩します），除了用動詞ます形，也常把「します」拿掉，只用詞幹，如例（5）。

1 図書館(としょかん)へ　本(ほん)を　返(かえ)しに　行(い)きます。
去圖書館還書。

➡ **例句**

2 すみませんが、アパートへ　財布(さいふ)を　取りに　戻(もど)りたいです。	不好意思，我想回公寓去拿錢包。
3 日本(にほん)へ　すしを　食(た)べに　来(き)ました。	特地來到了日本吃壽司。
4 夏休(なつやす)みは、家(いえ)へ　両親(りょうしん)の　顔(かお)を　見(み)に　帰(かえ)ります。	暑假要回家探望父母。
5 公園(こうえん)へ　散歩(さんぽ)に　行(い)きます。	去公園散步。

名詞＋と＋名詞

「…和…」、「…與…」。

➡ 表示幾個事物的並列。想要敘述的主要東西，全部都明確地列舉出來。「と」大多與名詞相接。

1 公園(こうえん)に　猫(ねこ)と　犬(いぬ)が　います。
公園裡有貓有狗。

例句

2 今日(きょう)の　朝(あさ)ご飯(はん)は　パンと　紅茶(こうちゃ)でした。｜今天的早餐是吃麵包和紅茶。

3 いつも　電車(でんしゃ)と　バスに　乗(の)ります。｜平常是搭電車跟公車。

4 デパートで　シャツと　コートを　買(か)いました。｜在百貨公司買了襯衫和大衣。

1-04

名詞＋と＋おなじ

「和…一樣的」、「和…相同的」。

表示後項和前項是同樣的人事物，如例（1）～（3）。也可以用「名詞＋と＋名詞＋は＋同じ」的形式，如例（4）。

1 これと　同(おな)じ　ラジカセを　持(も)って　います。
我有和這台一樣的收音機。

例句

2 新聞(しんぶん)と　同(おな)じ　ニュースを　テレビでも　言(い)って　いました。｜電視也在報導報紙上的同一條新聞。

3 赤組(あかぐみ)の　点(てん)は　白組(しろぐみ)の　点(てん)と　同(おな)じです。｜紅隊的分數和白隊的分數一樣。

4 私(わたし)と　陽子(ようこ)さんは　同(おな)じ　クラスです。｜我和陽子同班。

N5 日語文法・句型詳解

〔對象〕と

「跟…一起」；「跟…」。

➡「と」前接一起去做某事的對象時，常跟「一緒に」一同使用，如例（1）；這個用法的「一緒に」也可省略，如例（2）、（3）；另外，「と」前接表示互相進行某動作的對象，後面要接一個人不能完成的動作，如結婚、吵架等等，如例（4）、（5）。

1 来月(らいげつ)、友達(ともだち)と　一緒(いっしょ)に　韓国(かんこく)に　行(い)きます。
下個月，我和朋友要一起去韓國。

➡ 例句

2 彼女(かのじょ)と　晩(ばん)ご飯(はん)を　食(た)べました。
和她一起吃了晚餐。

3 土曜日(どようび)の　夜(よる)、木村(きむら)さんと　映画(えいが)を　見(み)に　行(い)きました。
星期六晚上，我和木村先生去看了電影。

4 私(わたし)と　結婚(けっこん)して　ください。
請和我結婚。

5 昨日(きのう)、姉(あね)と　けんかしました。
昨天跟姊姊吵架了。

〔引用內容〕と

➡「と」接在某人說的話，或寫的事物後面，表示說了什麼、寫了什麼。

1 子(こ)どもが　「遊(あそ)びたい」と　言(い)って　います。
小孩說：「想出去玩」。

➡ 例句

2 手紙(てがみ)には　「来月(らいげつ)　国(くに)に　帰(かえ)る」と　書(か)いて　あります。
信上寫著「下個月要回國」。

3 彼女(かのじょ)から　「来(こ)ない」と　聞(き)きました。
我聽她說「她不來」。

4 山田(やまだ)さんは　「家内(かない)と　一緒(いっしょ)に　行(い)きました」と　言(い)いました。
山田先生說：「我跟太太一起去過了。」

～から～まで

「從…到…」。

➡ 表示距離的範圍,「から」前面的名詞是起點,「まで」前面的名詞是終點, 如例（1）～（3）；也可表示時間的範圍,「から」前面的名詞是開始的時間,「まで」前面的名詞是結束的時間, 如例（4）、（5）。

1 いつも　アパートの　１階(いっかい)から　４階(よんかい)まで　歩(ある)いて　上(のぼ)ります。
我總是從公寓的一樓往上走到四樓。

➡ 例句

2 東京(とうきょう)から　仙台(せんだい)まで、新幹線(しんかんせん)は　１万円(いちまんえん)くらい　かかります。
從東京到仙台，搭新幹線列車約需花費一萬日圓。

3 １週間(いっしゅうかん)で、平仮名(ひらがな)を　「あ」から　「ん」まで　覚(おぼ)えました。
花了一個星期，把從「あ」到「ん」的平假名默記起來了。

4 毎日(まいにち)、朝(あさ)から　晩(ばん)まで　忙(いそが)しいです。
每天從早忙到晚。

5 2008年(にせんはちねん)から　2011年(にせんじゅういちねん)まで、日本(にほん)に　留学(りゅうがく)しました。
從二〇〇八年到二〇一一年去了日本留學。

N5 日語文法・句型詳解

〔起點（人）〕から

「從…」、「由…」。

➡ 表示從某對象借東西、從某對象聽來的消息，或從某對象得到東西等。「から」前面就是這某對象。

1 山田(やまだ)さんから　時計(とけい)を　借(か)りました。
我向山田先生借了手錶。

➡ 例句

2 私(わたし)から　電話(でんわ)します。	由我打電話過去。
3 昨日(きのう)　図書館(としょかん)から　本(ほん)を　借(か)りました。	昨天跟圖書館借了本書。
4 先生(せんせい)から　アドバイスを　もらいました。	從老師那邊得到了建議。

～から（原因）

「因為…」。

➡ 表示原因、理由。一般用於說話人出於個人主觀理由，進行請求、命令、希望、主張及推測，是種較強烈的意志性表達。

1 忙(いそが)しいから、新聞(しんぶん)を　読(よ)みません。
因為很忙，所以不看報紙。

➡ 例句

2 もう　遅(おそ)いから、家(うち)へ　帰(かえ)ります。	因為已經很晚了，我要回家了。
3 まずかったから、もう　この　店(みせ)には　来(き)ません。	太難吃了，我再也不會來這家店了。

4 暗(くら)く　なりましたから、電気(でんき)を　つけてください。｜天色暗了，請把電燈打開。

● ～ので

「因為…」。

➡ 表示原因、理由。前句是原因，後句是因此而發生的事。「～ので」一般用在客觀的自然的因果關係，所以也容易推測出結果。

1 雨(あめ)なので、行(い)きたく　ないです。
因為下雨，所以不想去。

➡ 例句

2 疲(つか)れたので、早(はや)く　寝(ね)ます。｜因為很累了，我要早點睡。

3 雨(あめ)なので、行(い)きたく　ないです。｜因為下雨，所以不想去。

4 うちの　子(こ)は　勉強(べんきょう)が　嫌(きら)いなので　困(こま)ります。｜我家的孩子討厭讀書，真讓人困擾。

1-05

● ～や～（並列）

「…和…」。

➡ 表示在幾個事物中，列舉出二、三個來做為代表，其他的事物就被省略下來，沒有全部說完。

1 赤(あか)や　黄色(きいろ)の　花(はな)が　咲(さ)いて　います。
開著或紅或黃的花。

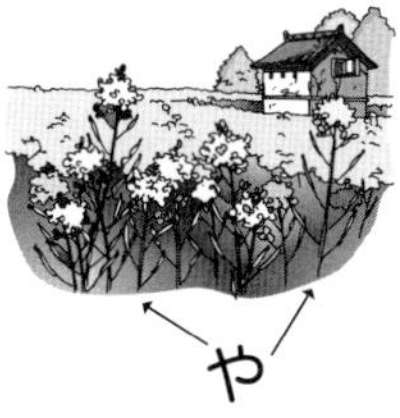

N5

例句

2 りんごや　みかんを　買(か)いました。	買了蘋果和橘子。
3 冷蔵庫(れいぞうこ)には　ジュースや　果物(くだもの)が　あります。	冰箱裡有果汁和水果。
4 机(つくえ)の　上(うえ)に　本(ほん)や　辞書(じしょ)が　あります。	書桌上有書和字典。

～や～など

「和…等」。

這也是表示舉出幾項，但是沒有全部說完。這些沒有全部說完的部分用「など」（等等）來加以強調。「など」常跟「や」前後呼應使用。這裡雖然多加了「など」，但意思跟「…や…」基本上是一樣的。

1 机(つくえ)に　ペンや　ノートなどが　あります。
書桌上有筆和筆記本等等。

例句

2 近(ちか)くに　駅(えき)や　花屋(はなや)などが　あります。	附近有車站和花店等等。
3 公園(こうえん)で　テニスや　野球(やきゅう)などを　します。	在公園打網球和棒球等等。
4 お祭(まつ)りには　小学生(しょうがくせい)や　中学生(ちゅうがくせい)などが　来(き)ます。	廟會祭典有小學生和國中生等等來參加。

● 名詞＋の＋名詞

「…的…」。

➔「名詞＋の＋名詞」用於修飾名詞，表示該名詞的所有者、內容說明、作成者、數量、材料、時間及位置等等。

1 私(わたし)の　父(ちち)は、隣(となり)の　町(まち)の　銀行(ぎんこう)に　勤(つと)めて　います。
家父在鄰鎮的銀行工作。

➔ 例句

2 彼(かれ)は　日本語(にほんご)の　先生(せんせい)です。	他是日文老師。
3 テレビの　上(うえ)に　花瓶(かびん)を　置(お)くのは　危(あぶ)ないですよ。	把花瓶擺在電視機上很危險喔。
4 5月5日(ごがついつか)は　子(こ)どもの日(ひ)です。	五月五日是兒童節。
5 お手洗(てあら)いの　せっけんが　なくなりました。	洗手間裡的肥皂用完了。

● 名詞＋の

「…的」。

➔ 準體助詞「の」後面可省略前面出現過，或無須說明大家都能理解的名詞，不需要再重複，或替代該名詞。

1 その　車(くるま)は　私(わたし)のです。
那輛車是我的。

例句

2 この　本（ほん）は　図書館（としょかん）のです。	這本書是圖書館的。
3 その　雑誌（ざっし）は　先月（せんげつ）のです。	那本雜誌是上個月的。
4 食（た）べ物（もの）は　台湾（たいわん）のより　日本（にほん）のが　好（す）きです。	論食物，比起台灣的我更喜歡日本的。

名詞＋の（名詞修飾主語）

在「私（わたし）が　作（つく）った　歌（うた）」這種修飾名詞（「歌」）句節裡，可以用「の」代替「が」，成為「私の　作った　歌」。那是因為這種修飾名詞的句節中的「の」，跟「私の　歌」中的「の」有著類似的性質。

1 あれは　兄（あに）の　描（か）いた　絵（え）です。
那是哥哥畫的畫。

例句

2 姉（あね）の　作（つく）った　料理（りょうり）です。	這是姊姊做的料理。
3 友達（ともだち）の　撮（と）った　写真（しゃしん）です。	這是朋友照的相片。
4 どなたの　書（か）いた　字（じ）ですか。	這是哪一位寫的字呢？

～は～です

「…是…」。

➡ 助詞「は」表示主題。所謂主題就是後面要敘述的對象，或判斷的對象，而這個敘述的內容或判斷的對象，只限於「は」所提示的範圍。用在句尾的「です」表示對主題的斷定或是說明，如例（1）～（3）；為了避免過度強調自我，用這個句型自我介紹時，常將「私は」省略，如例（4）。

1 花子(はなこ)は　きれいです。
花子很漂亮。

➡ 例句

2 冬(ふゆ)は　寒(さむ)いです。 | 冬天很冷。

3 9月8日(くがつようか)は　水曜日(すいようび)です。 | 九月八日是星期三。

4 （私(わたし)は）　山田(やまだ)です。 | 我是山田。

N5

～は～ません（否定）

➡ 表示動詞的否定句，後面接否定「ません」，表示「は」前面的名詞或代名詞是動作、行為否定的主體，如例（1）、（2）；另外，表示名詞的否定句，用「～は～ではありません」的形式，表示「は」前面的主題，不屬於「ではありません」前面的名詞，如例（3）、（4）。

1 太郎(たろう)は　肉(にく)を　食(た)べません。
太郎不吃肉。

➡ 例句

2 彼女（かのじょ）は　スカートを　はきません。	她不穿裙子。
3 花子（はなこ）は　学生（がくせい）では　ありません。	花子不是學生。
4 それは　飲（の）み物（もの）では　ありません。	那個不是飲料。

● ～は～が

➡【體言】＋は＋【體言】＋が。「が」前面接名詞，可以表示該名詞是後續謂語所表示的狀態的對象。

1 京都（きょうと）は、寺（てら）が　多（おお）いです。
京都有很多寺院。

➡ 例句

2 東京（とうきょう）は、交通（こうつう）が便利（べんり）です。	東京交通便利。
3 今日（きょう）は、月（つき）がきれいです。	今天的月亮很漂亮。
4 その町（まち）は、空気（くうき）がきれいですか。	那城鎮空氣好嗎？
5 田中（たなか）さんは、字（じ）が上手（じょうず）です。	田中的字寫得很漂亮。

1-06

～は～が、～は～

「但是…」。

➡「は」除了提示主題以外，也可以用來區別、比較兩個對立的事物，也就是對照地提示兩種事物。

1 兄(あに)は　いますが、姉(あね)は　いません。
我有哥哥，但是沒有姊姊。

➡ 例句

2 私(わたし)の　国(くに)は、夏(なつ)は　とても　暑(あつ)いですが、冬(ふゆ)は　寒(さむ)くなくて　いいです。
我的國家雖然夏天很熱，但是冬天不會很冷，感覺很舒服。

3 子(こ)どもは　嫌(きら)いですが、自分(じぶん)の　子(こ)どもは　かわいいです。
我雖然討厭小孩，但覺得自己的孩子真是可愛。

4 平仮名(ひらがな)は　覚(おぼ)えましたが、片仮名(かたかな)は　まだです。
雖然學會平假名了，但是還看不懂片假名。

5 ご飯(はん)は　もう　食(た)べましたが、お茶(ちゃ)は　これから　飲(の)みます。
雖然已經吃過飯了，但是現在才要喝茶。

～も～

「…也…」、「都…」。

➡ 表示同性質的東西並列或列舉，如例（1）～（3）；也可用於再累加上同一類型的事物，如例（4）；表示累加、重複時，「も」除了接在名詞後面，也有接在「名詞＋助詞」之後的用法，如例（5）。

1 父(ちち)も　母(はは)も　背(せ)が　高(たか)いです。
不論是爸爸或媽媽都長得很高。

➔ 例句

2 日本語(にほんご)も　中国語(ちゅうごくご)も　漢字(かんじ)を　使(つか)います。｜無論是日文還是中文都使用漢字。

3 明日(あした)も　あさっても　暇(ひま)です。｜不管是明天或後天都有空。

4 村田(むらた)さんは　医者(いしゃ)です。鈴木(すずき)さんも　医者(いしゃ)です。｜村田先生是醫生。鈴木先生也是醫生。

5 来週(らいしゅう)、東京(とうきょう)に　行(い)きます。横浜(よこはま)にも　行(い)きます。｜下星期要去東京，也會去橫濱。

● ～も～（數量）

「竟」、「也」。

➔「も」前面接數量詞，表示數量比一般想像的還多，有強調多的作用。含有意外的語意。

1 ご飯(はん)を　3杯(さんばい)も　食(た)べました。
飯吃了三碗之多。

➔ 例句

2 10時間(じゅうじかん)も　寝(ね)ました。｜睡了十個小時之多。

3 ビールを　10本(じゅっぽん)も　飲(の)みました。｜竟喝了十罐之多的啤酒。

4 風邪(かぜ)で、1週間(いっしゅうかん)も　休(やす)みました。｜因為感冒，竟然整整休息了一個禮拜。

疑問詞＋も＋否定（完全否定）

「也（不）…」。

➡「も」上接疑問詞，下接否定語，表示全面的否定，如例（1）～（3）；若想表示全面肯定，則以「疑問詞＋も＋肯定」形式，為「無論…都…」之意，如例（4）、（5）。

1 お酒(さけ)は　いつも　飲(の)みません。
我向來不喝酒。

➡ 例句

2 「どうか　しましたか。」「どうも　しません。」	「怎麼了嗎？」「沒怎樣。」
3 あんな　人(ひと)とは　どうしても　結婚(けっこん)したくありません。	說什麼我也不想和那種人結婚。
4 この　絵(え)と　あの　絵(え)、どちらも　好(す)きです。	這張圖和那幅畫，我兩件都喜歡。
5 ちょうど　お昼(ひる)ご飯(はん)の　時間(じかん)なので、お店(みせ)は　どこも　混(こ)んでいます。	正好遇上午餐時段，店裡擠滿了客人。

N5

～には、へは、とは

➡ 格助詞「に、へ、と」後接「は」，有特別提出格助詞前面的名詞的作用。

1 この　川(かわ)には　魚(さかな)が　たくさん　います。
這條河裡有很多魚。

例句

2 この　ことは、先生（せんせい）には　言（い）いません。｜這件事不會告訴老師。

3 あの　子（こ）は　公園（こうえん）へは　来（き）ません。｜那個孩子不會來公園。

4 太郎（たろう）とは　話（はな）したく　ありません。｜我才不想和太郎說話。

～にも、からも、でも

格助詞「に、から、で」後接「も」，表示不只是格助詞前面的名詞以外的人事物。

1 テストは　私（わたし）にも　難（むずか）しいです。
考試對我而言也很難。

例句

2 この　問題（もんだい）は　小学生（しょうがくせい）にも　簡単（かんたん）です。｜這個問題連小學生也都知道答案。

3 そこからも　バスが　来（き）ます。｜公車也會從那邊過來。

4 これは　どこでも　売（う）って　います。｜這東西到處都在賣。

～ぐらい、くらい

「大約」、「左右」、「上下」；「和…一樣…」。

一般用在無法預估正確的數量，或是數量不明確的時候，如例（1）、（2）；或用於對某段時間長度的推測、估計，如例（3）、（4）；也可表示兩者的程度相同，常搭配「と同じ」，如例（5）。

1 5,000円(ごせんえん)くらいの　おすしを　食(た)べました。
吃了五千日圓左右的壽司。

➔ 例句

2 私(わたし)の　おじいさんは、８０歳(はちじゅっさい)ぐらいです。	我爺爺約莫八十歲。
3 私(わたし)は　毎日(まいにち)　２時間(にじかん)くらい　勉強(べんきょう)します。	我每天大約唸兩個小時的書。
4 お正月(しょうがつ)には　１週間(いっしゅうかん)ぐらい　休(やす)みます。	過年期間大約休假一個禮拜。
5 呉(ご)さんは　日本人(にほんじん)と　同(おな)じくらい　日本語(にほんご)が　できます。	吳先生的日語說得和日本人一樣流利。

N5

1-07

● だけ

「只」、「僅僅」。

➔ 表示只限於某範圍，除此以外沒有別的了。

1 私(わたし)が　好(す)きなのは　あなただけです。
我喜歡的只有你一個。

➔ 例句

2 あの　人(ひと)は、顔(かお)が　きれいなだけです。	那個人的優點就只有長得漂亮。
3 お金(かね)が　あるだけでは、結婚(けっこん)できません。	光是有錢並不能結婚。

4 野菜は　嫌いなので　肉だけ　食べます。
不喜歡吃蔬菜，所以光只吃肉。

5 お父さんの　パンツは　触りたくないので、自分の　パンツだけ　洗います。
因為不想碰爸爸的內褲，所以只洗自己的內褲。

● じゃ

「じゃ」是「では」的縮略形式，也就是縮短音節的形式，一般是用在口語上。多用在跟自己比較親密的人，輕鬆交談的時候，如例（1）、（2）；「じゃ」「じゃあ」「では」在文章的開頭時（或逗號的後面），表示「それでは」（那麼，那就）的意思。用在承接對方說的話，自己也說了一些話，或表示告了一個段落，如例（3）、（4）。

1 そんなに　たくさん　飲んじゃだめだ。
喝這麼多可不行喔！

例句

2 私は　日本人じゃない。
我不是日本人。

3 じゃ、今日は　これで　帰ります。
那，我今天就先回去了。

4 うん、じゃあ、また　明日ね。
嗯，那，明天見囉。

● しか＋〔否定〕

「只」、「僅僅」。

「しか」下接否定，表示限定。常帶有因不足而感到可惜、後悔或困擾的心情，如例（1）、（5）。

1 日本語(にほんご)は　少(すこ)ししか　分(わ)かりません。
我只懂一點點日文。

➡ 例句

2 私(わたし)には　あなたしか　いません。	你是我的唯一。
3 お酒(さけ)は　1杯(いっぱい)しか　飲(の)んで　いません。	只喝了一杯酒而已。
4 今年(ことし)の　雪(ゆき)は　1回(いっかい)しか　降(ふ)りませんでした。	今年僅僅下了一場雪而已。
5 5,000円(ごせんえん)しか　ありません。	僅有五千日圓。

N5

● ずつ

「每」、「各」。

➡ 接在數量詞後面，表示平均分配的數量。

1 みんなで　100円(ひゃくえん)ずつ　出(だ)します。
大家各出一百日圓。

➡ 例句

2 ひらがなを　10回(じゅっかい)ずつ　ノートに　書(か)いてください。	請在筆記本上寫平假名各寫十次。
3 お菓子(かし)は　一人(ひとり)　1個(いっこ)ずつです。	點心一人一個。
4 一人(ひとり)ずつ　話(はな)して　ください。	請每個人輪流說話。

N5 日語文法・句型詳解

～か～（選擇）

「或者…」。

➡ 表示在幾個當中，任選其中一個。

1 ビールか　お酒（さけ）を　飲（の）みます。
喝啤酒或是清酒。

➡ 例句

2 ペンか　鉛筆（えんぴつ）で　書（か）きます。
用原子筆或鉛筆寫。

3 新幹線（しんかんせん）か　飛行機（ひこうき）に　乗（の）ります。
搭新幹線或是搭飛機。

4 メールか　ファックスを　送（おく）ります。
用電子郵件或是傳真送過去。

～か～か～（選擇）

「…或是…」。

➡「か」也可以接在最後的選擇項目的後面。跟「～か～」一樣，表示在幾個當中，任選其中一個，如例（1）～（3）；另外，「～か＋疑問詞＋か」中的「～」是舉出疑問詞所要問的其中一個例子，如例（4）。

1 暑（あつ）いか　寒（さむ）いか　分（わ）かりません。
不知道是熱還是冷。

➡ 例句

2 好（す）きか　嫌（きら）いか　知（し）りません。
不知道喜歡還是討厭（表示「不知道」時，一般用「分かりません」，如果用「知りません」，就有「不關我的事」的語感）。

3 行(い)くか　行(い)かないか、もう　決(き)めましたか。	到底要去還是不去，已經決定了嗎？
4 お茶(ちゃ)か　何(なに)か、飲(の)みますか。	要不要喝茶還是其他飲料呢？

●〔疑問詞〕＋か

表示不明確、不肯定，或沒必要說明的事物。

➡「か」前接「なに、だれ、いつ、どこ」等疑問詞後面，表示不明確、不肯定，或沒必要說明的事物。

1 何(なに)か　食(た)べましたか。
有吃了什麼了嗎？

➡ 例句

2 誰(だれ)か　来(き)ましたか。	有誰來過嗎？
3 お皿(さら)と　コップを　いくつか　買(か)いました。	我買了幾只盤子和杯子。
4 大学(だいがく)に　入(はい)るには、いくらか　お金(かね)が　かかります。	想要上大學，就得花一些錢。
5 どれか　好(す)きなのを　一(ひと)つ　選(えら)んで　ください。	請從中挑選一件你喜歡的。

●〔句子〕＋か

「嗎」、「呢」。

➡ 接於句末，表示問別人自己想知道的事。

1 あなたは　学生(がくせい)ですか。
你是學生嗎？

N5

➡ 例句

2 山田（やまだ）さんは　先生（せんせい）ですか。	山田先生是老師嗎？
3 映画（えいが）は　面白（おもしろ）いですか。	電影好看嗎？
4 今晩（こんばん）　勉強（べんきょう）しますか。	今晚會唸書嗎？

1-08

〔句子〕＋か、〔句子〕＋か

「是…，還是…」。

➡ 表示讓聽話人從不確定的兩個事物中，選出一樣來。

1 アリさんは　インド人（じん）ですか、アメリカ人（じん）ですか。
阿里先生是印度人？還是美國人？

➡ 例句

2 それは　ペンですか、鉛筆（えんぴつ）ですか。	那是原子筆？還是鉛筆？
3 ラーメンは　おいしいですか、まずいですか。	拉麵好吃？還是難吃？
4 この　傘（かさ）は　伊藤（いとう）さんのですか、鈴木（すずき）さんのですか。	這把傘是伊藤先生的？還是鈴木先生的？

●〔句子〕＋ね

➡ 表示輕微的感嘆，或話中帶有徵求對方認同的語氣。基本上使用在說話人認為對方也知道的事物，也表示跟對方做確認的語氣。

1 山中(やまなか)さんは　遅(おそ)いですね。
山中先生好慢喔！

➡ 例句

2 今日(きょう)は　とても　暑(あつ)いですね。	今天好熱呀！
3 雨(あめ)ですね。傘(かさ)を　持(も)って　いますか。	在下雨呢！你有帶傘嗎？
4 この　ケーキは　おいしいですね。	這蛋糕真好吃呢！

●〔句子〕＋よ

「…喔」。

➡ 請對方注意，或使對方接受自己的意見時，用來加強語氣。基本上使用在說話人認為對方不知道的事物，想引起對方注意。

1 あ、危(あぶ)ない！車(くるま)が　来(き)ますよ。
啊！危險！車子來了喔！

➡ 例句

2 この　料理(りょうり)は　おいしいですよ。	這道菜很好吃喔！
3 あの　映画(えいが)は　面白(おもしろ)いですよ。	那部電影很好看喔！
4 兄(あに)は　もう　結婚(けっこん)しましたよ。	哥哥已經結婚了喲！

N5 日語文法・句型詳解

じゅう、ちゅう

日語中有自己不能單獨使用，只能跟別的詞接在一起的詞，接在詞前的叫接頭語，接在詞尾的叫接尾語。「中（じゅう）/（ちゅう）」是接尾詞。雖然原本讀作「ちゅう」，但也讀作「じゅう」。至於讀哪一個音？那就要看前接哪個單字的發音習慣來決定了，如例（1）～（4）。也可用「空間＋中」的形式，如例（5）。

1 あの　山(やま)には　一年中(いちねんじゅう)　雪(ゆき)が　あります。
那座山終年有雪。

例句

2 一日中(いちにちじゅう)　働(はたら)いた。
工作了一整天。

3 午前中(ごぜんちゅう)、忙(いそが)しかったです。
上午時段非常忙碌。

4 仕事(しごと)は　今月中(こんげつちゅう)に　終(お)わります。
工作將在這個月內結束。

5 部屋中(へやじゅう)、散(ち)らかっています。
房間裡亂成一團。

ちゅう

「…中」、「正在…」。

「中」接在名詞後面，表示此時此刻正在做某件事情。

1 沼田(ぬまた)さんは　ギターの　練習中(れんしゅうちゅう)です。
沼田先生現在正在練習彈吉他。

➔ 例句

2 林(りん)さんは　電話中(でんわちゅう)です。	林先生現在在電話中。
3 楊(よう)さんは　日本語(にほんご)の　勉強中(べんきょうちゅう)です。	楊同學正在唸日語。
4 中村(なかむら)さんは　仕事中(しごとちゅう)です。	中村先生現在在工作。

● たち、がた

「…們」。

➔ 接尾詞「たち」接在「私」、「あなた」等人稱代名詞的後面，表示人的複數，如例（1）；接尾詞「方（がた）」也是表示人的複數的敬稱，說法更有禮貌，如例（2）；「方（かた）」是對「人」表示敬意的說法，如例（3）、（4）；「方々（かたがた）」是對「人たち」（人們）表示敬意的說法，如例（5）。

1 子(こ)どもたちが　歌(うた)って　います。
小朋友們正在唱歌。

➔ 例句

2 先生方(せんせいがた)は、今(いま)、会議中(かいぎちゅう)です。	老師們現在正在開會。
3 あの　方(かた)は　どなたですか。	那位是哪位呢？
4 田中先生(たなかせんせい)は　静(しず)かな　方(かた)ですね。	田中老師真是個安靜的人。
5 素敵(すてき)な　方々(かたがた)に　出会(であ)いました。	遇見了很棒的人們。

N5 日語文法・句型詳解

● ごろ

「左右」。

➡ 表示大概的時間點，一般只接在年、月、日，和鐘點的詞後面。

1 2005年ごろから　北京に　いました。
我大概從二ОО五年就待在北京。

➡ 例句

2 6月ごろは　雨が　よく　降ります。
六月前後經常會下雨。

3 明日は　お昼ごろから　出かけます。
明天大概在中午的時候出門。

4 7時ごろ、知らない　人から　父に　電話が　ありました。
大約七點左右，有個陌生人打了電話來找父親。

● すぎ、まえ

「過…」、「…多」;「差…」、「…前」。

➡ 接尾詞「すぎ」，接在表示時間名詞後面，表示比那時間稍後，如例（1）、（2）；接尾詞「まえ」，接在表示時間名詞後面，表示那段時間之前，如例（3）、（4）。

1 10時　過ぎに　バスが　来ました。
十點多時公車來了。

➡ 例句

2 今　9時　過ぎです。	現在是九點多。
3 今　8時　15分　前です。	現在還有十五分鐘就八點了。
4 1年前に　子どもが　生まれました。	小孩誕生於一年前。

1-09

かた

「…法」、「…樣子」。

➡ 前面接動詞連用形，表示方法、手段、程度跟情況。

1 てんぷらの　作り方は　難しいです。
天婦羅不好作。

➡ 例句

2 鉛筆の　持ち方が　悪いです。	鉛筆的握法不好。
3 この　漢字の　読み方が　分かりますか。	你知道這個漢字的讀法嗎？
4 安全な　使い方を　しなければなりません。	必須以安全的方式來使用。
5 小説は、終わりの　書き方が　難しい。	小說結尾的寫法最難。

N5

N5 日語文法・句型詳解

● なに、なん

「什麼」。

➡「何（なに）／（なん）」代替名稱或情況不瞭解的事物，或用在詢問數字時。一般而言，表示「どんな（もの）」（什麼東西）時，讀作「なに」。表示「いくつ」（多少）時讀作「なん」。但是，「何だ」、「何の」一般要讀作「なん」。詢問理由時「何で」也讀作「なん」。詢問道具時的「何で」跟「何に」、「何と」、「何か」兩種讀法都可以，但是「なに」語感較為鄭重，而「なん」語感較為粗魯。

1 いま　何時（なんじ）ですか。
現在幾點呢？

➡ 例句

2 あしたは　何曜日（なんようび）ですか。｜明天是星期幾呢？

3 あした　何（なに）を　しますか。｜明天要做什麼呢？

4 それは　何（なん）の　本（ほん）ですか。｜那是什麼書呢？

● だれ、どなた

「誰」；「哪位…」。

➡「だれ」不定稱是詢問人的詞。它相對於第一人稱，第二人稱和第三人稱，如例（1）、（2）。「どなた」和「だれ」一樣是不定稱，但是比「だれ」說法還要客氣，如例（3）、（4）。

1 あの　人（ひと）は　誰（だれ）ですか。
那個人是誰？

➡ 例句

2 誰（だれ）が　買（か）い物（もの）に　行（い）きますか。｜誰要去買東西呢？

3 これは　どなたの　カメラですか。｜這是哪位的相機呢？

4 あなたは　どなたですか。｜您是哪位呢？

● いつ

「何時」、「幾時」。

➡ 表示不肯定的時間或疑問。

1 いつ　仕事（しごと）が　終（お）わりますか。
工作什麼時候結束呢？

➡ 例句

2 いつ　国（くに）へ　帰（かえ）りますか。｜何時回國呢？

3 いつ　家（いえ）に　着（つ）きますか。｜什麼時候到家呢？

4 いつ　鈴木（すずき）さんに　会（あ）いましたか。｜什麼時候遇到鈴木先生的？

● いくつ（個數、年齡）

「幾個」、「多少」；「幾歲」。

➡ 表示不確定的個數，只用在問小東西的時候，如例（1）、（2）。也可以詢問年齡，如例（3）；「おいくつ」的「お」是敬語的接頭詞，（4）。

1 りんごは　いくつ　ありますか。
有幾個蘋果？

➡ 例句

2 いくつ　ほしいですか。　你想要幾個呢？

3 「りんちゃん、年（とし）は　いくつ？」「四（よっ）つ。」　「小凜，妳現在幾歲？」「四歲。」

4 おいくつですか。　請問您幾歲？

● いくら

「多少」。

➡ 表示不明確的數量、程度、價格、工資、時間、距離等。

1 この　本（ほん）は　いくらですか。
這本書多少錢？

➡ 例句

2 東京駅（とうきょうえき）まで　いくらですか。　到東京車站要多少錢？

3 長（なが）さは　いくら　ありますか。　長度有多長呢？

4 時間（じかん）は　いくら　かかりますか。　要花多久時間呢？

● どう、いかが

「如何」、「怎麼樣」。

➡「どう」詢問對方的想法及對方的健康狀況，還有不知道情況是如何或該怎麼做等，如例（1）、（2）。「いかが」跟「どう」一樣，只是說法更有禮貌，如例（3）、（4）。兩者也用在勸誘時。

1 テストは　どうでしたか。
考試考得怎樣？

➡ 例句

2 日本語(にほんご)は　どうですか。｜日文怎麼樣呢？

3 コーヒーを　1杯(いっぱい)　いかがですか。｜來杯咖啡如何？

4 お茶(ちゃ)を　いかがですか。｜要不要來杯茶？

● どんな

「什麼樣的」。

➡「どんな」後接名詞，用在詢問事物的種類、內容。

1 どんな　車(くるま)が　ほしいですか。
你想要什麼樣的車子？

➡ 例句

2 どんな　本(ほん)を　読(よ)みますか。｜你看什麼樣的書？

3 どんな　色(いろ)が　好(す)きですか。｜你喜歡什麼顏色？

4 国語(こくご)の　先生(せんせい)は　どんな　先生(せんせい)ですか。｜國文（指日文）老師是怎麼樣的老師？

● どのぐらい、どれぐらい

「多（久）…」。

➡ 表示「多久」之意。但是也可以視句子的內容，翻譯成「多少、多少錢、多長、多遠」等。「ぐらい」也可換成「くらい」。

1 どれぐらい　勉強(べんきょう)しましたか。
你唸了多久的書？

例句

2 春休(はるやす)みは　どのぐらい　ありますか。	春假有多長呢？
3 私(わたし)の　ことが　どれくらい　好(す)きですか。	你有多麼喜歡我呢？
4 お金(かね)を　どのくらい　持(も)って　いますか。	請問你帶了多少錢呢？
5 東京(とうきょう)から　大阪(おおさか)まで　新幹線(しんかんせん)で　どれぐらいですか。	請問從東京到大阪搭新幹線列車大約要多久呢？

1-10

なぜ、どうして

「為什麼」。

「なぜ」跟「どうして」一樣，都是詢問理由的疑問詞。口語常用「なんで」。由於是詢問理由的副詞，因此常跟請求說明的「のだ」一起使用。

1 なぜ　食(た)べないのですか。
為什麼不吃呢？

例句

2 なぜ　タクシーで　行(い)くんですか。	為什麼要搭計程車去呢？
3 どうして　おなかが　痛(いた)いんですか。	為什麼肚子會痛呢？
4 どうして　元気(げんき)が　ないのですか。	為什麼提不起精神呢？

なにか、だれか、どこか

「某些」、「什麼」；「某人」；「去某地方」。

➡ 具有不確定，沒辦法具體說清楚之意的「か」，接在疑問詞「なに」的後面，表示不確定，如例（1）；接在「だれ」的後面表示不確定是誰，如例（2）；接在「どこ」的後面表示不肯定的某處，如例（3）、（4）。

1 暑(あつ)いから、何(なに)か　飲(の)みましょう。
好熱喔，去喝點什麼吧！

➡ 例句

2 誰(だれ)か　窓(まど)を　しめて　ください。　誰來關一下窗戶吧！

3 日曜日(にちようび)は　どこかへ　行(い)きましたか。　星期日有去哪裡嗎？

4 どこかで　食事(しょくじ)しましょう。　找個地方吃飯吧！

なにも、だれも、どこへも

「也（不）…」、「都（不）…」。

➡「も」上接「なに、だれ、どこへ」等疑問詞，下接否定語，表示全面的否定。

1 今日(きょう)は　何(なに)も　食(た)べませんでした。
今天什麼也沒吃。

➡ 例句

2 昨日(きのう)は　誰(だれ)も　来(き)ませんでした。　昨天沒有任何人來。

3 日曜日(にちようび)は、どこへも　行(い)きませんでした。　星期日哪兒都沒去。

4 何(なに)も　したく　ありません。　什麼也不想做。

N5 日語文法・句型詳解

これ、それ、あれ、どれ

➡ 這一組是事物指示代名詞。「これ」（這個）指離說話者近的事物。「それ」（那個）指離聽話者近的事物。「あれ」（那個）指說話者、聽話者範圍以外的事物。「どれ」（哪個）表示事物的不確定和疑問。

1 これは　何（なん）ですか。
這是什麼？

➡ 例句

2 それは　山田（やまだ）さんの　パソコンです。｜那是山田先生的電腦。

3 あれは　妹（いもうと）です。｜那是我妹妹。

4 どれが　あなたの　本（ほん）ですか。｜哪一本是你的書呢？

この、その、あの、どの

➡ 這一組是指示連體詞。連體詞跟事物指示代名詞的不同在，後面必須接名詞。「この」（這…）指離說話者近的事物。「その」（那…）指離聽話者近的事物。「あの」（那…）指說話者及聽話者範圍以外的事物。「どの」（哪…）表示事物的疑問和不確定。

1 この　家（いえ）は　とても　きれいです。
這個家非常漂亮。

例句

2 その　男(おとこ)は　外国(がいこく)で　生(う)まれました。	那個男生在國外出生。
3 あの　建物(たてもの)は　大使館(たいしかん)です。	那棟建築物是大使館。
4 どの　人(ひと)が　田中(たなか)さんですか。	哪一個人是田中先生呢？

ここ、そこ、あそこ、どこ

這一組是場所指示代名詞。「ここ」（這裡）指離說話者近的場所。「そこ」（那裡）指離聽話者近的場所。「あそこ」（那裡）指離說話者和聽話者都遠的場所。「どこ」（哪裡）表示場所的疑問和不確定。

1 ここは　銀行(ぎんこう)ですか。
這裡是銀行嗎？

例句

2 そこで　花(はな)を　買(か)います。	在那邊買花。
3 あそこに　座(すわ)りましょう。	我們去那邊坐吧！
4 花子(はなこ)さんは　どこですか。	花子小姐在哪裡呢？

こちら、そちら、あちら、どちら

這一組是方向指示代名詞。「こちら」（這邊）指離說話者近的方向。「そちら」（那邊）指離聽話者近的方向。「あちら」（那邊）指離說話者和聽話者都遠的方向。「どちら」（哪邊）表示方向的不確定和疑問。這一組也可以用來指人，「こちら」就是「這位」，下面以此類推。也可以說成「こっち、そっち、あっち、どっち」，只是前面一組說法比較有禮貌。

1 こちらは　山田先生(やまだせんせい)です。
這一位是山田老師。

➡ 例句

2 そちらは　2,000円(にせんえん)です。	那邊是兩千日圓。
3 お手洗(てあら)いは　あちらです。	洗手間在那邊。
4 あなたの　お国(くに)は　どちらですか。	您的國家是哪裡？

● 形容詞（現在肯定／現在否定）

➡ 形容詞是說明客觀事物的性質、狀態或主觀感情、感覺的詞。形容詞的詞尾是「い」，「い」的前面是詞幹，因此又稱作「い形容詞」。形容詞現在肯定，表事物目前性質、狀態等，如例（1）、（2）；形容詞的否定式，是將詞尾「い」轉變成「く」，然後再加上「ない（です）」或「ありません」，如例（3）～（5）。

1 この　料理(りょうり)は　辛(から)いです。
這道菜很辣。

➡ 例句

2 うちより　おばあちゃんの　うちの　方(ほう)が　広(ひろ)いです。	奶奶家比我家來得大。
3 おばあちゃんの　うちは　新(あたら)しくないです。	奶奶家並不是新房子。

4 おばあちゃんの　うちは　私(わたし)の　うちから　遠(とお)く　ありません。	奶奶家離我家不遠。
5 新聞(しんぶん)は　つまらなく　ありません。	報紙並不無聊。

1-11

形容詞（過去肯定／過去否定）

➡ 形容詞的過去式，表示說明過去的客觀事物的性質、狀態，以及過去的感覺、感情。形容詞的過去肯定，是將詞尾「い」改成「かっ」再加上「た」，用敬體時「かった」後面要再接「です」，如例（1）、（2）；形容詞的過去否定，是將詞尾「い」改成「く」，再加上「ありませんでした」，如例（3）、（4）；或將現在否定式的「ない」改成「なかっ」，然後加上「た」，如例（5）。

1 テストは　やさしかったです。
考試很簡單。

N5

➡ 例句

2 昨日(きのう)は　朝(あさ)から　おなかが　痛(いた)かったです。	昨天從早上就一直鬧肚子痛。
3 おなかが　痛(いた)くて、何(なに)も　おいしく　ありませんでした。	肚子很痛，不管吃什麼都索然無味。
4 昨日(きのう)は　暑(あつ)く　ありませんでした。	昨天並不熱。
5 元気(げんき)が　出(で)なくて、テレビも　面白(おもしろ)く　なかったです。	提不起精神，連電視節目都覺得很乏味。

N5 日語文法・句型詳解

形容詞くて

形容詞詞尾「い」改成「く」，再接上「て」，表示句子還沒說完到此暫時停頓或屬性的並列（連接形容詞或形容動詞時），如例（1）～（3）；也可表示理由、原因之意，但其因果關係比「～から」、「～ので」還弱，如例（4）、（5）。

1 新(あたら)しくて　きれいな　うちに　住(す)みたいです。
我想住在嶄新又漂亮的房子裡。

例句

2 この　本(ほん)は　薄(うす)くて　軽(かる)いです。｜這本書又薄又輕。

3 私(わたし)の　アパートは　広(ひろ)くて　静(しず)かです。｜我的公寓又寬敞又安靜。

4 明日(あした)は　やることが　多(おお)くて　忙(いそが)しいです。｜明天有很多事要忙。

5 この　コーヒーは　薄(うす)くて　おいしく　ないです。｜這杯咖啡很淡，不好喝。

形容詞く＋動詞

形容詞詞尾「い」改成「く」，可以修飾句子裡的動詞。

1 今日(きょう)は　風(かぜ)が　強(つよ)く　吹(ふ)いて　います。
今天一直颳著強風。

例句

2 今日は　早く　寝ます。｜今天我要早點睡。

3 りんごを　小さく　切ります。｜將蘋果切成小丁。

4 元気　よく　挨拶します。｜很有精神地打招呼。

形容詞＋名詞

「…的…」。

形容詞要修飾名詞，就是把名詞直接放在形容詞後面。注意喔！因為日語形容詞本身就有「…的」之意，所以不要再加「の」了喔，如例（1）～（4）；另外，連體詞是用來修飾名詞，沒有活用，數量不多。N5 程度只要記住「この、その、あの、どの、大きな、小さな」這幾個字就可以了，如例（5）。

1 小さい　家を　買いました。
買了棟小房子。

例句

2 安い　ホテルに　泊まりました。｜投宿在便宜的飯店裡。

3 今日は　青い　ズボンを　はきます。｜今天穿藍色的長褲。

4 これは　いい　セーターですね。｜這真是件好毛衣呢！

5 大きな　家に　住みたいです。｜我想住在大房子裡。

形容詞＋の

➡ 形容詞後面接的「の」是一個代替名詞，代替句中前面已出現過，或是無須解釋就明白的名詞。

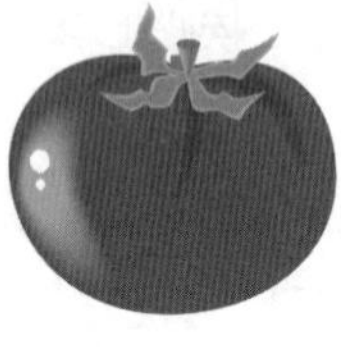

1 トマトは　赤(あか)いのが　おいしいです。
蕃茄要紅的才好吃。

➡ 例句

2 小(ちい)さいのが　いいです。｜小的就可以了。

3 難(むずか)しいのは　できません。｜困難的我做不來。

4 もっと　安(やす)いのは　ありませんか。｜沒有更便宜的嗎？

形容動詞（現在肯定／現在否定）

➡ 形容動詞是說明事物性質與狀態等的詞。形容動詞的詞尾是「だ」，「だ」前面是詞幹。後接名詞時，詞尾會變成「な」，所以形容動詞又稱作「な形容詞」。形容動詞當述語（表示主語狀態等語詞）時，詞尾「だ」改「です」是敬體說法，如例（1）、（2）；形容動詞的否定式，是把詞尾「だ」變成「で」，然後中間插入「は」，最後加上「ない」或「ありません」，如例（3）～（5）。

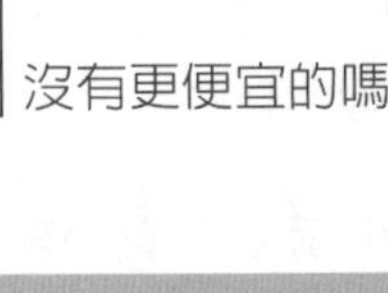

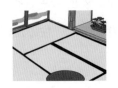

1 花子(はなこ)の　部屋(へや)は　きれいです。
花子的房間整潔乾淨。

➡ 例句

2 日曜日(にちようび)は　たいてい　暇(ひま)です。｜星期天我多半很閒。

3 「シ」と　「ツ」は、同(おな)じでは　ないです。｜「シ」和「ツ」不是相同的假名。

4 この　ホテルは　有名(ゆうめい)では　ありません。	這間飯店沒有名氣。
5 私(わたし)の　家(いえ)は　駅(えき)から　遠(とお)くて、あまり　便利(べんり)では　ありません。	我家離車站很遠，交通不太方便。

● 形容動詞（過去肯定／過去否定）

➡ 形容動詞的過去式，表示說明過去的客觀事物的性質、狀態，以及過去的感覺、感情。形容動詞的過去式是將現在肯定詞尾「だ」變成「だっ」再加上「た」，敬體是將詞尾「だ」改成「でし」再加上「た」，如例（1）、（2）；形容動詞過去否定式，是將現在否定的「ではありません」後接「でした」，如例（3）、（4）；或將現在否定的「ない」改成「なかっ」，再加上「た」，如例（5）。

1 彼女(かのじょ)は　昔(むかし)から　きれいでした。
她以前就很漂亮。

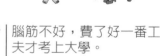

➡ 例句

2 頭(あたま)が　悪(わる)くて、大学(だいがく)に　入(はい)るのは　大変(たいへん)でした。	腦筋不好，費了好一番工夫才考上大學。
3 彼女(かのじょ)の　家(いえ)は　立派(りっぱ)では　ありませんでした。	以前她的家並不豪華。
4 私(わたし)は、勉強(べんきょう)が　好(す)きでは　ありませんでした。	我從前並不喜歡讀書。
5 大学(だいがく)の　先生(せんせい)や　友達(ともだち)は、嫌(きら)いでは　なかったです。	我從前並不討厭大學時代的老師和同學。

1-12

形容動詞で

形容動詞詞尾「だ」改成「で」，表示句子還沒說完到此暫時停頓，或屬性的並列（連接形容詞或形容動詞時）之意，如例（1）、（2）；也有表示理由、原因之意，但其因果關係比「～から」、「～ので」還弱，如例（3）～（5）。

1 あの　人は、料理が　上手で　顔も　かわいいです。
那個人不但廚藝高超，長相也很可愛。

例句

2 彼女は　きれいで　やさしいです。	她又漂亮又溫柔。
3 私は　日本語の　勉強が　大好きで　楽しいです。	我非常喜歡學日語並且樂在其中。
4 日曜日は、いつも　暇で　つまらないです。	星期天總是閒得發慌。
5 彼は　いつも　元気で　いいですね。	他總是很有活力，真不錯呢！

形容動詞に＋動詞

形容動詞詞尾「だ」改成「に」，可以修飾句子裡的動詞。

1 結婚して　ください。大切に　します。
請和我結婚。我會好好珍惜妳的。

➡ 例句

2 子(こ)どもたちが　元気(げんき)に　遊(あそ)んで　います。	孩童們正在活力十足地玩耍。
3 家(いえ)は、丈夫(じょうぶ)に　作(つく)ることが　大切(たいせつ)です。	房屋一定要蓋得很堅固。
4 あの　子(こ)は　歌(うた)を　上手(じょうず)に　歌(うた)います。	那孩子歌唱得很好。
5 静(しず)かに　歩(ある)いて　ください。	請放輕腳步走路。

形容動詞な＋名詞

「…的…」。

➡ 形容動詞要後接名詞，得把詞尾「だ」改成「な」，才可以修飾後面的名詞。

1 きれいな　コートですね。
好漂亮的大衣呢！

➡ 例句

2 これは　大切(たいせつ)な　本(ほん)です。	這是很重要的書。
3 彼(かれ)は　有名(ゆうめい)な　作家(さっか)です。	他是有名的作家。
4 真面目(まじめ)な　人(ひと)が　好(す)きです。	我喜歡認真的人。

形容動詞な＋の

➡ 形容動詞後面接代替句子的某個名詞「の」時，要將詞尾「だ」變成「な」。

1 有名(ゆうめい)なのを　借(か)ります。
我要借有名的。

N5

例句

2 丈夫なのを　ください。　請給我堅固的。

3 きれいなのが　いいです。　漂亮的比較好。

4 便利なのが　ほしいです。　我想要方便的。

動詞（現在肯定／現在否定）

表示人或事物的存在、動作、行為和作用的詞叫動詞。動詞現在肯定式敬體用「～ます」，如例（1）～（3）；動詞現在否定式敬體用「～ません」，如例（4）。

1 帽子を　かぶります。
戴帽子。

例句

2 机を　並べます。　排桌子。

3 今晩　勉強します。　今晚要讀書。

4 今日は　お風呂に　入りません。　今天不洗澡。

動詞（過去肯定／過去否定）

動詞過去式表示人或事物過去的存在、動作、行為和作用。動詞過去肯定式敬體用「～ました」，如例（1）、（2）；動詞過去否定式敬體用「～ませんでした」，如例（3）、（4）。

1 今日(きょう)は　たくさん　働(はたら)きました。
今天做了很多工作。

➔ 例句

2 昨日(きのう)　図書館(としょかん)へ　行(い)きました。	昨天去了圖書館。
3 ほかの　人(ひと)は　少(すこ)ししか　しませんでした。	其他人只做了一點點。
4 今日(きょう)の　仕事(しごと)は　終(お)わりませんでした。	今天的工作並沒有做完。

● 動詞（基本形）

N5

➔ 相對於「動詞ます形」，動詞基本形說法比較隨便，一般用在關係跟自己比較親近的人之間。因為辭典上的單字用的都是基本形，所以又叫「辭書形」。

1 箸(はし)で　ご飯(はん)を　食(た)べる。
用筷子吃飯。

➔ 例句

2 靴下(くつした)を　はく。	穿襪子。
3 毎日(まいにち)　8時間(はちじかん)　働(はたら)く。	每天工作八小時。
4 ラジカセで　音楽(おんがく)を　聴(き)く。	用卡式錄放音機聽音樂。

N5 日語文法・句型詳解

動詞＋名詞

「…的…」。

➡ 動詞的普通形，可以直接修飾名詞。

1 分(わ)からない　単語(たんご)が　あります。
有不懂的單字。

➡ 例句

2 あそこに　立(た)って　いる　お巡(まわ)りさんは、とても　立派(りっぱ)な　人(ひと)です。
站在那邊的警察先生是一位非常了不起的人。

3 そこは、去年(きょねん)　私(わたし)が　行(い)った　ところです。
那裡是我去年到過的地方。

4 来週(らいしゅう)　登(のぼ)る　山(やま)は、3,000 メートルも　あります。
下星期要爬的那座山，海拔高達三千公尺。

～が＋自動詞

➡「自動詞」是因為自然等等的力量，沒有人為的意圖而發生的動作。「自動詞」不需要有目的語，就可以表達一個完整的意思。相較於「他動詞」，「自動詞」無動作的涉及對象。相當於英語的「不及物動詞」。

1 火(ひ)が　消(き)えました。
火熄了。

➔ 例句

2 気温(きおん)が　上(あ)がります。	溫度會上升。
3 車(くるま)が　止(と)まりました。	車停了。
4 ドアが　開(ひら)きました。	門開了。

1-13

～を＋他動詞

➔ 名詞後面接「を」來表示動作的目的語，這樣的動詞叫「他動詞」。「他動詞」主要是人為的，表示影響、作用直接涉及其他事物的動作，如例（1）、（2）；「～たい」、「～てください」、「～てあります」等句型一起使用，如例（3）、（4）。

1 私(わたし)は　火(ひ)を　消(け)しました。
我把火弄熄了。

➔ 例句

2 3年前(さんねんまえ)に　日本語(にほんご)の　勉強(べんきょう)を　始(はじ)めました。	從三年前開始學習日語。
3 ほかの　人(ひと)と　結婚(けっこん)して　あの　人(ひと)を　早(はや)く　忘(わす)れたいです。	我想和其他人結婚，快點忘了那個人。
4 名前(なまえ)と　電話番号(でんわばんごう)を　教(おし)えて　くださいませんか。	請問可以告訴我您的姓名和電話嗎？

動詞＋て

➡「動詞＋て」可表示原因，但其因果關係比「～から」、「～ので」還弱，如例（1）；或單純連接前後短句成一個句子，表示並舉了幾個動作或狀態，如例（2）；另外，用於連接行為動作的短句時，表示這些行為動作一個接著一個，按照時間順序進行，如例（3）；也可表示行為的方法或手段，如例（4）；表示對比，如例（5）。

1 年（とし）を　取（と）って、足（あし）が　悪（わる）く　なりました。
上了年紀，因此腿腳不中用了。

➡ 例句

2 朝（あさ）は　パンを　食（た）べて、牛乳（ぎゅうにゅう）を　飲（の）みます。	早上吃麵包，喝牛奶。
3 コートを　着（き）て　靴（くつ）を　履（は）いて　外（そと）に　出（で）ます。	披上大衣外套、穿上鞋子後外出。
4 ＣＤ（シーディー）を　聞（き）いて、勉強（べんきょう）します。	聽CD來讀書。
5 夏（なつ）は　海（うみ）で　泳（およ）いで、冬（ふゆ）は　山（やま）で　スキーを　します。	夏天到海邊游泳，冬天到山裡滑雪。

〔動詞＋ています〕（動作進行中）

➡ 表示動作或事情的持續，也就是動作或事情正在進行中。

1 伊藤（いとう）さんは　電話（でんわ）に　出（で）て　います。
伊藤先生正在接電話。

➡ 例句

2 キムさんは　宿題(しゅくだい)を　やって　います。	金同學正在做功課。
3 藤本(ふじもと)さんは　本(ほん)を　読(よ)んで　います。	藤本小姐正在看書。
4 今(いま)　何(なに)を　して　いますか。	現在在做什麼？

● 〔動詞＋ています〕（習慣性）

➡「動詞＋ています」跟表示頻率的「毎日（まいにち）、いつも、よく、時々（ときどき）」等單詞使用，就有習慣做同一動作的意思。

1 毎日(まいにち)　6時(ろくじ)に　起(お)きて　います。
每天六點起床。

➡ 例句

2 彼女(かのじょ)は　いつも　お金(かね)に　困(こま)って　います。	她總是為錢煩惱。
3 よく　高校(こうこう)の　友人(ゆうじん)と　会(あ)って　います。	我常和高中的朋友見面。
4 李(り)さんは　日本語(にほんご)を　習(なら)って　います。	李小姐在學日語。

● 〔動詞＋ています〕（工作）

➡「動詞＋ています」接在職業名詞後面，表示現在在做什麼職業。也表示某一動作持續到現在，也就是說話的當時。

1 兄(あに)は　アメリカで　仕事(しごと)を　して　います。
哥哥在美國工作。

例句

2	貿易会社(ぼうえきがいしゃ)で　働(はたら)いて　います。	我在貿易公司上班。
3	姉(あね)は　今年(ことし)から　銀行(ぎんこう)に　勤(つと)めて　います。	姊姊今年起在銀行服務。
4	李(り)さんは　日本語(にほんご)を　教(おし)えて　います。	李小姐在教日文。

〔動詞＋ています〕（結果或狀態的持續）

「動詞＋ています」表示某一動作後的結果或狀態還持續到現在，也就是說話的當時。

1 机(つくえ)の　下(した)に　財布(さいふ)が　落(お)ちて　います。
錢包掉在桌子下面。

例句

2	クーラーが　ついて　います。	有開冷氣。
3	窓(まど)が　閉(し)まって　います。	窗戶是關著的。
4	パクさんは　今日(きょう)　帽子(ぼうし)を　かぶって　います。	朴先生今天戴著帽子。

動詞ないで

「沒…就…」；「沒…反而…」、「不做…，而做…」。

以「動詞否定形＋ないで」的形式，表示附帶的狀況，也就是同一個動作主體的行為「在不做…的狀態下，做…」的意思，如例（1）～（4）；或是用於對比述說兩個事情，表示不是做前項的事，卻是做後項的事，或是發生了後項的事，如例（5）。

1 切符(きっぷ)を　買(か)わないで　電車(でんしゃ)に　乗(の)りました。
沒有買車票就搭上電車了。

➡ 例句

2 1週間(いっしゅうかん)　着(き)た　服(ふく)を　洗(あら)わないで　また　着(き)ました。
穿了一星期的衣服沒洗，又繼續穿上身了。

3 財布(さいふ)を　持(も)たないで　買(か)い物(もの)に　行(い)きました。
沒帶錢包就去買東西了。

4 昨日(きのう)は　寝(ね)ないで　勉強(べんきょう)しました。
昨天整晚沒睡都在讀書。

5 いつも　朝(あさ)は　ご飯(はん)ですが、今朝(けさ)は　ご飯(はん)を　食(た)べないで　パンを　食(た)べました。
平常早餐都吃飯，但今天早上吃的不是飯而是麵包。

N5

1-14

動詞なくて

「因為沒有…」、「不…所以…」。

➡ 以「動詞否定形＋なくて」的形式，表示因果關係。由於無法達成、實現前項的動作，導致後項的發生。

1 前(まえ)に　日本語(にほんご)を　勉強(べんきょう)しましたが、使(つか)わなくて　忘(わす)れました。
之前有學過日語，但是沒有用就忘了。

➡ 例句

2 宿題(しゅくだい)が　終(お)わらなくて、まだ　起(お)きて　います。
功課寫不完，所以我還沒睡。

3 子(こ)どもが　できなくて、医者(いしゃ)に　行(い)って　います。
一直都無法懷孕，所以去看醫生。

4 お店(みせ)の　人(ひと)の　ことばが　分(わ)からなくて、買(か)い物(もの)が　できませんでした。
聽不懂店員說的話，所以沒辦法買東西。

自動詞＋ています

「…著」、「已…了」。

➡ 表示跟目的、意圖無關的某個動作結果或狀態，還持續到現在。相較於「他動詞＋てあります」強調人為有意圖做某動作，其結果或狀態持續著，「自動詞＋ています」強調自然、非人為的動作，所產生的結果或狀態持續著。

1 空(そら)に　月(つき)が　出(で)て　います。
夜空高掛著月亮。

➡ 例句

2 川(かわ)が　分(わ)かれて　います。
河流分支開來。

3 本(ほん)が　落(お)ちて　います。
書掉了。

4 時計(とけい)が　遅(おく)れて　います。
時鐘慢了。

他動詞＋てあります

「…著」、「已…了」。

➡ 表示抱著某個目的、有意圖地去執行，當動作結束之後，那一動作的結果還存在的狀態。相較於「～ておきます」（事先…）強調為了某目的，先做某動作，「～てあります」強調已完成動作的狀態持續到現在。

1 お弁当は　もう　作って　あります。
便當已經作好了。

➡ 例句

2 果物は　冷蔵庫に　入れて　あります。	水果已經放在冰箱裡了。
3 肉と　野菜は　切って　あります。	肉和蔬菜已經切好了。
4 「二階の　窓を　閉めて　きて　ください。」「もう　閉めて　あります。」	「請去把二樓的窗戶關上。」「已經關好了。」

N5

● ～をください

「我要…」、「給我…」。

➡ 表示想要什麼的時候，跟某人要求某事物，如例（1）、（2）；要加上數量用「名詞＋を＋數量＋ください」的形式，外國人在語順上經常會說成「數量＋の＋名詞＋をください」，雖然不能說是錯的，但日本人一般不這麼說，如例（3）、（4）。

1 ジュースを　ください。
我要果汁。

➡ 例句

2 赤い　りんごを　ください。	請給我紅蘋果。
3 紙を　1枚　ください。	請給我一張紙。
4 お金を　たくさん　ください。	請給我很多錢。

N5 日語文法・句型詳解

～てください

「請…」。

以「動詞て形＋ください」的形式，表示請求、指示或命令某人做某事。一般常用在老師對學生、上司對部屬、醫生對病人等指示、命令的時候。

1 口(くち)を　大(おお)きく　開(あ)けて　ください。
請把嘴巴張大。

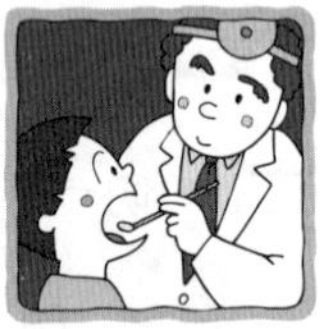

例句

2 この　問題(もんだい)が　分(わ)かりません。教(おし)えて　ください。
這道題目我不知道該怎麼解，麻煩教我。

3 こんな　字(じ)では　なくて、もっと　きれいな　字(じ)を　書(か)いて　ください。
請別寫得這麼潦草，而是用更加工整的字跡書寫。

4 本屋(ほんや)で　雑誌(ざっし)を　買(か)って　きて　ください。
請到書店買一本雜誌回來。

～ないでください

「請不要…」。

表示否定的請求命令，以「動詞否定形＋ないでください」的形式，請求對方不要做某事，如例（1）～（3）；更委婉的說法為「～ないでくださいませんか」，表示婉轉請求對方不要做某事，如例（4）、（5）。

1 大人(おとな)は　乗(の)らないで　ください。
成年人請勿騎乘。

例句

2 あさっては　大学(だいがく)に　入(はい)る　テストです。休(やす)まないで　ください。
後天有大學的入學考試，請不要請假。

3 お酒(さけ)を　飲(の)んだり　たばこを　吸(す)ったり　しないで　ください。	請不要又喝酒又抽菸的。
4 電気(でんき)を　消(け)さないで　くださいませんか。	可以麻煩不要關燈嗎？
5 大(おお)きな　声(こえ)を　出(だ)さないで　くださいませんか。	可以麻煩不要發出很大的聲音嗎？

～てくださいませんか

「能不能請您…」。

➡ 跟「～てください」一樣表示請求，但說法更有禮貌。由於請求的內容給對方負擔較大，因此有婉轉地詢問對方是否願意的語氣。也使用於向長輩等上位者請託的時候。

1 お名前(なまえ)を　教(おし)えて　くださいませんか。
能不能告訴我您的尊姓大名？

➡ 例句

2 先生(せんせい)、もう　少(すこ)し　ゆっくり　話(はな)して　くださいませんか。	老師，能否請您講慢一點？
3 電話番号(でんわばんごう)を　書(か)いて　くださいませんか。	能否請您寫下電話號碼？
4 東京(とうきょう)へ　一緒(いっしょ)に　来(き)て　くださいませんか。	能否請您一起去東京？

N5 日語文法・句型詳解

動詞ましょう

「做…吧」。

以「動詞ます形＋ましょう」的形式，表示勸誘對方跟自己一起做某事。一般用在做那一行為、動作，事先已經規定好，或已經成為習慣的情況，如例（1）～（3）；也用在回答時，如例（4）。另外，請注意例（5）實質上是在下命令，但以勸誘的方式，讓語感較為婉轉。不用在說話人身上。

1 ちょっと　休みましょう。
休息一下吧！

例句

2 9時半に　会いましょう。
就約九點半見面吧！

3 一緒に　帰りましょう。
一起回家吧！

4 ええ、そうしましょう。
好的，就這麼做吧。

5 名前は　大きく　書きましょう。
把姓名寫大一點吧！

動詞ましょうか

「我來…吧」、「我們…吧」。

「動詞ます形＋ましょうか」。這個句型有兩個意思，一個是表示提議，想為對方做某件事情並徵求對方同意，如例（1）、（2）；另一個是表示邀請，相當於「ましょう」，但是是站在對方的立場著想才進行邀約，如例（3）、（4）。

1 大きな　荷物ですね。持ちましょうか。
好大件的行李啊，我來幫你提吧？

➔ 例句

2 寒(さむ)いですね。窓(まど)を　閉(し)めましょうか。 | 好冷喔，我來把窗戶關起來吧？

3 もう　6時(ろくじ)ですね。帰(かえ)りましょうか。 | 已經六點了呢，我們回家吧？

4 公園(こうえん)で　お弁当(べんとう)を　食(た)べましょうか。 | 我們在公園吃便當吧？

1-15

動詞ませんか

「要不要…吧」。

➔ 以「動詞ます形＋ませんか」的形式，表示行為、動作是否要做，在尊敬對方抉擇的情況下，有禮貌地勸誘對方，跟自己一起做某事。

1 週末(しゅうまつ)、遊園地(ゆうえんち)へ　行(い)きませんか。
週末要不要一起去遊樂園玩？

➔ 例句

2 今晩(こんばん)、食事(しょくじ)に　行(い)きませんか。 | 今晚要不要一起去吃飯？

3 明日(あした)、一緒(いっしょ)に　映画(えいが)を　見(み)ませんか。 | 明天要不要一起去看電影？

4 日曜日(にちようび)、一緒(いっしょ)に　料理(りょうり)を　作(つく)りませんか。 | 禮拜天要不要一起下廚？

N5 日語文法・句型詳解

～がほしい

「…想要…」。

➡ 以「名詞＋が＋ほしい」的形式，表示說話人（第一人稱）想要把什麼東西弄到手，想要把什麼東西變成自己的，希望得到某物的句型。「ほしい」是表示感情的形容詞。希望得到的東西，用「が」來表示。疑問句時表示聽話者的希望。

1 私は　自分の　部屋が　ほしいです。
我想要有自己的房間。

➡ 例句

2 新しい　洋服が　ほしいです。 | 我想要新的洋裝。

3 もっと　時間が　ほしいです。 | 我想要多一點的時間。

4 どんな　恋人が　ほしいですか。 | 你想要怎樣的情人？

動詞たい

「…想要…」。

➡ 以「動詞ます形＋たい」的形式，表示說話人（第一人稱）內心希望某一行為能實現，或是強烈的願望，如例（1）～（3）；使用他動詞時，常將原本搭配的助詞「を」，改成助詞「が」，如例（4）；用於疑問句時，表示聽話者的願望，如例（5）。

1 お金の　たくさん　ある　人と　結婚したいです。
我想和有錢人結婚。

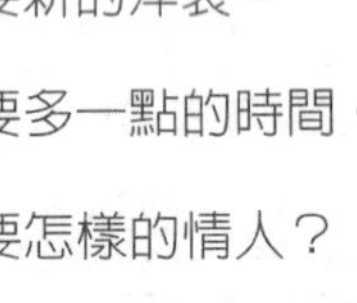

➡ 例句

2 早く　20歳に　なりたいです。 | 我希望快點長到二十歲。

3 疲れたので　座りたいです。	很累了，希望能坐下來。
4 果物が　食べたいです。	我想要吃水果。
5 何が　飲みたいですか。	想喝什麼呢？

～とき

「…的時候…」。

➡ 以「動詞普通形＋とき」、「形容動詞＋な＋とき」、「形容詞＋とき」、「名詞＋の＋とき」的形式，表示與此同時並行發生其他的事情，如例（1）～（3）；「とき」前後的動詞時態也可能不同，「動詞過去式＋とき」後接現在式，表示實現前者後，後者才成立，如例（4）；「動詞現在式＋とき」後接過去式，強調後者比前者早發生，如例（5）。

1 休みの　とき、よく　デパートに　行きます。
休假的時候，我經常去逛百貨公司。

➡ 例句

2 結婚した　とき、パーティーに　100人ぐらい　よびました。	結婚的時候，邀請了大約一百個人來參加婚宴。
3 仕事が　忙しい　ときは、お昼ご飯を　食べません。	工作忙碌的時候，沒空吃午飯。
4 新幹線に　乗ったとき、いつも　駅弁を食べます。	每次搭新幹線列車的時候，總是會吃火車便當。
5 昨日も、新幹線に　乗るとき、ホームで駅弁を　買いました。	昨天搭新幹線列車時，也在月台買了火車便當。

N5 日語文法・句型詳解

動詞ながら

「一邊…一邊…」。

以「動詞ます形＋ながら」的形式，表示同一主體同時進行兩個動作，此時後面的動作是主要的動作，前面的動作為伴隨的次要動作，如例（1）～（3）；也可使用於長時間狀態下，所同時進行的動作，如例（4）、（5）。

1 テレビを　見ながら　食事を　します。
一邊看電視一邊吃飯。

例句

2 トイレに　入りながら　新聞を　読みます。	一邊上廁所一邊看報紙。
3 お風呂に　入りながら　歌を　歌います。	一面洗澡一面唱歌。
4 中学を　出てから、昼間は　働きながら　夜　高校に　通って　卒業しました。	從中學畢業以後，一面白天工作一面上高中夜校，靠半工半讀畢業了。
5 銀行に　勤めながら、小説も　書いて　います。	一方面在銀行工作，同時也從事小說寫作。

動詞てから

「先做…，然後再做…」；「從…」。

以「動詞て形＋から」的形式，結合兩個句子，表示動作順序，強調先做前項的動作或前項事態成立，再進行後句的動作，如例（1）～（3）；也可表示某動作、持續狀態的起點，如例（4）、（5）。

1 天気が　よく　なってから、洗濯を　します。
等到天氣好轉之後，再洗衣服。

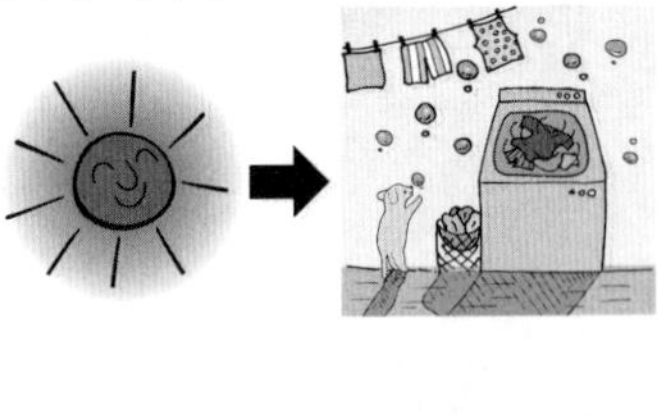

➡ 例句

2 テレビに　出(で)てから、有名(ゆうめい)に　なりました。	自從上了電視以後，就出名了。
3 シャワーを　浴(あ)びてから、学校(がっこう)に　行(い)きます。	先沖澡，再去上學。
4 日本語(にほんご)の　勉強(べんきょう)を　始(はじ)めてから、まだ　3(さん)ヶ月(かげつ)です。	自從開始學日語到現在，也才三個月而已。
5 今月(こんげつ)に　入(はい)ってから、毎日(まいにち)　とても　暑(あつ)いです。	這個月以來，每天都非常炎熱。

● 動詞たあとで

「…以後…」。

➡ 以「動詞た形＋あとで」的形式，表示前項的動作做完後，做後項的動作。是一種按照時間順序，客觀敘述事情發生經過的表現，而前後兩項動作相隔一定的時間發生。

1 お風呂(ふろ)に　入(はい)ったあとで、ビールを　飲(の)みます。
洗完澡後喝啤酒。

➡ 例句

2 子(こ)どもが　寝(ね)た　あとで、本(ほん)を　読(よ)みます。	等孩子睡了以後會看看書。
3 宿題(しゅくだい)を　した　あとで、テレビを　見(み)ました。	做完功課以後，看了電視節目。
4 授業(じゅぎょう)が　始(はじ)まった　あとで、おなかが　痛(いた)く　なりました。	開始上課以後，肚子忽然痛了起來。

1-16

名詞＋の＋あとで

以「名詞＋の＋あとで」的形式，表示完成前項事情之後，進行後項行為。

1 トイレの　あとで　お風呂(ふろ)に　入(はい)ります。
上完廁所後洗澡。

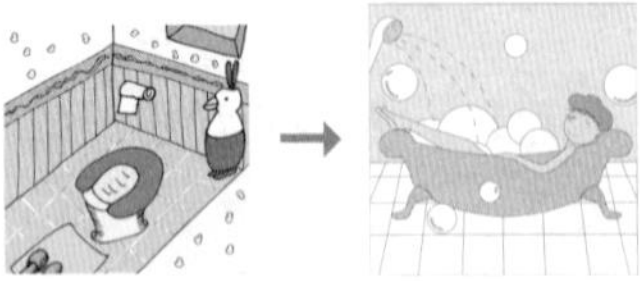

例句

2 学校(がっこう)の　あとで　ピアノの　先生(せんせい)の　ところに　行(い)きます。	放學後去鋼琴老師那邊。
3 宿題(しゅくだい)の　あとで　遊(あそ)びます。	做完功課後玩耍。
4 テレビの　あとで　寝(ね)ます。	看完電視後睡覺。

動詞まえに

「…之前，先…」。

以「動詞辭書形＋前に」的形式，表示動作的順序，也就是做前項動作之前，先做後項的動作，如例（1）～（4）；即使句尾動詞是過去式，「まえに」前接動詞辭書形，如例（5）。

1 私(わたし)は　いつも、寝(ね)る　前(まえ)に　歯(は)を　磨(みが)きます。
我都是睡前刷牙。

例句

2 日本(にほん)に　留学(りゅうがく)する　前(まえ)に、台湾(たいわん)で　日本語(にほんご)を　よく　勉強(べんきょう)します。	去日本留學之前，要先在台灣努力學日語。

3 道(みち)を　渡(わた)る　前(まえ)に、右(みぎ)と　左(ひだり)を　よく　見(み)ましょう。　過馬路之前，要先注意左右來車喔！

4 暗(くら)く　なる　前(まえ)に　うちに　帰(かえ)ります。　要在天黑前回家。

5 友達(ともだち)の　うちへ　行(い)く　前(まえ)に、電話(でんわ)を　かけました。　去朋友家前，先打了電話。

● 名詞＋の＋まえに

「…前」。

➡ 以「名詞＋の＋前に」的形式，表示空間上的前面，或做某事之前先進行後項行為。

1 仕事(しごと)の　前(まえ)に　コーヒーを　飲(の)みます。
工作前先喝杯咖啡。

➡ 例句

2 食事(しょくじ)の　前(まえ)に　手(て)を　洗(あら)います。　吃飯前先洗手。

3 勉強(べんきょう)の　前(まえ)に　テレビを　見(み)ます。　讀書前先看電視。

4 お風呂(ふろ)の　前(まえ)に　トイレに　入(はい)ります。　洗澡前先上廁所。

● ～でしょう

「也許…」、「可能…」、「大概…吧」；「…對吧」。

➡「動詞普通形＋でしょう」、「形容詞＋でしょう」、「名詞＋でしょう」。伴隨降調，表示說話者的推測，說話者不是很確定，不像「です」那麼肯定，如例（1）；常跟「たぶん」一起使用，如例（2）、（3）；也可表示向對方確認某件事情，或是徵詢對方的同意，如例（4）、（5）。

N5

1 明日(あした)は　風(かぜ)が　強(つよ)いでしょう。
明天風很強吧！

➡ 例句

2 あの　人(ひと)は　たぶん　学生(がくせい)でしょう。｜那個人應該是學生吧！

3 たぶん　電車(でんしゃ)より　タクシーの　方(ほう)が　早(はや)いでしょう。｜與其搭電車，計程車大概比較快吧！

4 この　作文(さくぶん)、お父(とう)さんか　お母(かあ)さんが　書(か)いたでしょう。｜這篇作文，是由爸爸或媽媽寫的吧？

5 それは　違(ちが)うでしょう。｜那樣不對吧？

● 動詞たり、動詞たりします

「又是…，又是…」；「有時…，有時…」。

➡「動詞た形＋り＋動詞た形＋り＋する」可表示動作並列，意指從幾個動作之中，例舉出 2、3 個有代表性的，並暗示還有其他的，如例（1）、（2）；表並列用法時，「動詞たり」有時只會出現一次，如例（3），但基本上「動詞たり」還是會連用兩次；也可表示動作的反覆實行，如例（4）；或用於說明兩種對比的情況，如例（5）。

1 日本(にほん)の　本(ほん)を　読(よ)んだり、テレビを　見(み)たりして　勉強(べんきょう)します。
透過看日本書以及電視節目來學習。

➡ 例句

2 デパートで、買い物を　したり　ご飯を食べたりするのが　好きです。
我喜歡在百貨公司買買東西、吃吃飯。

3 今度の　台湾旅行では、台湾茶の　お店に行ったりしたいです。
下回去台灣旅遊的時候，希望能去販賣台灣茶的茶行。

4 うちの　おばあちゃんは　病気で、毎日寝たり　起きたりして　いるだけです。
我奶奶生病了，每天只能在家時起時臥。

5 病気で　体温が　上がったり　下がったりして　います。
因為生病而體溫忽高忽低的。

N5

● 形容詞く＋なります

「變…」。

➡ 形容詞後面接「なります」，要把詞尾的「い」變成「く」。表示事物本身產生的自然變化，這種變化並非人為意圖性的施加作用，如例（1）～（3）；即使變化是人為造成的，若重點不在「誰改變的」，也可用此文法，如例（4）。

1 西の　空が　赤く　なりました。
西邊的天空變紅了。

➡ 例句

2 春が　来て、暖かく　なりました。
春天到來，天氣變暖和了。

3 子どもは　すぐに　大きく　なります。
小孩子一轉眼就長大了。

4 夕方は　魚が　安く　なります。
到了傍晚，魚價會變得比較便宜。

N5 日語文法・句型詳解

形容動詞に＋なります

➡ 表示事物的變化。如上一單元說的，「なります」的變化不是人為有意圖性的，是在無意識中物體本身產生的自然變化。形容詞後面接「なります」，要把語尾的「だ」變成「に」。

1 体(からだ)が　丈夫(じょうぶ)に　なりました。
身體變強壯了。

➡ 例句

2 彼女(かのじょ)は　最近(さいきん)　きれいに　なりました。	她最近變漂亮了。
3 高校(こうこう)に　入(はい)って、弟(おとうと)は　真面目(まじめ)に　なりました。	弟弟上高中後變認真了。
4 この　街(まち)は　賑(にぎ)やかに　なりました。	這條街變熱鬧了。

1-17

名詞に＋なります

「變成…」。

➡ 以「名詞に＋なります」的形式，表示在無意識中，事態本身產生的自然變化，這種變化並非人為有意圖性的，如例（1）～（3）；即使變化是人為造成的，若重點不在「誰改變的」，也可用此文法，如例（4）。

1 もう　夏(なつ)に　なりました。
已經是夏天了。

➡ 例句

2 早(はや)く　大人(おとな)に　なって、お酒(さけ)を　飲(の)みたいです。	我希望趕快變成大人，這樣就能喝酒了。
3 夏休(なつやす)みに　なってから、公園(こうえん)に　子(こ)どもが　たくさん　います。	自從放暑假以後，公園裡的孩童就變多了。
4 あそこは　前(まえ)は　喫茶店(きっさてん)でしたが、すし屋(や)に　なりました。	那裡以前開了家咖啡廳，後來改成壽司料理店了。

● 形容詞く＋します

N5

➡ 表示事物的變化。跟「なります」比較，「なります」的變化不是人為有意圖性的，是在無意識中物體本身產生的自然變化；而「します」是表示人為的有意圖性的施加作用，而產生變化。形容詞後面接「します」，要把詞尾的「い」變成「く」。

1 壁(かべ)を　白(しろ)く　します。
把牆壁弄白。

➡ 例句

2 部屋(へや)を　暖(あたた)かく　しました。	房間弄暖和。
3 音(おと)を　小(ちい)さく　します。	把音量壓小。
4 砂糖(さとう)を　入(い)れて　甘(あま)く　します。	加砂糖讓它變甜。

形容動詞に＋します

表示事物的變化。如前一單元所說的，「します」是表示人為有意圖性的施加作用，而產生變化。形容動詞後面接「します」，要把詞尾的「だ」變成「に」。

1 運動(うんどう)して、体(からだ)を　丈夫(じょうぶ)に　します。
去運動讓身體變強壯。

例句

2 この　町(まち)を　きれいに　しました。	把這個市鎮變乾淨了。
3 音楽(おんがく)を　流(なが)して、賑(にぎ)やかに　します。	放音樂讓氣氛變熱鬧。
4 娘(むすめ)を　テレビに　出(だ)して、有名(ゆうめい)に　したいです。	我希望讓女兒上電視成名。

名詞に＋します

「讓…變成…、使其成為…」。

以「名詞に＋します」的形式，表示人為有意圖性的施加作用，而產生變化。

1 子(こ)どもを　医者(いしゃ)に　します。
我要讓孩子當醫生。

例句

2 バナナを　半分(はんぶん)に　しました。	我把香蕉分成一半了。
3 玄関(げんかん)を　北(きた)に　します。	把玄關建在北邊。

4 空き箱を　椅子に　します。｜把空箱子拿來當椅子。

のだ

【用言連體形】＋のだ。表示客觀地對話題的對象、狀況進行說明，或請求對方針對某些理由說明情況，一般用在發生了不尋常的情況，而說話人對此進行說明，或提出問題，如例（1）；口語的說法常將「の」換成「ん」，如例（2）～（4）；也用於表示說話者強調個人的主張或決心，如例（5）。

1 きっと、事故が　あったのだ。
一定是發生事故了！

例句

2 道路が　ぬれている。雨が　降ったんだ。	路面是濕的。原來下過雨了。
3 きっと、泥棒に　入られたんだ。	一定是遭小偷了啊！
4 早く　終わった。友達が　手伝って　くれたんだ。	提早完成了。因為朋友來幫了我。
5 ずいぶん　迷ったけれど、これで　よかったのだ。	我雖然考慮了很久，還是決定這樣做就好。

もう＋肯定

「已經…了」。

和動詞句一起使用，表示行為、事情到某個時間已經完了。用在疑問句的時候，表示詢問完或沒完。

1 病気（びょうき）は　もう　治（なお）りました。
病已經治好了。

➡ 例句

2 妹（いもうと）は　もう　出（で）かけました。 | 妹妹已經出門了。

3 もう　お風呂（ふろ）に　入（はい）りました。 | 已經洗過澡了。

4 仕事（しごと）は　もう　終（お）わりました。 | 工作已經結束了。

● もう＋否定

「已經不…了」。

➡「否定」後接否定的表達方式，表示不能繼續某種狀態了。一般多用於感情方面達到相當程度。

1 もう　飲（の）みたく　ありません。
我已經不想喝了。

➡ 例句

2 もう　痛（いた）く　ありません。 | 已經不痛了。

3 もう　寒（さむ）く　ありません。 | 已經不冷了。

4 紙（かみ）は　もう　ありません。 | 已經沒紙了。

● まだ＋肯定

「還…」;「還有…」。

➡ 表示同樣的狀態，從過去到現在一直持續著，如例（1）～（3）；也表示還留有某些時間或東西，如例（4）。

1 お茶(ちゃ)は　まだ　熱(あつ)いです。
茶還很燙。

➡ 例句

2 空(そら)は　まだ　明(あか)るいです。｜天色還很亮。

3 まだ　電話中(でんわちゅう)ですか。｜還是通話中嗎？

4 まだ　時間(じかん)が　あります。｜還有時間。

N5

● まだ＋否定

「還（沒有）…」。

➡ 表示預定的事情或狀態，到現在都還沒進行，或沒有完成。

1 宿題(しゅくだい)が　まだ　終(お)わりません。
功課還沒做完。

➡ 例句

2 日本語(にほんご)は　まだ　覚(おぼ)えて　いません。｜還沒有記好日語。

3 図書館(としょかん)の　本(ほん)は　まだ　返(かえ)して　いません。｜圖書館的書還沒還。

4 まだ　何(なに)も　食(た)べて　いません。｜什麼都還沒吃。

1-18

～という〔名詞〕

「叫做…」。

➡ 表示說明後面這個事物、人或場所的名字。一般是說話人或聽話人一方，或者雙方都不熟悉的事物。

1 その　店(みせ)は　何(なん)と　いう　名前(なまえ)ですか。
那家店叫什麼名字？

➡ 例句

2 あれは　チワワと　いう　犬(いぬ)ですか。	那是叫做吉娃娃的狗嗎？
3 これは　何(なん)と　いう　果物(くだもの)ですか。	這是什麼水果？
4 これは　「マンゴー」と　いう　果物(くだもの)です。	這是名叫「芒果」的水果。

つもり

「打算」、「準備」。

➡「動詞辭書形＋つもり」。表示打算作某行為的意志。這是事前決定的，不是臨時決定的，而且想做的意志相當堅定，如例（1）～（3）。相反地，不打算的話用「動詞ない形＋ない＋つもり」的形式，如例（4）。

1 今年(ことし)は　車(くるま)を　買(か)う　つもりです。
我今年準備買車。

➡ 例句

2 夏休(なつやす)みには　日本(にほん)へ　行(い)く　つもりです。	暑假打算去日本。
3 来月(らいげつ)、コンサートに　行(い)く　つもりです。	下個月打算去聽演唱會。

4 今年（ことし）は　海外旅行（かいがいりょこう）しない　つもりです。 | 今年不打算出國旅行。

～をもらいます

「取得」、「要」、「得到」。

➡ 表示從某人那裡得到某物。「を」前面是得到的東西。給的人一般用「から」或「に」表示。

1 彼（かれ）から　花（はな）を　もらいました。
我從他那裡收到了花。

➡ 例句

2 親（おや）から　誕生日（たんじょうび）プレゼントを　もらいました。	我從爸媽那裡收到了生日禮物。
3 友人（ゆうじん）から　お土産（みやげ）を　もらいました。	從朋友那裡拿到了名產。
4 彼（かれ）から　婚約指輪（こんやくゆびわ）を　もらいました。	我從他那裡收到了求婚戒指。

N5

～に～があります／います

「某處有某物或人」。

➡ 表某處存在某物或人，也就是無生命事物，及有生命的人或動物的存在場所，用「（場所）に（物）があります、（人）がいます」。表示事物存在的動詞有「あります／います」，無生命的事物或自己無法動的植物用「あります」，如例（1）、（2）；「います」用在有生命的，自己可以動作的人或動物，如例（3）、（4）。

1 箱（はこ）の　中（なか）に　お菓子（かし）が　あります。
箱子裡有甜點。

例句

2 町の　東に　長い　川が　あります。	市鎮的東邊有長河。
3 部屋に　姉が　います。	房間裡有姊姊在。
4 北海道に　兄が　います。	北海道那邊有哥哥在。

～は～にあります／います

「某物或人在某處」。

表示某物或人, 存在某場所用「(物) は (場所) にあります／ (人) は (場所) にいます」。

1 トイレは　あちらに　あります。
廁所在那邊。

例句

2 八百屋は　郵便局の　隣に　あります。	蔬果店在郵局的隔壁。
3 姉は　部屋に　います。	姊姊在房間。
4 彼は　外国に　います。	他在國外。

～は～より

「…比…」。

「名詞＋は＋名詞＋より」。表示對兩件性質相同的事物進行比較後, 選擇前者。「より」後接的是性質或狀態。如果兩件事物的差距很大, 可以在「より」後面接「ずっと」來表示程度很大。

1 飛行機(ひこうき)は　船(ふね)より　速(はや)いです。
飛機比船還快。

➔ 例句

2 この　ビルは、あの　ビルより　高(たか)いです。	這棟大廈比那棟大廈高。
3 兄(あに)は　母(はは)より　背(せ)が　高(たか)いです。	哥哥個子比媽媽高。
4 今年(ことし)の　夏(なつ)は　去年(きょねん)より　暑(あつ)い。	今年夏天比去年熱。
5 中国(ちゅうごく)は　日本(にほん)より　ずっと　広(ひろ)いです。	中國大陸遠比日本遼闊。

N5

● ～より～ほう

「…比…」、「比起…，更」。

➔ 表示對兩件事物進行比較後，選擇後者。「ほう」是方面之意，在對兩件事物進行比較後，選擇了「こっちのほう」（這一方）的意思。被選上的用「が」表示。

1 勉強(べんきょう)より　遊(あそ)びの　ほうが　楽(たの)しいです。
玩耍比讀書愉快。

➔ 例句

2 大阪(おおさか)より　東京(とうきょう)の　ほうが　大(おお)きいです。	比起大阪，東京比較大。
3 テニスより　水泳(すいえい)の　ほうが　好(す)きです。	喜歡游泳勝過網球。
4 乗(の)り物(もの)に　乗(の)るより、歩(ある)く　ほうが　いいです。	走路比搭車好。
5 クーラーを　つけるより、窓(まど)を　開(あ)けるほうが　いいでしょう。	與其開冷氣，不如開窗戶較好吧！

N5 日語文法・句型詳解

～ほうがいい

「最好…」、「還是…為好」。

➡ 用在向對方提出建議、忠告，或陳述自己的意見、喜好的時候。有時候雖然是「た形」，但指的卻是以後要做的事。否定形為「～ないほうがいい」。

1 コーヒーには　砂糖(さとう)を　入(い)れない　ほうが　いいです。
不要在咖啡裡加砂糖比較好。

➡ 例句

2	曇(くも)って　いるから、傘(かさ)を　持(も)って　いった　ほうが　いいですよ。	天色陰陰的，還是帶把傘去比較好！
3	柔(やわ)らかい　布団(ふとん)の　ほうが　いい。	柔軟的棉被比較好。
4	授業(じゅぎょう)の　前(まえ)に　予習(よしゅう)を　する　ほうが　いいです。	上課前預習一下比較好。
5	住(す)む　ところは　駅(えき)に　近(ちか)い　ほうが　いいです。	住的地方離車站近一點比較好。

あまり～ない

「不太…」。

➡「あまり」下接否定的形式，表示程度不特別高，數量不特別多，如例（1）～（3）；在口語中常說成「あんまり」，如例（4）；若想表示全面否定可用「全然（ぜんぜん）～ない」，如例（5）是種否定意味較為強烈的用法。

1 あの　店(みせ)は　あまり　おいしく　ありませんでした。
那家店的餐點不太好吃。

➔ 例句

2 この　公園(こうえん)の　トイレは　あまり　きれいでは　ないです。	這座公園的廁所不太乾淨。
3 「を」と　「に」の　使(つか)い方(かた)が　あまり　分(わ)かりません。	我不太懂「を」和「に」的用法有何不同。
4 あんまり　行(い)きたく　ありません。	不大想去。
5 お酒(さけ)は　全然(ぜんぜん)　飲(の)みません。	滴酒不沾。

N4

1-19

こんな

「這樣的」、「這麼的」、「如此的」。

➜ 間接地在講人事物的狀態或程度，而這個事物是靠近說話人的，也可能是剛提及的話題或剛發生的事。

1 こんな大きな木は見たことがない。
沒看過如此大的樹木。

➜ 例句

2 こんな洋服は、いかがですか。	這樣的洋裝如何？
3 こんなことは子どもでもできる。	這種事情連小孩子都會做。
4 こんな時はみんなで助け合おう。	這種時候就該大家齊心協力。
5 こんな部屋は、私には立派すぎます。	這樣的房間對我來說太過豪華了。

● そんな

「那樣的」。

➔ 間接的在說人或事物的狀態或程度。而這個事物是靠近聽話人的或聽話人之前說過的。有時也含有輕視和否定對方的意味。

1 そんなことばかり言(い)わないで、元気(げんき)を出(だ)して。
別淨說那些話，打起精神來。

➔ 例句

2 そんな名前(なまえ)は聞(き)いたことがない。	我沒有聽過那樣的名字。
3 そんな失礼(しつれい)なことは言(い)えない。	我說不出那樣沒禮貌的話。
4 そんなことをしたらだめです。	不可以那樣做。
5 そんなときは、この薬(くすり)を飲(の)んでください。	那時候請吃這個藥。

N4

● あんな

「那樣的」。

➔ 間接地說人或事物的狀態或程度。而這是指說話人和聽話人以外的事物，或是雙方都理解的事物。

1 私(わたし)は、あんな女性(じょせい)と結婚(けっこん)したいです。
我想和那樣的女性結婚。

➔ 例句

2 あんなやり方(かた)ではだめだ。	那種作法是行不通的。
3 わたしもあんな家(いえ)に住(す)みたいです。	我也想住那樣的房子。

4 どうして、あんなことをなさったのですか。	您為什麼會做那種事呢？
5 彼女(かのじょ)があんなに優(やさ)しい人(ひと)だとは知(し)りませんでした。	我不知道她是那麼貼心的人。

こう

「這樣」、「這麼」。

➡ 指眼前的物或近處的事時用的詞。

1 アメリカでは、こう握手(あくしゅ)して挨拶(あいさつ)します。
在美國都像這樣握手寒暄。

➡ 例句

2 私(わたし)の名前(なまえ)は、ハングルではこう書(か)きます。	我的名字用韓文是這樣寫的。
3 こう毎日雨(まいにちあめ)だと、洗濯物(せんたくもの)が全然乾(ぜんぜんかわ)かなくて困(こま)ります。	像這樣每天下雨，衣服根本晾不乾，真傷腦筋。
4 「ちょっとここを押(お)さえていてください。」「こうですか。」	「麻煩幫忙壓一下這邊。」「像這樣壓住嗎？」

そう

「那樣」。

➡ 指示較靠近對方或較為遠處的事物時用的詞。

1 そうしたら、君(きみ)も東大(とうだい)に合格(ごうかく)できるのだ。
那樣一來，你也能考上東京大學的！

➡ 例句

2 父(ちち)には、そう説明(せつめい)するつもりです。	打算跟父親那樣說明。
3 私(わたし)もそういうふうになりたいです。	我也想變成那樣。
4 彼(かれ)がそう言(い)うのは、珍(めずら)しいですね。	他會那樣說倒是很稀奇。
5 私(わたし)がそうしたのには、訳(わけ)があります。	我那樣做是有原因的。

● ああ

「那樣」。

➡ 指示說話人和聽話人以外的事物，或是雙方都理解的事物。

1 ああ太(ふと)っていると、苦(くる)しいでしょうね。
那麼胖一定很痛苦吧！

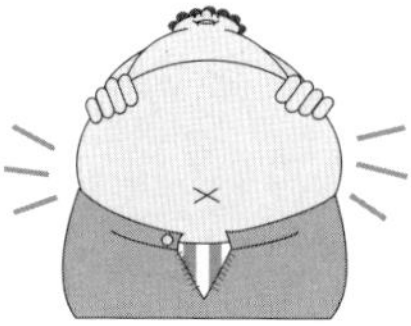

➡ 例句

2 ああしろこうしろとうるさい。	一下叫我那樣，一下叫我這樣煩死人了！
3 彼(かれ)は怒(おこ)るといつもああだ。	他一生起氣來一向都是那樣子。
4 子(こ)どもをああしかっては、かわいそうですよ。	把小孩罵成那樣，太可憐了。
5 テストの答(こた)えは、ああ書(か)いておきました。	考試的解答已先那樣寫好了。

ちゃ

「ちゃ」是「ては」的縮略形式，而「ちゃう」是「てしまう」的縮略形式，也就是縮短音節的形式，一般是用在口語上。多用在跟自己比較親密的人，輕鬆交談的時候。

1 飲み過ぎちゃって、立てないよ。
喝太多了，站不起來嘛！

例句

2 まだ、火をつけちゃいけません。	還不可以點火。
3 この仕事は、僕がやらなくちゃならない。	這個工作非我做不行。
4 動物にえさをやっちゃだめです。	不可以餵食動物。

1-20

～が

【體言】＋が。接在名詞的後面，表示後面的動作或狀態的主體。

1 子どもが、泣きながら走ってきた。
小孩邊哭邊跑了過來。

例句

2 台風で、窓が壊れました。	颱風導致窗戶壞了。
3 あそこにいる男の人が、私たちの先生です。	在那裡的那位男性是我們老師。

4	新(あたら)しい番組(ばんぐみ)が始(はじ)まりました。	新節目已經開始了。
5	山(やま)の上(うえ)に、湖(みずうみ)があります。	山上有湖泊。

～までに

「在…之前」、「到…時候為止」。

➡【體言；動詞連體形】＋までに。接在表示時間的名詞後面，表示動作或事情的截止日期或期限，如例（1）～（3）；不同於「までに」，用「まで」表示某事件或動作，直在某時間點前都持續著，如例（4）、（5）。

1 卒業(そつぎょう)までに好(す)きな人(ひと)に気持(きも)ちを伝(つた)えたい。
我希望在畢業之前向喜歡的人告白。

➡ 例句

2	これ、何時(なんじ)までにやればいいですか。	這件事，在幾點之前完成就可以呢？
3	先生(せんせい)が来(く)るまでに返(かえ)すから、宿題(しゅくだい)を写(うつ)させてよ。	老師進來之前一定會還給你的，習題借我抄嘛！
4	昨日(きのう)は日曜日(にちようび)で、お昼(ひる)まで寝(ね)ていました。	昨天是星期日，所以睡到了中午。
5	あなたがあの人(ひと)のことを忘(わす)れるまで、私(わたし)はいつまでも待(ま)っています。	直到妳忘了那個人為止，我會永遠等著妳。

數量詞+も

「多達…」。

➡【數量詞】＋も。前面接數量詞，用在強調數量很多、程度很高的時候，由於因人物、場合等條件而異，所以前接的數量詞雖不一定很多，但還是表示很多，如例（1）～（3）；用「何＋助數詞＋も」，像是「何回も、何度も」等，表示實際的數量或次數並不明確，但說話者感覺很多，如例（4）、（5）。

1 ケーキを１１個も食べたら、おなかをこわすよ。
要是吃了多達十一個蛋糕，會鬧肚子的唷。

➡ 例句

2 テレビを４時間も見て、目が疲れました。
足足看了四個小時的電視，眼睛變得酸痛不堪。

3 パーティーには、1,000人も集まりました。
多達一千人聚集在派對上。

4 何回も電話したけれど、いつも留守だ。
已經打過了好多通電話，可是總是沒人接。

5 ディズニーランドは何度も行きましたよ。
我去過迪士尼樂園好幾次了喔！

～ばかり

「淨…」、「光…」；「總是…」、「老是…」。

➡【體言】＋ばかり。表示數量、次數非常多，如例（1）～（3）；【動詞て形】＋ばかり。表示說話人對不斷重複一樣的事，或一直都是同樣的狀態，有負面的評價，如例（4）、（5）。

1 アルバイトばかりしていないで、勉強もしなさい。
別光打工，也要唸書！

➔ 例句

2	漫画ばかりで、本は全然読みません。	光看漫畫，完全不看書。
3	朝起きてから夜寝るまで、あの人のことばかり考えています。	從早上起床到晚上睡覺，我滿腦子都在想他。
4	寝てばかりいないで、手伝ってよ。	別老是睡懶覺，過來幫忙啦！
5	大学を出てからも、働かないで遊んでばかりいる。	就算大學畢業以後，也沒去工作，成天遊手好閒。

● ～でも

「…之類的」；「就連…也」。

➔【體言】＋でも。用於舉例。表示雖然含有其他的選擇，但還是舉出一個具代表性的例子，如例（1）～（3）；先舉出一個極端的例子，再表示其他情況當然是一樣的，如例（4）、（5）。

1 子どもにピアノでも習わせたい。
至少想讓孩子學個鋼琴之類的樂器。

➔ 例句

2	お帰りなさい。お茶でも飲みますか。	你回來了。要不要喝杯茶？
3	危ないからやめなさい。けがでもしたらどうするの。	太危險了，快住手！萬一受傷了可怎麼辦好呢？
4	日本人でも読めない漢字があります。	就連日本人，也都會有不會唸的漢字。
5	お正月でも仕事が忙しい。	即便是年假期間，工作還是很忙。

疑問詞＋でも

「無論」、「不論」、「不拘」。

➡【疑問詞】＋でも。「でも」上接疑問詞時，表示全面肯定或否定，也就是沒有例外，全部都是。句尾大都是可能或容許等表現。

1 なんでも相談(そうだん)してください。
什麼都可以找我商量。

➡ 例句

2 いつでも手伝(てつだ)ってあげます。	隨時都樂於幫你忙的。
3 年末(ねんまつ)はどのデパートでも大安売(おおやすう)りをします。	到年底，不管是哪家百貨公司，都會大減價。
4 兄(あに)はどんなスポーツでもできます。	哥哥什麼運動都會。
5 どこでも、仕事(しごと)を見(み)つけることができませんでした。	哪裡都找不到工作。

疑問詞＋～か

➡【疑問詞】＋か。當一個完整的句子中，包含另一個帶有疑問詞的疑問句時，則表示事態的不明確性。此時的疑問句在句中扮演著相當於名詞的角色，但後面的助詞經常被省略。

1 映画(えいが)は何時(なんじ)から始(はじ)まるか教(おし)えてください。
請告訴我電影幾點放映。

例句

2 どんな本を読めばいいか分かりません。	我不知道該讀哪本書才好。
3 おすしはどうやって作るのか、インターネットで調べました。	上網查了壽司是如何做出來的。
4 子ども一人育てるのにいくらかかるか考えると、とても子どもは持てません。	一想到要花多少錢才能把一個孩子養大，就實在不敢生小孩。
5 あの人の誕生日がいつなのか知りたいです。	我想知道他的生日是幾月幾號。

N4

1-21

～とか～とか

「…啦…啦」、「…或…」、「及…」。

【體言；用言終止形】＋とか＋【體言；用言終止形】＋とか。「とか」上接同類型人事物的名詞之後，表示從各種同類的人事物中選出幾個例子來說，或羅列一些事物，暗示還有其它，是口語的說法，如例（1）～（4）；有時「～とか」僅出現一次，如例（5）。另外，跟「～とか～とか」相比，「～や～（など）」為較正式的說法，但只能接體言。

1 赤とか青とか、いろいろな色を塗りました。
或紅或藍，塗上了各種的顏色。

例句

2 引き出しの中には、鉛筆とかペンとかがあります。	抽屜中有鉛筆啦！原子筆啦！等等。
3 展覧会とか音楽会とかに、よく行きます。	我常去展覽會或音樂會等。

4 きれいだとか、かわいいとか、よく言われます。	常有人誇獎我真漂亮、真可愛之類的。
5 ときどき運動したほうがいいよ。テニスとか。	最好要經常運動比較好喔，比方打打球網球什麼的。

● ～し

「既…又…」、「不僅…而且…」等。

➡【用言終止形】＋し。用在並列陳述性質相同的複數事物，或說話人認為兩事物是有相關連的時候，如例（1）～（3）；暗示還有其他理由，是一種表示因果關係較委婉的說法，但前因後果的關係沒有「から」跟「ので」那麼緊密，如例（4）、（5）。

1 会社はやめさせられたし、彼女はほかの男に取られた。
不但被公司開除了，連女朋友也被別的男人搶走了。

➡ 例句

2 三田村は、奥さんはきれいだし子どももよくできる。	三田村先生不但有個漂亮的太太，孩子也很成器。
3 仕事はつまらないし、子どももほしいから、早く結婚して会社をやめたい。	一來工作很無聊，而且也想生個孩子，所以希望能早點結婚，辭掉工作。
4 少し疲れたし、お茶でも飲みませんか。	反正也有點累了，不如來喝杯茶吧。
5 雨が降りそうだし、今日はもう帰ります。	看來也快下雨了，今天就先回家了。

～の

「…嗎」。

➡【句子】＋の。用在句尾，以升調表示發問，一般是用在對兒童，或關係比較親密的人，為口語用法。

1 そのかっこうで出(で)かけるの？
你要穿那樣出去嗎？

➡ 例句

2 この写真(しゃしん)はどこで撮(と)ったの？	這張照片在哪裡拍的呀？
3 あなた。この背広(せびろ)の口紅(くちべに)は何(なん)なの？	老公！這件西裝上的口紅印是怎麼回事？
4 ゆうべはあんなにお酒(さけ)を飲(の)んだのに、どうしてそんなに元気(げんき)なの？	昨天晚上你分明喝了那麼多酒，為什麼今天還能那麼精神奕奕呢？
5 どうしたの？具合悪(ぐあいわる)いの？	怎麼了？身體不舒服嗎？

～だい

➡【句子】＋だい。接在疑問詞或含有疑問詞的句子後面，表示向對方詢問的語氣，有時也含有責備或責問的口氣。男性用言，用在口語，說法較為老氣。

1 田舎(いなか)のおかあさんの調子(ちょうし)はどうだい？
鄉下母親的狀況怎麼樣？

N 4

例句

2 そのバッグはどこで買ったんだい？	那個皮包是哪裡買的呀？
3 いまの電話、誰からだい？	剛才的電話是誰打來的？
4 入学式の会場はどこだい？	開學典禮會場在哪裡？
5 君の趣味は何だい？	你的嗜好是啥？

～かい

「…嗎」。

【句子】＋かい。放在句尾，表示親暱的疑問。

1 花見は楽しかったかい？
賞花有趣嗎？

例句

2 その辞書は役に立つかい？	那字典對你有幫助嗎？
3 記念の指輪がほしいかい？	想要戒指做紀念嗎？
4 フランス料理のほうが好きかい？	比較喜歡法國料理嗎？
5 財布は見つかったかい？	錢包找到了嗎？

～な（禁止）

「不准…」、「不要…」。

【動詞終止形】＋な。表示禁止。命令對方不要做某事的說法。由於說法比較粗魯，所以大都是直接面對當事人說。一般用在對孩子、兄弟姊妹或親友時。也用在遇到緊急狀況或吵架的時候。

1 病気（びょうき）のときは、無理（むり）をするな。
生病時不要太勉強了！

➡ 例句

2 ここに荷物（にもつ）を置（お）くな。じゃまだ。 | 不要把行李放在這裡！很礙路。

3 危（あぶ）ないから、あの川（かわ）で遊（あそ）ぶなよ。 | 因為很危險，所以不要在那條河游泳喔！

4 がんばれよ。ぜったい負（ま）けるなよ。 | 加油點，千萬別輸了！

5 失敗（しっぱい）しても、恥（は）ずかしいと思（おも）うな。 | 即使失敗也不用覺得丟臉！

N4

● ～さ

➡ 接在形容詞、形容動詞的詞幹後面等構成名詞，表示程度或狀態。也接跟尺度有關的如「長さ、深さ、高さ」等，這時候一般是跟長度、形狀等大小有關的形容詞。

1 北国（きたぐに）の冬（ふゆ）の厳（きび）しさに驚（おどろ）きました。
北方地帶冬季的嚴寒令我大為震撼。

➡ 例句

2 健康（けんこう）の大事（だいじ）さを知（し）りました。 | 了解了健康的重要性。

3 彼女（かのじょ）の美（うつく）しさにひかれました。 | 我為她的美麗而傾倒。

4 彼（かれ）の心（こころ）の優（やさ）しさに、感動（かんどう）しました。 | 為他的溫柔體貼而感動。

5 ナイロンの丈夫（じょうぶ）さが、女性（じょせい）のファッションを変（か）えた。 | 尼龍的耐用度改變了女性的流行。

1-22

～らしい

「好像…」、「似乎…」；「説是…」、「好像…」；「像…樣子」、「有…風度」。

➡【動詞・形容詞終止形；形容動詞詞幹；體言】＋らしい。表示從眼前可觀察的事物等狀況，來進行判斷，如例（1）、（2）；又指從外部來的，是說話人自己聽到的內容為根據，來進行推測。含有推測、責任不在自己的語氣，如例（3）、（4）；又表示充分反應出該事物的特徵或性質，如例（5）。

1 王(おう)さんがせきをしている。風邪(かぜ)を引(ひ)いているらしい。
王先生在咳嗽。他好像是感冒了。

➡ 例句

2	地面(じめん)が濡(ぬ)れている。夜中(よなか)に雨(あめ)が降(ふ)ったらしい。	地面是濕的。半夜好像有下雨的樣子。
3	先生(せんせい)がおっしゃるには、今度(こんど)の試験(しけん)はとても難(むずか)しいらしいです。	照老師所說，這次的考試好像會很難的樣子。
4	あの人(ひと)は本当(ほんとう)は男(おとこ)らしい。	那個人似乎其實是位男士。
5	あの人(ひと)は本当(ほんとう)に男(おとこ)らしい。	那個人真有男子氣概。

がる（がらない）

「覺得…」等。

➡【形容詞・形容動詞詞幹】＋がる（がらない）。表示某人說了什麼話或做了什麼動作，而給說話人留下這種想法，有這種感覺，想這樣做的印象，「がる」的主體一般是第三人稱，如例（1）～（3）；當動詞為「ほしい」時，搭配的助詞為「を」，而非「が」，如例（4）；表示現在的狀態用「～ている」形，也就是「がっている」，如例（5）。

1 みんながいやがる仕事を、進んでやる。
大家都不想做的工作，就交給我做吧！

➡ 例句

2 犬が足を痛がるので、病院に連れて行きました。
由於小狗腳痛，因此帶牠去了醫院。

3 子どもがめんどうがって部屋の掃除をしない。
小孩嫌麻煩，不願打掃房間。

4 妻がきれいなドレスをほしがっています。
妻子很想要一件漂亮的洋裝。

5 あなたが来ないので、みんな残念がっています。
因為你不來，大家都覺得非常可惜。

● ～たがる

「想…」。

➡【動詞連用形】＋たがる。是「たい的詞幹」＋「がる」來的。用在表示第三人稱，顯露在外表的願望或希望，也就是從外觀就可看對方的意願，如例（1）～（3）；以「たがらない」形式，表示否定，如例（4）；表示現在的狀態用「～ている」形，也就是「たがっている」，如例（5）。

1 娘が、まだ小さいのに台所の仕事を手伝いたがります。
女兒還很小，卻很想幫忙廚房的工作。

例句

2	子どもも来たがったんですが、留守番をさせました。	孩子雖然也吵著要來，但是我讓他留在家裡了。
3	遊びのつもりだったのに、相手が結婚したがって困っている。	我只是打算和她玩一玩，結果她鬧著要結婚，真是傷腦筋。
4	彼女は、理由を言いたがらない。	她不想說理由。
5	夫は冷たいビールを飲みたがっています。	丈夫想喝冰啤酒。

●（ら）れる（被動）

「被…」。

【一段動詞・カ變動詞未然形】＋られる；【五段動詞未然形；サ變動詞未然形さ】＋れる。表示某人直接承受到別人的動作，如例（1）、（2）；表示社會活動等普遍為大家知道的事，是種客觀的事實描述，如例（3）；由於某人的行為或天氣等自然現象的作用，而間接受到麻煩，如例（4）、（5）。

1 先生にはほめられたけれど、クラスのみんなには嫌われた。
雖然得到了老師的稱讚，卻被班上的同學討厭了。

例句

2	このままで済むと思うな。やられたらやり返す。倍返しだ。	別以為這樣可以沒事！人若犯我，我必加倍奉還！
3	試験は2月に行われます。	考試將在二月舉行。
4	妻に別れたいと言ったら、泣かれて困った。	我向妻子要求離婚之後她哭了，害我不知如何是好。

5 学校に行く途中で、雨に降られました。
去學校途中，被雨淋濕了。

お～になる

➔【お動詞連用形】＋になる。動詞尊敬語的形式，比「（ら）れる」的尊敬程度要高。表示對對方或話題中提到的人物的尊敬，這是為了表示敬意而抬高對方行為的表現方式，所以「お～になる」中間接的就是對方的動作，如例（1）、（2）；當動詞為サ行變格動詞時，用「ご～になる」，如例（3）、（4）。

1 先生がお書きになった小説を読みたいです。
我想看老師所寫的小說。

➔ 例句

2 先生の奥さんがお倒れになったそうです。
聽說師母病倒了。

3 部長はもうご出発になりました。
經理已經出發了。

4 ここは、宗像さんがご卒業になった大学です。
這裡是宗像先生的大學母校。

（ら）れる（尊敬）

➔【一段動詞・カ變動詞未然形】＋られる；【五段動詞未然形；サ變動詞未然形さ】＋れる。表示對對方或話題人物的尊敬，就是在表敬意之對象的動作上用尊敬助動詞。尊敬程度低於「お～になる」。

1 もう具合はよくなられましたか。
身體好一些了嗎？

例句

2 先生は、少し痩せられたようですね。 老師好像變瘦了呢！

3 先生方は講堂に集まられました。 老師們到禮堂集合了。

4 社長は明日パリへ行かれます。 社長明天將要前往巴黎。

5 何を研究されていますか。 您在做什麼研究？

1-23

お＋名詞

お＋【體言】。後接名詞（跟對方有關的行為、狀態或所有物），表示尊敬、鄭重、親愛，另外，還有習慣用法等意思。基本上，名詞如果是日本原有的和語就接「お」，如「お仕事、お名前」，如例（1）～（3）；如果是利用中國造字法造的漢語則常接「ご」如「ご住所、ご兄弟」，如例（3）；但前述情況也有例外，如例（4）、（5）。

1 息子さんのお名前を教えてください。
請教令郎大名。

例句

2 あのお店の品物は、とてもいい。 那家店的貨品非常好。

3 これは、ご入学のお祝いのプレゼントです。 這是聊表入學祝賀的禮物。

4 もうすぐお正月ですね。 馬上就要新年了。

5 お菓子を召し上がりませんか。 要不要吃一些點心呢？

お～する

➔【お動詞連用形】＋する。表示動詞的謙讓形式。對要表示尊敬的人，透過降低自己或自己這一邊的人，以提高對方地位，來向對方表示尊敬，如例（1）～（3）；當動詞為サ行變格動詞時，用「ご～する」，如例（4）、(5)。

1 2、3日中に電話でお知らせします。
這兩三天之内會以電話通知您。

➔ 例句

2 私のペンをお貸ししましょう。	我的筆借給你吧！
3 日本の経済について、ちょっとお聞きします。	想請教一下有關日本經濟的問題。
4 それはこちらでご用意します。	那部分將由我們為您準備。
5 先生にご相談してから決めようと思います。	我打算和律師商討之後再做決定。

お～いたす

➔【お動詞連用形】＋いたす。這是比「お～する」語氣上更謙和的謙讓形式。對要表示尊敬的人，透過降低自己或自己這一邊的人的說法，以提高對方地位，來向對方表示尊敬，如例（1）～（3）；當動詞為サ行變格動詞時，用「ご～いたす」，如例（4）、(5)。

1 資料は私が来週の月曜日にお届けいたします。
我下週一會將資料送達。

➡ 例句

2 ただいまお茶をお出しいたします。
我馬上就端茶出來。

3 ご注文がお決まりでしたら、お伺いいたします。
決定好的話，我就為您們點餐。

4 会議室へご案内いたします。
請隨我到會議室。

5 またメールでご連絡いたします。
容我之後再以電子郵件與您聯繫。

～ておく

「先…」、「暫且…」。

➡【動詞連用形】＋ておく。表示考慮目前的情況，採取應變措施，將某種行為的結果保持下去。「…著」的意思；也表示為將來做準備，也就是為了以後的某一目的，事先採取某種行為。口語說法是簡略為「とく」。

1 結婚する前に料理を習っておきます。
結婚前事先學做菜。

➡ 例句

2 暑いから、窓を開けておきます。
因為很熱，所以先把開窗打開。

3 この荷物はしばらくあの部屋に置いておきましょう。
先暫時把這箱行李放到那個房間吧！

4 レストランを予約しておきます。
我會事先預約餐廳。

●（名詞）でございます

➔【體言】＋でございます。「です」是「だ」的鄭重語，而「でございます」是比「です」更鄭重的表達方式。日語除了尊敬語跟謙讓語之外，還有一種叫鄭重語。鄭重語用於和長輩或不熟的對象交談時，也可用在車站、百貨公司等公共場合。相較於尊敬語用於對動作的行為者表示尊敬，鄭重語則是對聽話人表示尊敬。

1 こちらが、会社(かいしゃ)の事務所(じむしょ)でございます。
這裡是公司的辦公室。

➔ 例句

2 右手(みぎて)の建物(たてもの)は、新聞社(しんぶんしゃ)でございます。｜右邊的建築物是報社。

3 そろそろ2時(じ)でございます。｜快要兩點了。

4 原因(げんいん)は、小(ち)さなことでございました。｜原因是起自一件小事。

5 うちの娘(むすめ)は、まだ小学生(しょうがくせい)でございます。｜我女兒還只是小學生。

●（さ）せる

「讓…」、「叫…」等。

➔【一段動詞・カ變動詞未然形；サ變動詞詞幹】＋させる。【五段動詞未然形】＋せる。表示某人強迫他人做某事，由於具有強迫性，只適用於長輩對晚輩或同輩之間，如例（1）、（2）；又，表示某人用言行促使他人自然地做某種行為，常搭配「泣く、笑う、怒る」等當事人難以控制的情緒動詞，如例（3）、（4）；以「～させておく」形式，表示允許或放任，如例（5）。

1 親(おや)が子(こ)どもに部屋(へや)を掃除(そうじ)させた。
父母叫小孩整理房間。

➡ 例句

2 若い人に荷物を持たせる。
讓年輕人拿行李。

3 聞いたよ。ほかの女と旅行して奥さんを泣かせたそうだね。
我聽說囉！你帶別的女人去旅行，把太太給氣哭了喔。

4 ああ。それで別れたいと言うんだ。笑わせるな。
是啊，單單因為這點小事就要和我鬧分手。實在是笑死人了啦！

5 奥さんを悲しませておいて、何をいうんだ。よく謝れよ。
你讓太太那麼傷心，還講這種話！要誠心誠意向她道歉啦！

～（さ）せられる

「被迫…」、「不得已…」。

➡【動詞未然形】+（さ）せられる。表示被迫。被某人或某事物強迫做某動作，且不得不做。含有不情願、感到受害的心情。這是從使役句的「X が Y に N を V- させる」變成為「Y が X に N を V- させられる」來的，表示 Y 被 X 強迫做某動作。

1 社長に、難しい仕事をさせられた。
社長讓我做困難的工作。

➡ 例句

2 彼と食事すると、いつも僕がお金を払わせられる。
每次要跟他吃飯，都是我付錢。

3 花子は無理やり社長の息子と結婚させられた。
花子被強迫和社長的兒子結婚。

4 若い二人は、両親に別れさせられた。	兩位年輕人被父母強迫分開。
5 公園でごみを拾わせられた。	被迫在公園撿垃圾。

1-24

● ～ず（に）

「不…地」、「沒…地」。

➡【動詞未然形】＋ず（に）。「ず」雖是文言，但「ず（に）」現在使用得也很普遍。表示以否定的狀態或方式來做後項的動作，或產生後項的結果，語氣較生硬，相當於「～ない（で）」，如例（1）～（3）；當動詞為サ行變格動詞時，要用「せずに」，如例（4）、（5）。

1 顔を洗わず学校へ行きました。
沒洗臉就去上學了。

➡ 例句

2 海へ行って、泳がずに女の子ばかり見ていました。	到了海邊，根本沒下水游泳，光顧著欣賞女孩子大飽眼福。
3 ご飯を食べずにお菓子ばかり食べてはいけません。	不可以只吃點心而不吃飯。
4 連絡せずに、仕事を休みました。	沒有聯絡就請假了。
5 太郎は勉強せずに遊んでばかりいる。	太郎不讀書都在玩。

N 4

命令形

「給我…」、「不要…」。

➡ 表示命令。一般用在命令對方的時候，由於給人有粗魯的感覺，所以大都是直接面對當事人說。一般用在對孩子、兄弟姊妹或親友時，如例（1）、（2）；也用在遇到緊急狀況、吵架或交通號誌等的時候，如例（3）～（5）。

1 うるさいなあ。静(しず)かにしろ！
很吵耶，安靜一點！

➡ 例句

2 いつまで寝(ね)ているんだ。早(はや)く起(お)きろ。
你到底要睡到什麼時候？快點起床！

3 早(はや)くこっちに来(こ)い。
快點來這裡！

4 （銀行強盗(ぎんこうごうとう)が言(い)う）金(かね)を出(だ)せ。
（銀行搶匪撂話）把錢拿出來！

5 警官(けいかん)だ。逃(に)げろ！
警察來了，快逃！

～の（は／が／を）

「的是…」。

➡ 以「短句＋のは」的形式表示強調，而想強調句子裡的某一部分，就放在「の」的後面，如例（1）、（2）；【名詞修飾短語】＋の（は／が／を）。用於前接短句，使其名詞化，成為句子的主語或目的語，如例（3）～（5）。

1 昨日(きのう)ビールを飲(の)んだのは花子(はなこ)です。
昨天喝啤酒的是花子。

➡ 例句

2 昨日花子が飲んだのはビールです。	昨天花子喝的是啤酒。
3 妻が、私がほかの女と旅行に行ったのを怒っています。	我太太在生氣我和別的女人出去旅行的事。
4 妻は何も言いませんが、目を見れば怒っているのが分かります。	我太太雖然什麼都沒說，可是只要看她的眼神就知道她在生氣。
5 ほかの女と旅行に行ったのは１回だけなのに、怒りすぎだと思います。	我只不過帶其他女人出去旅行一次而已，她氣成這樣未免太小題大作了。

N4

● ～こと

➡【名詞修飾短句】＋こと。做各種形式名詞用法。前接名詞修飾短句，使其名詞化，成為後面的句子的主語或目的語。「こと」跟「の」有時可以互換。但只能用「こと」的有:表達「話す、伝える、命ずる、要求する」等動詞的內容，後接的是「です、だ、である」、固定的表達方式「ことができる」等。

1 趣味は、テレビを見ることです。
我的嗜好是看電視。

➡ 例句

2 生きることは本当にすばらしいです。	人活著這件事真是太好了！
3 日本人には英語を話すことは難しい。	說英文對日本人而言很困難。
4 そのパーティーに出席することは難しい。	想出席那個派對很難。

N4 日語文法・句型詳解

～ということだ

「聽説…」、「據説…」。

➡【簡體句】＋ということだ。表示傳聞，直接引用的語感強。一定要加上「という」。

1 田中さんは、大学入試を受けるということだ。
聽說田中先生要考大學。

➡ 例句

2 部長は、来年帰国するということだ。	聽說部長明年會回國。
3 来月は物価がさらに上がるということだ。	據說物價下個月會再往上漲。
4 花子が来週結婚するということだ。	聽說花子下個禮拜要結婚了。
5 田中さんは、今日会社を休むということだ。	聽說田中先生今天要請假。

～ていく

「…去」；「…下去」。

➡【動詞連用形】＋ていく。保留「行く」的本意，也就是某動作由近而遠，從說話人的位置、時間點離開，如例（1）；表示動作或狀態，越來越遠地移動或變化，或動作的繼續、順序，多指從現在向將來，如例（2）～（4）。

1 太郎は朝早く出て行きました。
太郎離開了這個家。

➡ 例句

2 これから、天気はどんどん暖かくなっていくでしょう。	今後天氣會漸漸回暖吧！
3 今後も、真面目に勉強していきます。	今後也會繼續用功讀書的。
4 ますます技術が発展していくでしょう。	技術會愈來愈進步吧！

● ～てくる

「…來」;「…起來」、「…過來」;「去…」。

➡【動詞連用形】＋てくる。保留「来る」的本意，也就是由遠而近，向說話人的位置、時間點靠近，如例（1）、(2)；表示動作從過去到現在的變化、推移，或從過去一直繼續到現在，如例（3）、（4）；表示在其他場所做了某事之後，又回到原來的場所，如例（5）。

1 電車の音が聞こえてきました。
聽到電車越來越近的聲音了。

➡ 例句

2 大きな石ががけから落ちてきた。	巨石從懸崖掉了下來。
3 お祭りの日が、近づいてきた。	慶典快到了。
4 太陽が出たので、だんだん雪が解けてきた。	太陽出來了，所以雪便逐漸溶化了。
5 父がケーキを買ってきてくれました。	爸爸買了蛋糕回來給我。

1-25

～てみる

「試著（做）…」。

➡【動詞連用形】＋てみる。「みる」是由「見る」延伸而來的抽象用法，常用平假名書寫。表示嘗試著做前接的事項，是一種試探性的行為或動作，一般是肯定的說法。

1 このおでんを食(た)べてみてください。
請嚐看看這個關東煮。

➡ 例句

2 最近話題(さいきんわだい)になっている本(ほん)を読(よ)んでみました。
我看了最近熱門話題的書。

3 姉(あね)に、知(し)っているかどうか聞(き)いてみた。
我問了姊姊她到底知不知道那件事。

4 台湾(たいわん)の苦茶(くちゃ)を試(ため)してみたら、やっぱり苦(にが)かったです。
嘗試喝了台灣的苦茶以後，味道果然非常苦。

5 その男(おとこ)は、「人(ひと)を殺(ころ)してみたかった」と言(い)っているそうです。
那個男人好像在說：「我真想嚐嚐殺人的滋味。」

～てしまう

「…完」。

➡【動詞連用形】＋てしまう。表示動作或狀態的完成，常接「すっかり、全部」等副詞、數量詞，如果是動作繼續的動詞，就表示積極地實行並完成其動作，如例（1）～（3）；表示出現了說話人不願意看到的結果，含有遺憾、惋惜、後悔等語氣，這時候一般接的是無意志的動詞，如例（4）、（5）。若是口語縮約形的話，「てしまう」是「ちゃう」，「でしまう」是「じゃう」。

1 部屋はすっかり片付けてしまいました。
房間全部整理好了。

➔ 例句

2 小説は一晩で全部読んでしまった。
小說一個晚上就全看完了。

3 宿題は１時間でやってしまった。
作業一個小時就把它完成了。

4 コップを壊してしまいました。
弄破杯子了。

5 失敗してしまって、悲しいです。
失敗了很傷心。

N4

● ～（よ）うと思う

「我想…」、「我要…」。

➔【動詞意向形】＋（よ）うと思う。表示說話人告訴聽話人，說話當時自己的想法、打算或意圖，比起不管實現可能性是高或低都可使用的「～たいと思う」，「（よ）うと思う」更具有採取某種行動的意志，且動作實現的可能性很高，如例（1）、（2）；用「（よ）うと思っている」，表示說話人在某一段時間持有的打算，如例（3）、（4）；「（よ）うとは思わない」表示強烈否定，如例（5）。

1 友達の誕生日に何かプレゼントをあげようと思う。
我準備送個生日禮物給朋友。

➔ 例句

2 夫に毎日殴られるので、別れようと思う。
我幾乎天天都被丈夫家暴，因此想要和他離婚。

3 柔道を習おうと思っている。
我想學柔道。

4 今年、Ｎ４の試験を受けようと思っていたが、やっぱり来年にする。 | 我原本打算今年參加Ｎ４的測驗，想想還是明年再考。

5 動詞の活用が難しいので、これ以上日本語を勉強しようとは思いません。 | 動詞的活用非常困難，所以我不打算再繼續學日文了。

●～（よ）う

「…吧」。

➡【動詞意向形】＋（よ）う。表示說話者的個人意志行為，準備做某件事情，或是用來提議、邀請別人一起做某件事情。「ましょう」是較有禮貌的說法。

1 もう少しだから、がんばろう。
只剩一點點了，一起加油吧！

➡ 例句

2 みんな行くなら、私も行こう。 | 如果大家都要去，那我也去吧！

3 今年こそ、たばこをやめよう。 | 今年一定要戒菸。

4 雨が降りそうだから、早く帰ろう。 | 好像快下雨了，所以快點回家吧！

●～つもりだ

「打算…」、「準備…」。

➡【動詞連體形】＋つもりだ。表示說話人的意志、預定、計畫等，也可以表示第三人稱的意志。有說話人的打算是從之前就有，且意志堅定的語氣，如例（1）、（2）；「～ないつもりだ」為否定形，如例（3）；「～つもりはない」表「不打算…」之意，否定意味比「～ないつもりだ」還要強，如例（4）；「～つもりではない」表「並非有意要…」之意，如例（5）。

1 卒業(そつぎょう)しても、日本語(にほんご)の勉強(べんきょう)を続(つづ)けていくつもりだ。
即使畢業了，我也打算繼續學習日文。

➡ 例句

2	週末(しゅうまつ)は山(やま)に行(い)くつもりでしたが、子(こ)どもが熱(ねつ)を出(だ)して行(い)けませんでした。	原本打算週末去爬山，可是小孩子突然發燒，結果去不成了。
3	両親(りょうしん)は小(ちい)さな店(みせ)をやっているが、継(つ)がないつもりだ。	雖然我父母開了一家小商店，但我沒打算繼承家業。
4	あなたとお付(つ)き合(あ)いするつもりはありません。	我一點都不想和你交往。
5	殺(ころ)すつもりではなかったんです。	我原本沒打算殺他。

N4

● ～（よ）うとする

「想…」、「打算…」。

➡【動詞意向形】＋（よ）うとする。表示動作主體的意志、意圖。主語不受人稱的限制。表示努力地去實行某動作，如例（1）～（3）；表示某動作還在嘗試但還沒達成的狀態，或某動作實現之前，如例（4）、（5）。

1 赤(あか)ん坊(ぼう)が歩(ある)こうとしている。
嬰兒正嘗試著走路。

➡ 例句

2	そのことを忘(わす)れようとしましたが、忘(わす)れられません。	我想把那件事給忘了，但卻無法忘記。
3	テニスをやろうと思(おも)います。	我想打網球。

4 教室を片付けようとしていたら、先生が来た。	正打算整理教室時老師就來了。
5 車を運転しようとしたら、かぎがなかった。	正想開車才發現沒有鑰匙。

～ことにする

「決定…」。

【動詞連體形】＋ことにする。表示說話人以自己的意志，主觀地對將來的行為做出某種決定、決心，如例（1）；用過去式「ことにした」表示決定已經形成，大都用在跟對方報告自己決定的事，如例（2）、（3）；用「～ことにしている」的形式，則表示因某決定，而養成了習慣或形成了規矩，如例（4）、（5）。

1 うん、そうすることにしよう。
嗯，就這麼做吧。

例句

2 家内と別れることにしました。	我決定和內人離婚了。
3 今日からたばこを吸わないことにしました。	今天起我決定不抽煙了。
4 肉は食べないことにしています。	我現在都不吃肉了。
5 毎朝ジョギングすることにしています。	我習慣每天早上都要慢跑。

1-26

～にする

「決定…」、「叫…」。

【體言；副助詞】＋にする。常用於購物或點餐時，決定買某樣商品，如例（1）；表示抉擇，決定、選定某事物，如例（2）～（5）。

1 この黒いオーバーにします。
我要這件黑大衣。

➡ 例句

2 女の子が生まれたら、名前は桜子にしよう。 | 如果生的是女孩，名字就叫櫻子吧！

3 今までの生活は終わりにして、新しい人生を始めようと思う。 | 我打算結束目前的生活，展開另一段全新的人生。

4 私が妻にしたいのは、君だけだ。 | 我想娶的人，只有妳一個！

5 今は仕事が楽しいし、結婚するのはもう少ししてからにします。 | 我現在還在享受工作的樂趣，結婚的事等過一陣子再說吧。

● お～ください

「請…」。

➡【お動詞連用形】＋ください。尊敬程度比「～てください」要高。「ください」是「くださる」的命令形「くだされ」演變而來的。用在對客人、屬下對上司的請求，表示敬意而抬高對方行為的表現方式，如例（1）～（4）；當動詞為サ行變格動詞時，用「ご～ください」，如例（5）。

1 山田様、どうぞお入りください。
山田先生，請進。

例句

2 お待たせしました。どうぞお座りください。	久等了，請坐。
3 まだ準備中ですので、もう少しお待ちください。	現在還在做開店的準備工作，請再稍等一下。
4 こちらに詳しい説明がありますので、ぜひお読みください。	這裡有詳細的說明，請務必仔細閱讀。
5 どうぞご自由にご利用ください。	敬請隨意使用。

～（さ）せてください

「請允許…」、「請讓…做…」。

【動詞未然形；サ變動詞語幹】＋（さ）せてください。表示「我請對方允許我做前項」之意，是客氣地請求對方允許、承認的說法。用在當說話人想做某事，而那一動作一般跟對方有關的時候。

1 あなたの作品をぜひ読ませてください。
請務必讓我拜讀您的作品。

例句

2 疲れたから、少し休ませてください。	有點累，請讓我休息一下。
3 祭りを見物させてください。	請讓我看祭典。
4 お礼を言わせてください。	請讓我致謝。
5 工場で働かせてください。	請讓我在工廠工作。

● ～という

「叫做…」。

➔【用言終止形;體言】＋という。前面接名詞，表示後項的人名、地名等名稱，如例（1）～（3）；或用於針對傳聞、評價、報導、事件等內容加以描述或說明，如例（4）、（5）。

1 今朝（けさ）、半沢（はんざわ）という人（ひと）から電話（でんわ）がかかって来（き）ました。
今天早上，有個叫半澤的人打了電話來。

➔ 例句

2 最近（さいきん）、堺照之（さかいてるゆき）という俳優（はいゆう）は人気（にんき）があります。	最近有位名叫堺照之的演員很受歡迎。
3 天野（あまの）さんの生（う）まれた町（まち）は、岩手県（いわてけん）の久慈市（くじし）というところでした。	天野小姐的出身地是在岩手縣一個叫作久慈市的地方。
4 兄夫婦（あにふうふ）に子（こ）どもが生（う）まれたという知（し）らせが来（き）ました。	哥哥和大嫂通知我他們生小孩了。
5 今年（ことし）は暖冬（だんとう）だろうという予報（よほう）です。	氣象預報說今年應該是個暖冬。

N 4

● ～はじめる

「開始…」。

➔【動詞連用形】＋始める。表示前接動詞的動作、作用的開始。前面可以接他動詞，也可以接自動詞。

1 台風（たいふう）が近（ちか）づいて、風（かぜ）が強（つよ）くなり始（はじ）めた。
颱風接近，風勢開始變強了。

例句

2 ベルが鳴り始めたら、書くのをやめてください。
鈴聲響起後就不要再寫了。

3 みんなは子どものように元気に走り始めた。
大家像孩子般地，精神飽滿地跑了起來。

4 突然、彼女が泣き始めた。
她突然哭了起來。

～だす

「…起來」、「開始…」。

【動詞連用形】＋だす。表示某動作、狀態的開始，如例（1）～（4）；「～だす」用法幾乎跟「～はじめる」一樣，但表說話者意志的句子不用「～だす」，如例（5）。

1 話はまだ半分なのに、もう笑い出した。
事情才說到一半，大家就笑起來了。

例句

2 ちょっと注意しただけなのに、泣き出した。
只不過是訓了幾句，她就哭起來了。

3 ここ2、3日暖かくて、積もっていた雪が溶け出しました。
這兩三天氣溫回暖，前些日子的積雪開始融化了。

4 靴もはかないまま、突然走り出した。
沒穿鞋就這樣跑起來了。

5 来年から家計簿をつけ始めるつもりだ。
我打算從明年起開始記錄家裡的收支帳。

● ～すぎる

「太…」、「過於…」。

➡【形容詞・形容動詞詞幹；動詞連用形】＋すぎる。表示程度超過限度，超過一般水平，過份的狀態，如例（1）～（4）；前接「ない」，常用「なさすぎる」的形式，如例（5）。另外，前接「良い（いい／よい）」，不會用「いすぎる」，必須用「よすぎる」。

1 あなたは、美(うつく)しすぎます。
妳真是太美了。

➡ 例句

2 うちのおじいちゃんは、元気(げんき)すぎるくらいです。 | 我家爺爺身體好得很。

3 肉(にく)を焼(や)きすぎました。 | 肉烤過頭了。

4 体(からだ)を洗(あら)いすぎるのもよくありません。 | 過度清潔身體也不好。

5 君(きみ)は自分(じぶん)に自信(じしん)がなさすぎるよ。 | 你對自己太沒信心了啦！

1-27

● ～ことができる

「能…」、「會…」。

➡【動詞連體形】＋ことができる。表示在外部的狀況、規定等客觀條件允許時可能做，如例（1）～（3）；或是技術上、身體的能力上，是有能力做的，如例（4）、（5）。說法比「可能形」還要書面語一些。

1 ここから、富士山(ふじさん)をご覧(らん)になることができます。
從這裡可以看到富士山。

➡ 例句

2 屋上でサッカーをすることができます。	頂樓可以踢足球。
3 私も会場に入ることができますか。	我也可以進會場嗎？
4 車は、急に止まることができない。	車子無法突然停下。
5 私は右手でも左手でも字を書くことができる。	不管用右手還是左手，我都能寫字。

● ～（ら）れる（可能）

「會…」;「能…」。

➡【一段動詞・カ變動詞未然形】＋られる；【五段動詞未然形；サ變動詞未然形さ】＋れる。表示可能，跟「ことができる」意思幾乎一樣。只是「可能形」比較口語。表示技術上、身體的能力上，是具有某種能力的，如例（1）～（3）；日語中，他動詞的對象用「を」表示，但是在使用可能形的句子裡「を」常會改成「が」，如例（1）、（2）；從周圍的客觀環境條件來看，有可能做某事，如例（4）、（5）。

1 私はタンゴが踊れます。
我會跳探戈。

➡ 例句

2 マリさんはお箸が使えますか。	瑪麗小姐會用筷子嗎？
3 私は 200 メートルぐらい泳げます。	我能游兩百公尺左右。
4 誰でもお金持ちになれる。	誰都可以變成有錢人。
5 新しい商品と取り替えられます。	可以與新產品替換。

～なければならない

「必須…」、「應該…」。

➔【動詞未然形】＋なければならない。表示無論是自己或對方，從社會常識或事情的性質來看，不那樣做就不合理，有義務要那樣做；「なければ」的口語縮約形為「なきゃ」。有時只說「なきゃ」，並將後面省略掉。

1 医者になるためには国家試験に合格しなければならない。
想當醫生，就必須通過國家考試。

➔ 例句

2	寮には夜１１時までに帰らなければならない。	得在晚上十一點以前回到宿舍才行。
3	大人は子どもを守らなければならないよ。	大人應該要保護小孩呀！
4	９時半までに空港に着かなければなりません。	九點半以前要抵達機場才行。
5	このDVDは明日までに返さなきゃ。	必須在明天以前歸還這個DVD。

～なくてはいけない

「必須…」。

➔【動詞未然形】＋なくてはいけない。表示義務和責任，多用在個別的事情，或對某個人，口氣比較強硬，所以一般用在上對下，或同輩之間，如例（1）；又，表示社會上一般人普遍的想法，如例（2）、（3）；也可表達說話者自己的決心，如例（4）。

1 子どもはもう寝なくてはいけません。
這時間小孩子再不睡就不行了。

例句

2 車を運転するときは、周りに十分気をつけなくてはいけない。	開車的時候，一定要非常小心四周的狀況才行。
3 約束は守らなくてはいけません。	答應人家的事一定要遵守才行。
4 今日中にこれを終わらせなくてはいけません。	今天以內非得完成這個不可。

～なくてはならない

「必須…」、「不得不…」。

【動詞未然形】＋なくてはならない。表示根據社會常理來看、受某種規範影響，或是有某種義務，必須去做某件事情，如例（1）～（4）；「なくては」的口語縮約形為「なくちゃ」，有時只說「なくちゃ」，並將後面省略掉（此時難以明確指出省略的是「いけない」還是「ならない」，但意思大致相同），如例（5）。

1 お客さんが来るから部屋を掃除しなくてはならない。
有客人要來，所以必須打掃房間。

例句

2 熱があるから学校を休まなくてはならない。	因為發燒了，所以不得不向學校請假。
3 明日は5時に起きなくてはならない。	明天必須五點起床。
4 今日中に日本語の作文を書かなくてはならない。	今天一定要寫日文作文。
5 明日は試験だから7時に起きなくちゃ。	明天要考試，七點不起床就來不及了。

● ～のに

表示目的、用途。

➡【動詞連體形】＋のに。是表示將前項詞組名詞化的「の」，加上助詞「に」而來的。表示目的、用途，如例（1）～（4）；後接助詞「は」時，常會省略掉「の」，如例（5）。

1 これはレモンを搾(しぼ)るのに便利(べんり)です。
用這個來榨檸檬汁很方便。

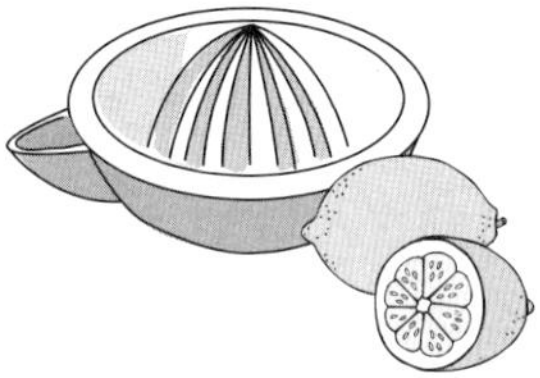

➡ 例句

2 中国語(ちゅうごくご)を知(し)っていると、日本語(にほんご)を勉強(べんきょう)するのに役(やく)に立(た)ちます。	如果懂得中文，對於學習日文很有幫助。
3 このナイフは、栗(くり)をむくのに使(つか)います。	這把刀是用來剝栗子的。
4 この小説(しょうせつ)を書(か)くのに5年(ごねん)かかりました。	花了五年的時間寫這本小說。
5 部長(ぶちょう)を説得(せっとく)するには実績(じっせき)が必要(ひつよう)です。	要說服部長就需要有實際的功績。

● ～のに

「明明…」、「卻…」、「但是…」。

➡【動詞・形容詞普通形；體言；形容動詞な】＋のに。表示逆接，用於後項結果違反前項的期待，含有說話者驚訝、懷疑、不滿、惋惜等語氣，如例（1）～（3）；也可表示前項和後項呈現對比的關係，如例（4）、（5）。

1 これ、便利(べんり)なのに使(つか)わないんですか。
這東西很方便，為什麼不用呢？

例句

2 私がこんなに愛しているのに、あなたは私を捨てるんですか。	我是如此深愛著你，而你竟然要拋棄我嗎？
3 せっかくがんばって勉強したのに、試験の日に熱を出した。	枉費我那麼努力用功，沒想到在考試當天居然發燒了。
4 お姉さんはやせているのに妹は太っている。	姊姊很瘦，但是妹妹卻很胖。
5 この店は、おいしくないのに値段は高い。	這家店明明就不好吃卻很貴。

1-28

～けれど（も）、けど

「雖然」、「可是」、「但…」。

【用言終止形】＋けれど（も）、けど。逆接用法。表示前項和後項的意思或內容是相反的、對比的。是「が」的口語說法。「けど」語氣上會比「けれど（も）」還來的隨便。

1 病院に行きましたけれども、悪いところは見つかりませんでした。
我去了醫院一趟，不過沒有發現異狀。

例句

2 平仮名は覚えましたけれど、片仮名はまだです。	我背了平假名，但還沒有背片假名。
3 晩ご飯はできましたけれど、家族がまだ帰ってきません。	晚餐煮好了，可是家人還沒回來。

4 買い物に行ったけど、ほしかったものはもうなかった。	我去買東西，但我想要的已經賣完了。

● ～てもいい

「…也行」、「可以…」。

➡【動詞連用形】＋てもいい。表示許可或允許某一行為。如果說的是聽話人的行為，表示允許聽話人某一行為，如例（1）～（3）；如果說話人用疑問句詢問某一行為，表示請求聽話人允許某行為，如例（4）、（5）。

1 今日はもう帰ってもいいよ。
今天你可以回去囉！

➡ 例句

2 この試験では、辞書を見てもいいです。	這次的考試，可以看辭典。
3 やりたくないなら、無理にやらなくてもいいよ。	不想做的話，也不用勉強做。
4 窓を開けてもいいでしょうか。	可以打開窗戶嗎？
5 ここでたばこを吸ってもいいですか。	可以在這裡抽煙嗎？

● ～てもかまわない

「即使…也沒關係」、「…也行」。

➡【動詞・形容詞連用形】＋てもかまわない；【形容動詞詞幹；體言】＋でもかまわない。表示讓步關係。雖然不是最好的，或不是最滿意的，但妥協一下，這樣也可以。

N4 日語文法・句型詳解

1 部屋さえよければ、多少高くてもかまいません。
只要房間好，貴一點也沒關係。

例句

2 靴のまま入ってもかまいません。
直接穿鞋進來也沒關係。

3 この仕事はあとでやってもかまいません。
待會再做這份工作也行。

4 安いアパートなら、交通が不便でもかまいません。
只要是便宜的公寓，即使交通不便也沒關係。

5 このレポートは手書きでもかまいません。
這份報告用手寫也行。

●～てはいけない

「不准…」、「不許…」、「不要…」。

【動詞連用形】＋てはいけない。表示禁止，基於某種理由、規則，直接跟聽話人表示不能做前項事情，由於說法直接，所以一般限於用在上司對部下、長輩對晚輩，如例（1）～（4）；也常用在交通標誌、禁止標誌或衣服上洗滌表示等，如例（5）。

1 ベルが鳴るまで、テストを始めてはいけません。
在鈴聲響起前不能動筆作答。

例句

2 このボタンには、ぜったい触ってはいけない。
這個按鍵絕對不可觸摸。

3 動物を殺してはいけない。
不可以殺動物。

4	「見てはいけない」と言われると、余計見たくなる。	一旦被叮嚀「不可以看」，反而更想看是怎麼回事了。
5	ここに駐車してはいけない。	不許在此停車。

～たことがある

「曾…」。

➡【動詞過去式】＋たことがある。表示經歷過某個特別的事件，且事件的發生離現在已有一段時間，如例（1）～（3）；或指過去的一般經驗，如例（4）、（5）。

1 うん、僕はUFOを見たことがあるよ。
對，我有看過UFO。

➡ 例句

2	ガソリンスタンドでアルバイトをしたことがあります。	我曾經在加油站打過工。
3	軽井沢には一度行ったことがあります。	我曾經去過一次輕井澤。
4	パソコンが動かなくなったことがありますか。	你的電腦曾經當機過嗎？
5	沖縄の踊りを見たことがありますか。	你曾看過沖繩的舞蹈嗎？

～つづける

「連續…」、「繼續…」。

➡【動詞連用形】＋続ける。表示某動作或事情還沒有結束，還繼續、不斷地處於同樣狀態，如例（1）、（2）；表示現在的事情要用「～続けている」，如例（3）、（4）。

1 朝からずっと走り続けて、疲れました。
從早上就一直跑，真累。

➡ 例句

2 風邪が治るまで、この薬を飲み続けてください。	這個藥請持續吃到感冒痊癒為止。
3 傷から血が流れ続けている。	傷口血流不止。
4 彼は、まだ甘い夢を見続けている。	他還在做天真浪漫的美夢。

● やる

「給予…」、「給…」。

➡ 授受物品的表達方式。表示給予同輩以下的人，或小孩、動植物有利益的事物。句型是「給予人は（が）接受人に～をやる」。這時候接受人大多為關係親密，且年齡、地位比給予人低。或接受人是動植物。

1 応接間の花に水をやってください。
把會客室的花澆一下。

➡ 例句

2 私は子どもにお菓子をやる。	我給孩子點心。
3 高校生の息子に、英語の辞書をやった。	我送就讀高中的兒子英文字典。
4 小鳥には、何をやったらいいですか。	餵什麼給小鳥吃好呢？
5 動物園の動物に食べ物をやってはいけません。	不可以給動物園的動物食物。

1-29

～てやる

【動詞連用形】+てやる。表示以施恩或給予利益的心情, 為下級或晚輩(或動、植物) 做有益的事, 如例 (1) ～ (3); 由於說話人的憤怒、憎恨或不服氣等心情, 而做讓對方有些困擾的事, 或說話人展現積極意志時使用, 如例 (4)、(5)。

1 息子の８歳の誕生日に、自転車を買ってやるつもりです。
我打算在兒子八歲生日的時候，買一輛腳踏車送他。

例句

2 毎日、犬を散歩させてやります。	每天都要他牽狗去散步。
3 自転車を直してやるから、持ってきなさい。	我幫你修腳踏車，去騎過來吧！
4 こんなブラック企業、いつでも辞めてやる。	這麼黑心的企業，我隨時都可以辭職走人！
5 見ていろ。今に私が世界を動かしてやる。	你看好了！我會闖出一番主導世界潮流的大事業給你瞧瞧！

あげる

「給予…」、「給…」。

授受物品的表達方式。表示給予人 (說話人或說話一方的親友等), 給予接受人有利益的事物。句型是「給予人は (が) 接受人に～をあげます」。給予人是主語, 這時候接受人跟給予人大多是地位、年齡同等的同輩。

1 私は李さんにCDをあげた。
我送了CD給李小姐。

➡ 例句

2 私は中山君にチョコをあげた。	我給了中田同學巧克力。
3 私の名刺をあげますから、手紙をください。	給你我的名片，請寫信給我。
4 彼にステレオをあげたら、とても喜んだ。	送他音響，他非常高興。

● ～てあげる

「(為他人)做…」。

➡【動詞連用形】＋てあげる。表示自己或站在一方的人，為他人做前項利益的行為。基本句型是「給予人は（が）接受人に～を動詞てあげる」。這時候接受人跟給予人大多是地位、年齡同等的同輩。是「～てやる」的客氣說法。

1 私は夫に本を１冊買ってあげた。
我給丈夫買了一本書。

➡ 例句

2 私は友達に本を貸してあげました。	我借給了朋友一本書。
3 私は中山君にノートを見せてあげた。	我讓中山同學看了筆記本。
4 花子、写真を撮ってあげましょうか。	花子，我來替妳拍張照片吧！
5 李さんは中山さんに中国語を教えてあげます。	李小姐教中山先生中文。

● さしあげる

「給予…」、「給…」。

➡ 授受物品的表達方式。表示下面的人給上面的人物品。句型是「給予人は（が）接受人に～をさしあげる」。給予人是主語，這時候接受人的地位、年齡、身份比給予人高。是一種謙虛的說法。

1 私(わたし)は社長(しゃちょう)に資料(しりょう)をさしあげた。
我呈上資料給社長。

➡ 例句

2 私(わたし)たちは先生(せんせい)にお土産(みやげ)をさしあげました。｜我送老師當地的特產。

3 彼女(かのじょ)のお父(とう)さんに何(なに)をさしあげたのですか。｜你送了她父親什麼？

4 私(わたし)は毎年先生(まいとしせんせい)に年賀状(ねんがじょう)をさしあげます。｜我每年都寫賀年卡給老師。

N4

● ～てさしあげる

「（為他人）做…」。

➡【動詞連用形】＋てさしあげる。表示自己或站在自己一方的人，為他人做前項有益的行為。基本句型是「給予人は（が）接受人に～を動詞てさしあげる」。給予人是主語。這時候接受人的地位、年齡、身份比給予人高。是「～てあげる」更謙虛的說法。由於有將善意行為強加於人的感覺，所以直接對上面的人說話時，最好改用「お～します」，但不是直接當面說就沒關係。

1 私(わたし)は部長(ぶちょう)を空港(くうこう)まで送(おく)ってさしあげました。
我送部長到機場。

例句

2 私は先生の車を車庫に入れてさしあげました。	我幫老師把車停進了車庫。
3 中山君は社長を車で家まで送ってさしあげました。	中山君開車送社長回家。
4 私は先生の奥さんの荷物を持ってさしあげました。	我幫老師的夫人提行李。
5 京都を案内してさしあげました。	我帶他們去參觀京都。

くれる

「給…」。

表示他人給說話人（或說話一方）物品。這時候接受人跟給予人大多是地位、年齡相當的同輩。句型是「給予人は（が）接受人に～をくれる」。給予人是主語，而接受人是說話人，或說話人一方的人（家人）。給予人也可以是晚輩。

1 友達が私にお祝いの電報をくれた。
朋友給了我一份祝賀的電報。

例句

2 李さんは私にチョコをくれました。	李小姐給了我巧克力。
3 友達が私に面白い本をくれました。	朋友給了我一本有趣的書。
4 姉が娘におもちゃをくれました。	我姊姊送了玩具給我女兒。

● ～てくれる

「（為我）做…」等。

➡【動詞連用形】＋てくれる。表示他人為我，或為我方的人做前項有益的事，用在帶著感謝的心情，接受別人的行為，此時接受人跟給予人大多是地位、年齡同等的同輩，如例（1）～（3）；給予人也可能是晚輩，如例（4）；常用「給予人は（が）接受人に～を動詞てくれる」之句型，此時給予人是主語，而接受人是說話人，或說話人一方的人，如例（5）。

1 同僚(どうりょう)がアドバイスをしてくれた。
同事給了我意見。

➡ 例句

2 結婚(けっこん)を申(もう)し込(こ)んだら承知(しょうち)してくれました。	我一求婚，她就答應了。
3 子(こ)どもが生(う)まれたとき、みんな喜(よろこ)んでくれました。	孩子出生了以後，大家都很為我高興。
4 子(こ)どもたちも、「お父(とう)さん、がんばって」と言(い)ってくれました。	孩子們也對我說了：「爸爸，加油喔！」
5 花子(はなこ)は私(わたし)に傘(かさ)を貸(か)してくれました。	花子借傘給我。

1-30

● くださる

「給…」、「贈…」。

➡ 對上級或長輩給自己（或自己一方）東西的恭敬說法。這時候給予人的身份、地位、年齡要比接受人高。句型是「給予人は（が）接受人に～をくださる」。給予人是主語，而接受人是說話人，或說話人一方的人（家人）。

N4 日語文法・句型詳解

1 先生が私に時計をくださいました。
老師送給我手錶。

例句

2 先輩は私たちに本をくださいました。 ｜學長送書給我。

3 先生はご著書をくださいました。 ｜老師送我他的大作。

4 部長がお見舞いに花をくださった。 ｜部長來探望我時，還送花給我。

5 先生がくださったネクタイは、日本製だった。 ｜老師送給我的領帶是日本製的。

～てくださる

「（為我）做…」等。

【動詞連用形】＋てくださる。是「～てくれる」的尊敬說法。表示他人為我，或為我方的人做前項有益的事，用在帶著感謝的心情，接受別人的行為時，此時給予人的身份、地位、年齡要比接受人高，如例（1）～（4）；常用「給予人は（が）接受人に（を・の…）～を動詞てくださる」之句型，此時給予人是主語，而接受人是說話人，或說話人一方的人，如例（5）。

1 先生は、間違えたところを直してくださいました。
老師幫我修正了錯的地方。

例句

2 部長、その資料を貸してくださいませんか。 ｜部長，您方便借我那份資料嗎？

3 忘(わす)れ物(もの)を届(とど)けてくださって、ありがとうございます。
謝謝您幫我把遺忘的物品送過來。

4 先生(せんせい)は30分(ぷん)も私(わたし)を待(ま)っていてくださいました。
老師竟等了我三十分鐘。

5 先生(せんせい)が私(わたし)に日本語(にほんご)を教(おし)えてくださいました。
老師教我日語。

● もらう

「接受…」、「取得…」、「從…那兒得到…」。

➡ 表示接受別人給的東西。這是以說話人是接受人，且接受人是主語的形式，或說話人站是在接受人的角度來表現。句型是「接受人は（が）給予人に～をもらう」。這時候接受人跟給予人大多是地位、年齡相當的同輩。或給予人也可以是晚輩。

1 私(わたし)は友達(ともだち)に木綿(もめん)の靴下(くつした)をもらいました。
我收到了朋友給的棉襪。

➡ 例句

2 私(わたし)は李(り)さんにギターをもらいました。
我收到了李小姐給的吉他。

3 花子(はなこ)は田中(たなか)さんにチョコをもらった。
花子收到了田中先生給的巧克力。

4 あなたは彼女(かのじょ)に何(なに)をもらったのですか。
你從她那收到了什麼嗎？

5 私(わたし)は次郎(じろう)さんに花(はな)をもらいました。
我收到了次郎給的花。

N4 日語文法・句型詳解

～てもらう

「（我）請（某人為我做）…」。

➔【動詞連用形】＋てもらう。表示請求別人做某行為，且對那一行為帶著感謝的心情。也就是接受人由於給予人的行為，而得到恩惠、利益。一般是接受人請求給予人採取某種行為的。這時候接受人跟給予人大多是地位、年齡同等的同輩。句型是「接受人は（が）給予人に（から）～を動詞てもらう」。或給予人也可以是晚輩。

1 田中さんに日本人の友達を紹介してもらった。
我請田中小姐為我介紹日本人朋友。

➔ 例句

2 李さんは花子に日本語を教えてもらいました。	李小姐請花子教她日語。
3 私は友達に助けてもらいました。	我請朋友幫了我的忙。
4 私は事務室の人に書類を書いてもらいました。	我請事務所的人替我寫文件。
5 高橋さんに安いアパートを教えてもらいました。	我請高橋先生介紹我便宜的公寓。

いただく

「承蒙…」、「拜領…」。

➔ 表示從地位、年齡高的人那裡得到東西。這是以說話人是接受人，且接受人是主語的形式，或說話人站在接受人的角度來表現。句型是「接受人は（が）給予人に～をいただく」。用在給予人身份、地位、年齡比接受人高的時候。比「もらう」說法更謙虛，是「もらう」的謙讓語。

1 鈴木先生(すずきせんせい)にいただいた皿(さら)が、割(わ)れてしまいました。
把鈴木老師送的咖啡杯弄破了。

➜ 例句

2	林(りん)さんは部長(ぶちょう)にネクタイをいただきました。	林先生收到了部長給的領帶。
3	私(わたし)は先生(せんせい)の奥(おく)さんに絵(え)をいただきました。	我收到了師母給的畫。
4	私(わたし)は森下先生(もりしたせんせい)からお手紙(てがみ)をいただきました。	我收到了森下老師寫的信。
5	お茶(ちゃ)をいただいてもよろしいですか。	可以向您討杯茶水嗎？

N 4

● ～ていただく

「承蒙…」。

➜【動詞連用形】＋ていただく。表示接受人請求給予人做某行為，且對那一行為帶著感謝的心情。這是以說話人站在接受人的角度來表現。用在給予人身份、地位、年齡都比接受人高的時候。句型是「接受人は（が）給予人に（から）～を動詞ていただく」。這是「～てもらう」的自謙形式。

1 花子(はなこ)は先生(せんせい)に推薦状(すいせんじょう)を書(か)いていただきました。
花子請老師寫了推薦函。

➜ 例句

2	私(わたし)は部長(ぶちょう)に資料(しりょう)を貸(か)していただきました。	我請部長借了資料給我。
3	私(わたし)は先生(せんせい)にスピーチの作文(さくぶん)を直(なお)していただきました。	我請老師替我修改演講稿。

4 大学の先生に、法律について講義をしていただきました。 請大學老師幫我上法律。

5 ぜひ来ていただきたいです。 希望您一定要來。

～てほしい

「希望…」、「想…」。

【動詞連用形】＋てほしい。表示說話者希望對方能做某件事情，或是提出要求，如例（1）、（2）；【動詞未然形】＋ないでほしい，表示否定，為「希望（對方）不要…」，如例（3）、（4）。

1 旅行に行くなら、お土産を買って来てほしい。
如果你要去旅行，希望你能買名產回來。

例句

2 図書館では静かにしてほしい。 在圖書館希望能保持安靜。

3 怒らないでほしい。 我希望你不要生氣。

4 卒業しても、私のことを忘れないでほしい。 就算畢業了，也希望你不要忘掉我。

1-31

～ば

「如果…的話」、「假如…」、「如果…就…」。

【用言假定形】＋ば。敘述一般客觀事物的條件關係。如果前項成立，後項就一定會成立，如例（1）、（2）；後接意志或期望等詞，表示後項受到某種條件的限制，如例（3）；表示條件。對特定的人或物，表示對未實現的事物，只要前項成立，後項也當然會成立。前項是焦點，敘述需要的是什麼，後項大多是被期待的事，如例（4）。

1 雨（あめ）が降（ふ）れば、空気（くうき）がきれいになる。
下雨過後，空氣變得十分清澄。

例句

2 眼鏡（めがね）をかければ、見（み）えます。 | 戴上眼鏡的話就看得見。

3 時間（じかん）が合（あ）えば、会（あ）いたいです。 | 如果時間允許，希望能見一面。

4 安（やす）ければ、買（か）います。 | 便宜的話我就買。

～たら

「要是…」;「如果要是…了」、「…了的話」。

【用言連用形】＋たら。表示假定條件，當實現前面的情況時，後面的情況就會實現，但前項會不會成立，實際上還不知道，如例（1）、（2）；表示確定條件，知道前項一定會成立，以其為契機做後項，如例（3）～（5）。

1 値段（ねだん）が安（やす）かったら、買（か）います。
要是便宜的話就買。

➡ 例句

2 いい天気（てんき）だったら、富士山（ふじさん）が見（み）えます。｜要是天氣好，就可以看到富士山。

3 大（おお）きくなったら、僕（ぼく）のお嫁（よめ）さんになってくれる？｜等妳長大以後，願意當我的新娘嗎？

4 宿題（しゅくだい）が終（お）わったら、遊（あそ）びに行（い）ってもいいですよ。｜等到功課寫完了，就可以去玩了喔。

5 20歳（はたち）になったら、たばこが吸（す）える。｜到了二十歲，就能抽菸了。

● ～たら～た（確定條件）

「原來…」、「發現…」、「才知道…」。

➡【動詞連用形】＋たら～た。表示說話者完成前項動作後，有了新發現，或是發生了後項的事情。

1 仕事（しごと）が終（お）わったら、もう9時（じ）だった。
工作做完，已經是九點了。

➡ 例句

2 宿題（しゅくだい）をやっていたら、見（み）たかったテレビ番組（ばんぐみ）を見（み）るのを忘（わす）れた。｜寫完功課，這才發現忘了看想看的電視節目。

3 朝起（あさお）きたら、雪（ゆき）が降（ふ）っていた。｜早上起床時，發現正在下雪。

4 お風呂（ふろ）に入（はい）ったら、ぬるかった。｜泡進浴缸後才知道水不熱。

～なら

「要是…的話」。

➡【動詞・形容詞終止形；形容動詞詞幹；體言】＋なら。表示接受了對方所說的事情、狀態、情況後，說話人提出了意見、勸告、意志、請求等，如例（1）～（3）；也可用於舉出一個事物列為話題，再進行說明，如例（4）；以對方發話內容為前提進行發言時，常會在前面「なら」加「の」，「の」較草率、口語的說法為「ん」，如例（5）。

1 泣(な)きたいなら、好(す)きなだけ泣(な)け。
如果想哭的話，儘管哭個夠吧！

➡ 例句

2 私(わたし)があなたなら、きっとそうする。
假如我是你的話，一定會那樣做的！

3 そんなに嫌(きら)いなら、やめたらいい。
要是那麼討厭的話，就不要做了。

4 野球(やきゅう)なら、あのチームが一番強(いちばんつよ)い。
棒球的話，那一隊最強了。

5 そんなに痛(いた)いんなら、なんで今(いま)まで言(い)わなかったの。
要是真的那麼痛，為什麼拖到現在才說呢？

N 4

～と

「一…就」。

➡【用言終止形；體言だ】＋と。表示陳述人和事物的一般條件關係，常用在機械的使用方法、說明路線、自然的現象及反覆的習慣等情況，此時不能使用表示說話人的意志、請求、命令、許可等語句，如例（1）～（4）；【動詞辭書形；動詞連用形＋ている】＋と。表示前項如果成立，就會發生後項的事情，或是說話者因此有了新的發現，如例（5）。

1 このボタンを押すと、切符が出てきます。
一按這個按鈕，票就出來了。

➡ 例句

2 台湾に来ると、いつも夜市に行きます。	每回來到台灣，總會去逛夜市。
3 働かないと、生活するお金に困ります。	如果不工作，就沒錢過活了。
4 もう起きないと、学校に遅れますよ。	再不起床，上學就要遲到了喔。
5 家に帰ると、電気がついていました。	回到家，發現電燈是開著的。

● ～まま

「…著」。

➡【用言連體形；體言の】＋まま。表示附帶狀況，指一個動作或作用的結果，在這個狀態還持續時，進行了後項的動作，或發生後項的事態。

1 テレビをつけたまま寝てしまった。
開著電視就睡著了。

➡ 例句

2 あとは僕がやるから、そのままでいいよ。	剩下的由我做就行，你擺著就好。
3 そのときアルキメデスは、風呂から裸のまま外に飛び出したそうです。	據說，阿基米德那時候是赤身裸體從浴室衝了出去的。

4 日本酒は冷たいままで飲むのが好きだ。	我喜歡喝冰的日本清酒。
5 新車を買った。きれいなままにしておきたいから、乗らない。	我買了新車。因為想讓車子永遠保持閃亮亮的，所以不開出去。

● ～おわる

「結束」、「完了」。

➡【動詞連用形】＋終わる。接在動詞連用形後面，表示前接動詞的結束、完了。

1 日記は、もう書き終わった。
日記已經寫好了。

➡ 例句

2 昨日、その小説を読み終わった。	昨天看完了那本小說。
3 今日やっとレポートを書き終わりました。	今天總算寫完了報告。
4 運動し終わったら、道具を片付けてください。	運動完畢後，請將道具收拾好。
5 飲み終わったら、コップを下げます。	喝完了，就會收走杯子。

1-32

● ～ても、でも

「即使…也」。

➡【動詞・形容詞連用形】＋ても；【體言；形容動詞詞幹】＋でも。表示後項的成立，不受前項的約束，是一種假定逆接表現，後項常用各種意志表現的說法，如例（1）～（3）；表示假定的事情時，常跟「たとえ、どんなに、もし、万が一」等副詞一起使用，如例（4）、（5）。

1 社会が厳しくても、私はがんばります。
即使社會嚴苛我也會努力。

➡ 例句

2 そこは、交通が不便でも、行く価値があると思います。	那地方雖然交通不便，但我認為還是值得一訪。
3 雨が降ってもやりが降っても、必ず行く。	哪怕是下雨還是下刀子，我都一定會去！
4 たとえ失敗しても後悔はしません。	即使失敗也不後悔。
5 どんなに父が反対しても、彼と結婚します。	無論父親如何反對，我還是要和他結婚。

● 疑問詞＋ても、でも

「不管（誰、什麼、哪兒）…」;「無論…」。

➡【疑問詞】＋【動詞・形容詞連用形】＋ても；【疑問詞】＋【體言；形容動詞詞幹】＋でも。前面接疑問詞，表示不論什麼場合、什麼條件，都要進行後項，或是都會產生後項的結果，如例（1）、（2）；表示全面肯定或否定，也就是沒有例外，全部都是，如例（3）～（5）。

1 どんなに怖くても、ぜったい泣かない。
再怎麼害怕也絕不哭。

➡ 例句

2 いくら忙しくても、必ず運動します。	我不管再怎麼忙，一定要做運動。

3 どこの国でも、子どもの教育は大切だ。	不管任何國家都很重視兒童的教育。
4 いくつになっても、親にとって子どもは子どもです。	不管長到幾歲，對父母來說，孩子永遠是孩子。
5 どちらが選ばれてもうれしいです。	不論哪一種被選上都很讓人開心。

～だろう

「…吧」。

➡【動詞・形容詞終止形；體言；形容動詞詞幹】＋だろう。使用降調，表示說話人對未來或不確定事物的推測，且說話人對自己的推測有相當大的把握，如例（1）、（2）；常跟副詞「たぶん、きっと」等一起使用，如例（3）～（5）。口語時女性多用「でしょう」。

N4

1 みんなもうずいぶんお酒を飲んでいるだろう。
大家都已經喝了不少酒吧？

➡ 例句

2 彼以外は、みんな来るだろう。	除了他以外，大家都會來吧！
3 あしたは、たぶん雪だろう。	明天，大概會下雪吧！
4 たぶん気がつくだろう。	應該會發現吧！
5 試合はきっと面白いだろう。	比賽一定很有趣吧！

～（だろう）とおもう

「（我）想…」、「（我）認為…」。

➡【動詞・形容詞終止形；體言；形容動詞詞幹】＋（だろう）と思う。意思幾乎跟「だろう」相同，不同的是「と思う」比「だろう」更清楚地講出推測的內容，只不過是說話人主觀的判斷，或個人的見解。而「だろうと思う」由於說法比較婉轉，所以讓人感到比較鄭重。

1 彼(かれ)は独身(どくしん)だろうと思(おも)います。
我猜想他是單身。

➡ 例句

2 この本(ほん)はたぶん花子(はなこ)の本(ほん)だろうと思(おも)います。	我想這本書大概是花子吧！
3 今晩(こんばん)、台風(たいふう)が来(く)るだろうと思(おも)います。	今晚會有颱風吧！
4 東京(とうきょう)の冬(ふゆ)は、割合寒(わりあいさむ)いだろうと思(おも)う。	我想東京的冬天應該比想像中冷吧！
5 山(やま)の上(うえ)では、星(ほし)がたくさん見(み)えるだろうと思(おも)います。	我想山上應該可以看到很多星星吧！

～とおもう

「覺得…」、「認為…」、「我想…」、「我記得…」。

➡【動詞・形容詞普通形；體言；形容動詞詞幹だ】＋と思う。表示說話者有這樣的想法、感受、意見。「と思う」只能用在第一人稱。前面接名詞或形容動詞時要加上「だ」。

1 お金を好きなのは悪くないと思います。
我認為愛錢並沒有什麼不對。

➡ 例句

2 吉田さんは若く見えると思います。	我覺得吉田小姐看起來很年輕。
3 千葉さんは結婚していると思います。	我想千葉先生已經結婚了。
4 吉村先生の授業は、面白いと思います。	我覺得吉村老師的課很有趣。

● ～といい

「…就好了」;「最好…」、「…為好」。

➡【用言終止形;體言だ】＋といい。表示說話人希望成為那樣之意。句尾出現「けど、のに、が」時，含有這願望或許難以實現等不安的心情，如例（1）、(2);意思近似於「～たらいい、～ばいい」，如例（3）～（5)。

1 女房はもっとやさしいといいんだけど。
我老婆要是能再溫柔一點就好了。

➡ 例句

2 夫の給料がもっと多いといいのに。	真希望我先生的薪水能多一些呀！
3 日曜日、いい天気だといいですね。	星期天天氣要能晴朗就好啦！
4 顔色が悪いですね。少し休むといいですよ。	臉色不太好呢，你最好休息一下喔！
5 横浜へ行ったら、港を見に行くといいですよ。	去橫濱的話，最好去參觀港口喔！

～かもしれない

「也許…」、「可能…」。

【用言終止形；體言】＋かもしれない。表示說話人說話當時的一種不確切的推測。推測某事物的正確性雖低，但是有可能的。肯定跟否定都可以用。跟「～かもしれない」相比，「～と思います」、「～だろう」的說話者，對自己推測都有較大的把握。其順序是：と思います＞だろう＞かもしれない。

1 あの映画は面白いかもしれません。
那部電影可能很有趣！

例句

2 ここに止めると、駐車違反かもしれません。	把車子停在這裡或許會違反交通規定。
3 今日の帰りは遅くなるかもしれません。	今天有可能會很晚回來。
4 夫は、私のことがきらいなのかもしれません。	我先生說不定已經嫌棄我了。
5 もしかしたら、1億円当たるかもしれない。	或許會中一億日圓。

1-33

～はずだ

「（按理說）應該…」；「怪不得…」。

【用言連體形；體言の】＋はずだ。表示說話人根據事實、理論或自己擁有的知識來推測出結果，是主觀色彩強，較有把握的推斷，如例（1）～（4）；表示說話人對原本不可理解的事物，在得知其充分的理由後，而感到信服，如例（5）。

1 高橋さんは必ず来ると言っていたから、来るはずだ。
高橋先生說他會來，就應該會來。

➔ 例句

2 昨日かばんに入れたはずなのに、見つからない。	我記得昨天應該放到提包裡了，卻找不到。
3 金曜日の３時ですか。大丈夫なはずです。	星期五的三點嗎？應該沒問題。
4 今ごろ、下田さんは名古屋に着いているはずだ。	現在這時間，下田小姐應該已經抵達名古屋了。
5 彼は弁護士だったのか。道理で法律に詳しいはずだ。	他是律師啊。怪不得很懂法律。

N4

● ～はずがない

「不可能…」、「不會…」、「沒有…的道理」。

➔【用言連體形】＋はずが（は）ない。表示說話人根據事實、理論或自己擁有的知識，來推論某一事物不可能實現。是主觀色彩強，較有把握的推斷，如例（1）～（4）；用「はずない」，是較口語的用法，如例（5）。

1 人形の髪が伸びるはずがない。
娃娃的頭髮不可能變長。

➔ 例句

2 彼女は病気だから、会社に来るはずはない。	她生病了，所以沒道理會來公司。
3 そんなことは子どもに分かるはずがない。	那種事小孩子不可能會懂。

4 ここから東京タワーが見えるはずがない。	從這裡不可能看得見東京鐵塔。
5 花子が知らないはずない。	花子不可能不知道。

～ようだ

「像…一樣的」、「如…似的」；「好像…」。

➡【用言連體形；體言の】＋ようだ。把事物的狀態、形狀、性質及動作狀態，比喻成一個不同的其他事物，如例（1）～（3）；用在說話人從各種情況，來推測人或事物是後項的情況，通常是說話人主觀、根據不足的推測，如例（4）、（5）。「ようだ」的活用跟形容動詞一樣。

1 まるで盆と正月が一緒に来たような騒ぎでした。
簡直像中元和過年全兜在一塊似的，大夥盡情地喧鬧。

➡ 例句

2 ここから見ると、家も車もおもちゃのようです。	從這裡看下去，房子和車子都好像玩具一樣。
3 毎日ロボットのように働くのはもういやだ。	每天都像個機器人般工作，再也受不了了！
4 電気がついています。花子はまだ勉強しているようです。	電燈是開著的。看來花子好像還在用功的樣子。
5 公務員になるのは、難しいようです。	要成為公務員好像很難。

● ～そうだ

「聽説…」、「據説…」。

➡【用言終止形】＋そうだ。表示傳聞。表示不是自己直接獲得的，而是從別人那裡、報章雜誌或信上等處得到該信息，如例（1）；表示信息來源的時候，常用「～によると」（根據）或「～の話では」（說是…）等形式，如例（2）～（4）；說話人為女性時，有時會用「そうよ」，如例（4）。

1 もう一(ひと)つ飛行場(ひこうじょう)ができるそうだ。
聽說要蓋另一座機場。

➡ 例句

2 新聞(しんぶん)によると、今度(こんど)の台風(たいふう)はとても大(おお)きいそうだ。	報上說這次的颱風會很強大。
3 先輩(せんぱい)の話(はなし)では、リーさんはテニスが上手(じょうず)だそうだ。	從學長姊那裡聽說，李小姐的網球打得很好。
4 彼(かれ)の話(はなし)では、桜子(さくらこ)さんは離婚(りこん)したそうよ。	聽他說櫻子小姐離婚了。

N4

● ～やすい

「容易…」、「好…」。

➡【動詞連用形】＋やすい。表示該行為、動作很容易做，該事情很容易發生，或容易發生某種變化，亦或是性質上很容易有那樣的傾向，與「～にくい」相對，如例（1）～（4）；「やすい」的活用變化跟「い形容詞」一樣，如例（5）。

1 木綿(もめん)の下着(したぎ)は洗(あら)いやすい。
棉質內衣容易清洗。

➡ 例句

2 この辞書(じしょ)はとても引(ひ)きやすいです。	這本辭典查起來很方便。

3	季節の変わり目は風邪をひきやすい。	每逢季節交替的時候，就很容易感冒。
4	これはガラスで割れやすいですから、丁寧に扱ってください。	這是玻璃製品，很容易破損，使用時請小心。
5	兄が宿題を分かりやすく教えてくれました。	哥哥用簡單明瞭的方法教了我習題。

～にくい

「不容易…」、「難…」。

➡【動詞連用形】＋にくい。表示該行為、動作不容易做，該事情不容易發生，或不容易發生某種變化，亦或是性質上很不容易有那樣的傾向。「にくい」的活用跟「い形容詞」一樣。與「～やすい」相對。

1 このコンピューターは、使いにくいです。
這台電腦很不好用。

➡ 例句

2	この本は専門用語が多すぎて読みにくい。	這本書有太多專門用語很難懂。
3	この道はハイヒールでは歩きにくい。	這條路穿高跟鞋不好走。
4	倒れにくい建物を作りました。	建造了一棟不易倒塌的建築物。
5	一度ついた習慣は、変えにくいですね。	一旦養成習慣就很難改了呢！

～と～と、どちら

「在…與…中，哪個…」。

➔【體言】＋と＋【體言】＋と、どちら（のほう）が。表示從兩個裡面選一個。也就是詢問兩個人或兩件事，哪一個適合後項。在疑問句中，比較兩個人或兩件事，用「どちら」。東西、人物及場所等都可以用「どちら」。

1 着物(きもの)とドレスと、どちらのほうが素敵(すてき)ですか。
和服與洋裝，哪一種比較漂亮？

➔ 例句

2 今朝(けさ)は、花子(はなこ)と太郎(たろう)と、どちらが早(はや)く来(き)ましたか。	今天早上花子和太郎，誰比較早來？
3 紅茶(こうちゃ)とコーヒーと、どちらがよろしいですか。	紅茶和咖啡，您要哪個？
4 工業(こうぎょう)と商業(しょうぎょう)と、どちらのほうが盛(さか)んですか。	工業與商業，哪一種比較興盛？
5 日本語(にほんご)と英語(えいご)と、どちらのほうが複雑(ふくざつ)だと思(おも)いますか。	日語與英語，你覺得哪一種比較難？

N 4

1-34

～ほど～ない

「不像…那麼…」、「沒那麼…」。

➔【動詞連體形；體言】＋ほど～ない。表示兩者比較之下，前者沒有達到後者那種程度。這個句型是以後者為基準，進行比較的。

1 大(おお)きい船(ふね)は、小(ちい)さい船(ふね)ほど揺(ゆ)れない。
大船不像小船那麼會搖。

➡ 例句

2 日本の夏はタイの夏ほど暑くないです。	日本的夏天不像泰國那麼熱。
3 田中は中山ほど真面目ではない。	田中不像中山那麼認真。
4 私は、妹ほど母に似ていない。	我不像妹妹那麼像媽媽。
5 その服は、あなたが思うほど変じゃないですよ。	那衣服沒有你想像的那麼怪喔！

～なくてもいい

「不…也行」、「用不著…也可以」。

➡【動詞未然形】＋なくてもいい。表示允許不必做某一行為，也就是沒有必要，或沒有義務做前面的動作，如例（1）～（4）；較文言的表達方式為「～なくともよい」，如例（5）。

1 暖かいから、暖房をつけなくてもいいです。
很溫暖，所以不開暖氣也無所謂。

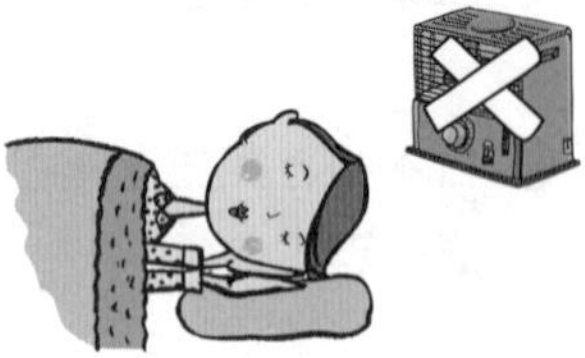

➡ 例句

2 明日から夏休みなので、学校に行かなくてもいいです。	從明天開始放暑假，所以不用再去學校了。
3 ７番のバスで行けば、乗り換えなくてもいいです。	只要搭七號巴士去，就不必中途換車了。
4 レポートは今日出さなくてもいいですか。	今天可以不用交報告嗎？
5 忙しい人は出席しなくともよい。	忙碌的人不出席亦無妨。

～なくてもかまわない

「不…也行」、「用不著…也沒關係」。

【動詞未然形】＋なくてもいい。 表示沒有必要做前面的動作，不做也沒關係，如例（1）～（4）；「かまわない」也可以換成「大丈夫」等表示「沒關係」的單字，如例（5）。

1 明るいから、電灯をつけなくてもかまわない。
還很亮，不開電燈也沒關係。

例句

2 あなたは行かなくてもかまいません。	你不去也行。
3 日曜日だから、早く起きなくてもかまいません。	因為是禮拜日，所以不早起也沒關係。
4 都合が悪かったら、来なくてもかまいません。	不方便的話，用不著來也沒關係。
5 あと 15 分ありますから、急がなくても大丈夫ですよ。	時間還有十五分鐘，不必趕著去也沒關係喔。

～なさい

「要…」、「請…」。

【動詞連用形】＋なさい。表示命令或指示。一般用在上級對下級，父母對小孩，老師對學生的情況。比起命令形，此句型稍微含有禮貌性，語氣也較緩和。由於這是用在擁有權力或支配能力的人，對下面的人說話的情況，使用的場合是有限的。

1 規則を守りなさい。
要遵守規定。

N4

例句

2 生徒たちを、教室に集めなさい。
叫學生到教室集合。

3 紙の表に、名前と住所を書きなさい。
在紙面上，寫下姓名與地址。

4 早く明日の準備をしなさい。
趕快準備明天的東西。

5 しっかり勉強しなさいよ。
要好好用功讀書喔！

～ため（に）

「以…為目的，做…」、「為了…」;「因為…所以…」。

【動詞連體形；體言の】＋ため（に）。表示為了某一目的，而有後面積極努力的動作、行為，前項是後項的目標，如果「ため（に）」前接人物或團體，就表示為其做有益的事，如例（1）～（3）；【用言連體形；體言の】＋ため（に）。表示由於前項的原因，引起後項的結果，如例（4）、（5）。

1 私は、彼女のためなら何でもできます。
只要是為了她，我什麼都辦得到。

例句

2 彼女に気持ちを伝えるために、手紙を書きました。
為了讓她明白我的心意，寫了一封信。

3 あの女はよくない女です。あなたのためになりませんよ。
那個女人不是什麼好東西。對你有害無益哦。

4 途中で事故があったために、遅くなりました。
因為半路發生事故，所以遲到了。

5 指が痛いため、ピアノが弾けない。
因為手指疼痛而無法彈琴。

～そう

「好像…」、「似乎…」。

【動詞連用形；形容詞・形容動詞詞幹】＋そう。表示說話人根據親身的見聞，而下的一種判斷，如例（1）～（3）；形容詞「よい」、「ない」接「そう」，會變成「よさそう」、「なさそう」，如例（4）；會話中，當說話人為女性時，有時會用「そうね」，如例（5）。

1 このラーメンはおいしそうだ。
這拉麵似乎很好吃。

例句

2 大変(たいへん)そうだね。手伝(てつだ)おうか。	你一個人忙不過來吧？要不要我幫忙？
3 あ、かばんが落(お)ちそうですよ。	啊！你的皮包快掉下來了喔！
4 「これでどうかな。」「よさそうだね。」	「你覺得這樣好不好呢？」「看起來不錯啊。」
5 どうしたの。気分(きぶん)が悪(わる)そうね。	怎麼了？你好像不太舒服耶？

～がする

「感到…」、「覺得…」、「有…味道」。

【體言】＋がする。前面接「かおり、におい、味、音、感じ、気、吐き気」等表示氣味、味道、聲音、感覺等名詞，表示說話人通過感官感受到的感覺或知覺。

1 このうちは、畳(たたみ)の匂(にお)いがします。
這屋子散發著榻榻米的味道。

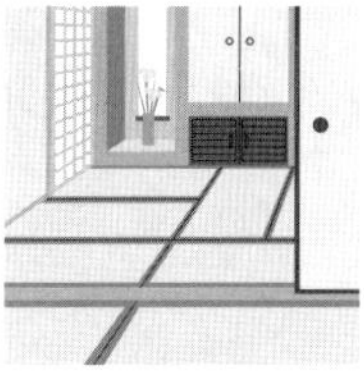

例句

2 これは肉の味がしますが、本当の肉ではありません。	這個雖然嚐起來有肉味，但並不是真正的肉類。
3 外で大きい音がしました。	外頭傳來了巨大的聲響。
4 今朝から頭痛がします。	今天早上頭就開始痛。
5 あの人はどこかであったことがあるような気がします。	我覺得好像曾在哪裡見過那個人。

1-35

～ことがある

「有時…」、「偶爾…」。

【動詞連體形（基本形）】＋ことがある。表示有時或偶爾發生某事，如例（1）、（2）；常搭配「時々」（有時）、「たまに」（偶爾）等表示頻度的副詞一起使用，如例（3）、（4）。

1 友人とお酒を飲みに行くことがあります。
偶爾會跟朋友一起去喝酒。

例句

2 私は、あなたの家の前を通ることがあります。	我有時會經過你家前面。
3 たまに自転車で通勤することがあります。	有時會騎腳踏車上班。
4 私は時々、帰りにおじの家に行くことがある。	回家途中我有時會去伯父家。

～ことになる

「（被）決定…」；「也就是說…」。

【動詞連體形（という）；體言という】＋ことになる。表示決定。指說話人以外的人、團體或組織等，客觀地做出了某些安排或決定，如例（1）、（2）；也可能用於婉轉宣布自己決定的事，如例（3）；或指針對事情，換一種不同的角度或說法，來探討事情的真意或本質，如例（4）；以「～ことになっている」的形式，表示人們的行為會受法律、約定、紀律及生活慣例等約束，如例（5）。

1 駅（えき）にエスカレーターをつけることになりました。
車站決定設置自動手扶梯。

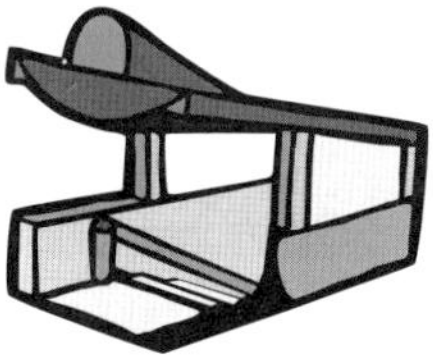

例句

2 こちらを担当（たんとう）することになりました大野（おおの）と申（もう）します。
敝姓大野，往後由我擔任與貴公司的聯繫窗口。

3 6月（がつ）に結婚（けっこん）することになりました。
已經決定將於六月結婚了。

4 異性（いせい）と食事（しょくじ）に行（い）くというのは、付（つ）き合（あ）っていることになるのでしょうか。
跟異性吃飯，也就可以說是兩人在交往嗎？

5 子（こ）どもはお酒（さけ）を飲（の）んではいけないことになっています。
依現行規定，兒童不得喝酒。

～かどうか

「是否…」、「…與否」。

【用言終止形；體言】＋かどうか。表示從相反的兩種情況或事物之中選擇其一。「～かどうか」前面的部分是不知是否屬實。

N4

N4 日語文法・句型詳解

1 これでいいかどうか、教えてください。
請告訴我這樣是否可行。

➡ 例句

2 あの二人が兄弟かどうか分かりません。 | 我不知道那兩個人是不是姊妹。

3 あちらの部屋が静かかどうか見てきます。 | 我去瞧瞧那裡的房間是否安靜。

4 水道の水が飲めるかどうか知りません。 | 不知道自來水管的水是否可以喝。

5 先生が来るかどうか、まだ決まっていません。 | 還不知道老師是否要來。

●～ように

「請…」、「希望…」；「以便…」、「為了…」。

➡【動詞連體形】＋ように。表示祈求、願望、希望、勸告或輕微的命令等。有希望成為某狀態，或希望發生某事態，向神明祈求時，常用「動詞ます形＋ますように」，如例（1）；也用在老師提醒學生時，如例（2）、（3）；也可以表示為了實現「ように」前的某目的，而採取後面的行動或手段，以便達到目的，如例（4）、（5）。

1 どうか試験に合格しますように。
請神明保佑讓我考上！

➡ 例句

2 集合時間には遅れないように。 | 集合時間不要遲到了。

3 寒(さむ)いから、風邪(かぜ)を引(ひ)かないようにご注意(ちゅうい)ください。	天氣寒冷，要多注意身體不要感冒了。
4 忘(わす)れないように手帳(てちょう)にメモしておこう。	為了怕忘記，事先記在筆記本上。
5 熱(ねつ)が下(さ)がるように、注射(ちゅうしゃ)を打(う)ってもらった。	為了退燒，我請醫生替我打針。

～ようにする

「爭取做到…」、「設法使…」。

➡【動詞連體形】＋ようにする。表示說話人自己將前項的行為、狀況當作目標而努力，或是說話人建議聽話人採取某動作、行為時，如例（1）、(2)；如果要表示把某行為變成習慣，則用「ようにしている」的形式，如例（3）；又表示對某人或事物，施予某動作，使其起作用，如例（4）。

N4

1 これから毎日(まいにち)野菜(やさい)を取(と)るようにします。
我從現在開始每天都要吃蔬菜。

➡ 例句

2 人(ひと)の悪口(わるぐち)を言(い)わないようにしましょう。	努力做到不去說別人的壞話吧！
3 朝早(あさはや)く起(お)きるようにしています。	我習慣早起。
4 棚(たな)を作(つく)って、本(ほん)を置(お)けるようにした。	作了棚架以便放書。

～ようになる

「(變得)…了」。

➔【動詞連體形；動詞（ら）れる】＋ようになる。表示是能力、狀態、行為的變化。大都含有花費時間，使成為習慣或能力。動詞「なる」表示狀態的改變。

1 練習(れんしゅう)して、この曲(きょく)はだいたい弾(ひ)けるようになった。
練習後，這首曲子大致會彈了。

➔ 例句

2 娘(むすめ)は泳(およ)げるようになった。 | 女兒會游泳了。

3 最近(さいきん)は多(おお)くの女性(じょせい)が外(そと)で働(はたら)くようになった。 | 最近在外工作的女性變多了。

4 私(わたし)は毎朝(まいあさ)牛乳(ぎゅうにゅう)を飲(の)むようになった。 | 我每天早上都會喝牛奶了。

5 注意(ちゅうい)したら、文句(もんく)を言(い)わないようになった。 | 警告他後，他現在不再抱怨了。

1-36

～ところだ

「剛要…」、「正要…」。

➔【動詞連體形】＋ところだ。表示將要進行某動作，也就是動作、變化處於開始之前的階段。

1 これから、校長先生(こうちょうせんせい)が話(はなし)をするところです。
接下來是校長致詞時間。

➡ 例句

2 今から寝るところだ。｜現在正要就寢。

3 いま、田中さんに電話をかけるところです。｜現在剛要打電話給田中小姐。

4 バス停に着いたとき、ちょうどバスが出るところだった。｜到公車站牌時，公車剛好要開走。

●～ているところだ

「正在…」。

➡【動詞進行式】＋ているところだ。表示正在進行某動作，也就是動作、變化處於正在進行的階段。

1 日本語の発音を直してもらっているところです。
正在請人幫我矯正日語發音。

➡ 例句

2 今、部屋の掃除をしているところです。｜現在正在打掃房間。

3 お風呂に入っているところに電話がかかってきた。｜我在洗澡時電話響起。

4 今その問題を考えているところです。｜現在正在思考那個問題。

5 今、試験の準備をしているところです。｜現在正在準備考試。

N4 日語文法・句型詳解

~たところだ

「剛…」。

➡【動詞過去式】＋ところだ。表示剛開始做動作沒多久，也就是在「…之後不久」的階段，如例（1）～（3）；跟「～たばかりだ」比較，「～たところだ」強調開始做某事的階段，但「～たばかりだ」則是一種從心理上感覺到事情發生後不久的語感，如例（4）、（5）。

1 テレビを見始(みはじ)めたところなのに、電話(でんわ)が鳴(な)った。
才剛看電視沒多久，電話就響了。

➡ 例句

2 赤(あか)ちゃんが寝(ね)たところなので、静(しず)かにしてください。	小寶寶才剛睡著，請安靜一點。
3 今(いま)、それを話(はな)そうと思(おも)っていたところなんです。	我剛正想跟你講那件事。
4 家(いえ)を買(か)ったばかりなのに、転勤(てんきん)になったんです。	明明才剛買了房子，卻要調職了。
5 食(た)べたばかりだけど、おなかが減(へ)っている。	雖然才剛剛吃過飯，肚子卻餓了。

~たところ

「結果…」、「果然…」。

➡【動詞連用形】＋たところ。順接用法。表示完成前項動作後，偶然得到後面的結果、消息，含有說話者覺得訝異的語感。或是後項出現了預期中的好結果。前項和後項之間沒有絕對的因果關係。

1 先生(せんせい)に聞(き)いたところ、先生(せんせい)も知(し)らないそうだ。
請教了老師，結果聽說老師也不曉得。

例句

2	菊池君に宿題を見せてほしいと頼んだところ、彼もやっていなかった。	拜託菊池同學借我看作業，結果他也沒有寫。
3	学校から帰ったところ、うちにお客さんが来ていた。	從學校回到家裡，家裡有客人在。
4	交番に行ったところ、財布は届いていた。	去到派出所時，錢包已經被送到那裡了。

～について（は）、につき、についても、についての

「有關…」、「就…」、「關於…」。

【體言】＋について（は）、につき、についても、についての。表示前項先提出一個話題，後項就針對這個話題進行說明。相當於「に関して、に対して」。

1 江戸時代の商人についての物語を書きました。
撰寫了一個有關江戸時期商人的故事。

例句

2	論文のテーマについては、これから説明します。	我現在將說明論文的主題。
3	中国の文学について勉強しています。	我在學中國文學。
4	好評につき、発売期間を延長いたします。	由於產品廣受好評，因此將販售期限往後延長。
5	あの会社のサービスは、使用料金についても明確なので、安心して利用できます。	那家公司的服務使用費標示也很明確，因此可以放心使用。

N3

1-37

～いっぽうだ

「一直…」、「不斷地…」、「越來越…」。

➡【動詞連體形】＋一方だ。表示某狀況一直朝著一個方向不斷發展，沒有停止，如例（1）；多用於消極的、不利的傾向，意思近於「～ばかりだ」，如例（2）～（5）。

1 岩崎の予想以上の活躍ぶりに、周囲の期待も高まる一方だ。
岩崎出色的表現超乎預期，使得周圍人們對他的期望也愈來愈高。

➡ 例句

2 このごろこの辺りは犯罪が多いので、住民の不安は広がる一方だ。
由於近來這附近發生了很多犯罪案件，居民的恐懼感亦隨之逐漸攀升。

3 事態は悪化する一方だったが、ようやく好転の兆しが見えてきた。
儘管事態愈趨惡化，但終於看到了出現好轉的一線曙光。

4 子どもの学力が低下する一方なのは、問題です。
小孩的學習力不斷地下降，真是個問題。

5 最近、オイル価格は、上がる一方だ。
最近油價不斷地上揚。

～うちに

「趁…」、「在…之內…」。

➡【體言の；用言連體形】＋うちに。表示在前面的環境、狀態持續的期間，做後面的動作，相當於「～（している）間に」，如例（1）～（4）；用「～ているうちに」時，後項並非說話者意志，大都接自然發生的變化，如例（5）。

1 暗くならないうちに帰りなさいよ。
趁天還沒黑前，趕快回家啦！

➡ 例句

2 お姉ちゃんが帰ってこないうちに、お姉ちゃんの分もおやつ食べちゃおう。
趁姊姊還沒回來之前，把姊姊的那份點心也偷偷吃掉吧！

3 勉強はできるうちにしておくことだ。大人になってから後悔しないようにね。
讀書要趁腦筋還靈光的時候趕快用功，以免長大以後就後悔莫及囉！

4 昼間は暑いから、朝のうちに散歩に行った。
白天很熱，所以趁早去散步。

5 いじめられた経験を話しているうちに、涙が出てきた。
在敘述被霸凌的經驗時，流下了眼淚。

N3

～おかげで、おかげだ

「多虧…」、「托您的福」、「因為…」等。

➡【體言の；用言連體形】＋おかげで、おかげだ。由於受到某種恩惠，導致後面好的結果，與「から」、「ので」作用相似，但感情色彩更濃，常帶有感謝的語氣，如例（1）～（4）；後句如果是消極的結果時，一般帶有諷刺的意味，相當於「～のせいで」，如例（5）。

1 街灯のおかげで夜でも安心して道を歩けます。
有了街燈，夜晚才能安心的走在路上。

➡ 例句

2 私達が食べていけるのもお客さまのおかげです。	我們能夠繼續享用美食，都是託了客戶的福。
3 就職できたのは、山本先生が推薦状を書いてくださったおかげです。	能夠順利找到工作，一切多虧山本老師幫忙寫的推薦函。
4 私が好きなことをしていられるのも、君が支えていてくれるおかげだよ。	我之所以能夠盡情去做想做的事，該歸功於有你的支持呀！
5 君が余計なことを言ってくれたおかげで、ひどい目にあったよ。	感謝你的多嘴，害我被整得慘兮兮的啦！

～おそれがある

「恐怕會…」、「有…危險」。

➡【體言の；用言連體形】＋恐れがある。表示有發生某種消極事件的可能性，只限於用在不利的事件，相當於「～心配がある」，如例（1）～（3）；也常用在新聞報導或天氣預報中，如例（4）、（5）。

1 この調子では、今週中に終わらない恐れがあります。
照這樣子看來，恐怕本週內沒辦法完成。

➡ 例句

2 すぐに手術しないと、手遅れになる恐れがあります。	假如不立刻動手術，恐怕救不回來了。

3	立地（りっち）は良（よ）いけど、駅前（えきまえ）なので、夜間（やかん）でも騒（さわ）がしい恐（おそ）れがある。	雖然座落地點很棒，但是位於車站前方，恐怕入夜後仍會有吵嚷的噪音。
4	台風（たいふう）のため、午後（ごご）から高潮（たかしお）の恐（おそ）れがあります。	因為颱風，下午恐怕會有大浪。
5	この地震（じしん）による津波（つなみ）の恐（おそ）れはありません。	這場地震將不會引發海嘯。

● ～かけ（の）、かける

「剛…」、「開始…」；「對…」等。

➡【動詞連用形】＋かけ（の）、かける。表示動作，行為已經開始，正在進行途中，但還沒有結束，相當於「～している途中」，如例（1）～（3）；前接「死ぬ（死亡）、止まる（停止）、立つ（站起來）」等瞬間動詞時，表示面臨某事的當前狀態，如例（4）；用「話しかける、呼びかける、笑いかける」等，表示向某人作某行為，如例（5）。

1 何（なに）？言（い）いかけてやめないでよ。
什麼啦？話才說了一半，別這樣吊胃口呀！

➡ 例句

2	メールを書（か）きかけたとき、電話（でんわ）が鳴（な）った。	才剛寫電子郵件，電話鈴聲就響了。
3	やりかけている人（ひと）は、ちょっと手（て）を止（と）めてください。	正在做的人，請先停下來。
4	お父（とう）さんのことを死（し）にかけの病人（びょうにん）なんて、よくもそんなひどいことを。	竟然把我爸爸說成是快死掉的病人，這種講法太過分了！
5	堀田君（ほったくん）のことが好（す）きだけれど、告白（こくはく）はもちろん話（はな）しかけることもできない。	我雖然喜歡堀田，但別說是告白了，就連和他交談都不敢。

N3

～がちだ、がちの

「容易…」、「往往會…」、「比較多」。

【體言；動詞連用形】＋がちだ、がちの。表示即使是無意的，也容易出現某種傾向，或是常會這樣做，一般多用在消極、負面評價的動作，相當於「～の傾向がある」，如例（1）～（4）；常用於「遠慮がち」等慣用表現，如例（5）。

1 結婚生活も長くなると、つい相手への感謝を忘れがちになる。
結婚久了，很容易就忘了向對方表達謝意。

例句

2 おまえは、いつも病気がちだなあ。	你還真容易生病呀！
3 主人は出張が多くて留守にしがちです。	我先生常出差不在家。
4 現代人は寝不足になりがちだ。	現代人具有睡眠不足的傾向。
5 彼女は遠慮がちに「失礼ですが村主さんですか。」と声をかけてきた。	她小心翼翼地問了聲：「不好意思，請問是村主先生嗎？」

1-38

～から～にかけて

「從…到…」。

【體言】＋から＋【體言】＋にかけて。表示兩個地點、時間之間一直連續發生某事或某狀態的意思。跟「～から～まで」相比，「～から～まで」著重在動作的起點與終點，「～から～にかけて」只是籠統地表示跨越兩個領域的時間或空間。

1 この辺(あた)りからあの辺(あた)りにかけて、畑(はたけ)が多(おお)いです。
這頭到那頭，有很多田地。

➡ 例句

2 恵比寿(えびす)から代官山(だいかんやま)にかけては、おしゃれなショップが多(おお)いです。	從恵比壽到代官山一帶，有很多摩登的店。
3 月曜(げつよう)から水曜(すいよう)にかけて、健康診断(けんこうしんだん)が行(おこな)われます。	星期一到星期三，實施健康檢查。
4 今日(きょう)から明日(あした)にかけて大雨(おおあめ)が降(ふ)るらしい。	今天起到明天好像會下大雨。
5 朝(あさ)、電車(でんしゃ)が一番混(いちばんこ)むのは7時半(じはん)から8時半(じはん)にかけてです。	早上電車最擁擠的時間是七點半到八點半之間。

N 3

● ～からいうと、からいえば、からいって

「從…來説」、「從…來看」、「就…而言」。

➡【體言】＋からいうと、からいえば、からいって。表示判斷的依據及角度，指站在某一立場上來進行判斷。相當於「～から考えると」。

1 専門家(せんもんか)の立場(たちば)からいうと、この家(いえ)の構造(こうぞう)はよくない。
從專家的角度來看，這個房子的結構不好。

➡ 例句

2 別(べつ)の角度(かくど)からいうと、その考(かんが)えも悪(わる)くない。	從另一個角度來看，那個想法其實也不錯。

3 技術という面からいうと、彼は世界の頂点に立っています。	就技術面而言，他站在世界的頂端。
4 学力からいえば、山田君がクラスで一番だ。	從學習力來看，山田君是班上的第一名。
5 これまでの経験からいって、完成まであと二日はかかるでしょう。	根據以往的經驗，恐怕至少還需要兩天才能完成吧！

～から（に）は

「既然…」、「既然…，就…」。

➡【用言終止形】＋から（に）は。表示既然到了這種情況，後面就要「貫徹到底」的說法，因此後句常是說話人的判斷、決心及命令等，一般用於書面上，相當於「～のなら、～以上は」，如例（1）～（3）；表示以前項為前提，後項事態也就理所當然，如例（4）、（5）。

1 これを食べられたからには、もう死んでもいい。
能夠吃到這樣的美饌，死而無憾了。

➡ 例句

2 妻となったからは、病めるときも健やかなるときもあなたを愛します。	既然成為妻子，無論是生病或健康，我將永遠愛你。
3 教師になったからには、生徒一人一人をしっかり育てたい。	既然當了老師，當然就想要把學生一個個都確實教好。
4 こうなったからは、しかたがない。私一人でもやる。	事到如今，沒辦法了。就算只剩下我一個也會做完。

5	コンクールに出るからには、毎日練習しなければだめですよ。	既然要參加競演會，不每天練習是不行的。

● ～かわりに

「代替…」。

➡【用言連體形；體言の】＋かわりに。表示原為前項，但因某種原因由後項另外的人、物或動作等代替，相當於「～の代理／代替として」，如例(1)、(2)；也可用「名詞＋がわりに」的形式，如例（3）；【用言連體形】＋かわりに。表示一件事同時具有兩個相互對立的側面，一般重點在後項，相當於「～一方で」，如例（4）；表示前項為後項的交換條件，也會用「～、かわりに～」的形式出現，相當於「～とひきかえに」，如例（5）。

1 お風呂に入るかわりにシャワーで済ませた。
沒有泡澡，只用淋浴的方式洗了澡。

➡ 例句

2	今度は電話のかわりにメールで連絡を取った。	這次不打電話，改用電子郵件取得聯絡。
3	こちら、つまらないものですがほんのご挨拶がわりです。	這裡有份小東西，不成敬意，就當是個見面禮。
4	人気を失ったかわりに、静かな生活が戻ってきた。	雖然不再受歡迎，但換回了平靜的生活。
5	卵焼きあげるから、かわりにウインナーちょうだい。	我把炒蛋給你吃，然後你把小熱狗給我作為交換。

N3 日語文法・句型詳解

～ぎみ

「有點…」､「稍微…」､「…趨勢」等。

➡【體言；動詞連用形】＋気味。表示身心、情況等有這種樣子，有這種傾向，用在主觀的判斷。多用在消極或不好的場合。相當於「～の傾向がある」。

1 ちょっと風邪気味(かぜぎみ)で、熱(ねつ)がある。
有點感冒，發了燒。

➡ 例句

2 疲(つか)れ気味(ぎみ)なので、休憩(きゅうけい)します。
有點累，我休息一下。

3 どうも学生(がくせい)の学力(がくりょく)が下(さ)がり気味(ぎみ)です。
總覺得學生的學習力有點下降。

4 最近(さいきん)、少(すこ)し寝不足気味(ねぶそくぎみ)です。
最近感到有點睡眠不足。

5 この時計(とけい)は1、2分遅(ふんおく)れ気味(ぎみ)です。
這錶常會慢一兩分。

～（っ）きり

「只有…」;「全心全意地…」;「自從…就一直…」。

➡【體言】＋（っ）きり。接在名詞後面，表示限定，也就是只有這些的範圍，除此之外沒有其它，相當於「～だけ」､「～しか～ない」，如例（1）、(2)；【動詞連用形】＋（っ）きり。表示不做別的事，全心全意做某一件事，如例(3)、(4)；【動詞過去式；これ／それ／あれ】＋（っ）きり。表示自此以後，便未發生某事態，後面常接否定，如例（5）。

1 夫(おっと)を亡(な)くして以来(いらい)、一人(ひとり)きりで住(す)んでいる。
自從外子過世以後，我就獨自一人住在這裡。

例句

2 子どもが独立して、夫婦二人きりの生活が始まった。 | 小孩都獨立了，夫妻兩人的生活開始了。

3 妻は子どもにかかりきりで、僕の世話は何もしてくれない。 | 太太只管全心全意照顧小孩，對我根本不聞不問。

4 難病にかかった娘を付ききりで看病した。 | 全心全意地照顧罹患難治之症的女兒。

5 橋本とは、あれっきりだ（＝あのとき会ったきりでその後会っていない）。生きているのかどうかさえ分からない。 | 我和橋本從那次以後就沒再見過面了。就連他是死是活都不曉得。

N3

1-39

～きる、きれる、きれない

「…完」、「完全」、「到極限」；「充分…」、「堅決…」。

【動詞連用形】＋切る、切れる、切れない。表示行為、動作做到完結、竭盡、堅持到最後，或是程度達到極限，相當於「終わりまで～する」，如例（1）～（3）；表示擁有充分實現某行為或動作的自信，相當於「十分に～する」，如例（4）、（5）。

1 すみません。そちらはもう売り切れました。
不好意思，那項商品已經銷售一空了。

例句

2 マラソンを最後まで走り切れるかどうかは、あなたの体力次第です。 | 是否能跑完全程的馬拉松，端看你的體力。

3 そんなにたくさん食べ切れないよ。 | 我沒辦法吃那麼多啦！

4 「あの人とは何もなかったって言い切れるの？」「ああ、もちろんだ。」

「你敢發誓和那個人毫無曖昧嗎？」「是啊，當然敢啊！」

5 犯人は分かりきっている。小原だ。でも、証拠がない。

我已經知道兇手是誰了——是小原幹的！但是，我沒有證據。

～くせに

「雖然…，可是…」、「…，卻…」等。

➡【用言連體形；體言の】＋くせに。表示逆態接續。用來表示根據前項的條件，出現後項讓人覺得可笑的、不相稱的情況。全句帶有譴責、抱怨、反駁、不滿、輕蔑的語氣。批評的語氣比「のに」更重，較為口語。

1 芸術なんか分からないくせに、偉そうなことを言うな。
明明不懂藝術，別在那裡說得像真的一樣。

➡ 例句

2 彼女が好きなくせに、嫌いだと言い張っている。

明明喜歡她，卻硬說討厭她。

3 彼は准教授のくせに、教授になったと嘘をついた。

他只是副教授，卻謊稱是教授。

4 お金もそんなにないくせに、買い物ばかりしている。

明明沒什麼錢，卻一天到晚買東西。

5 子どものくせに、偉そうことを言うな。

只是個小孩子，不可以說那種大話！

～くらい（ぐらい）～はない、ほど～はない

「沒什麼是…」、「沒有…像…一樣」、「沒有…比…的了」。

➡【體言】＋くらい（ぐらい）＋【體言】＋はない。【體言】＋ほど＋【體言】＋はない。表示前項程度極高，別的東西都比不上，是「最…」的事物，如例（1）～（3）；當前項主語是特定的個人時，後項不會使用「ない」，而是用「いない」，如例（4）。

1 母の作る手料理くらいおいしいものはない。
沒有什麼東西是像媽媽親手做的料理一樣美味的。

➡ 例句

2	親に捨てられた子どもぐらいかわいそうなものはない。	沒有像被父母拋棄的小孩一樣淒慘的了。
3	渋谷ほど楽しい街はない。	沒有什麼街道是比澀谷還好玩的了。
4	彼ほど沖縄を愛した人はいない。	沒有人比他還愛沖繩。

N 3

～くらい（だ）、ぐらい（だ）

「幾乎…」、「簡直…」、「甚至…」等。

➡【用言連體形】＋くらい（だ）、ぐらい（だ）。用在為了進一步說明前句的動作或狀態的極端程度，舉出具體事例來，相當於「～ほど」，如例（1）～（3）；說話者舉出微不足道的事例，表示要達成此事易如反掌，如例（4）、（5）。

1 同じ空気を吸いたくないくらい嫌いだ。
我討厭他，連和他呼吸同一個空間裡的空氣都不願意。

例句

2 田中さんは美人になって、本当にびっくりするくらいでした。	田中小姐變得那麼漂亮，簡直叫人大吃一驚。
3 マラソンのコースを走り終わったら、疲れて一歩も歩けないくらいだった。	跑完馬拉松全程，精疲力竭到幾乎一步也踏不出去。
4 中学の数学ぐらい、教えられるよ。	只不過是中學程度的數學，我可以教你啊。
5 君がこの会社にいられないようにすることぐらい、私には簡単なんだよ。	要讓你再也無法在這家公司裡待下去，這點小事對我來講易如反掌！

～くらいなら、ぐらいなら

「與其…不如…」、「要是…還不如…」等。

【用言連體形】＋くらいなら、ぐらいなら。表示與其選前者，不如選後者，是一種對前者表示否定、厭惡的說法。常跟「ましだ」相呼應，「ましだ」表示兩方都不理想，但比較起來，還是某一方好一點。中文的

1 途中でやめるくらいなら、最初からやるな。
與其要半途而廢，不如一開始就別做！

例句

2 こんな侮辱を受けるぐらいなら、むしろ死んだほうがいい。	假如要受這種侮辱，還不如一死百了！
3 あんな男と結婚するぐらいなら、一生独身の方がましだ。	與其要和那種男人結婚，不如一輩子單身比較好。

4	借金(しゃっきん)するぐらいなら、最初(さいしょ)から浪費(ろうひ)しなければいい。	如果會落到欠債的地步，不如一開始就別揮霍！
5	大々的(だいだいてき)にリフォームするくらいなら、建(た)て替(か)えた方(ほう)がいいんじゃない？	與其要大肆裝修房屋，不如整棟拆掉重蓋比較好吧？

● ～こそ

「正是…」、「才（是）…」；「唯有…才…」。

➡【體言】＋こそ。表示特別強調某事物，如例（1）、（2）；【動詞連用形】＋てこそ。表示只有當具備前項條件時，後面的事態才會成立，如例（3）～（5）。

1 今度(こんど)こそ試合(しあい)に勝(か)ちたい。
這次比賽一定要贏！

➡ 例句

2	ときには、死(し)を選(えら)ぶより生(い)きることこそつらい。	有時候，與其選擇死，反而是選擇活下去比較痛苦。
3	誤(あやま)りを認(みと)めてこそ、立派(りっぱ)な指導者(しどうしゃ)と言(い)える。	唯有承認自己的錯，才叫了不起的領導者。
4	苦(くる)しいときを乗(の)り越(こ)えてこそ、幸(しあわ)せの味(あじ)が分(わ)かるのだ。	唯有熬過艱困的時刻，更能體會到幸福的滋味喔。
5	あなたがいてこそ、私(わたし)が生(い)きる意味(いみ)があるんです。	只有你陪在我身旁，我才有活著的意義。

1-40

～ことか

「多麼…啊」等。

➡【疑問詞】＋【用言連體形】＋ことか。表示該事態的程度如此之大，大到沒辦法特定，含有非常感慨的心情，常用於書面，相當於「非常に～だ」，前面常接疑問詞「どんなに、どれだけ、どれほど」等，如例（1）～（3）；另外，用「～ことだろうか、ことでしょうか」也可表示感歎，常用於口語，如例（4）、（5）。

1 とうとう子どもができた。何年待ち望んでいたことか。
終於有孩子了！不曉得等了多少年才總算盼到了這一天！

➡ 例句

2 あの人の妻になれたら、どれほど幸せなことか。	如果能夠成為那個人的妻子，不知道該是多麼幸福呢。
3 ついに勝った。どれだけうれしいことか。	終於贏了！真不知道該怎麼形容心中的狂喜！
4 子どものときには、お正月をどんなに喜んだことでしょうか。	小時候，每逢過年，真不曉得有多麼開心呀。
5 彼はなんと立派な青年になったことだろうか。	他變得多年青有為啊！

～ことだ

「就得…」、「應當…」、「最好…」；「非常…」。

➡【動詞連體形】＋ことだ。說話人忠告對方，某行為是正確的或應當的，或某情況下將更加理想，口語中多用在上司、長輩對部屬、晚輩，相當於「～したほうがよい」，如例（1）～（4）；【形容詞・形容動詞連體形】＋ことだ。表示說話人對於某事態有種感動、驚訝等的語氣，如例（5）。

1 文句(もんく)があるなら、はっきり言(い)うことだ。
如果有什麼不滿，最好要說清楚。

➡ 例句

2 成功(せいこう)するためには、懸命(けんめい)に努力(どりょく)することだ。	要成功，就應當竭盡全力。
3 痩(や)せたいのなら、間食(かんしょく)、夜食(やしょく)をやめることだ。	如果想要瘦下來，就不能吃零食和消夜。
4 済(す)んだことはしかたがありません。気(き)にしないことです。	過去的事情已無可挽回，只能別在意了。
5 孫(まご)の結婚式(けっこんしき)に出(で)られるなんて、本当(ほんとう)にうれしいことだ。	能夠參加孫子的婚禮，這事真教人高興哪！

N3

～ことにしている

「都…」、「向來…」等。

➡【動詞連體形】＋ことにしている。表示個人根據某種決心，而形成的某種習慣、方針或規矩。翻譯上可以比較靈活。

1 自分(じぶん)は毎日(まいにち) 12 時間(じかん)、働(はたら)くことにしている。
我每天都會工作十二個小時。

例句

2 毎晩12時に寝ることにしている。	我每天都會到晚上十二點才睡覺。
3 休日は家でゆったりと過ごすことにしている。	每逢假日，我都是在家悠閒度過。
4 借金の連帯保証人にだけはならないことにしている。	唯獨當借款的連帶保證人這件事，我絕對不做。
5 個人攻撃はなるべく気にしないことにしている。	我向來盡量不把別人對我的人身攻擊放在心上。

～ことになっている、こととなっている

「按規定…」、「預定…」、「將…」。

【動詞連體形】＋ことになっている、こととなっている。「～ている」表示結果或定論等的存續。表示客觀做出某種安排，像是約定或約束人們生活行為的各種規定、法律以及一些慣例。

1 夏休みのあいだ、家事は子どもたちがすることになっている。
暑假期間，說好家事是小孩們要做的。

例句

2 うちの会社は、ネクタイはしなくてもいいことになっている。	根據我們公司的規定，不繫領帶也沒關係。
3 隊長が来るまで、ここに留まることになっています。	按規定要留在這裡，一直到隊長來。

4 会議は 10 時からということになっていましたが、11 時に変更します。

會議雖然原訂從十點開始舉行，但現在要改到十一點。

5 社長はお約束のある方としかお会いしないこととなっております。

董事長的原則是只和事先約好的貴賓見面。

～ことはない

「用不著…」;「不是…」、「並非…」;「沒…過」、「不曾…」。

➡【動詞連體形】+ことはない。表示鼓勵或勸告別人, 沒有做某行為的必要, 相當於「～する必要はない」, 如例（1）; 口語中可將「ことはない」的「は」省略, 如例（2）; 或用於否定的強調, 如例（3）;【動詞過去式；形容詞・形容動詞連體形・過去式】+ことはない。表示以往沒有過的經驗, 或從未有的狀態, 如例（4）、（5）。

1 部長の評価なんて、気にすることはありません。

用不著去在意部長的評價。

➡ 例句

2 人がちょっと言い間違えたからって、そんなに笑うことないでしょう。

人家只不過是不小心講錯話而已，何必笑成那樣前仰後合的呢？

3 失恋したからってそう落ち込むな。この世の終わりということはない。

只不過是區區失戀，別那麼沮喪啦！又不是世界末日來了。

4 日本に行ったことはないが、日本人の友達は何人かいる。

我雖然沒去過日本，但有幾個日本朋友。

5 親友だと思っていた人に恋人を取られた。あんなに苦しかったことはない。

我被一個原以為是姊妹淘的好友給搶走男朋友了。我從不曾嘗過那麼痛苦的事。

N3 日語文法・句型詳解

～さい（は）、さいに（は）

「…的時候」、「在…時」、「當…之際」等。

➡【體言の；動詞連體形】＋際、際は、際に（は）。表示動作、行為進行的時候。相當於「～ときに」。

1 仕事の際には、コミュニケーションを大切にしよう。
在工作時，要著重視溝通。

➡ 例句

2 故郷に帰った際に、とても歓迎された。	回故鄉時，受到熱烈的歡迎。
3 以前、東京でお会いした際、名刺をお渡ししたと思います。	我想之前在東京與您見面時，有遞過名片給您。
4 パスポートを申請する際には写真が必要です。	申請護照時需要照片。
5 何か変更がある際は、こちらから改めて連絡いたします。	若有異動時，我們會再和您聯繫。

1-41

～さいちゅうに、さいちゅうだ

「正在…」。

➡【體言の；用言連用形ている】＋最中に、最中だ。「～最中だ」表示某一行為、動作正在進行中，「～最中に」常用在某一時刻，突然發生了什麼事的場合，相當於「～している途中に、している途中だ」，如例（1）～（4）；有時會將「最中に」的「に」省略，只用「～最中」，如例（5）。

1 例の件について、今検討している最中だ。
那個案子，現在正在檢討中。

➡ 例句

2 大事な試験の最中に、急におなかが痛くなってきた。	在重要的考試時，肚子突然痛起來。
3 放送している最中に、非常ベルが鳴り出した。	廣播時警鈴突然響起來了。
4 地震が起きたとき、私は夕食を作っている最中でした。	地震發生的時候，我正在煮晚餐。
5 試合の最中、急に雨が降り出した。	正在考試的時候，突然下起了雨。

● ～さえ、でさえ、とさえ

「連…」、「甚至…」等。

➡【體言】＋さえ、でさえ、とさえ。【動詞連用形】＋さえ。【動詞て形】＋でさえ。【動詞意向形】＋とさえ。表示舉出的例子都不能了，其他更不必提，相當於「～すら、～でも、～も」，如例（1）～（3）；表示比目前狀況更加嚴重的程度，如例（4）；又，表示平常不那麼認為，但實際是如此，如例（5）。

1 息子は大学に行かないばかりでなく、自分の部屋から出ようとさえしない。
我兒子不但沒去上學，甚至不肯離開自己的房間。

➔ 例句

2 私(わたし)でさえ、あの人(ひと)の言葉(ことば)にはだまされました。	就連我也被他的話給騙了。
3 眠(ねむ)ることさえできないほど、ひどい騒音(そうおん)だった。	噪音大到連睡都沒辦法睡！
4 電気(でんき)もガスも、水道(すいどう)さえ止(と)まった。	包括電氣、瓦斯，就連自來水也全都沒供應了。
5 子育(こそだ)ては大変(たいへん)で、ときには泣(な)く子(こ)を殺(ころ)したいとさえ思(おも)った。	帶小孩真的很累，遇上小孩哭鬧不休的時候甚至想要殺了他。

さえ～ば、さえ～たら

「只要…（就）…」。

➔【體言】＋さえ＋【用言假定形】＋ば、たら。表示只要某事能夠實現就足夠了，強調只需要某個最低限度或唯一的條件，後項即可成立，相當於「～その条件だけあれば」，如例（1）～（4）；表達說話人後悔、惋惜等心情的語氣，如例（5）。

1 手続(てつづ)きさえすれば、誰(だれ)でも入学(にゅうがく)できます。
只要辦手續，任何人都能入學。

➔ 例句

2 金(かね)さえあれば、何(なん)でも手(て)に入(はい)る。人(ひと)の心(こころ)さえ買(か)える。	只要有錢，要什麼有什麼，就連人心也可以買得到。
3 隆志(たかし)ときたら、暇(ひま)さえあればスマホをいじっている。	說到隆志那傢伙呀，只要一有空就猛玩智慧手機。

4 君の歌さえよかったら、すぐでもコンクールに出場できるよ。

只要你歌唱得好，馬上就能參加試唱會！

5 私があんなことさえ言わなければ、妻は出て行かなかっただろう。

要是我當初沒說那種話，想必妻子也不至於離家出走吧。

●（さ）せてください、（さ）せてもらえますか、（さ）せてもらえませんか

「請讓…」、「能否允許…」、「可以讓…嗎？」。

➡【動詞未然形；サ變動詞語幹】＋（さ）せてください、（さ）せてもらえますか、（さ）せてもらえませんか。「（さ）せてください」用在想做某件事情前，先請求對方的許可。「（さ）せてもらえますか」、「（さ）せてもらえませんか」表示徵詢對方的同意來做某件事情。以上三個句型的語氣都是客氣的。

N3

1 課長、その企画は私にやらせてください。
課長，那個企劃請讓我來做。

➡ 例句

2 お願い、子どもに会わせてください。

拜託你，請讓我見見孩子。

3 今日はこれで帰らせてもらえますか。

請問今天可以讓我回去了嗎？

4 あとでお返事しますから、少し考えさせてもらえませんか。

我稍後再回覆您，所以可以讓我稍微考慮一下嗎？

N3 日語文法・句型詳解

使役形＋もらう

「請允許我…」、「請讓我…」等。

【使役形】＋もらう。使役形跟表示請求的「もらえませんか、いただけませんか、いただけますか、ください」等搭配起來，表示請求允許的意思。中文的；如果使役形跟「もらう、くれる、いただく」等搭配，就表示由於對方的允許，讓自己得到恩惠的意思。

1 詳(くわ)しい説明(せつめい)をさせてもらえませんか。
可以容我做詳細的說明嗎？

例句

2 ここ1週間(しゅうかん)ぐらい休(やす)ませてもらったお陰(かげ)で、体(からだ)がだいぶ良(よ)くなった。	多虧您讓我休息了這個星期，我的身體狀況好轉了許多。
3 明日(あした)ちょっと早(はや)く帰(かえ)らせていただけませんか。	可以容我明天早點回去嗎？
4 父(ちち)は土地(とち)を売(う)って、大学院(だいがくいん)まで行(い)かせてくれた。	父親賣了土地，供我讀到了研究所。
5 農園(のうえん)のおじさんが、みかんを食(た)べさせてくれた。	農園的伯伯請我吃了橘子。

～しかない

「只能…」、「只好…」、「只有…」。

【動詞連體形】＋しかない。表示只有這唯一可行的，沒有別的選擇，或沒有其它的可能性，用法比「～ほかない」還要廣，相當於「～だけだ」。

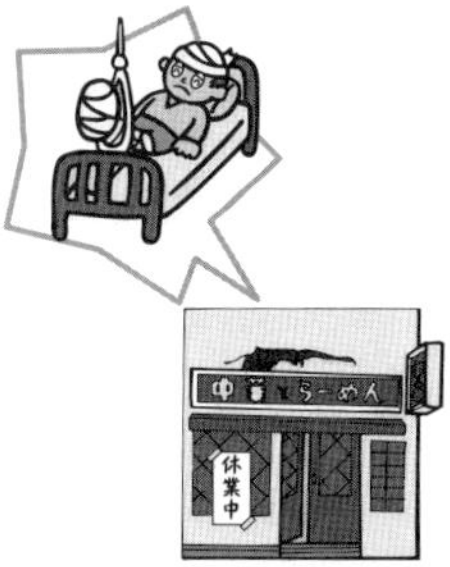

1 病気（びょうき）になったので、しばらく休業（きゅうぎょう）するしかない。
因為生病，只好暫時歇業了。

➡ 例句

2 知事（ちじ）になるには、選挙（せんきょ）で勝（か）つしかない。	要當上知事，就只有打贏選戰了。
3 うちには私立大学（しりつだいがく）に行（い）く金（かね）はないから、国立（こくりつ）に受（う）かるしかない。	我家沒錢讓我去上私立大學，所以我一定要考上國立的學校。
4 こうなったら、やるしかない。	事到如此，我只能咬牙做了。
5 あの人（ひと）には既（すで）に奥様（おくさま）がいたので、諦（あきら）めるしかなかったんです。	那個人已經有妻室了，所以也只能對他死心了。

N 3

1-42

～せいか

「可能是（因為）…」、「或許是（由於）…的緣故吧」。

➡【用言連體形;體言の】＋せいか。表示不確定的原因, 說話人雖無法斷言, 但認為也許是因為前項的關係, 而產生後項負面結果, 相當於「～ためか」, 如例（1）～（4）; 後面也可接正面結果, 如例（5）。

1 年（とし）のせいか、体（からだ）の調子（ちょうし）が悪（わる）い。
也許是年紀大了，身體的情況不太好。

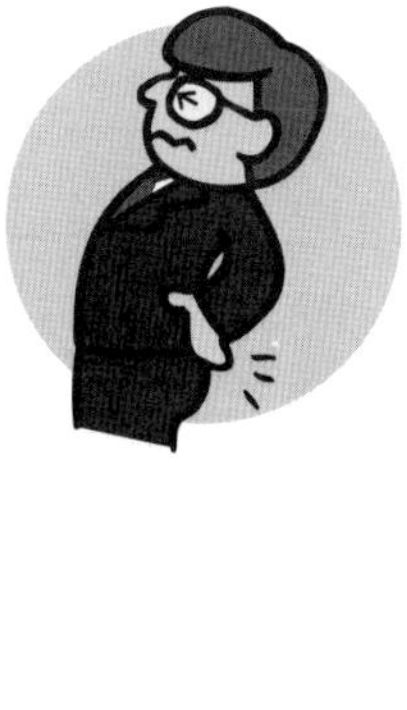

例句

2 気のせいか、須藤さんはこのごろ元気がないようだ。
不知是否是我多慮了，須藤小姐最近好像無精打采的。

3 これはとてもおいしいのだが、ちょっと高いせいか、あまり売れない。
這東西非常好吃，但可能是因為價格有點貴，所以賣況不太好。

4 日本の漢字に慣れたせいか、繁体字が書けなくなった。
可能是因為已經習慣寫日本的漢字，結果變成不會寫繁體字了。

5 要点をまとめておいたせいか、上手に発表できた。
或許是因為有事先整理重點，所以發表得很好。

～せいで、せいだ

「由於…」、「因為…的緣故」、「都怪…」等。

【用言連體形；體言の】＋せいで、せいだ。表示原因。表示發生壞事或會導致某種不利的情況的原因，還有責任的所在。「せいで」是「せいだ」的中頓形式。相當於「～が原因だ、～ため」，如例（1）～（3）；否定句為「せいではなく、せいではない」，如例（4）；疑問句會用「せい＋表推量的だろう＋疑問終助詞か」，如例（5）。

1 おやつを食べ過ぎたせいで、太った。
因為吃了太多的點心，所以變胖了。

例句

2 会議に遅刻したのは、電車が遅れたせいだ。
之所以開會遲到，是因為電車誤點了。

3 霧が濃いせいで、遠くまで見えない。

由於濃霧影響視線，因此無法看到遠處。

4 うまくいかなかったのは、君のせいじゃなく、僕のせいでもない。

事情之所以不順利，原因既不在你身上，也不是我的緣故。

5 またスマホが壊れた。使い方が乱暴なせいだろうか。

智慧型手機又故障了。該不會是因為沒有妥善使用的緣故吧？

● だけしか

「只…」、「…而已」、「僅僅…」。

➡【體言】＋だけしか。限定用法。下面接否定表現，表示除此之外就沒別的了。比起單獨用「だけ」或「しか」，兩者合用更多了強調的意味。

1 私にはあなただけしか見えません。

我眼中只有你。

➡ 例句

2 僕の手元には、お金はこれだけしかありません。

我手邊只有這些錢而已。

3 新聞では、彼一人だけしか名前を出していない。

報紙上只有刊出他一個人的名字。

4 この図書館は、平日は午前中だけしか開いていません。

這間圖書館平日只有上午開放。

～だけ（で）

「只是…」、「只不過…」；「只要…就…」。

➡【用言連體形；體言】＋だけ（で）。表示除此之外，別無其它，如例（1）～（3）；表示不管有沒有實際體驗，都可以感受到，如例（4）、（5）。

1 一般の山道よりちょっと険しいだけで、大したことはないですよ。

只不過比一般的山路稍微險峻一些而已，沒什麼大不了的啦！

➡ 例句

2 高田はもてるが、ちょっと顔がいいだけで、誠実じゃない。

高田雖然很吃得開，但只不過是長相俊俏一些，人品一點都不誠實。

3 後藤は口だけで、実行はしない男だ。

後藤是個舌燦蓮花，卻光說不練的男人。

4 彼女と温泉なんて、想像するだけでうれしくなる。

跟她去洗溫泉，光想就叫人高興了！

5 あなたがいてくれるだけで、私は幸せなんです。

只要有你陪在身旁，我就很幸福了。

～たとえ～ても

「即使…也…」、「無論…也…」。

➡ たとえ＋【動詞・形容詞連用形】＋ても；たとえ＋【體言；形容動詞連用形】＋でも。表示讓步關係，即使是在前項極端的條件下，後項結果仍然成立。相當於「もし～だとしても」。

1 たとえ明日(あした)雨(あめ)が降(ふ)っても、試合(しあい)は行(おこな)われます。
明天即使下雨，比賽還是照常舉行。

➔ 例句

2 たとえ費用(ひよう)が高(たか)くてもかまいません。	即使費用高也沒關係。
3 たとえ何(なに)を言(い)われても、私(わたし)は平気(へいき)だ。	不管人家怎麼說我，我都不在乎。
4 たとえつらくても、途中(とちゅう)で仕事(しごと)を投(な)げ出(だ)してはいけない。	工作即使再怎麼辛苦，也不可以中途放棄。
5 たとえでたらめでも、提出(ていしゅつ)しさえすればＯＫ(オーケー)です。	即便是通篇胡扯，只要能夠交出來就ＯＫ了。

N3

● （た）ところ

「…，結果…」。

➔【動詞過去式】＋ところ。這是一種順接的用法，表示因某種目的去作某一動作，但在偶然的契機下得到後項的結果。前後出現的事情，沒有直接的因果關係，後項經常是出乎意料之外的客觀事實。相當於「～した結果」。

1 事件(じけん)に関(かん)する記事(きじ)を載(の)せたところ、大変(たいへん)な反響(はんきょう)がありました。
去刊登事件相關的報導，結果得到熱烈的回響。

例句

2 Ａ社にお願いしたところ、早速引き受けてくれた。	去拜託Ａ公司，結果對方馬上就答應了。
3 新しい雑誌を創刊したところ、とてもよく売れています。	發行新的雜誌，結果銷路很好。
4 車をバックさせたところ、塀にぶつかってしまった。	倒車時撞上了圍牆。
5 思い切って頼んでみたところ、ＯＫが出ました。	鼓起勇氣提出請託後，得到了對方ＯＫ的允諾。

1-43

～たとたん（に）

「剛…就…」、「剎那就…」等。

【動詞過去式】＋とたん（に）。表示前項動作和變化完成的一瞬間，發生了後項的動作和變化。由於說話人當場看到後項的動作和變化，因此伴有意外的語感，相當於「～したら、その瞬間に」。

1 発車したとたんに、タイヤがパンクした。
才剛發車，輪胎就爆胎了。

例句

2 二人は、出会ったとたんに恋に落ちた。	兩人一見鍾情。
3 4月になったとたん、春の大雪が降った。	四月一到，突然就下了好大一場春雪。

4 受話器を置いたとたんに、また電話が鳴り出した。	才剛剛把聽筒擺回去，電話又響了。
5 彼女は結婚したとたんに、態度が豹変した。	她一結了婚，態度就陡然驟變。

● ～たび（に）

「每次…」、「每當…就…」等。

➡【動詞連體形;體言の】＋たび（に）。表示前項的動作、行為都伴隨後項,相當於「～するときはいつも～」，如例（1）～（4）；表示每當進行前項動作，後項事態也朝某個方向逐漸變化，如例（5）。

1 デートのたびに高級な店に行っていたのでは、いくらあっても足りない。
要是每次約會都上高級餐館，不管有多少錢都不夠花用。

➡ 例句

2 健康診断のたびに、血圧が高いから塩分を控えなさいと言われる。	每次接受健康檢查時，醫生都說我血壓太高，要減少鹽分的攝取。
3 あの人のことを思い出すたびに泣けてくる。	每回一想起他，就忍不住掉淚。
4 口を開くたび、彼は余計なことを言う。	他只要一開口，就會多說不該說的話。
5 姉の子どもに会うたび、大きくなっていてびっくりしてしまう。	每回見到姊姊的小孩時，總是很驚訝怎麼長得那麼快。

～たら

「要是…」、「如果…」。

➡【動詞連用形】＋たら。前項是不可能實現，或是與事實、現況相反的事物，後面接上說話者的情感表現，有感嘆、惋惜的意思。

1 鳥(とり)のように空(そら)を飛(と)べたら、楽(たの)しいだろうなあ。
如果能像鳥兒一樣在空中飛翔，一定很快樂啊！

➡ 例句

2	お金(かね)があったら、家(いえ)が買(か)えるのに。	如果有錢的話，就能買房子的說。
3	若(わか)いころ、もっと勉強(べんきょう)しておいたらよかった。	年輕時，要是能多唸點書就好了。
4	時間(じかん)があったら、もっと日本語(にほんご)の勉強(べんきょう)ができるのに。	要是我有時間，就能多讀點日語了。

～たらいい（のに）なあ、といい（のに）なあ

「…就好了」。

➡【體言・形容動詞詞幹】＋だといい（のに）なあ；【體言・形容動詞詞幹】＋だったらいい（のに）なあ；【動詞・形容詞普通形現在形】＋といい（のに）なあ；【動詞連用形】＋たらいい（のに）なあ；【形容詞詞幹】＋かったらいい（のに）なあ；【體言・形容動詞詞幹】＋だったらいい（のに）なあ。「たらいいのになあ」、「といいのになあ」表示前項是難以實現或是與事實相反的情況，表現說話者遺憾、不滿、感嘆的心情，如例（1）、（2）；「たらいいなあ」、「といいなあ」單純表示說話者所希望的，並沒有在現實中是難以實現的，與現實相反的語意，如例（3）、（4）。

1 もう少し給料が上がったらいいのになあ。
薪水若能再多一點就好了！

➡ 例句

2 お庭がもっと広いといいのになあ。	庭院若能再大一點就好了！
3 赤ちゃんが女の子だといいなあ。	小孩如果是女生就好了！
4 日曜日、晴れたらいいなあ。	星期天若能放晴就好了！

N3

● ～だらけ

「全是…」、「滿是…」、「到處是…」等。

➡【名詞】＋だらけ。表示數量過多，到處都是的樣子，不同於「まみれ」，「だらけ」前接的名詞種類較多，特別像是「泥だらけ、傷だらけ、血だらけ」等，相當於「～がいっぱい」，如例（1）、（2）；常伴有「骯髒」、「不好」等貶意，是說話人給予負面的評價，如例（3）、（4）；前接的名詞也不一定有負面意涵，但通常仍表示對說話人而言有諸多不滿，如例（5）。

1 子どもは泥だらけになるまで遊んでいた。
孩子們玩到全身都是泥巴。

➡ 例句

2 いじめにでもあったのか、彼は傷だらけになって帰ってきた。	他或許遭到了霸凌，帶著滿身傷回到家。
3 あの人は借金だらけだ。	那個人欠了一屁股債。

4 このレポートの字は間違いだらけだ。	這份報告錯字連篇。
5 桜が散って、車が花びらだらけになった。	櫻花飄落下來，整輛車身都沾滿了花瓣。

～たらどうですか、たらどうでしょう（か）

「…如何？」、「…吧」。

➡【動詞連用形】＋たらどうでしょう。用來委婉地提出建議、邀請，或是對他人進行勸說。儘管兩者皆為表示提案的句型，但「たらどうですか」說法較直接，「たらどうでしょう（か）」較委婉，如例（1）、(2)；常用「動詞連用形＋てみたらどうですか、どうでしょう（か）」的形式，如例（3）；當對象是親密的人時，常省略成「～たらどう？」「～たら？」的形式，如例（4）；較恭敬的說法可將「どう」換成「いかが」，如例（5）。

1 そんなに嫌なら、別れたらどうですか。
既然這麼心不甘情不願，不如分手吧？

➡ 例句

2 直すより、新型を買ったらどうでしょう。	與其修理，不如買個新款的吧？
3 そのプランは田中さんに任せてみたらどうでしょうか。	那個計畫不如就交給田中小姐負責，你意下如何？
4 たまには運動でもしたらどう？	我看，偶爾還是運動一下比較好吧？
5 熱があるなら、今日はもうお帰りになったらいかがですか。	既然發燒了，我看您今天還是回去比較妥當吧？

1-44

～ついでに

「順便…」、「順手…」、「就便…」。

➡【動詞連體形；體言の】＋ついでに。表示做某一主要的事情的同時，再追加順便做其他件事情，後者通常是附加行為，輕而易舉的小事，相當於「～の機会を利用して、～をする」。

1 犬(いぬ)の散歩(さんぽ)のついでにポストに郵便(ゆうびん)を出(だ)してきた。
牽狗出門散步時順便去郵筒寄了郵件。

➡ 例句

2 ごみを出(だ)すついでに新聞(しんぶん)を取(と)ってきた。
倒垃圾時順便去拿了報紙。

3 東京出張(とうきょうしゅっちょう)のついでに埼玉(さいたま)の実家(じっか)にも寄(よ)ってきた。
利用到東京出差時，順便也繞去位在埼玉的老家探望。

4 先生(せんせい)のお見舞(みま)いのついでに、デパートで買(か)い物(もの)をした。
到醫院去探望老師，順便到百貨公司買東西。

5 売店(ばいてん)に行(い)くなら、ついでにプログラムを買(か)ってきてよ。
要到販售處的話，順便幫我買節目冊。

～っけ

「是不是…來著」、「是不是…呢」。

➡【動詞・形容詞過去式；體言だ（った）；形容動詞詞幹だ（った）】＋っけ。用在想確認自己記不清，或已經忘掉的事物時。「っけ」是終助詞，接在句尾。也可以用在一個人自言自語，自我確認的時候。當對象為長輩或是身分地位比自己高時，不會使用這個句型。

1 ところで、あなたは誰だっけ。
話說回來，請問你哪位來著？

➡ 例句

2 どこに勤めているんだっけ。	你是在哪裡上班來著？
3 このニュースは、彼女に知らせたっけ。	這個消息，有跟她講嗎？
4 約束は 10 時だったっけ。	是不是約好十點來著？
5 あの映画、そんなに面白かったっけ。	那部電影真的那麼有趣嗎？

● ～って

「他說…」、「聽說…」、「據說…」。

➡【體言；用言終止形】＋って。表示引用自己聽到的話，相當於表示引用句的「と」，重點在引用，如例（1）～（3）；另外，也可以跟表說明的「んだ」搭配成「んだって」，表示從別人那裡聽說了某信息，如例（4）、（5）。

1 駅の近くにおいしいラーメン屋があるって。
聽說在車站附近有家美味的拉麵店。

➡ 例句

2 田中君、急に用事を思い出したから、少し時間に遅れるって。	田中說突然想起有急事待辦，所以會晚點到。
3 天気予報では、午後から涼しいって。	聽氣象預報說，下午以後天氣會轉涼。

4 食べるのは好きだけど飲むのは嫌いなんだって。
他說他很喜歡大快朵頤，卻很討厭喝杯小酒。

5 ビールを飲みながらプロ野球を見ているときが一番幸せなんだって。
聽說他覺得邊喝啤酒，邊看棒球比賽，是人生最幸福的事。

～って（いう）、とは、という（のは）（主題・名字）

「所謂的…」、「…指的是」;「叫…的」、「是…」、「這個…」。

➡【體言；用言終止形】＋って、とは、というのは。表示主題，前項為接下來話題的主題內容，後面常接疑問、評價、解釋等表現，「って」為隨便的口語表現，「とは、というのは」則是較正式的說法，如例（1）～（3）；【體言】＋って（いう）、という＋【體言】。表示提示事物的名稱，如例（4）、（5）。

1 京都って、ほんとうにいいところですね。
京都真是個好地方呢！

➡ 例句

2 食べ放題とは、食べたいだけ食べてもいいということです。
所謂的吃到飽，意思就是想吃多少就可以吃多少。

3 アリバイというのは、何のことですか。
「不在場證明」是什麼意思啊？

4 村上春樹っていう作家、知ってる？
你知道村上春樹這個作家嗎？

5 「蛇足」という言葉は、中国の古い話から来ています。
「蛇足」（畫蛇添足）一詞，起源於中國的古老故事。

～っぱなしで、っぱなしだ、っぱなしの

「…著」。

➡【動詞連用形】＋っ放しで、っ放しだ、っ放しの。「はなし」是「はなす」的名詞形。表示該做的事沒做，放任不管、置之不理。大多含有負面的評價。另外，表示相同的事情或狀態，一直持續著。前面不接否定形。使用「っ放しの」時，後面要接名詞。

1 蛇口を閉めるのを忘れて、水が流れっ放しだった。
忘記關水龍頭，就讓水一直流著。

➡ 例句

2 電気をつけっ放しで家を出てしまった。	沒關燈就出門去了。
3 偉い人たちに囲まれて、緊張しっ放しの3時間でした。	身處於大人物們之中，度過了緊張不已的三個小時。
4 初めてのテレビ出演で、緊張しっ放しでした。	第一次參加電視表演，緊張得不得了。

～っぽい

「看起來好像…」、「感覺像…」。

➡【體言；動詞連用形】＋っぽい。接在名詞跟動詞連用形後面作形容詞，表示有這種感覺或有這種傾向。與語氣具肯定評價的「らしい」相比，「っぽい」較常帶有否定評價的意味。

1 君は、浴衣を着ていると女っぽいね。
你一穿上浴衣，就很有女人味唷！

➡ 例句

2 その本の内容は、子どもっぽすぎる。	這本書的內容太幼稚了。
3 あの人は忘れっぽくて困る。	那個人老忘東忘西的，真是傷腦筋。
4 彼女はいたずらっぽい目で私を見ていた。	她以淘氣的眼神看著我。
5 彼は短気で、怒りっぽい性格だ。	他的個性急躁又易怒。

● ～ていらい

「自從…以來，就一直…」、「…之後」等。

➡【動詞連用形】＋て以来。表示自從過去發生某事以後，直到現在為止的整個階段，後項是一直持續的某動作或狀態，跟「～てから」相似，是書面語，如例（1）～（3）；【サ変動詞語幹】＋以来，如例（4）。

1 手術をして以来、ずっと調子がいい。
手術完後，身體狀況一直很好。

➡ 例句

2 彼女は嫁に来て以来、一度も実家に帰っていない。	自從她嫁過來以後，就沒回過娘家。
3 新しい機械を導入して以来、製造速度が速くなった。	自從引進新機器之後，生產的速度變快了。
4 わが社は創立以来、成長を続けている。	自從本公司設立以來，便持續地成長。

N 3

1-45

～てからでないと、てからでなければ

「不…就不能…」、「不等…之後，不能…」、「…之前，不…」等。

➡【動詞連用形】＋てからでないと、てからでなければ。表示如果不先做前項，就不能做後項。相當於「～した後でなければ」。

1 準備体操をしてからでないと、プールに入ってはいけません。
不先做暖身運動，就不能進游泳池。

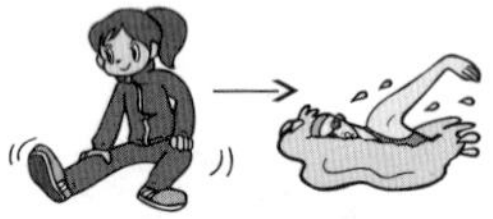

➡ 例句

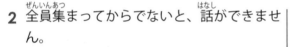

2 全員集まってからでないと、話ができません。	不等全部到齊，是沒辦法說事情的。
3 ファイルを保存してからでないと、パソコンのスイッチを切ってはだめです。	不先儲存資料，是不能關電腦。
4 病気が完全に治ってからでなければ、退院できません。	疾病沒有痊癒之前，就不能出院的。
5 よく調べてからでなければ、原因についてはっきりしたことは言えない。	除非經過仔細的調查，否則無法斷言事發原因。

～てくれと

「給我…」。

➡【動詞連用形】＋てくれと。後面常接「言う」、「頼む」等動詞，表示引用某人下的強烈命令，或是要別人替自己做事的內容。這個某人的地位比聽話者還高，或是輩分相等，才能用語氣這麼不客氣的命令形。

1 社長に、タクシーを呼んでくれと言われました。
社長要我幫他叫台計程車。

例句

2 課長(かちょう)が、具合(ぐあい)が悪(わる)かったら無理(むり)をしないで休(やす)んでくれと言(い)ってくれました。	課長對我說：「身體不舒服的話就不用勉強，給我去休息」。
3 そのことは父(ちち)には言(い)わないでくれと彼(かれ)に頼(たの)んだ。	我拜託他那件事不要告訴我父親。
4 友達(ともだち)にお金(かね)を貸(か)してくれと頼(たの)まれた。	朋友拜託我借他錢。

～てごらん

「…吧」、「試著…」。

【動詞連用形】＋てごらん。用來請對方試著做某件事情。說法比「～てみなさい」客氣，但還是不適合對長輩使用，如例（1）～（4）；「～てごらん」為「～てご覧なさい」的簡略形式，有時候也會用未簡略的原形。使用未簡略的形式時，通常會用「覧」的漢字書寫，而簡略時則常會用假名表記呈現，「～てご覧なさい」用法如例（5）。

1 目(め)をつぶって、森(もり)の音(おと)を聞(き)いてごらん。
閉上眼睛，聽聽森林的聲音吧！

例句

2 じゃ、見(み)ててあげるから、一人(ひとり)でやってごらん。	那我在一旁看你做，你一個人做做看吧！
3 見(み)てごらん、虹(にじ)が出(で)ているよ。	你看，彩虹出來囉！
4 じゃあ、走(はし)ってごらん、休(やす)まないで最後(さいご)まで走(はし)れよ。	那你就跑跑看吧，不要停下來，要一直跑到最後喔！

5 これは「もんじゃ焼き」っていうのよ。ちょっと食べてご覧なさい。	這東西就叫做「文字燒」喔！你吃吃看。

～て（で）たまらない

「非常…」、「…得受不了」等。

➡【形容詞・動詞連用形】＋てたまらない；【形容動詞詞幹】＋でたまらない。指說話人處於難以抑制，不能忍受的狀態，前接表達感覺、感情的詞，表示說話人強烈的感情、感覺、慾望等，相當於「～てしかたがない、～非常に」，如例（1）～（4）；可重複前項以強調語氣，如例（5）。

1 暑いなあ。のどが渇いてたまらない。
好熱喔！喉嚨快要渴死了。

➡ 例句

2 息子の就職のことが心配でたまらなかったが、ようやく決まった。	我一直非常擔心兒子找不到工作，總算被錄用了。
3 名作だと言うから読んでみたら、退屈でたまらなかった。	說是名作，看了之後，覺得無聊透頂了。
4 最新のコンピューターが欲しくてたまらない。	想要新型的電腦，想要得不得了。
5 あの人のことが憎くて憎くてたまらない。	我對他恨之入骨。

● ～て（で）ならない

「…得受不了」、「非常…」。

➡【形容詞・動詞連用形】＋てならない；【體言；形容動詞詞幹】＋でならない。表示因某種感受十分強烈，達到沒辦法控制的程度，相當於「～てしょうがない」等，如例（1）、（2）；不同於「～てたまらない」，「～てならない」前面可以接「思える、泣ける、気になる」等非意志控制的自發性動詞，如例（3）～（5）。

1 あのとき買(か)っておけば3倍(ばい)の値段(ねだん)で売(う)れたのに、残念(ざんねん)でならない。
要是那時候買下來，之後就能用三倍的價格賣掉了，實在教人懊悔不已。

➡ 例句

2 だまされて、お金(かね)をとられたので、悔(くや)しくてならない。
因為被詐騙而被騙走了錢，真讓我悔恨不已。

3 日本(にほん)はこのままではだめになると思(おも)えてならない。
實在不由得讓人擔心日本再這樣下去恐怕要完蛋了。

4 主人公(しゅじんこう)がかわいそうで、泣(な)けてならなかった。
主角太可憐了，讓人沒法不為他流淚。

5 彼女(かのじょ)のことが気(き)になってならない。
十分在意她。

● ～て（で）ほしい、てもらいたい

「想請你…」等。

➡【動詞連用形】＋てほしい。表示對他人的某種要求或希望，如例（1）～（3）；否定的說法有「ないでほしい」跟「てほしくない」兩種，如例（4）；【動詞連用形】＋てもらいたい。表示想請他人為自己做某事，或從他人那裡得到好處，如例（5）。

1 袖(そで)の長(なが)さを直(なお)してほしいです。
我希望你能幫我修改袖子的長度。

➡ 例句

2 思(おも)いやりのある子(こ)に育(そだ)ってほしいと思(おも)います。	我希望能將他培育成善解人意的孩子。
3 学園祭(がくえんさい)があるので、たくさんの人(ひと)に来(き)てほしいですね。	由於即將舉行校慶，真希望會有很多人來參觀呀！
4 私(わたし)のことを嫌(きら)いにならないでほしい。	希望你不要討厭我。
5 インタビューするついでに、サインもしてもらいたいです。	在採訪時，也希望您順便幫我簽個名。

1-46

～てみせる

「做給…看」等；「一定要…」等。

➡【動詞連用形】＋てみせる。表示為了讓別人能瞭解，做出實際的動作給別人看，如例（1）、（2）；表示說話人強烈的意志跟決心，含有顯示自己的力量、能力的語氣，如例（3）～（5）。

1 子(こ)どもに挨拶(あいさつ)の仕方(しかた)を教(おし)えるには、まず親(おや)がやってみせたほうがいい。
關於教導孩子向人請安問候的方式，
最好先由父母親自示範給他們看。

➡ 例句

2 美咲さんは、すばらしい演技をしてみせました。
美咲小姐展現了精湛的演技。

3 警察なんかに捕まるものか。必ず逃げ切ってみせる。
我才不會被那些警察抓到呢！我一定會順利脫逃的，你們等著瞧吧！

4 あんな奴に負けるものか。必ず勝ってみせる。
我怎麼可能會輸給那種傢伙呢！我一定贏給你看！

5 今度こそ合格してみせる。
我這次絕對會通過測驗讓你看看的！

● ［命令形］と

引用用法。

➡ 前面接動詞命令形、「な」、「てくれ」等，表示引用命令的內容，下面通常會接「怒る」、「叱る」、「言う」等和意思表達相關的動詞，如例（1）～（3）；除了直接引用說話的內容以外，也表示間接的引用，如例（4）。

1 「窓口はもっと美人にしろ」と要求された。
有人要求「櫃檯的小姐要挑更漂亮的」。

➡ 例句

2 お母さんに「ご飯の時にジュースを飲むな」と怒られた。
媽媽兇了我一頓：「吃飯的時候不要喝果汁」。

3 「男ならもっとしっかりしろ」と叱られた。
我被罵說「是男人的話就振作點」。

4 彼から飲み会には絶対行くなと言われた。
男朋友叫我千萬不要去聚餐喝酒。

～ということだ

「聽説…」、「據説…」；「…也就是説…」、「這就是…」。

➡【簡體句】＋ということだ。表示傳聞，從某特定的人或外界獲取的傳聞。比起「…そうだ」來，有很強的直接引用某特定人物的話之語感，如例（1）～（3）；另外，又有明確地表示自己的意見、想法之意，也就是對前面的內容加以解釋，或根據前項得到的某種結論，如例（4）、（5）。

1 課長は、日帰りで出張に行ってきたということだ。
聽說課長出差，當天就回來。

➡ 例句

2	彼はもともと、学校の先生だったということだ。	據說他本來是學校的老師。
3	子どもたちは、図鑑を見て動物について調べたということです。	聽說孩子們看著圖鑑，查閱了動物相關的資料。
4	ご意見がないということは、皆さん、賛成ということですね。	沒有意見的話，就表示大家都贊成了吧！
5	芸能人に夢中になるなんて、君もまだまだ若いということだ。	你竟然還會迷藝人，實在太年輕了呀！

～というより

「與其說…，還不如說…」。

➡【體言；用言終止形】＋というより。表示在相比較的情況下，後項的說法比前項更恰當。後項是對前項的修正、補充或否定，比直接、毫不留情加以否定的「～ではなく」，說法還要婉轉。

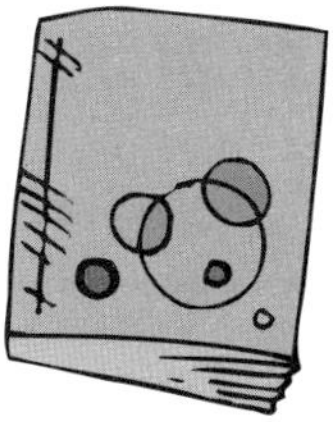

1 これは絵本だけれど、子ども向けというより大人向けだ。
這雖是一本圖畫書，但與其說是給兒童看的，
其實更適合大人閱讀。

例句

2 「今日は暖かいですね。」「暖かいというより暑いぐらいですよ。」	「今天天氣很暖和呀。」「說是暖和，根本已經到炎熱的程度了吧。」
3 彼女は、きれいというよりかわいいですね。	與其說她漂亮，其實可愛更為貼切唷。
4 彼は、さわやかというよりただのスポーツ馬鹿です。	與其說他讓人感覺爽朗，說穿了也只是個運動狂而已。
5 彼は、経済観念があるというより、けちなんだと思います。	與其說他有經濟觀念，倒不如說是小氣。

～といっても

「雖說…，但…」、「雖說…，也並不是很…」等。

【用言終止形；體言】＋といっても。表示承認前項的說法，但同時在後項做部分的修正，或限制的內容，說明實際上程度沒有那麼嚴重。後項多是說話者的判斷。

1 貯金があるといっても、10 万円ほどですよ。
雖說有存款，但也只有十萬日圓而已。

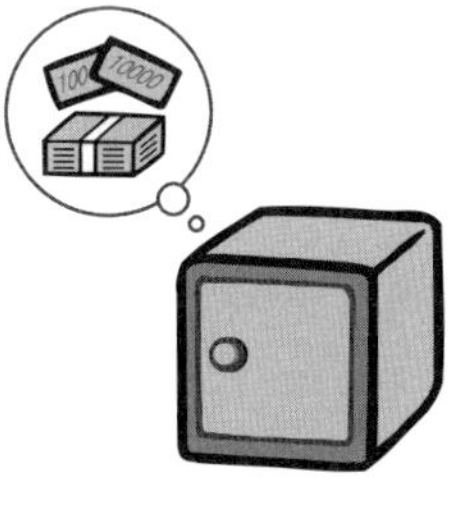

例句

2 距離は遠いといっても、車で行けばすぐです。	雖說距離遠，但開車馬上就到了。
3 我慢するといっても、限度があります。	雖說要忍耐，但忍耐還是有限度的。
4 ベストセラーといっても、果たして面白いかどうか分かりませんよ。	雖說是本暢銷書，但不知道是否真的好看。
5 簡単といっても、さすがに3歳の子には無理ですね。	就算很容易，畢竟才三歲的小孩實在做不來呀！

～とおり（に）

「按照…」、「按照…那樣」。

【動詞終止形；動詞過去式；體言の】＋とおり（に）。表示按照前項的方式或要求，進行後項的行為、動作。

1 医師の言うとおり、薬を飲んでください。
請按照醫生的指示吃藥。

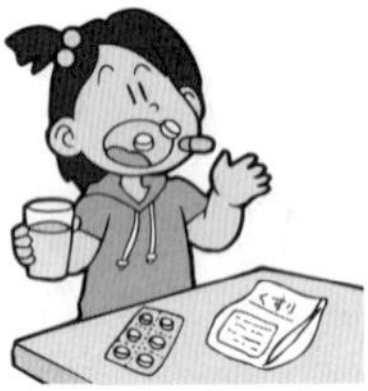

例句

2 先生に習ったとおり、送り仮名をつけた。	按照老師所教，寫送假名。
3 言われたとおりに、規律を守ってください。	請按照所說的那樣，遵守紀律。
4 私の言ったとおりにすれば、大丈夫です。	照我的話做，就沒問題了。

● ～どおり（に）

「按照」、「正如…那樣」、「像…那樣」等。

➡【體言】+ どおり（に）。「どおり」是接尾詞。表示按照前項的方式或要求，進行後項的行為、動作。

1 荷物(にもつ)を、指示(しじ)どおりに運搬(うんぱん)した。
行李依照指示搬運。

➡ 例句

2 話(はなし)は予想(よそう)どおりに展開(てんかい)した。	事情就有如預料般地進展了下去。
3 仕事(しごと)が期日(きじつ)どおりに終(お)わらなくても、やむを得(え)ない。	工作無法如期完成，這也是沒辦法的事。
4 兄(あに)は希望(きぼう)どおり、東大(とうだい)に合格(ごうかく)した。	哥哥如願地考上了東京大學。
5 進(すす)み具合(ぐあい)は、ほぼ計画(けいかく)どおりだ。	進度幾乎都依照計畫進行。

N3

● ～とか

「好像…」、「聽說…」。

➡【句子】＋とか。用在句尾，接在名詞或引用句後，表示不確切的傳聞。比表示傳聞的「～そうだ」、「～ということだ」更加不確定，或是迴避明確說出。相當於「～と聞いている」。

1 当時(とうじ)はまだ新幹線(しんかんせん)がなかったとか。
聽說當時還沒有新幹線。

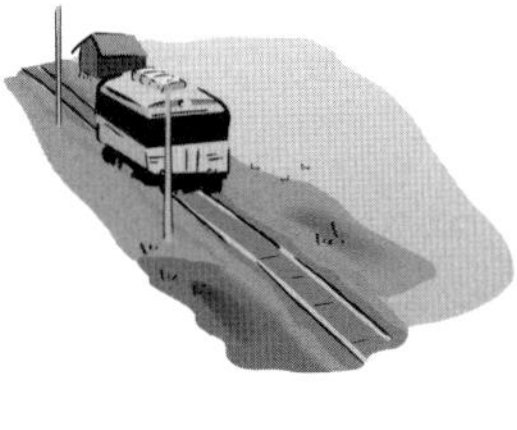

例句

2 申し込みは5時で締め切られるとか。 | 聽說申請到五點截止。

3 彼らは、みんな仲良しだとか。 | 聽說他們感情很好。

4 昨日はこの冬一番の寒さだったとか。 | 聽說昨天是今年冬天最冷的一天。

1-47

～ところだった

「（差一點兒）就要…了」、「險些…了」；「差一點就…可是…」等。

【動詞連體形】＋ところだった。表示差一點就造成某種後果，或達到某種程度，含有慶幸沒有造成那一後果的語氣，是對已發生的事情的回憶或回想，如例（1）～（3）；「～ところだったのに」表示差一點就可以達到某程度，可是沒能達到，而感到懊悔，如例（4）、（5）。

1 もう少しで車にはねられるところだった。
差點就被車子撞到了。

例句

2 もう少しで乗り遅れるところだった。 | 差點就趕不上這班車了。

3 彼女は危うく連れて行かれるところだった。 | 她差點就被人擄走了。

4 もう少しで二人きりになれるところだったのに、彼女が台無しにしたのよ。 | 原本就快要剩下我們兩人獨處了，結果卻被她壞了好事啦！

5 もう少しで優勝するところだったのに、最後の最後に1点差で負けてしまった。 | 本來就快要獲勝了呀，就在最後的緊要關頭以一分飲恨敗北。

～ところに

「…的時候」、「正在…時」。

【體言の；動詞・形容詞連體形】＋ところに。表示行為主體正在做某事的時候，發生了其他的事情。大多用在妨礙行為主體的進展的情況，有時也用在情況往好的方向變化的時候。相當於「ちょうど～しているときに」。

1 出かけようとしたところに、電話が鳴った。
正要出門時，電話鈴就響了。

例句

2	落ち込んでいるところに、また悪い知らせが届きました。	當他正陷入沮喪時，竟然又接到了不幸的消息。
3	口紅を塗っているところに子どもが飛びついてきて、はみ出してしまった。	正在畫口紅時，小孩突然跑過來，口紅就畫歪了。
4	困っているところに先生がいらっしゃって、無事解決できました。	正在煩惱的時候，老師一來事情就解決了。
5	ただでさえ忙しいところに、急な用事を頼まれてしまった。	已經忙得團團轉了，竟然還有急事插進來。

～ところへ

「…的時候」、「正當…時，突然…」、「正要…時，(…出現了)」等。

【體言の；動詞・形容詞連體形】＋ところへ。表示行為主體正在做某事的時候，偶然發生了另一件事，並對行為主體產生某種影響。下文多是移動動詞。相當於「ちょうど～しているときに」。

1 植木の世話をしているところへ、友達が遊びに来ました。
正要修剪盆栽時，朋友就來了。

➡ 例句

2 洗濯物を干しているところへ、犬が飛び込んできた。	正在曬衣服時，小狗突然闖了進來。
3 売り上げの計算をしているところへ、社長がのぞきに来た。	正在計算營業額時，社長就跑來看了一下。
4 これから寝ようとしたところへ、電話がかかってきた。	正要上床睡覺，突然有人打電話來。
5 食事の支度をしているところへ、薫姉さんが来た。	當我正在做飯時，薰姊姊恰巧來了。

● ～ところを

「正…時」、「之時」、「正當…時…」。

➡【體言の；動詞・形容詞連體形】＋ところを。表示正當A的時候，發生了B的狀況。後項的B所發生的事，是對前項A的狀況有直接的影響或作用的行為。相當於「ちょうど～しているときに」。

1 たばこを吸っているところを母に見つかった。
抽煙時，被母親撞見了。

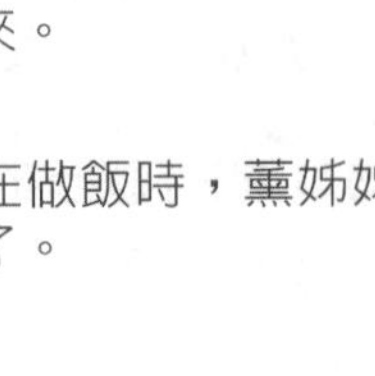

➡ 例句

2 警察官は泥棒が家を出たところを捕まえた。	小偷正要逃出門時，被警察逮個正著。

3 係りの人が忙しいところを呼び止めて質問した。
職員正在忙的時候，我叫住他問問題。

4 彼とデートしているところを友達に見られた。
跟男朋友約會的時候，被朋友看見了。

5 お取り込み中のところを、失礼いたします。
不好意思，在您百忙之中前來打擾。

～として、としては

「以…身份」、「作為…」;「如果是…的話」、「對…來説」。

➡【體言】＋として、としては。「として」接在名詞後面，表示身份、地位、資格、立場、種類、名目、作用等。有格助詞作用。

N 3

1 専門家として、一言意見を述べたいと思います。
我想以專家的身份，說一下我的意見。

➡ 例句

2 責任者として、状況を説明してください。
請以負責人的身份，說明一下狀況。

3 本の著者として、内容について話してください。
請以本書作者的身份，談一下本書的內容。

4 趣味として、書道を続けています。
作為興趣，我持續地寫書法。

5 私としては、その提案を早めに実現させたいですね。
就我而言，我是希望快實現那個提案。

～としても

「即使…，也…」、「就算…，也…」等。

➡【用言終止形；體言だ】＋としても。表示假設前項是事實或成立，後項也不會起有效的作用，或者後項的結果，與前項的預期相反。相當於「その場合でも」。

1 みんなで力を合わせたとしても、彼に勝つことはできない。
就算大家聯手，也沒辦法贏他。

➡ 例句

2 これが本物の宝石だとしても、私は買いません。
即使這是真的寶石，我也不會買的。

3 体が丈夫だとしても、インフルエンザには注意しなければならない。
就算身體硬朗，也應該要提防流行性感冒。

4 その子がどんなに賢いとしても、この問題は解けないだろう。
即使那孩子再怎麼聰明，也沒有辦法解開這個問題吧！

5 旅行するとしても、来月以降です。
就算要旅行，也要等到下個月以後了。

～とすれば、としたら、とする

「如果…」、「如果…的話」、「假如…的話」。

➡【用言終止形；體言だ】＋とすれば、としたら、とする。在認清現況或得來的信息的前提條件下，據此條件進行判斷，相當於「～と仮定したら」。

1 彼が犯人だとすれば、動機は何だろう。
假如他是凶手的話，那麼動機是什麼呢？

➡ 例句

2 川田大学でも難しいとしたら、山本大学なんて当然無理だ。
既然川田大學都不太有機會考上了，那麼山本大學當然更不可能了。

3 資格を取るとしたら、看護師の免許をとりたい。
要拿執照的話，我想拿看護執照。

4 無人島に一つだけ何か持っていけるとする。何を持っていくか。
假設你只能帶一件物品去無人島，你會帶什麼東西呢？

5 ３億円が当たったとします。あなたはどうしますか。
假如你中了三億日圓，你會怎麼花？

N3

2-01

～とともに

「與…同時，也…」；「隨著…」；「和…一起」。

➡【體言；動詞終止形】＋とともに。表示後項的動作或變化，跟著前項同時進行或發生，相當於「～と一緒に」、「～と同時に」，如例（1）、（2）；表示後項變化隨著前項一同變化，如例（3）、（4）；表示與某人一起進行某行為，相當於「～と一緒に」，如例（5）。

1 仕事をするとお金が得られるとともに、たくさんのことを学ぶことができる。
工作得到報酬的同時，也學到很多事情。

➡ 例句

2 雷の音とともに、大粒の雨が降ってきた。
隨著打雷聲，落下了豆大的雨滴。

3 電子メールの普及とともに、手で手紙を書く人は減ってきました。
隨著電子郵件的普及，親手寫信的人愈來愈少了。

4 生活が豊かになるとともに、太りすぎの人が増えてきました。
隨著生活的富裕，體重過胖的人也愈來愈多了。

5 バレンタインデーは彼女とともに過ごしたい。
情人節那天我想和女朋友一起度過。

～ないこともない、ないことはない

「並不是不…」、「不是不…」。

➡【用言未然形】＋ないこともない、ないことはない。使用雙重否定，表示雖然不是全面肯定，但也有那樣的可能性，是種有所保留的消極肯定說法，相當於「～することはする」，如例（1）～（4）；後接表示確認的語氣時，為「應該不會不…」之意，如例（5）。

1 やろうと思えばやれないことはないが、特にやる必要も感じないし。
假如真的有心想做也不是不能做，只是覺得好像沒什麼必要。

➡ 例句

2 すしは食べないこともないが、あまり好きじゃないんだ。
我並不是不吃壽司，只是不怎麼喜歡。

3 そういうことでしたら、お金を貸さないこともないですが。
如果是那種情況的話，也不是不能借你錢。

4 理由があるなら、外出を許可しないこともない。
如果有理由，並不是不允許外出的。

5 中学で習うことですよ。知らないことはないでしょう。
在中學裡學過了呀？總不至於不曉得吧？

● ～ないと、なくちゃ

「不…不行」。

➡【動詞未然形】＋ないと、なくちゃ。表示受限於某個條件、規定，必須要做某件事情，如果不做，會有不好的結果發生，如例（1）、（2）；「なくちゃ」是口語說法，語氣較為隨便，如例（3）、（4）。

1 雪が降ってるから、早く帰らないと。
下雪了，不早點回家不行。

➡ 例句

2 アイスが溶けちゃうから、早く食べないと。
冰要溶化了，不趕快吃不行。

3 お母さんにしかられるから、明日のテスト頑張らなくちゃ。
考不好會被媽媽罵，所以明天的考試不加油不行。

4 明日朝5時出発だから、もう寝なくちゃ。
明天早上五點要出發，所以不趕快睡不行。

N3

● ～ないわけにはいかない

「不能不…」、「必須…」等。

➡【動詞未然形】＋ないわけにはいかない。表示根據社會的理念、情理、一般常識或自己過去的經驗，不能不做某事，有做某事的義務。

1 明日、試験があるので、今夜は勉強しないわけにはいかない。
由於明天要考試，今晚不得不用功念書。

➡ 例句

2 どんなに嫌でも、税金を納めないわけにはいかない。	任憑百般不願，也非得繳納稅金不可。
3 弟の結婚式だから、出席しないわけにはいかない。	畢竟是弟弟的婚禮，總不能不出席。
4 そんな話を聞いたからには、行かないわけにはいかないだろう。	聽到了那種情況以後，說什麼也得去吧！
5 いくら忙しくても、子どもの面倒を見ないわけにはいかない。	無論有多麼忙碌，總不能不照顧孩子。

● ～など

「怎麼會…」、「才（不）…」等。

➡【動詞・形容詞；名詞（＋格助詞）】＋など。表示加強否定的語氣。通過「など」對提示的事物，表示不值得一提、無聊、不屑等輕視的心情。

1 あいつが言うことなど、信じるもんか。
我才不相信那傢伙說的話呢！

➡ 例句

2 あんなやつを助けてなどやるもんか。	我才不去幫那種傢伙呢！
3 私の気持ちが、君などに分かるものか。	你哪能了解我的感受！
4 この仕事はお前などには任せられない。	這份工作哪能交代給你！
5 面白くなどないですが、課題だから読んでいるんです。	我不覺得有趣，只是因為那是功課，所以不得不讀而已！

● ～などと（なんて）いう、などと（なんて）おもう

「多麼…呀」等；「…之　的…」等。

➡【體言；用言終止形】＋などと（なんて）言う、などと（なんて）思う。表示前面的事，好得讓人感到驚訝，含有讚嘆的語氣，如例（1）；表示輕視、鄙視的語氣，如例（2）～（5）。

1 こんな日が来るなんて、夢にも思わなかった。
真的連做夢都沒有想到過，竟然會有這一天的到來。

➡ 例句

2 いやだなんて言わないで、やってください。	請別說不願意，你就做吧！
3 あの人は「授業を受けるだけで資格が取れる」などと言って、強引に勧誘した。	那個人說了「只要上課就能取得資格」之類的話，以強硬的手法拉人招生。
4 「時効まで逃げ切ってやる」なんて、その考えは甘いと思う。	竟然說什麼「絕對可以順利脫逃直到超過追溯期限」，我認為那種想法太異想天開了。
5 息子は、自分の家を親に買ってもらおうなどと思っている。	兒子盤算著要爸媽幫自己買個房子。

2-02

● ～なんか、なんて

「…之類的」、「…什麼的」等。

➡【體言】＋なんか。表示從各種事物中例舉其一，是比「など」還隨便的說法，如例（1）、（2）；【體言（だ）；用言終止形】＋なんて。表示對所提到的事物，帶有輕視的態度，如例（3）、（4）；用「なんか～ない」的形式，表示「連…都不…」之意。

N3

1 桃色なんかはるちゃんに似合うんじゃないか。
粉紅色之類的不是很適合小春嗎？

➡ 例句

2 データなんかは揃っているのですが、原稿にまとめる時間がありません。
雖然資料之類的全都蒐集到了，但沒時間彙整成一篇稿子。

3 アイドルに騒ぐなんて、全然理解できません。
看大家瘋迷偶像的舉動，我完全無法理解。

4 いい年して、嫌いだからって無視するなんて、子どもみたいですね。
都已經是這麼大歲數的人了，只因為不喜歡就當做視而不見，實在太孩子氣了耶！

5 時間がないから、旅行なんかめったにできない。
沒什麼時間，連旅遊也很少去。

● ～において、においては、においても、における

「在…」、「在…時候」、「在…方面」等。

➡【體言】＋において、においては、においても、における。表示動作或作用的時間、地點、範圍、狀況等。是書面語。口語一般用「で」表示。

1 我が社においては、有能な社員はどんどん昇進します。
在本公司，有才能的職員都會順利升遷的。

➡ 例句

2 私は、資金においても彼を支えようと思う。
我想在資金上也支援他。

3 聴解試験はこの教室において行われます。
聽力考試在這間教室進行。

4 研究過程において、いくつかの点に気が付きました。
於研究過程中，發現了幾項要點。

5 職場における自分の役割について考えてみました。
我思考了自己在職場上所扮演的角色。

～にかわって、にかわり

「替…」、「代替…」、「代表…」等。

➡【體言】＋にかわって、にかわり。表示應該由某人做的事，改由其他的人來做。是前後兩項的替代關係。相當於「～の代理で」。

1 社長にかわって、副社長が挨拶をした。
副社長代表社長致詞。

➡ 例句

2 田中さんにかわって、私が案内しましょう。
讓我來代替田中先生帶領大家吧！

3 担当者にかわって、私が用件を承ります。
我代替負責人來接下這事情。

4 首相にかわり、外相がアメリカを訪問した。
外交部長代替首相訪問美國。

5 親族一同にかわって、ご挨拶申し上げます。
僅代表全體家屬，向您致上問候之意。

～にかんして（は）、にかんしても、にかんする

「關於…」、「關於…的…」等。

➡【體言】＋に関して（は）、に関しても、に関する。表示就前項有關的問題，做出「解決問題」性質的後項行為。有關後項多用「言う」（說）、「考える」（思考）、「研究する」（研究）、「討論する」（討論）等動詞。多用於書面。

1 フランスの絵画(かいが)に関(かん)して、研究(けんきゅう)しようと思(おも)います。
我想研究法國繪畫。

➡ 例句

2 コピー機(き)に関(かん)しては、高野(たかの)さんに聞(き)いてください。　關於影印機，請詢問高野先生。

3 最近(さいきん)、何(なに)に関(かん)しても興味(きょうみ)がわきません。　最近，無論做什麼事都提不起勁。

4 アジアの経済(けいざい)に関(かん)して、討論(とうろん)した。　討論關於亞洲的經濟。

5 経済(けいざい)に関(かん)する本(ほん)をたくさん読(よ)んでいます。　看了很多關於經濟的書。

～にきまっている

「肯定是…」、「一定是…」。

➡【體言；用言連體形】＋に決まっている。表示說話人根據事物的規律，覺得一定是這樣，不會例外，是種充滿自信的推測，語氣比「きっと～だ」還要有自信，如例（1）～（3）；表示說話人根據社會常識，認為理所當然的事，如例（4）、（5）。

1 そんなうまい話(はなし)はうそに決(き)まっているだろう。
那種好事想也知道是騙局呀！

➡ 例句

2 1時間でラーメンを10杯食べるなんて無理に決まっている。
一小時內要吃完十碗拉麵，怎麼可能辦得到。

3 全然勉強していないんだから、合格できないに決まっている。
因為他根本就沒用功讀書，當然不可能及格。

4 こんな時間に電話をかけたら、迷惑に決まっている。
要是在這麼晚的時間撥電話過去，想必會打擾對方的作息。

5 みんな一緒のほうが、安心に決まっています。
大家在一起，肯定是比較安心的。

N3

～にくらべて、にくらべ

「與…相比」、「跟…比較起來」、「比較…」等。

➡【體言】＋に比べて、に比べ。表示比較、對照。相當於「～に比較して」。

1 今年は去年に比べて雨の量が多い。
今年比去年雨量豐沛。

➡ 例句

2 平野に比べて、盆地の夏は暑いです。
跟平原比起來，盆地的夏天熱多了。

3 生活が、以前に比べて楽になりました。
生活比以前舒適多了。

4 大阪は東京に比べて気の短い人が多いと聞いています。
聽說和東京相比，大阪比較多個性急躁的人。

5 事件前に比べ、警備が強化された。 | 跟事件發生前比起來，警備更森嚴了。

2-03

～にくわえて、にくわえ

「而且…」、「加上…」、「添加…」等。

➡【體言】＋に加えて、に加え。表示在現有前項的事物上，再加上後項類似的別的事物。相當於「～だけでなく～も」。

1 書道に加えて、華道も習っている。
學習書法以外，也學習插花。

➡ 例句

2 能力に加えて、人柄も重視されます。 | 重視能力以外，也重視人品。

3 賞金に加えて、ハワイ旅行もプレゼントされた。 | 贈送獎金以外，還贈送了我夏威夷旅遊。

4 電気代に加え、ガス代までもが値上がりした。 | 電費之外，就連瓦斯費也上漲了。

5 台風が接近し、雨に加えて風も強くなった。 | 隨著颱風接近，雨勢和風勢都逐漸增強了。

～にしたがって、にしたがい

「伴隨…」、「隨著…」等。

➡【動詞連體形】＋にしたがって、にしたがい。表示隨著前項的動作或作用的變化，後項也跟著發生相應的變化。相當於「～につれて」、「～にともなって」、「～に応じて」、「～とともに」等。

1 おみこしが近(ちか)づくにしたがって、賑(にぎ)やかになってきた。
隨著神轎的接近，變得熱鬧起來了。

➡ 例句

2 課税率(かぜいりつ)が高(たか)くなるにしたがって、国民(こくみん)の不満(ふまん)が高(たか)まった。	隨著課稅比重的提升，國民的不滿的情緒也更加高漲。
3 薬品(やくひん)を加熱(かねつ)するにしたがって、色(いろ)が変(か)わってきた。	隨著溫度的提升，藥品的顏色也起了變化。
4 国(くに)が豊(ゆた)かになるにしたがい、国民(こくみん)の教育水準(きょういくすいじゅん)も上(あ)がりました。	伴隨著國家的富足，國民的教育水準也跟著提升了。
5 有名(ゆうめい)になるにしたがって、仕事(しごと)もどんどん増(ふ)えてくる。	隨著名氣上升，工作量也變得越來越多。

N3

● ～にしては

「照…來說…」、「就…而言算是…」、「從…這一點來說，算是…的」、「作為…，相對來說…」等。

➡【體言；用言連體形】＋にしては。表示現實的情況，跟前項提的標準相差很大，後項結果跟前項預想的相反或出入很大。含有疑問、諷刺、責難、讚賞的語氣。相當於「～割には」。

1 この字(じ)は、子(こ)どもが書(か)いたにしては上手(じょうず)です。
這字出自孩子之手，算是不錯的。

例句

2	社長の代理にしては、頼りない人ですね。	做為代理社長來講，他不怎麼可靠呢。
3	彼は、プロ野球選手にしては小柄だ。	就棒球選手而言，他算是個子矮小的。
4	性格が穏やかな彼にしては、今日はずいぶん怒っていましたね。	儘管他的個性溫和，今天卻發了一頓好大的脾氣。

～にしても

「就算…，也…」、「即使…，也…」等。

【體言；用言連體形】＋にしても。表示讓步關係，退一步承認前項條件，並在後項中敘述跟前項矛盾的內容。前接人物名詞的時候，表示站在別人的立場推測別人的想法。相當於「～も、～としても」。

1 テストの直前にしても、全然休まないのは体に悪いと思います。
就算是考試當前，完全不休息對身體是不好的。

例句

2	お互い立場は違うにしても、助け合うことはできます。	即使立場不同，也能互相幫忙。
3	日常生活に困らないにしても、貯金はあったほうがいいですよ。	就算生活沒有問題，存點錢也是比較好的。
4	見かけは悪いにしても、食べれば味は同じですよ。	儘管外觀不佳，但嚐起來同樣好吃喔。
5	いくら意地悪にしても、これはひどすぎますね。	就算他再怎麼存心不良，這樣做實在太過分了呀。

● ～にたいして（は）、にたいし、にたいする

「向…」、「對（於）…」。

➡【體言】＋に対して（は）、に対し、に対する。表示動作、感情施予的對象，有時候可以置換成「に」，如例（1）～（4）；或用於表示對立，指出相較於某個事態，有另一種不同的情況，如例（5）。

1 たとえ家族(かぞく)が殺(ころ)されても、犯人(はんにん)に対(たい)して死刑(しけい)を望(のぞ)まない人(ひと)もいる。
也有人即使自己的家人遭到殺害，依然不希望將兇手處以死刑。

➡ 例句

2 お客様(きゃくさま)に対(たい)しては、常(つね)に神様(かみさま)と思(おも)って接(せっ)しなさい。	面對顧客時，必須始終秉持顧客至上的心態。
3 皆(みな)さんに対(たい)し、お詫(わ)びを申(もう)し上(あ)げなければならない。	我得向大家致歉。
4 息子(むすこ)は、音楽(おんがく)に対(たい)する興味(きょうみ)が人一倍強(ひといちばいつよ)いです。	兒子對音樂的興趣非常濃厚。
5 私(わたし)が真剣(しんけん)な気持(きも)ちで告白(こくはく)したのに対(たい)して、彼女(かのじょ)は冷(つめ)たく笑(わら)った。	我雖然很認真地向她表白，她卻只冷冷地笑了笑。

● ～にちがいない

「一定是…」、「准是…」。

➡【體言；形容動詞詞幹；動詞・形容詞連體形】＋に違いない。表示說話人根據經驗或直覺，做出非常肯定的判斷，相當於「きっと～だ」。

N3

1 この問題を解く方法は、きっとあるに違いない。
肯定有解決這個問題的方法，絕對錯不了。

➔ 例句

2 彼女はかわいくてやさしいから、もてるに違いない。	她既可愛又溫柔，想必一定很受大家的喜愛。
3 あの店はいつも行列ができているから、おいしいに違いない。	那家店總是大排長龍，想必一定好吃。
4 お母さんが料理研究家なのだから、彼女も料理が上手に違いない。	既然她的母親是烹飪專家，想必她的廚藝也很精湛。
5 あの煙は、仲間からの合図に違いない。	那道煙霧，肯定是朋友發出的暗號。

2-04

● ～につき

「因…」、「因為…」等。

➔【體言】＋につき。接在名詞後面，表示其原因、理由。一般用在書信中比較鄭重的表現方法。相當於「～のため、～という理由で」。

1 台風につき、学校は休みになります。
因為颱風，學校停課。

➔ 例句

2 5時以降は不在につき、また明日お越しください。	因為五點以後不在，所以請明天再來。

3 この商品(しょうひん)はセット販売(はんばい)につき、一(ひと)つではお売(う)りできません。	因為這商品是賣一整套的，所以沒辦法零售。
4 このあたりは温帯(おんたい)につき、非常(ひじょう)に過(す)ごしやすいです。	因為這一帶屬溫帶，所以住起來很舒服。
5 病気(びょうき)につき欠席(けっせき)します。	由於生病而缺席。

● ～につれ（て）

「伴隨…」、「隨著…」、「越…越…」等。

➡【動詞連體形；體言】＋につれ（て）。表示隨著前項的進展，同時後項也隨之發生相應的進展，相當於「～にしたがって」。

1 時(とき)がたつにつれ、あの日(ひ)のことは夢(ゆめ)だったような気(き)がしてきた。
隨著時日一久，那天的事彷彿就像一場夢境。

➡ 例句

2 年齢(ねんれい)が上(あ)がるにつれて、体力(たいりょく)も低下(ていか)していく。	隨著年齡增加，體力也逐漸變差。
3 話(はなし)が進(すす)むにつれ、登場人物(とうじょうじんぶつ)が増(ふ)えて込(こ)み入(い)ってきた。	隨著故事的進展，出場人物愈來愈多，情節也變得錯綜複雜了。
4 物価(ぶっか)の上昇(じょうしょう)につれて、国民(こくみん)の生活(せいかつ)は苦(くる)しくなりました。	隨著物價的上揚，國民的生活就越來越困苦了。
5 子(こ)どもが成長(せいちょう)するにつれて、親子(おやこ)の会話(かいわ)の頻度(ひんど)が少(すく)なくなる。	隨著孩子的成長，親子之間的對話頻率越來越低。

～にとって（は／も／の）

「對於…來說」。

➡【體言】＋にとって（は／も／の）。表示站在前面接的那個詞的立場，來進行後面的判斷或評價，相當於「～の立場から見て」。

1 今は苦しくても、この経験は君の将来にとってきっと大きな財産になる。
即便現在感到痛苦，但這個經驗必將成為寶貴的資產，對你的未來極有助益。

➡ 例句

2 私にとっての昭和とは、第二次世界大戦と戦後復興の時代です。	對我而言的昭和時代，也就是第二次世界大戰與戰後復興的那個時代。
3 老人にとって、階段は上りより下りの方が大変です。	對老年人來說，下樓梯比上樓梯更為辛苦。
4 たった 1,000 円でも、子どもにとっては大金です。	雖然只有一千日圓，但對孩子而言可是個大數字。
5 みんなにとっても、今回の旅行は忘れられないものになったことでしょう。	想必對各位而言，這趟旅程一定也永生難忘吧！

～にともなって、にともない、にともなう

「伴隨著…」、「隨著…」。

➡【體言；動詞連體形】＋に伴って、に伴い、に伴う。表示隨著前項事物的變化而進展，相當於「～とともに、～につれて」。

1 円高に伴う輸出入の増減について調べました。
調査了當日圓升值時，對於進出口額增減造成的影響。

➡ 例句

2 携帯電話の普及に伴って、公衆電話が減っている。	隨著行動電話的普及，公用電話的設置逐漸減少。
3 台風の北上に伴い、風雨が強くなってきた。	隨著颱風行徑路線的北移，風雨將逐漸增強。
4 牧畜業が盛んになるに伴って、村は豊かになった。	伴隨著畜牧業的興盛，村子也繁榮起來了。
5 人口が増えるに伴い、食糧問題が深刻になってきた。	隨著人口的增加，糧食問題也越來越嚴重了。

● ～にはんして、にはんし、にはんする、にはんした

「與…相反…」等。

➡【體言】＋に反して、に反し、に反する、に反した。接「期待」、「予想」等詞後面，表示後項的結果，跟前項所預料的相反，形成對比的關係。相當於「て～とは反対に、～に背いて」。

1 期待に反して、収穫量は少なかった。
與預期的相反，收穫量少很多。

➡ 例句

2 彼は、外見に反して、礼儀正しい青年でした。	跟他的外表相反，他是一個很懂禮貌的青年。

3 口(くち)コミの評判(ひょうばん)に反(はん)し、大(たい)して面白(おもしろ)い芝居(しばい)ではありませんでした。
跟口碑相傳的不一樣，這齣劇並不怎麼有趣。

4 法律(ほうりつ)に反(はん)する行為(こうい)をしたら処罰(しょばつ)されます。
要是違法的話，是會被處罰的。

5 期待(きたい)に反(はん)した結果(けっか)となって、残念(ざんねん)だ。
最後的結果不若預期，真遺憾。

2-05

～にもとづいて、にもとづき、にもとづく、にもとづいた

「根據…」、「按照…」、「基於…」等。

➔【體言】＋に基づいて、に基づき、に基づく、に基づいた。表示以某事物為根據或基礎。相當於「～をもとにして」。

1 違反者(いはんしゃ)は法律(ほうりつ)に基(もと)づいて処罰(しょばつ)されます。
違者依法究辦。

➔ 例句

2 写真(しゃしん)に基(もと)づいて、年齢(ねんれい)を推定(すいてい)しました。
根據照片推測年齡。

3 専門家(せんもんか)の意見(いけん)に基(もと)づいた計画(けいかく)です。
根據專家意見訂的計畫。

4 こちらはお客様(きゃくさま)の声(こえ)に基(もと)づき開発(かいはつ)した新商品(しんしょうひん)です。
這是根據顧客的需求所研發的新產品。

5 学生(がくせい)から寄(よ)せられたコメントに基(もと)づく授業(じゅぎょう)改善(かいぜん)の試(こころ)みが始(はじ)まった。
依照從學生收集來的建議，開始嘗試了教學改進。

～によって（は）、により

「因為…」;「根據…」;「由…」;「依照…」。

【體言】＋によって（は）、により。表示事態的因果關係，「～により」大多用於書面，後面常接動詞被動態，相當於「～が原因で」，如例（1）；也可表示事態所依據的方法、方式、手段，如例（2）；用於某個結果或創作物等是因為某人的行為或動作而造成、成立的，如例（3）；或表示後項結果會對應前項事態的不同而有所變動或調整，如例（4）、（5）。

1 地震により、500人以上の貴い命が奪われました。
這一場地震，奪走了超過五百條寶貴的生命。

例句

2 住民投票によって、新しい原発を建設するかどうか決める。
根據當地居民的投票，將決定是否要在這裡興建一座新的核能發電廠。

3 『源氏物語』は紫式部によって書かれた傑作です。
《源氏物語》是由紫式部撰寫的一部傑作。

4 価値観は人によって違う。
價值觀因人而異。

5 条件によっては、協力しないこともない。
依照開出的條件，也不是不能提供協助。

～による

「因…造成的…」、「由…引起的…」等。

【體言】＋による。表示造成某種事態的原因。「～による」前接所引起的原因。

1 雨による被害は、意外に大きかった。
因大雨引起的災害，大到叫人料想不到。

例句

2 去年と比べて、交通事故による死者が減りました。	比起去年，因車禍事故而死亡的人減少了。
3 彼女は、薬による治療で徐々によくなってきました。	她因藥物的治療，病情漸漸好轉了。
4 不注意による大事故が起こった。	因為不小心，而引起重大事故。
5 この地震による津波の心配はありません。	無需擔心此次地震會引發海嘯。

～によると、によれば

「據…」、「據…說」、「根據…報導…」等。

【體言】＋によると、によれば。表示消息、信息的來源，或推測的依據。後面經常跟著表示傳聞的「～そうだ」、「～ということだ」之類詞。

1 天気予報によると、明日は雨が降るそうです。
根據氣象報告，明天會下雨。

例句

2 アメリカの文献によると、この薬は心臓病に効くそうだ。	根據美國的文獻，這種藥物對心臟病有效。
3 みんなの話によると、窓からボールが飛び込んできたそうだ。	根據大家所說的，球是從窗戶飛進來的。
4 女性雑誌によれば、毎日１リットルの水を飲むと美容にいいそうだ。	據女性雜誌上說，每天喝一公升的水有助養顏美容。

5 警察の説明によれば、犯人はまだこの付近にいるということです。

根據警方的說法，罪犯還在這附近。

● ～にわたって、にわたる、にわたり、にわたった

「經歷…」、「各個…」、「一直…」、「持續…」等。

➡【體言】＋にわたって、にわたる、にわたり、にわたった。前接時間、次數及場所的範圍等詞。表示動作、行為所涉及到的時間範圍，或空間範圍非常之大。

1 この小説の作者は、60年代から70年代にわたってパリに住んでいた。
這小說的作者，從六十年代到七十年代都住在巴黎。

➡ 例句

2 わが社の製品は、50年にわたる長い間、人々に親しまれてきました。

本公司的產品，長達五十年間深受大家的喜愛。

3 10年にわたる苦心の末、新製品が完成した。

嘔心瀝血長達十年，最後終於完成了新產品。

4 西日本全域にわたり、大雨になっています。

西日本全區域都下大雨。

5 15年にわたったベトナム戦争は、1975年にようやく終結しました。

歷經十五年之久的越南戰爭，終於在一九七五年結束了。

●（の）ではないだろうか、（の）ではないかとおもう

「不就…嗎」;「我想…吧」等。

➡【體言；用言連體形】＋（の）ではないだろうか、（の）ではないかと思う。表示意見跟主張。是對某事能否發生的一種預測，有一定的肯定意味，如例（1）、（2）；「（の）ではないかと思う」表示說話人對某事物的判斷，如例（3）～（5）。

1 読んでみると面白いのではないだろうか。
讀了以後，可能會很有趣吧！

➡ 例句

2	もしかして、知らなかったのは私だけではないだろうか。	該不會是只有我一個人不知道吧？
3	彼は誰よりも君を愛していたのではないかと思う。	我覺得他應該比任何人都還要愛妳吧！
4	こんなうまい話は、うそではないかと思う。	我想，這種好事該不會是騙人的吧！
5	この仕事は田中君にはまだ難しいのではないかと思う。	我認為這件工作對田中來說，或許還太難吧！

2-06

●～ば～ほど

「越…越…」。

➡【動詞・形容詞假定形】＋ば＋【同動詞・形容詞連體形】＋ほど。同一單詞重複使用，表示隨著前項事物的變化，後項也隨之相應地發生變化，如例（1）～（4）；接形容動詞時，用「形容動詞＋なら（ば）～ほど」，其中「ば」可省略，如例（5）。

1 「いつ、式を挙げる？」「早ければ早いほどいいな。」
「什麼時候舉行婚禮？」「愈快愈好啊。」

➡ 例句

2 聞けば聞くほど分からなくなってきた。つまり、どっちなんだ？
愈聽愈把我給弄糊塗了。簡單講，到底是哪一種？

3 話せば話すほど、お互いを理解できる。
雙方越聊越能理解彼此。

4 宝石は、高価であればあるほど買いたくなる。
寶石越昂貴越想買。

5 仕事は丁寧なら丁寧なほどいいってもんじゃないよ。速さも大切だ。
工作不是做得愈仔細就愈好喔，速度也很重要！

N 3

● ～ばかりか、ばかりでなく

「豈止…，連…也…」、「不僅…而且…」。

➡【體言；用言連體形】＋ばかりか、ばかりでなく。表示除了前項的情況之外，還有後項的情況，語意跟「～だけでなく～も～」相同，後項也常會出現「も、さえ」等詞。

1 せきと鼻水が止まらないばかりか、熱まで出て寝込んでしまいました。
非但不停咳嗽和流鼻水，甚至還發燒臥床了。

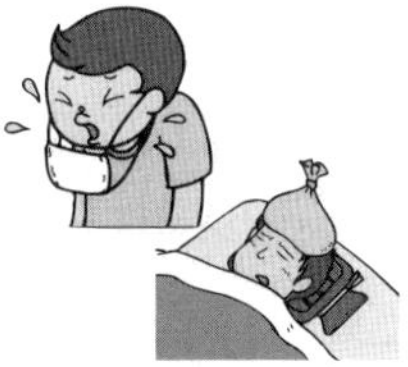

➡ 例句

2 仕事もせずに酒を飲むばかりか、奥さんに暴力をふるうことさえある。
不但沒去工作只成天喝酒，甚至還會對太太動粗。

3 何だこの作文は。字が雑なばかりでなく、内容もめちゃくちゃだ。	這篇作文簡直是鬼畫符呀！不但筆跡潦草，內容也亂七八糟的。
4 彼は、勉強ばかりでなくスポーツも得意だ。	他不光只會唸書，就連運動也很行。
5 隣のレストランは、量が少ないばかりか、大しておいしくもない。	隔壁餐廳的菜餚不只份量少，而且也不大好吃。

● ～はもちろん、はもとより

「不僅…而且…」、「…不用說，…也…」。

➡【體言】＋はもちろん、はもとより。表示一般程度的前項自然不用說，就連程度較高的後項也不例外，相當於「～は言うまでもなく～（も）」，如例（1）～（3）；「～はもとより」是種較生硬的表現，如例（4）、（5）。

1 この辺りは、昼間はもちろん夜も人であふれています。
這一帶別說是白天，就連夜裡也是人聲鼎沸。

➡ 例句

2 仕事についてはもちろん、生き方にまで役立つヒントがいっぱいの本だ。	這本書不單對工作很有助益，就連對人生方面也有許多非常有用的啓示。
3 アイドルの Kansai Boys は、女性にはもちろん男性にも人気があります。	偶像團體Kansai Boys不但擁有廣大的女性歌迷，也很受到男性群衆的喜愛。
4 楊さんは、英語はもとより日本語もできます。	楊小姐不只會英語，也會日語。

5 生地(きじ)はもとより、デザインもとてもすてきです。| 布料好自不待言，就連設計也很棒。

～ばよかった

「…就好了」。

【動詞假定形】＋ばよかった；【動詞未然形】＋なければよかった。表示說話者對於過去事物的惋惜、感慨。

1 あの時(とき)あんなこと言(い)わなければよかった。
那時若不要說那樣的話就好了。

例句

2 もっと彼女(かのじょ)を大切(たいせつ)にしてあげればよかった。	如果能多珍惜她一點就好了。
3 大学院(だいがくいん)など行(い)かないで早(はや)く就職(しゅうしょく)すればよかった。	如果不讀什麼研究所，早點去工作就好了。
4 若(わか)いうちに海外(かいがい)に出(で)ればよかった。	年輕時如果有出國就好了。

～はんめん

「另一面…」、「另一方面…」。

【用言連體形】＋反面。表示同一種事物，同時兼具兩種不同性格的兩個方面。除了前項的一個事項外，還有後項的相反的一個事項。相當於「～である一方」。

1 産業(さんぎょう)が発達(はったつ)している反面(はんめん)、公害(こうがい)が深刻(しんこく)です。
產業雖然發達，但另一方面也造成嚴重的公害。

例句

2 商社は、給料がいい反面、仕事がきつい。｜貿易公司雖然薪資好，但另一方面工作也吃力。

3 この国は、経済が遅れている反面、自然が豊かだ。｜這個國家經濟雖然落後，但另一方面卻擁有豐富的自然資源。

4 娘は慎重な反面、大胆な一面もあります。｜女兒個性慎重，但相反的也有大膽的一面。

～べき、べきだ

「必須…」、「應當…」等。

【動詞終止形】＋べき、べきだ。表示那樣做是應該的、正確的。常用在勸告、禁止及命令的場合。是一種比較客觀或原則的判斷，書面跟口語雙方都可以用，相當於「～するのが当然だ」，如例（1）～（3）；「べき」前面接サ行變格動詞時，「する」以外也常會使用「す」。「す」為文言的サ行變格動詞終止形，如例（4）、（5）。

1 人間はみな平等であるべきだ。
人人應該平等。

例句

2 言うべきことは言わせてもらう。｜該說的話容我直話直說！

3 女性社員も男性社員と同様に扱うべきだ。｜女職員跟男職員應該平等對待。

4 学生は、勉強していろいろなことを吸収するべきだ。｜學生應該好好學習，以吸收各種知識。

5 自分の不始末は自分で解決すべきだ。｜自己闖的禍應該要自己收拾。

● ～ほかない、ほかはない

「只有…」、「只好…」、「只得…」等。

➡【動詞連體形】＋ほかない、ほかはない。表示雖然心裡不願意，但又沒有其他方法，只有這唯一的選擇，別無它法。相當於「～以外にない」、「～より仕方がない」等。

1 書類は一部しかないので、コピーするほかない。
因為資料只有一份，只好去影印了。

➡ 例句

2	誰も助けてくれないので、自分で何とかするほかない。	因為沒有人可以伸出援手，只好自己想辦法了。
3	父が病気だから、学校を辞めて働くほかなかった。	因為家父生病，我只好退學出去工作了。
4	犯人が見つからないので、捜査の範囲を広げるほかはない。	因為抓不到犯人，只好擴大搜索範圍了。
5	上手になるには、練習し続けるほかはない。	想要更好，只有不斷地練習了。

N3

2-07

● ～ほど

「越…越…」；「…得」、「…得令人」。

➡【體言；用言連體形】＋ほど。表示後項隨著前項的變化，而產生變化，如例（1）、（2）；用在比喻或舉出具體的例子，來表示動作或狀態處於某種程度，如例（3）～（5）。

1 やっぱり世(よ)の中(なか)は、美人(びじん)ほど得(とく)だ。
在社會上畢竟還是美女比較吃香。

➡ 例句

2 不思議(ふしぎ)なほど、興味(きょうみ)がわくというものです。
很不可思議的，對它的興趣竟然油然而生。

3 心(こころ)の中(なか)で思(おも)っていた人(ひと)に告白(こくはく)されて、涙(なみだ)が出(で)るほどうれしかった。
心儀的對象向我告白，讓我高興得差點哭了。

4 足(あし)が痛(いた)くて痛(いた)くて、切(き)り落(お)としてしまいたいほどなんです。
腳好痛好痛，簡直想把腳剁掉。

5 この本(ほん)は面白(おもしろ)いほどよく売(う)れる。
這本書熱賣到令人驚奇的程度。

～までには

「…之前」、「…為止」。

➡【體言；動詞辭書形】＋までには。前面接和時間有關的名詞，或是動詞，表示某個截止日、某個動作完成的期限。

1 地震(じしん)のＰ波(ピーは)が来(き)てからＳ波(エスは)が来(く)るまでには、少(すこ)しの時間(じかん)がある。
從地震的Ｐ波先抵達，至Ｓ波稍後傳到，這當中有一點點間隔的時間。

➡ 例句

2 結論(けつろん)が出(で)るまでにはもうしばらく時間(じかん)がかかります。
在得到結論前還需要一點時間。

3 30までには、結婚したい。
我希望能在三十歲之前結婚。

4 金曜日までには終わらせなくちゃ。でないと、週末の旅行に行けなくなる。
非得在星期五之前結案不可。否則，週末就不能去旅行了。

5 仕事は明日までには終わると思います。
我想工作在明天之前就能做完。

● ～み

「帶有…」、「…感」等。

➡【形容詞・形容動詞詞幹】＋み。「み」是接尾詞，前接形容詞或形容動詞詞幹，表示該形容詞的這種狀態，或在某種程度上感覺到這種狀態。形容詞跟形容動詞轉為名詞的用法。

1 月曜日の放送を楽しみにしています。
我很期待看到星期一的播映。

➡ 例句

2 この講義、はっきり言って新鮮みがない。
這個課程，老實說，內容已經過時了。

3 この包丁は厚みのある肉もよく切れる。
這把菜刀也可以俐落地切割有厚度的肉塊。

4 不幸な知らせを聞いて悲しみに沈んでいる。
聽到噩耗後，整個人便沉溺於哀傷的氣氛之中。

～みたい（だ）、みたいな

「好像…」;「想要嘗試…」。

➡【體言；動詞・形容詞終止形；形容動詞詞幹】＋みたい（だ）、みたいな。表示不是很確定的推測或判斷，如例（1）、（2）；後接名詞時，要用「みたいな＋名詞」，如例（3）；【動詞連用形】＋てみたい。由表示試探行為或動作的「～てみる」，再加上表示希望的「たい」而來。跟「みたい（だ）」的最大差別在於，此文法前面必須接「動詞て形」，且後面不得接「だ」，用於表示欲嘗試某行為，如例（4）、（5）。

1 （時計を落としてしまって）大丈夫みたいだ。ちゃんと動いてる。
（手錶掉下去了）好像沒事，指針還會走。

➡ 例句

2 （横浜中華街に初めて来た観光客）うわあ、何だか日本じゃないみたい。	（第一次來到橫濱中華街的觀光客）哇！這裡真不像日本耶！
3 台湾に行くと、お姫様みたいなドレスを着て写真が撮れるんだって。	聽說到台灣，可以穿上像公主一般的禮服拍照喔。
4 次のカラオケでは必ず歌ってみたいです。	下次去唱卡拉ＯＫ時，我一定要唱看看。
5 一度、富士山に登ってみたいですね。	真希望能夠登上一次富士山呀！

～むきの、むきに、むきだ

「朝…」;「合於…」、「適合…」等。

➡【體言】＋向きの、向きに、向きだ。接在方向及前後、左右等方位名詞之後，表示正面朝著那一方向，如例（1）、（2）；表示為適合前面所接的名詞，而做的事物，相當於「～に適している」，如例（3）、（4）；「前向き／後ろ向き」原為表示方向的用法，但也常用於表示「積極／消極」、「朝符合理想的方向／朝理想反方向」之意，如例（5）。

1 南向きの部屋は暖かくて明るいです。
朝南的房子不僅暖和，採光也好。

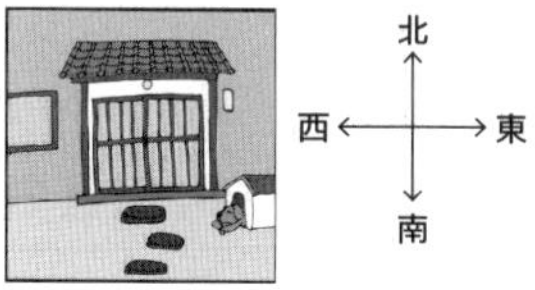

➡ 例句

2 封筒を横向きに使いたいとき、切手はどこに貼ればいいですか。
想把信封橫向使用時，郵票該貼在什麼地方才好呢？

3 若い女性向きの小説を書いています。
我在寫年輕女性看的小說。

4 この味付けは日本人向きだ。
這種調味很適合日本人的口味。

5 彼はいつも前向きに物事を考えている。
他思考事情都很積極。

～むけの、むけに、むけだ

「適合於…」等。

➡【體言】＋向けの、向けに、向けだ。表示以前項為對象，而做後項的事物，也就是適合於某一個方面的意思。相當於「～を対象にして」。

1 初心者向けのパソコンは、たちまち売り切れてしまった。
針對電腦初學者的電腦，馬上就賣光了。

➡ 例句

2 若者向けの商品が、ますます増えている。	針對年輕人的商品越來越多。
3 小説家ですが、たまに子ども向けの童話も書きます。	雖然是小說家，偶爾也會撰寫針對小孩的童書。
4 外国人向けにパンフレットが用意してあります。	備有外國人看的小冊子。
5 この乗り物は子ども向けです。	這項搭乘工具適合小孩乘坐。

～もの、もん

「因為…嘛」等。

➡【體言だ；用言終止形】＋もの、もん。助詞「もの、もん」接在句尾，多用在會話中，年輕女性或小孩子較常使用。跟「だって」一起使用時，就有撒嬌的語感，如例（1）；表示說話人很堅持自己的正當性，而對理由進行辯解，如例（2）、（3）；更隨便的說法用「もん」，如例（4）、（5）。

1 花火を見に行きたいわ。だってとってもきれいだもの。
我想去看煙火，因為很美嘛！

➡ 例句

2 運動はできません。退院したばかりだもの。	人家不能運動，因為剛出院嘛！
3 哲学の本は読みません。難しすぎるもの。	人家看不懂哲學書，因為太難了嘛！

4 早寝早起(はやねはやお)きしてるの。健康第一(けんこうだいいち)だもん。

早睡早起，因為健康第一嘛！

5 仕方(しかた)ないよ、あの人(ひと)もともと大(おお)ざっぱだもん。

沒辦法呀，那個人本來就很粗枝大葉嘛！

2-08

～ものか

「哪能…」、「怎麼會…呢」、「決不…」、「才不…呢」。

➡【用言連體形】＋ものか。句尾聲調下降。表示強烈的否定情緒，指說話人絕不做某事的決心，或是強烈否定對方的意見，如例（1）～（3）；一般而言「ものか」為男性使用，女性通常用「ものですか」，如例（4）；比較隨便的說法是「～もんか」，如例（5）。

N3

1 いくら謝(あやま)ったって、誰(だれ)が許(ゆる)すものか。一生(いっしょう) 恨(うら)んでやる。
任憑你再怎麼道歉，誰會原諒你啊！我一輩子都會恨你！

➡ 例句

2 何(なに)があっても、誇(ほこ)りを失(うしな)うものか。

無論遇到什麼事，我決不失去我的自尊心。

3 あんな銀行(ぎんこう)に、お金(かね)を預(あず)けるものか。

我才不把錢存在那種銀行裡呢！

4 何(なに)よ、あんな子(こ)がかわいいものですか。私(わたし)の方(ほう)がずっとかわいいわよ。

什麼嘛，那種女孩哪裡可愛了？我比她可愛不知道多少倍耶！

5 こんなのがジュースなもんか。ただの色水(いろみず)だ。

這東西能叫做果汁嗎？只不過是有顏色的水罷了。

N3 日語文法・句型詳解

～ものだ

「過去…經常」、「以前…常常」。

➡【動詞連用形】＋たものだ。表示說話者對於過去常做某件事情的感慨、回憶。

1 懐(なつ)かしい。これ、子(こ)どものころによく飲(の)んだものだ。
好懷念喔！這個是我小時候常喝的。

➡ 例句

2 渋谷(しぶや)には、若(わか)い頃(ころ)よく行(い)ったものだ。	我年輕時常去澀谷。
3 20代(だい)のころは海外(かいがい)が大好(だいす)きでしょっちゅう貧乏旅行(びんぼうりょこう)をしたものだ。	我二十幾歲時非常喜歡出國，常常從事貧窮旅行呢！
4 学生時代(がくせいじだい)は毎日(まいにち)ここに登(のぼ)ったものだ。	學生時代我每天都爬到這上面來。

～ものだから

「就是因為…，所以…」。

➡【用言連體形】＋ものだから。表示原因、理由，相當於「～から、～ので」。常用在因為事態的程度很厲害，因此做了某事，如例（1）；含有對事情感到出意料之外、不是自己願意等的理由，進行辯白，主要為口語用法，如例（2）～（5）。

1 君(きみ)があんまりかわいいものだから、ついいじめたくなっちゃったんだ。
都是因為你長得太可愛了，所以人家才會忍不住想欺負你。

➡ 例句

2 お待たせしてすみません。電車が事故で止まってしまったものですから。	對不起，讓您久等了。我遲到是因為電車發生事故而停駛了。
3 パソコンが壊れたものだから、レポートが書けなかった。	由於電腦壞掉了，所以沒辦法寫報告。
4 隣のテレビがやかましかったものだから、抗議に行った。	因為隔壁的電視太吵了，所以跑去抗議。
5 値段が手ごろなものだから、ついつい買い込んでしまいました。	因為價格便宜，忍不住就買太多了。

N3

● ～もので

「因為…」、「由於…」等。

➡【用言連體形】＋もので。意思跟「ので」基本相同，但強調原因跟理由的語氣比較強。前項的原因大多為意料之外或不是自己的意願，後項為此進行解釋、辯白。結果是消極的。意思跟「ものだから」一樣。後項不能用命令、勸誘、禁止等表現方式。

1 東京は家賃が高いもので、生活が大変だ。
由於東京的房租很貴，所以生活很不容易。

➡ 例句

2 走ってきたもので、息が切れている。	由於是跑著來的，因此上氣不接下氣的。
3 道が混んでいたもので、遅れてしまいました。	因為交通壅塞，於是遲到了。

4 いろいろあって忙(いそが)しかったもので、返信(へんしん)が遅(おく)れました。
由於雜事纏身、忙得不可開交，所以過了這麼久才回信。

～ようがない、ようもない

「沒辦法」、「無法…」；「不可能…」。

【動詞連用形】＋ようがない、ようもない。表示不管用什麼方法都不可能，已經沒有辦法了，相當於「～ことができない」，「～よう」是接尾詞，表示方法，如例（1）～（4）；表示說話人確信某事態理應不可能發生，相當於「～はずがない」，如例（5）。通常前面接的サ行變格動詞為雙漢字時，中間加不加「の」都可以。

1 あの人(ひと)のことは、どんなに忘(わす)れたいと思(おも)っても、忘(わす)れようがない。
無論我如何試圖忘記他，卻始終無法忘懷。

例句

2 何(なん)てことをしたんだ。ばかとしか言(い)いようがない。
瞧你幹了什麼好事！只能說你是個笨蛋。

3 済(す)んだことは、今更(いまさら)どうしようもない。
過去的事，如今已無法挽回了。

4 連絡先(れんらくさき)を知(し)らないので、知(し)らせようがない。
由於不知道他的聯絡方式，根本沒有辦法聯繫。

5 スイッチを入(い)れるだけだから、失敗(しっぱい)（の）しようがない。
只是按下按鈕而已，不可能會搞砸的。

～ような

「像…樣的」、「宛如…一樣的…」等。

➡【體言の】＋ような。表示列舉，為了說明後項的名詞，而在前項具體的舉出例子，如例（1）、（2）；【體言の；動詞連體形】＋ような。表示比喻，如例（3）、（4）；【體言の；用言連體形】＋ような気がする。表示說話人的感覺或主觀的判斷，如例（5）。

1 お寿司や天ぷらのような和食が好きです。
我喜歡吃像壽司或是天婦羅那樣的日式料理。

➡ 例句

2	病 院や駅のような公共の場所は、禁煙です。	醫院和車站之類的公共場所一律禁菸。
3	兄のような大人になりたい。	我想成為像哥哥一樣的大人！
4	警察が疑っているようなことは、していません。	我沒有做過會遭到警方懷疑的壞事。
5	あの人、見たことがあるような気がする。	我覺得那個人似曾相識。

N3

～ようなら、ようだったら

「如果…」、「要是…」。

➡【動詞・形容詞普通形；形容動詞な・體言の】＋ようなら、ようだったら。表示在某個假設的情況下，說話者要採取某個行動，或是請對方採取某個行動。

1 パーティーが 10 時過ぎるようなら、途中で抜けることにする。
如果派對超過十點，我要中途落跑。

例句

2 答えが分かるようなら、教えてください。
如果你知道答案，請告訴我。

3 良くならないようなら、検査を受けたほうがいい。
如果一直好不了，最好還是接受檢查。

4 肌に合わないようだったら、使用を中止してください。
如肌膚有不適之處，請停止使用。

2-09

～ように

「為了…而…」;「希望…」、「請…」;「如同…」。

【動詞連體形】＋ように。表示為了實現前項而做後項, 是行為主體的希望, 如例（1）;用在句末時, 表示願望、希望、勸告或輕微的命令等, 如例（2）;表示祈求時, 通常用「動詞ます形＋ますように」, 如例（3）;【動詞連體形;體言の】＋ように。表示以具體的人事物為例, 來陳述某件事物的性質或內容等, 如例（4）、(5)。

1 約束を忘れないように手帳に書いた。
把約定寫在了記事本上以免忘記。

例句

2 明日は駅前に8時に集合です。遅れないように。
明天八點在車站前面集合。請各位千萬別遲到。

3 （遠足の前日）どうか明日晴れますように。
（遠足前一天）求求老天爺明天給個大晴天。

4 私が発音するように、後について言ってください。
請模仿我的發音，跟著複誦一次。

5 ご存じのように、来週から営業時間が変更になります。
誠如各位所知，自下週起營業時間將有變動。

●ように（いう）

「告訴…」等。

➔【動詞連體形】＋ように（言う）。表示間接轉述指令、請求等內容，如例（1）；後面也常接「お願いする」、「頼む」、「伝える」等跟「說話」相關的動詞，如例（2）～（5）。

1 息子にちゃんと歯を磨くように言ってください。
請告訴我兒子要好好地刷牙。

➔ 例句

2 あさってまでにはやってくれるようにお願いします。	麻煩在後天之前完成這件事。
3 明日晴れたら海に連れて行ってくれるように父に頼みました。	我拜託爸爸假如明天天氣晴朗的話帶我去海邊玩。
4 私に電話するように伝えてください。	請告訴他要他打電話給我。
5 生徒が授業中騒いだので、静かにするように注意しました。	由於學生在課堂上吵鬧，於是訓了他們要安靜聽講。

～ようになっている

「會…」等。

➡【動詞連體形;動詞（ら）れる】＋ようになっている。是表示能力、狀態、行為等變化的「ようになる」，與表示動作持續的「～ている」結合而成，如例（1）；【動詞連體形】＋ようになっている。表示機器、電腦等，因為程式或設定等而具備的功能，如例（2）、（3）；【體言の；用言連體形】＋ようになっている。是表示比喻的「ようだ」，再加上表示動作持續的「～ている」的應用，如例（4）。

1 毎日練習したから、この曲は今では上手に弾けるようになっている。
正因為每天練習不懈，現在才能把這首曲子彈得這麼流暢。

➡ 例句

2 この部屋は、かぎを開けると自動的に照明がつくようになっている。	這間房間上鎖之後，燈就會自動開。
3 ここのボタンを押すと、水が出るようになっている。	按下這個按鈕，水就會流出來。
4 直美さんはもうフランスに20年も住んでいるから、今ではフランス人のようになっている。	由於直美小姐已經在法國住了長達二十年，現在幾乎成為道地的法國人了。

～よかった

「如果…的話就好了」等。

➡【動詞假定形】＋よかった。表示自己沒有做前項的事而感到後悔。說話人覺得要是做了就好了，帶有後悔的心情。中文的

1 雨だ、傘を持ってくればよかった。
下雨了！早知道就帶傘來了。

➡ 例句

2 もう売り切れだ！もっと早く買っておけばよかった。 | 已經賣完了！早知道就快點來買。

3 学生のときに英語をもっと勉強しておけばよかった。 | 要是在學生時代能更認真學習英文就好了。

4 最初から見とけばよかったなぁ、と後悔しています。 | 他懊悔地說道：「早知道就從頭開始看了」。

5 正直に言えばよかった。 | 早知道一切從實招供就好了。

N3

● ～より（ほか）ない、ほか（しかたが）ない

「只有…」、「除了…之外沒有…」等。

➡【體言；動詞連體形】＋より（ほか）ない；【動詞連體形】＋ほかしかたがない。後面伴隨著否定，表示這是唯一解決問題的辦法，相當於「ほかない、ほかはない」，另外還有「よりほかにない」、「よりほかはない」的說法，如例（1）～（4）；【體言；動詞連體形】＋よりほかに～ない。是「それ以外にない」的強調說法，前接的體言為人物時，後面要接「いない」，如例（5）。

1 もう時間がない、こうなったら一生懸命やるよりほかない。
時間已經來不及了，事到如今，只能拚命去做了。

➔ 例句

2 終電(しゅうでん)が出(で)てしまったので、タクシーで帰(かえ)るよりほかにない。
由於最後一班電車已經開走了，只能搭計程車回家了。

3 病気(びょうき)を早(はや)く治(なお)すためには、入院(にゅういん)するよりほかはない。
為了要早點治癒，只能住院了。

4 パソコンが故障(こしょう)してしまったので、手書(てが)きで書(か)くほか（しかたが）ない。
由於電腦故障了，所以只能拿筆書寫了。

5 君(きみ)よりほかに頼(たの)める人(ひと)がいない。
除了你以外，再也沒有其他人能夠拜託了。

● 〔句子〕＋わ

「…啊」、「…呢」、「…呀」。

➔ 表示自己的主張、決心、判斷等語氣。女性用語。在句尾可使語氣柔和。

1 私(わたし)も行(い)きたいわ。
我也好想去啊！

➔ 例句

2 早(はや)く休(やす)みたいわ。
真想早點休息呀！

3 喫茶店(きっさてん)に入(はい)りたいわ。
好想去咖啡廳啊！

4 あ、お金(かね)がないわ。
啊！沒有錢了！

2-10

～わけがない、わけはない

「不會…」、「不可能…」。

➔【用言連體形】＋わけがない、わけはない。表示從道理上而言，強烈地主張不可能或沒有理由成立，相當於「～はずがない」，如例（1）～（4）；口語常會說成「わけない」，如例（5）。

1 明日(あした)までなんて、そんな無茶(むちゃ)な。終(お)わるわけがないよ。
怎麼可能在明天之前完成！不可能做得完的呀！

➔ 例句

2	無断(むだん)で欠勤(けっきん)して良(よ)いわけがないでしょう。	未經請假不去上班，那怎麼可以呢！
3	あの子(こ)が人殺(ひとごろ)しなんて、そんなわけはありません。	說什麼那孩子殺了人，絕不會有那種事的！
4	医学部(いがくぶ)に合格(ごうかく)するのが簡単(かんたん)なわけはないですよ。	要考上醫學系當然是很不容易的事呀！
5	「あれ、この岩(いわ)、金(きん)が混(ま)ざってる？」「まさか、金(きん)のわけないよ。」	「咦？這塊岩石上面是不是有金子呀？」「怎麼可能，絕不會是黃金啦！」

N 3

～わけだ

「當然…」、「難怪…」；「也就是說…」。

➔【用言連體形；體言の；體言である】＋わけだ。表示按事物的發展，事實、狀況合乎邏輯地必然導致這樣的結果。與側重於說話人想法的「～はずだ」相比較，「～わけだ」傾向於由道理、邏輯所導出結論，如例（1）～（4）；表示兩個事態是相同的，只是換個說法而論，如例（5）。

1 3年間(ねんかん)留学(りゅうがく)していたのか。道理(どうり)で英語(えいご)がペラペラなわけだ。
到國外留學了三年啊！難怪英文那麼流利。

例句

2 台風(たいふう)が近(ちか)づいているのか。道理(どうり)でいやな風(かぜ)が吹(ふ)き始(はじ)めたわけだ。
原來有颱風即將登陸，難怪開始吹起怪風了。

3 彼(かれ)はうちの中(なか)にばかりいるから、顔色(かおいろ)が青白(あおじろ)いわけだ。
因為他老待在家，難怪臉色蒼白。

4 何(なに)よ。つまり、私(わたし)とのことは遊(あそ)びだったわけね。
什麼嘛！換句話說，你只是和我玩玩罷了？

5 昭和(しょうわ)46年生(ねんう)まれなんですか。それじゃ、1971年生(ねんう)まれのわけですね。
您是在昭和四十六年出生的呀。這麼說，也就是在一九七一年出生的囉。

～わけではない、わけでもない

「並不是…」、「並非…」等。

【用言連體形；簡體句という】＋わけではない、わけでもない。表示不能簡單地對現在的狀況下某種結論，也有其它情況。常表示部分否定或委婉的否定。

1 食事(しょくじ)をたっぷり食(た)べても、必(かなら)ず太(ふと)るというわけではない。
吃得多不一定會胖。

➡ 例句

2 体育(たいいく)の授業(じゅぎょう)で一番(いちばん)だったとしても、スポーツ選手(せんしゅ)になれるわけではない。

體育課成績拿第一，也並不一定能當運動員。

3 たまに一緒(いっしょ)に食事(しょくじ)をするが、親友(しんゆう)というわけではない。

偶爾一起吃頓飯，也不代表是好朋友。

4 人生(じんせい)は不幸(ふこう)なことばかりあるわけではないだろう。

人生總不會老是發生不幸的事吧！

5 けんかばかりしているが、互(たが)いに嫌(きら)っているわけでもない。

老是吵架，也並不代表彼此互相討厭。

● ～わけにはいかない、わけにもいかない

「不能…」、「不可…」。

➡【動詞連體形】＋わけにはいかない、わけにもいかない。表示由於一般常識、社會道德或過去經驗等約束，那樣做是行不通的，相當於「～することはできない」。

1 消費者(しょうひしゃ)の声(こえ)を、企業(きぎょう)は無視(むし)するわけにはいかない。
消費者的心聲，企業不可置若罔聞。

➡ 例句

2 赤(あか)ちゃんが夜中(よなか)に泣(な)くから、寝(ね)ているわけにもいかない。

小寶寶半夜哭了，總不能當作沒聽到繼續睡吧。

3 「またゴルフ？」「これも仕事(しごと)のうちだ。行(い)かないわけにはいかないよ。」

「又要去打高爾夫球了？」「這也算是工作啊，總不能不去吧。」

4 式の途中で、帰るわけにもいかない。	不能在典禮進行途中回去。
5 いくら料理が好きでも、やはりプロのようなわけにはいきません。	即便喜歡下廚，還是沒辦法達到專業廚師的水準。

～わりに（は）

「(比較起來) 雖然…但是…」、「但是相對之下還算…」、「可是…」。

【用言連體形；體言の】＋わりに（は）。表示結果跟前項條件不成比例、有出入或不相稱，結果劣於或好於應有程度，相當於「～のに、～にしては」。

1 1日でできるなんて言ったわりには、もう1週間だよ。
還誇口說一天就能做完，都一個星期過去了啦！

例句

2 奥さんが美人なわりには、だんなさんは醜男だ。	太太是位美女，沒想到先生卻是個醜男耶！
3 やせてるわりには、よく食べるね。	瞧她身材纖瘦，沒想到食量那麼大呀！
4 映画は、評判のわりにはあまり面白くなかった。	電影風評雖好，但不怎麼有趣。
5 面積が広いわりに、人口が少ない。	面積雖然大，但人口相對地很少。

～をこめて

「集中…」、「傾注…」等。

➡【體言】＋を込めて。表示對某事傾注思念或愛等的感情，如例（1）、（2）；常用「心を込めて」、「力を込めて」、「愛を込めて」等用法，如例（3）～（5）。

1 みんなの幸せのために、願いを込めて鐘を鳴らした。
為了大家的幸福，以虔誠的心鳴鐘祈禱。

➡ 例句

2	感謝を込めて、ブローチを贈りました。	以真摯的感謝之情送她別針。
3	教会で、心を込めて、オルガンを弾いた。	在教會以真誠的心彈風琴。
4	力を込めてバットを振ったら、ホームランになった。	他使盡力氣揮出球棒，打出了一支全壘打。
5	彼のために、愛を込めてセーターを編みました。	我用真摯的愛為男友織了件毛衣。

2-11

～をちゅうしんに（して）、をちゅうしんとして

「以…為重點」、「以…為中心」、「圍繞著…」等。

➡【體言】＋を中心に（して）、を中心として。表示前項是後項行為、狀態的中心。

1 点Aを中心に、円を描いてください。
請以A點為中心，畫一個圓圈。

➡ 例句

2	大学の先生を中心にして、漢詩を学ぶ会を作った。	以大學老師為中心，設立了漢詩學習會。
3	海洋開発を中心に、討論を進めました。	以海洋開發為中心進行討論。
4	地球は、太陽を中心として回っている。	地球以太陽為中心繞行著。
5	登校拒否の問題を中心として、さまざまな問題を話し合います。	以拒絕上學的問題為主，共同討論各種問題。

● ～をつうじて、をとおして

「透過…」、「通過…」;「在整個期間…」、「在整個範圍…」等。

➡【體言】＋を通じて、を通して。表示利用某種媒介（如人物、交易、物品等），來達到某目的（如物品、利益、事項等），相當於「～によって」，如例（1）～（3）；又後接表示期間、範圍的詞，表示在整個期間或整個範圍內，相當於「～のうち（いつでも／どこでも）」，如例（4）、（5）。

1 彼女を通じて、間接的に彼の話を聞いた。
透過她，間接地知道關於他的事情。

➡ 例句

2	能力とは、試験を通じて測られるものだけではない。	能力不是只透過考試才能知道的。
3	スポーツを通して、みんなずいぶんと打ち解けたようです。	透過運動，大家似乎變得相當融洽了。

4 台湾は１年を通して雨が多い。	台灣一整年雨量都很充沛。
5 会員になれば、年間を通していつでもプールを利用できます。	只要成為會員，全年都能隨時去游泳。

～をはじめ、をはじめとする、をはじめとして

「以…為首」、「…以及…」、「…等」等。

➡【體言】＋をはじめ、をはじめとする、をはじめとして。表示由核心的人或物擴展到很廣的範圍。「を」前面是最具代表性的、核心的人或物。作用類似「などの」、「と」等。

1 校長先生をはじめ、たくさんの先生方が来てくれた。
校長以及多位老師都來了。

N3

➡ 例句

2 この病院には、内科をはじめ、外科や耳鼻科などがあります。	這家醫院有內科、外科及耳鼻喉科等。
3 ご両親をはじめ、ご家族のみなさまによろしくお伝えください。	請替我向您父母親跟家人們問好。
4 小切手をはじめとする様々な書類を、書留で送った。	支票跟各種資料等等，都用掛號信寄出了。
5 日本の近代には、夏目漱石をはじめとして、いろいろな作家が活躍しました。	以夏目漱石為首的各派別作家，紛紛活躍於近代的日本文壇。

～をもとに、をもとにして

「以…為根據」、「以…為參考」、「在…基礎上」等。

➡【體言】＋をもとに、をもとにして。表示將某事物做為啓示、根據、材料、基礎等。後項的行為、動作是根據或參考前項來進行的。相當於「～に基づいて」、「～を根拠にして」。

1 いままでに習(なら)った文型(ぶんけい)をもとに、文(ぶん)を作(つく)ってください。
請參考至今所學的文型造句。

➡ 例句

2 彼女(かのじょ)のデザインをもとに、青(あお)いワンピースを作(つく)った。	以她的設計為基礎，裁製了藍色的連身裙。
3 この映画(えいが)は、実際(じっさい)にあった話(はなし)をもとにして制作(せいさく)された。	這齣電影是根據真實的故事而拍成的。
4 集(あつ)めたデータをもとにして、分析(ぶんせき)しました。	根據收集來的資料來分析。

～んじゃない、んじゃないかとおもう

「不…嗎」、「莫非是…」等。

➡【體言な；用言連體形】＋んじゃない、んじゃないかと思う。是「のではないだろうか」的口語形。表示意見跟主張。

1 そこまで必要(ひつよう)ないんじゃない。
沒有必要做到那個程度吧！

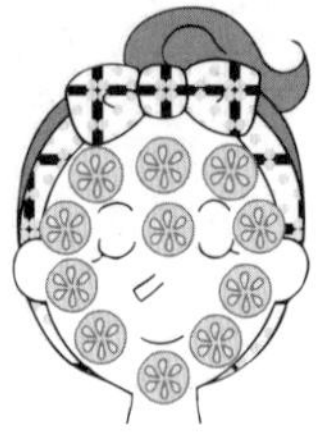

➡ 例句

2 花子(はなこ)？もう帰(かえ)ったんじゃない。	花子？她應該已經回去了吧！
3 もうこれでいいんじゃない。	做到這樣就已經夠了吧！
4 そのぐらいで十分(じゅうぶん)なんじゃないかと思(おも)う。	做到那個程度我認為已經十分足夠了。
5 それぐらいするんじゃないかと思(おも)う。	我想差不多要那個價錢吧！

● ～んだって

「聽說…呢」。

➡【動詞・形容詞普通形】＋んだって。【體言な・形容動詞詞幹な】＋んだって。表示說話者聽說了某件事，並轉述給聽話者。語氣比較輕鬆隨便，是表示傳聞的口語用法，如例（1）～（3）；女性會用「～んですって」的說法，如例（4）。

1 北海道(ほっかいどう)ってすごくきれいなんだって。
聽說北海道非常漂亮呢！

➡ 例句

2 田中(たなか)さん、試験(しけん)に落(お)ちたんだって。	聽說田中同學落榜了呢！
3 あの人(ひと)、子(こ)ども5人(にん)もいるんだって。	聽說那個人有五個小孩呢！
4 あの店(みせ)のラーメン、とてもおいしいんですって。	聽說那家店的拉麵很好吃。

～んだもん

「因為…嘛」、「誰叫…」。

➡【動詞・形容詞普通形】＋んだもん。【體言な；形容動詞詞幹な】＋んだもん。用來解釋理由，是口語說法。語氣偏向幼稚、任性、撒嬌，在說明時帶有一種辯解的意味。也可以用「～んだもの」。

1 「なんでにんじんだけ残(のこ)すの！」「だってまずいんだもの。」
「為什麼只剩下胡蘿蔔！」「因為很難吃嘛！」

➡ 例句

2 「どうして私(わたし)のスカート着(き)るの？」「だって、好(す)きなんだもの。」
「妳為什麼穿我的裙子？」「因為人家喜歡嘛！」

3 「どうして遅刻(ちこく)したの？」「だって、目覚(めざ)まし時計(どけい)が壊(こわ)れてたんだもん。」
「你為什麼遲到了？」「誰叫我的鬧鐘壞了嘛！」

4 「なんでお金(かね)払(はら)わないの？」「だって、おごりだって言(い)われたんだもん。」
「你怎麼沒付錢呢？」「因為有人說要請客啊！」

MEMO

N2

2-12

～あげく（に／の）

「…到最後」、「…，結果…」。

➡【動詞過去式；動詞性名詞の】＋あげく（に）。表示事物最終的結果，指經過前面一番波折和努力達到的最後結果，後句的結果大都是因為前句，而造成精神上的負擔或是帶來一些麻煩，多用在消極的場合，相當於「～たすえ」、「～結果」，如例（1）～（3）；後接名詞時，用「あげくの＋名詞」，如例（4）；慣用表現「あげくの果て」為「あげく」的強調說法，如例（5）。

1 デパートに行(い)ったが、半日(はんにち)も悩(なや)んだあげく、何(なに)も買(か)わないで出(で)てきた。
雖然去了百貨公司，在那裡煩惱了大半天，結果到最後什麼都沒買就離開了。

➡ 例句

2 考(かんが)えたあげく、やっぱり彼(かれ)にこのことは言(い)わないことにした。	考慮了很久，最終還是決定不告訴他這件事。
3 口論(こうろん)のあげくに、殴(なぐ)り合(あ)いになった。	吵了一陣子，最後打了起來。
4 （歌手(かしゅ)の思(おも)い出話(でばなし)）親(おや)と大(おお)げんかしたあげくのデビューでした。	（歌手談往事）和父母大吵了一架之後，還是決定出道了。

5 市長も副市長も収賄で捕まって、あげくの果ては知事まで捕まった。
市長和副市長都因涉嫌收賄而遭到逮捕，到最後甚至連知事也被逮捕了。

～あまり（に）

「由於過度…」、「因過於…」、「過度…」。

➡【用言連體形；體言の】＋あまり（に）。表示由於前句某種感情、感覺的程度過甚，而導致後句的結果。前句表示原因，後句的結果一般是消極的，相當於「あまりに～ので」，如例（1）～（4）；表示某種程度過甚的原因，導致後項結果，為「由於太…才…」之意，常用「あまりの＋形容詞詞幹＋さ＋に」的形式，如例（5）。

1 忙しさのあまり、けがをしたことにも気がつかなかった。
由於忙得不可開交，連受傷了都沒有察覺。

➡ 例句

2 父の死を聞いて、驚きのあまり言葉を失った。
聽到父親的死訊，在過度震驚之下說不出話來。

3 読書に熱中したあまり、時間がたつのをすっかり忘れてしまいました。
由於沉浸在書中世界，渾然忘記了時光的流逝。

4 息子を愛するあまりに、嫁をいじめて追い出してしまった。
由於太溺愛兒子而虐待媳婦，還把她趕出了家門。

5 あまりの暑さに（≒暑さのあまり）、倒れて救急車で運ばれた。
在極度的酷熱之中昏倒，被送上救護車載走。

N2 日語文法・句型詳解

～いじょう（は）

「既然…」、「既然…，就…」。

➡【動詞連體形】＋以上（は）。由於前句某種決心或責任，後句便根據前項表達相對應的決心、義務或奉勸，相當於「～からは」、「～からには」，有接續助詞作用。

1 人間である以上、ミスは避けられない。
既然身而為人，就無法避免錯誤。

➡ 例句

2 彼の決意が固い以上、止めても無駄だ。
既然他已經下定決心，就算想阻止也是沒用的。

3 両親は退職したが、まだ元気な以上、同居して面倒を見る必要はない。
父母雖然已經退休了，既然身體還很硬朗，就不必住在一起照顧他們。

4 引き受ける以上は、最後までやり通すつもりだ。
既然已經接下這件事，我會有始有終完成它的。

5 やると言った以上は、しっかり成果を上げたいです。
既然已經接下了任務，就期望能達成令人欣慰的成果。

～いっぽう（で）

「在…的同時，還…」、「一方面…，一方面…」、「另一方面…」。

➡【動詞連體形】＋一方（で）。前句說明在做某件事的同時，後句多敘述可以互相補充做另一件事。相當於「～とともに」、「～と同時に」等。

1 景気が良くなる一方、ごみの排出量は増えている。
隨著景氣攀升，垃圾產生量也隨之增加。

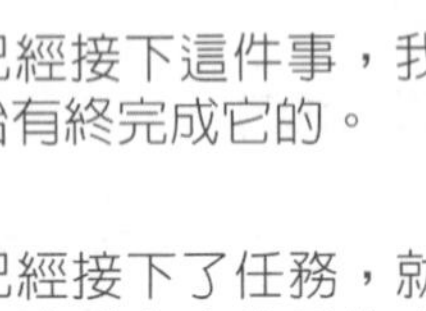

➡ 例句

2 わが社は、家具の生産をする一方、販売も行っています。
敝公司一方面生產家具，一方面也進行販賣。

3 短期的な計画を立てる一方で、長期的な構想も持つべきだ。
一方面擬定短期計畫，另一方面也該做長期的規畫。

4 地球上には豊かな人がいる一方で、明日の食べ物すらない人もたくさんいる。
地球上有人豐衣足食，但另一方面卻有許多人，連明天的食物都沒有。

5 今の若者は、親を軽視している一方で、親に頼っている。
現在的年輕人，瞧不起父母的同時，又很依賴父母。

N2

● ～うえ（に）

「…而且…」、「不僅…，而且…」、「在…之上，又…」。

➡【用言連體形；體言の】＋上（に）。表示追加、補充同類的內容。在本來就有的某種情況之外，另外還有比前面更甚的情況，相當於「～だけでなく」。

1 先生に叱られた上、家に帰ってから両親にまた叱られた。
不但被老師責罵，回到家後又挨爸媽罵了。

➡ 例句

2 犬を３匹飼っている上、猫も２匹いる。
不只養了三隻狗，連貓都有兩隻。

3 夫はとても真面目な上に、酒もたばこもやりません。
外子不但個性認真，而且不菸不酒。

4 主婦は、家事の上に育児もしなければなりません。	家庭主婦不僅要做家事，而且還要帶孩子。
5 この部屋は、眺めがいい上に清潔です。	這房子不僅景觀好，而且很乾淨。

～うえで（の）

「在…之後」、「…以後…」、「之後（再）…」。

➡【動詞連用形た；名詞の】＋上で（の）。表示兩動作間時間上的先後關係。表示先進行前一動作，後面再根據前面的結果，採取下一個動作，相當於「～てから」，如例（1）、（2）；【動詞連體形；名詞の】＋上で（の）。表示做某事是為了達到某種目的，用於陳述重要事項、注意要點，如例（3）、（4）；【動詞連體形】＋上で（の）。表示進行前者的過程中，發生後者，如例（5）。

1 相談の上で、条件を決めましょう。
協商之後，再來決定條件吧！

➡ 例句

2 話し合った上での結論ですから、尊重します。	既然這是大家商量之後得出的結論，我會予以尊重。
3 誠実であることは、生きていく上で大切だ。	秉持誠實是人生的重要操守。
4 工藤から、海外赴任の上でのアドバイスをもらった。	工藤給了我關於轉調國外工作時的建議。
5 日本語を学ぶ上で、投げ出したくなることもあった。	在學日文的時候，不免會遇到想要放棄的狀況。

2-13

～うえは

「既然…」、「既然…就…」。

➡【動詞連體形】＋上は。前接表示某種決心、責任等行為的詞，後續表示必須採取跟前面相對應的動作。後句是說話人的判斷、決定或勸告。有接續助詞作用。相當於「～以上」、「～からは」。

1 会社をクビになった上は、屋台でもやるしかない。
既然被公司炒魷魚，就只有開路邊攤了。

➡ 例句

2 やると決めた上は、最後までやり抜きます。	既然決定要做了，就會堅持到最後一刻。
3 新しい商品を販売する上は、商品について勉強するのは当たり前です。	既然要銷售新產品，那麼當然就得學習產品知識。
4 試合に出ると言ってしまった上は、トレーニングをしなければなりません。	既然說要參加比賽，那就得練習了。
5 こうなった上は、みんなの力を合わせて頑張るしかない。	事到如今，就只有結集大家的力量加油了。

～うではないか、ようではないか

「讓…吧」、「我們（一起）…吧」。

➡【動詞意向形】＋うではないか、ようではないか。表示提議或邀請對方跟自己共同做某事，或是一種委婉的命令，常用在演講上，是稍微拘泥於形式的說法，一般為男性使用，相當於「（一緒に）～しようよ」，如例（1）～（4）；口語常說成「～うじゃないか、ようじゃないか」，如例（5）。

1 皆で協力して困難を乗り越えようではありませんか。
讓我們同心協力共度難關吧！

➡ 例句

2	たいへんだけれど、がんばろうではないか。	雖然很辛苦，我們就加油吧！
3	かかった費用を、会社に請求しようではないか。	花費的費用，就跟公司申請吧！
4	今一度考え直してみようではないか。	現在讓我們重新好好考慮吧！
5	彼らの意見も、尊重しようじゃないか。	我們也尊重一下他們的意見吧！

● ～うる、える

「可能」、「能」、「會」。

➡【動詞連用形】＋得る。表示可以採取這一動作，有發生這種事情的可能性，有接尾詞的作用，相當於「～できる、～の可能性がある」，如例（1）～（3）；如果是否定形（只有「～えない」，沒有「～うない」），就表示不能採取這一動作，沒有發生這種事情的可能性，如例（4）、（5）。

1 コンピューターを使えば、大量のデータを計算し得る。
利用電腦，就能統計大量的資料。

➡ 例句

2	どんなことでもあり得るのが今日の科学の力だ。	現在的科學力量就是無奇不有。

3 Ａ銀行とＢ銀行が合併ということもあり得るね。

Ａ銀行跟Ｂ銀行合併一案，也是有可能的。

4 そんなひどい状況は、想像し得ない。

那種慘狀，真叫人難以想像。

5 その環境では、生物は生存し得ない。

那種環境讓生物難以生存。

～おり（に／には）、おりから

「…的時候」、「正值…之際」。

➡【體言の；用言連體形】＋折（に／には）。「折」是流逝的時間中的某一個時間點，表示機會、時機的意思，如例（1）～（3）；【動詞・形容詞連體形；名詞の】＋折から。「折から」大多用在書信中，表示季節、時節的意思，先敘述此天候不佳之際，後面再接請對方多保重等關心話，如例（4）。由於屬於較拘謹的書面語，有時會用古語形式，如例（4）的「厳しき」。兩者說法都很鄭重、客氣。

1 先生には３年前に帰国した折、お会いしたきりですね。
跟老師最後一次見面，是在三年前回國的時候了。

➡ 例句

2 この喫茶店は、学生だった折に行きつけだった店です。

這家咖啡廳就連學生也時常上門光顧。

3 北海道へお越しの折には、ぜひお知らせください。

若您恰巧前來北海道，請務必通知一聲。

4 寒さ厳しき折から、お風邪など召しませんよう、お気を付けください。

時序進入嚴寒冬季，請格外留意勿受風寒。

N2

N2 日語文法・句型詳解

● ～か～まいか

「要不要…」、「還是…」。

➡【動詞意向形＋う】＋か＋【五段動詞辭書形；上一・下一動詞未然形；サ變・力變動詞未然形・終止形】＋まいか。表示說話者在迷惘是否要做某件事情，後面可以接「悩む」、「迷う」等動詞。

1 博士を取って、学者になろうかなるまいか。
要不要拿博士、當學者呢？

➡ 例句

2 次のＮ２の試験、受けようか受けまいか、悩むなあ。
下次的Ｎ２考試，要參加還是不要參加，好煩惱啊。

3 受かったら日本に留学しようかすまいか、どうしようかな あ。
考上後要不要去日本留學呢？該怎麼辦才好？

4 日本の大学を卒業したら、大学院に行こうか行くまいか、迷うなあ。
從日本的大學畢業後，要不要唸研究所，好猶豫啊。

● ～かいがある、かいがあって

「總算值得」、「有了代價」、「不枉…」。

➡【動詞連體形；體言の】＋かいがある、かいがあって。表示辛苦做了某件事情而有了正面的回報，或是得到預期的結果。有「好不容易」的語感。

1 おいしいコロッケ食べられて、２時間待ったかいがあった。
能吃到好吃的可樂餅，等了兩個鐘頭總算值得。

➡ 例句

2 いい場所が取れて、朝早く来たかいがあった。	能佔到好地點，一大早就過來總算值得。
3 一日も休まず勉強したかいがあって、志望の大学に合格できた。	不枉費我每天不間斷地讀書，總算考上了想唸的大學。
4 努力したかいがあって、きれいにやせることができました。	努力總算有了代價，漂亮地瘦下來了。

N2

● ～がい

「有意義的…」、「值得的…」、「…有回報的」。

➡【動詞連用形】＋がい。表示做這一動作是值得、有意義的。也就是付出是有所回報，能得到期待的結果的。多接意志動詞。意志動詞跟「がい」在一起，就構成一個名詞。後面常接「(の／が／も) ある」，表示做這動作，是值得、有意義的。

1 やりがいがあると仕事が楽しく進む。
只要是值得去做的工作，做起來便會得心應手。

➡ 例句

2 子どもたちが生き生きした顔で聞いてくれるので、話しがいがあります。	孩子們都滿臉興味盎然地聆聽著，不枉費花工夫說給他們聽。
3 みんなおいしそうに食べてくれるから、作りがいがあります。	就因為大家總是吃得津津有味，才覺得辛苦烹調很值得。
4 どうせ働くなら、働きがいのある職に就きたいものです。	反正總是得去上班，因此我想從事值得付出的工作。

5 この子は私の生きがいです。 | 這孩子是我存活的意義。

2-14

～かぎり（は／では）

「只要…」;「據…而言」。

➔【動詞連體形；體言の】＋限り（は／では）。表示在前項的範圍內，後項便能成立，相當於「～の範囲内で」，如例（1）、（2）；憑自己的知識、經驗等有限範圍做出判斷，或提出看法，常接表示認知行為如「知る（知道）、見る（看見）、聞く（聽說）」等動詞後面，如例（3）、（4）；表示在前提下，說話人陳述決心或督促對方做某事，如例（5）。

1 太陽が東から昇る限り、私は諦めません。
只要太陽依然從東邊升起，我就絕不放棄。

➔ 例句

2 天と地がひっくり返らない限りは、諦める必要なんかない。 | 只要天地沒有顛倒過來，就沒有必要放棄。

3 テレビ欄を見た限りでは、今日は面白い番組はありません。 | 就我所看到的電視節目表，今天沒有有趣的節目。

4 今回の調査の限りでは、景気はまだ回復しているとはいえない。 | 就今天的調查結果而言，還無法斷定景氣已經復甦。

5 やると言った限りは、必ずやる。 | 既然說要做了，就言出必行。

～かぎり

「盡…」、「竭盡…」；「以…為限」、「到…為止」。

➡【動詞辭書形；名詞の】＋限り。表示可能性的極限，如例（1）～（3）；慣用表現「～の限りを尽くす」為「耗盡、費盡」等意，如例（4）；表示時間或次數的限度，如例（5）。

1 できる限りのことはした。あとは運を天にまかせるだけだ。
我們已經盡全力了。剩下的只能請老天保佑了。

➡ 例句

2 見渡す限り、青い海と空ばかりだ。	放眼望去，一片湛藍的海天連線。
3 力の限り戦ったが、惜しくも敗れた。	雖然已奮力一戰，卻飲恨敗北了。
4 ぜいたくの限りを尽くした王妃も、最期は哀れなものだった。	就連那位揮霍無度的王妃，到了臨死前也令人掬一把同情淚。
5 今日限りで引退します。ファンの皆さん、今までありがとう！	我將在今天息影。感謝各位影迷一路以來的支持與愛護！

～がたい

「難以…」、「很難…」、「不能…」。

➡【動詞連用形】＋がたい。表示做該動作難度非常高，幾乎是不可能，或者即使想這樣做也難以實現，一般多用在抽象的事物，為書面用語，相當於「～するのが難しい」。

1 お年寄りを騙して金を奪うなんて、全く許しがたい。
竟然向老人家騙錢，實在不可原諒！

例句

2 前回はいいできとは言いがたかったけれども、今回はよく書けているよ。	雖然上一次沒辦法說做得很棒，但這回寫得很好喔！
3 想像しがたくても、これは実際に起こったことだ。	儘管難以想像，這卻是真實發生的事件。
4 これは私にとって忘れがたい作品です。	這對我而言，是件難以忘懷的作品。
5 その条件はとても受け入れがたいです。	那個條件叫人難以接受。

～かとおもうと、かとおもったら

「剛一…就…」、「剛…馬上就…」。

【動詞連用形た】＋かと思うと、かと思ったら。表示前後兩個對比的事情，在短時間內幾乎同時相繼發生，後面接的大多是說話人意外和驚訝的表達。相當於「～した後すぐに」。

1 泣いていたかと思うと突然笑い出して、変なやつだ。
還以為她正在哭，沒想到突然又笑了出來，真是個怪傢伙！

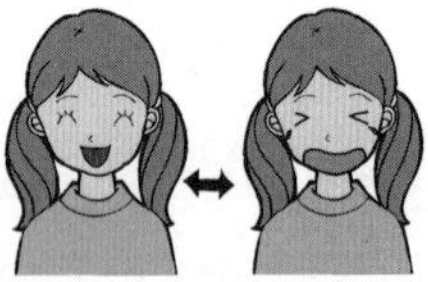

➡ 例句

2 政府の方針は、決まったかと思うと、すぐに変更になる。
政府的方針才剛決定，馬上就又變更了。

3 アメリカから帰ってきたかと思ったら、また中国に出張に行った。
才剛從美國回來，馬上就到中國出差去了。

4 空が暗くなったかと思ったら、大粒の雨が降ってきた。
天空才剛暗下來，就下起了大雨。

5 花子は結婚したかと思うと、１週間で離婚した。
才想說花子結婚了，沒想到一個星期就離婚了。

N2

● ～か～ないかのうちに

「剛剛…就…」､「一…（馬上）就…」。

➡【動詞終止形】＋か＋【同一動詞未然形】＋ないかのうちに。表示前一個動作才剛開始，在似完非完之間，第二個動作緊接著又開始了。相當於「～すると、同時に」。

1 試合が開始するかしないかのうちに、１点取られてしまった。
比賽才剛開始，就被得了一分。

➡ 例句

2 インタビューを始めるか始めないかのうちに、首相は怒り始めた。
採訪才要開始，首相就生起氣來了。

3 彼は、サッカー選手を引退するかしないかのうちに、タレントになった。
他才剛從足球職業選手引退，就當起藝人來了。

4 チャイムが鳴(な)るか鳴(な)らないかのうちに、先生(せんせい)が教室(きょうしつ)に入(はい)ってきた。	鈴聲才要響起，老師就進教室了。
5 別(わか)れて2時間(じかん)経(た)ったか経(た)たないかのうちに、彼女(かのじょ)からまたメールが来(き)た。	才剛分開兩小時，她又傳簡訊來了。

～かねない

「很可能…」、「也許會…」、「説不定將會…」。

➡【動詞連用形】＋かねない。「かねない」是接尾詞「かねる」的否定形。表示有這種可能性或危險性。有時用在主體道德意識薄弱，或自我克制能力差等原因，而有可能做出異於常人的某種事情，一般用在負面的評價，相當於「～する可能性がある、～するかもしれない」。

1 二股(ふたまた)かけてたって？　森村(もりむら)なら、やりかねないな。
聽說他劈腿了？森村那個人，倒是挺有可能做這種事哦。

➡ 例句

2 こんな生活(せいかつ)をしていると、体(からだ)を壊(こわ)しかねませんよ。	要是再繼續過這種生活，說不定會把身體弄壞的哦。
3 そんなむちゃな。命(いのち)にかかわることにもなりかねないじゃないか。	哪有人這樣亂來的啊！說不定會沒命的耶！
4 あいつなら、そんなでたらめも言(い)いかねない。	那傢伙的話就很可能會信口胡說。
5 あんなにスピードを出(だ)しては事故(じこ)も起(お)こしかねない。	開那麼快，很可能會出事故的。

2-15

～かねる

「難以…」、「不能…」、「不便…」。

➡【動詞連用形】＋かねる。表示由於心理上的排斥感等主觀原因，或是道義上的責任等客觀原因，而難以做到某事，相當於「ちょっと～できない、～しにくい」，如例（1）～（4）；「お待ちかね」為「待ちかねる」的衍生用法，表示久候多時，但請注意沒有「お待ちかねる」這種說法，如例（5）。

1 患者(かんじゃ)は、ひどい痛(いた)みに耐(た)えかねたのか、うめき声(ごえ)を上(あ)げた。
病患雖然強忍了劇痛，卻發出了呻吟。

➡ 例句

2 失業(しつぎょう)したことを妻(つま)に言(い)い出(だ)しかねていたが、やはり言(い)わざるを得(え)ない。	雖然不想把失業的事告訴妻子，卻還是不得不說。
3 申(もう)し訳(わけ)ありませんが、私(わたし)ではお答(こた)えしかねます。	真是抱歉，我不便回答。
4 もたもたしていたら、見(み)るに見(み)かねて福田(ふくだ)さんが親切(しんせつ)に教(おし)えてくれた。	瞧我做得拖拖拉拉的，看不下去的福田小姐很親切地教了我該怎麼做。
5 じゃーん。お待(ま)ちかねのケーキですよ。	來囉！望眼欲穿的蛋糕終於來囉！

～かのようだ

「像…一樣的」、「似乎…」。

➡【用言終止形】＋かのようだ。由終助詞「か」後接「…のようだ」而成。將事物的狀態、性質、形狀及動作狀態，比喻成比較誇張的、具體的，或比較容易瞭解的其他事物，經常以「～かのように＋動詞」的形式出現，相當於「まるで～ようだ」，如例（1）、(2)；常用於文學性描寫，如例（3）、(4)；後接名詞時，用「～かのような＋名詞」，如例（5）。

1 母は、何も聞いていないかのように、「お帰り」と言った。
媽媽裝作什麼都沒聽說的樣子，只講了一句「回來了呀」。

➡ 例句

2 その会社は、輸入品を国産であるかのように見せかけて売っていた。 | 那家公司把進口商品偽裝成國產品販售。

3 池には蓮の花が一面に咲いて、極楽浄土に来たかのようです。 | 池子裡開滿了蓮花，宛如來到了極樂淨土。

4 暖かくて、まるで春が来たかのようだ。 | 暖烘烘地，好像春天來到似地。

5 この村では、中世に戻ったかのような生活をしています。 | 這個村子，過著如同回到中世紀般的生活。

●～からこそ

「正因為…」、「就是因為…」。

➡【動詞・形容詞普通形；體言だ；形容動詞だ】＋からこそ。表示說話者主觀地認為事物的原因出在何處，並強調該理由是唯一的、最正確的、除此之外沒有其他的了，如例（1）、（2）；後面常和「のだ」合用，如例（3）～（5）。

1 交通が不便だからこそ、豊かな自然が残っている。
正因為那裡交通不便，才能夠保留如此豐富的自然風光。

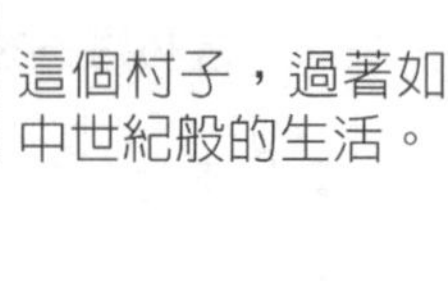

➡ 例句

2 夫婦というのは、仲がいいからこそ、けんかもするものだ。
所謂的夫妻，就是因為感情好，才會吵架。

3 君がかわいいからこそ、いじめたくなるんだ。
正因為妳很可愛，才讓我不禁想欺負妳。

4 君にだからこそ、話すんです。
正因為是你，所以我才要說。

5 精一杯努力したからこそ、第一志望に合格できたのだ。
正因為盡全力地用功，才能考上第一志願。

N 2

● ～からして

「從…來看…」。

➡【體言】＋からして。表示判斷的依據。後面多是消極、不利的評價。相當於「～だけを考えても」。

1 あの態度からして、女房はもうその話を知っているようだな。
從那個態度來看，我老婆已經知道那件事了。

➡ 例句

2 観測データからして、もうすぐあの火山は噴火しそうだ。
從觀測數據資料來看，那座火山似乎就要噴發了。

3 確率からして、くじに当たるのは難しそうです。
從機率來看，要中彩券似乎是很難的。

4 いつもの行動（こうどう）からして、父（ちち）は今頃（いまごろ）飲（の）み屋（や）にいるでしょう。 | 從以往的行動模式來看，爸爸現在應該在小酒店吧！

～からすれば、からすると

「從…來看」、「從…來說」。

➡【體言】＋からすれば、からすると。表示判斷的觀點，相當於「～から考えると」，如例（1）～（3）；又，表示判斷的根據，如例（4）、（5）。

1 親（おや）からすれば、子（こ）どもはみんな宝（たから）です。
對父母而言，小孩個個都是寶。

➡ 例句

2 信者（しんじゃ）からすれば、この行事（ぎょうじ）には深（ふか）い意味（いみ）があるのです。 | 對信徒而言，這個慶典有很深遠的意義。

3 プロからすると、私（わたし）たちの野球（やきゅう）はとても下手（へた）に見（み）えるでしょう。 | 從職業的角度來看，我們的棒球應該很差吧！

4 あの人（ひと）の成績（せいせき）からすれば、合格（ごうかく）は厳（きび）しいでしょう。 | 從他的成績來看，大概很難考上吧！

5 あの汚（よご）れ具合（ぐあい）からすると、全然洗濯（ぜんぜんせんたく）していないらしい。 | 照那種髒法來看，好像完全沒有洗過的樣子。

● ～からといって

「（不能）僅因…就…」、「即使…，也不能…」等；「説是（因為）…」。

➔【用言終止形】＋からといって。表示不能僅僅因為前面這一點理由，就做後面的動作，後面常接否定的說法，相當於「～という理由があっても」，如例（1）～（3）；口語中常用「～からって」，如例（4）；又，表示引用別人陳述的理由，如例（5）。

1 読書が好きだからといって、一日中読んでいたら体に悪いよ。
即使愛看書，但整天抱著書看對身體也不好呀！

➔ 例句

2	勉強ができるからといって偉いわけではありません。	即使會讀書，不代表就很了不起。
3	負けたからといって、いつまでもくよくよしてはいけない。	就算是吃了敗仗，也不能總是一直垂頭喪氣的。
4	友達の友達だからって、別にお前と友達じゃない。	就算你是我朋友的朋友，但並不代表我和你就是朋友。
5	仕事があるからといって、彼は途中で帰った。	說是有工作，他中途就回去了。

N2

● ～からみると、からみれば、からみて（も）

「從…來看」、「從…來說」；「根據…來看…的話」。

➔【體言】＋から見ると、から見れば、から見て（も）。表示判斷的角度，也就是「從某一立場來判斷的話」之意，相當於「～からすると」，如例（1）、（2）；表示判斷的依據，如例（3）～（5）。

1 子どもたちから見れば、お父さんは神様みたいなものよ。
在孩子的眼中，爸爸就像天上的神唷。

➡ 例句

2 夫は、妻である私から見てもハンサムなんです。 | 即便以我這個做太太的看來，我先生真的長得很帥。

3 あの様子から見れば、彼は相当疲れているらしい。 | 從那個樣子來看，他似乎很疲倦。

4 顔つきから見て、津田さんは告げ口したのは私だと思っているらしい。 | 從表情看來，津田先生好像以為是我去打小報告的。

5 雲の様子から見ると、もうじき雨が降りそうです。 | 從雲的形狀看起來，好像快要下雨了。

2-16

～きり～ない

「…之後，再也沒有…」、「…之後就…」。

➡【動詞過去式】＋きり～ない。後面接否定的形式，表示前項的動作完成之後，應該進展的事，就再也沒有下文了。

1 彼女とは一度会ったきり、その後会ってない。
跟她見過一次面以後，就再也沒碰過面了。

➡ 例句

2 彼は金を借りたきり、返してくれない。 | 他錢借了後，就沒還過。

3 兄は出ていったきり、もう５年も帰ってこない。

哥哥離家之後，已經五年沒回來了。

4 今朝コーヒーを飲んだきりで、その後何も食べていない。

今天早上，只喝了咖啡，什麼都沒吃。

5 父は脳梗塞で倒れたきり、身の回りのことが自分でできなくなってしまった。

父親因腦中風而臥病之後，就變得無法自理日常起居了。

～くせして

「只不過是…」、「明明只是…」、「卻…」。

➡【動詞・形容詞普通形；體言の；形容動詞詞幹な】＋くせして。表示後項出現了從前項無法預測到的結果，或是不與前項身分相符的事態。帶有輕蔑、嘲諷的語氣。可以替換成「くせに」。

1 ブスで頭も悪いくせして、かっこうよくて金持ちの男と付き合いたがっている。

明明又醜又笨，卻想和帥氣多金的男人交往。

➡ 例句

2 まだ子どものくせして、生意気なことを言うな。

只不過還是個孩子，少說些狂妄的話。

3 新入社員のくせして、社長に向かって言葉遣いが悪い。

只不過是個新進員工，卻對社長用詞隨便。

4 いつも人に金を借りているくせして、あんな高級車に乗るなんて。

明明就老是在跟別人借錢，卻能搭那種高級轎車。

N2 日語文法・句型詳解

～げ

「…的感覺」、「好像…的樣子」。

➡【形容詞・形容動詞詞幹；動詞連用形；體言】＋げ。表示帶有某種樣子、傾向、心情及感覺。書寫語氣息較濃。相當於「～そう」，但要注意「かわいげ」與「かわいそう」兩者意思完全不同。

1 かわいげのない女は嫌いだ。
我討厭不可愛的女人。

➡ 例句

2 老人は寂しげに笑った。｜老人寂寞地笑著。

3 その女性は恨めしげな様子でした。｜那女子一副憎恨的樣子。

4 伊藤くんが、自信ありげな表情で手を上げました。｜伊藤露出自信滿滿的神情，舉起了手。

～ことから

「…是由於…」；「從…來看」、「因為…」。

➡【用言連體形】＋ことから。用於說明命名的由來，如例（1）；表示後項事件因前項而起，如例（2）；根據前項的情況，來判斷出後面的結果或結論，也可表示因果關係，如例（3）～（5）。

1 日本は、東の端に位置することから「日の本」という名前が付きました。
日本是由於位於東邊，所以才將國號命名為「日之本」（譯注：意指太陽出來的地方。）

➡ 例句

2 つまらないことから大(おお)げんかになってしまいました。
從雞毛蒜皮小事演變成了一場大爭吵。

3 今日(きょう)負(ま)けたことから、そのチームの優勝(ゆうしょう)はかなり難(むずか)しくなったと言(い)える。
從今天落敗的結果來看，可以說那支隊伍想要取得優勝已經相當困難了。

4 顔(かお)がそっくりなことから、双子(ふたご)だと分(わ)かった。
因為長得很像，所以知道是雙胞胎。

5 電車(でんしゃ)が通(とお)ったことから、不動産(ふどうさん)の値段(ねだん)が上(あ)がった。
自從電車通車了以後，房地產的價格就上漲了。

● ～ことだから

「因為是…，所以…」。

➡【體言の】＋ことだから。表示自己判斷的依據。主要接表示人物的詞後面，前項是根據說話雙方都熟知的人物的性格、行為習慣等，做出後項相應的判斷，近似「～ことから」，相當於「～だから、たぶん」，如例（1）～（3）；表示理由，由於前項狀況、事態，後項也做與其對應的行為，如例（4）、（5）。

1 あなたのことだから、きっと夢(ゆめ)を実現(じつげん)させるでしょう。
因為是你，所以一定可以讓夢想實現吧！

➡ 例句

2 責任感(せきにんかん)の強(つよ)い彼(かれ)のことだから、役目(やくめ)をしっかり果(は)たすだろう。
因為是責任感強的他，所以一定能完成使命吧！

3 健介(けんすけ)のことだ。心配(しんぱい)しなくても大丈夫(だいじょうぶ)だろう。（＝健介(けんすけ)のことだから、～）
健介機靈得很！我想應該不必為他擔心吧。

4 月もきれいなことですから、歩いて帰りませんか。　既然月色也那麼美，要不要散步回家呢？

5 いつものことですから、どうぞお構いなく。　這是常有的事，請不必費心。

～ことに（は）

「令人感到…的是…」。

➡【用言連體形】＋ことに（は）。接在表示感情的形容詞或動詞後面，表示說話人在敘述某事之前的心情。書面語的色彩濃厚。相當於「なんとも～だが」。

1 うれしいことに、仕事はどんどん進みました。
高興的是，工作進行得很順利。

➡ 例句

2 残念なことに、この区域では携帯電話が使えない。　可惜的是，這個區域不能使用手機。

3 驚いたことに、町はたいへん発展していました。　令人驚訝的是，城鎮蓬勃地發展了起來。

4 ありがたいことには、奨学金がもらえることになった。　令人高興的是，可以領到獎學金。

5 悔しいことには、僅か１点差で負けてしまった。　最令人不甘心的是，僅僅以一分之差就輸了。

～こと（も）なく

「不…」、「不…（就）…」、「不…地…」。

➡【動詞連體形】＋こと（も）なく。表示從來沒有發生過某事。書面語感強烈。作用近似「～ず」、「～ないで」。

1 立(た)ち止(ど)まることなく、未来(みらい)に向(む)かって歩(ある)いていこう。
不要停下腳步，朝向未來邁進吧！

➡ 例句

2	この工場(こうじょう)は、24時間(じかん)休(やす)むことなく製品(せいひん)を供給(きょうきゅう)できます。	這個工廠，可以二十四小時無休地提供產品。
3	あなたなら、誰(だれ)にも頼(たよ)ることなく仕事(しごと)をやっていけるでしょう。	要是你的話，工作可以不依賴任何人吧！
4	ロボットは24時間(じかん)休(やす)むことなく働(はたら)いている。	機器人二十四小時無休地工作。
5	あの人(ひと)は、振(ふ)り返(かえ)ることもなく行(い)ってしまった。	那個人連頭也沒回，就走掉了。

2-17

～ざるをえない

「不得不…」、「只好…」、「被迫…」。

➡【動詞未然形】＋ざるを得ない。「ざる」是「ず」的連體形。「得ない」是「得る」的否定形。表示除此之外，沒有其他的選擇。有時也表示迫於某壓力或情況，而違背良心地做某事，相當於「～しなければならない」，如例（1）～（3）；表示自然而然產生後項的心情或狀態，如例（4）；前接サ行變格動詞要用「～せざるを得ない」，如例（5）（但也有例外，譬如前接「愛する」，要用「愛さざるを得ない」）。

N2

1 不景気でリストラを実施せざるを得ない。
由於不景氣，公司不得不裁員。

➡ 例句

2 こんな結果になってしまい、残念と言わざるを得ない。	事情演變到這樣的結果，不得不說非常遺憾。
3 いくら好きでも、両親にこれだけ反対されては諦めざるを得ません。	就算再怎麼兩情相悅，既然父母徹底反對，也就不得不放棄這段戀情。
4 これだけ説明されたら、信じざるを得ない。	都解釋這麼多了，叫人不信也不行了。
5 香川雅人と上戸はるかが主役となれば、これは期待せざるを得ませんね。	既然是由香川雅人和上戶遙擔綱主演，這部戲必定精采可期！

● ～しだい

「要看…如何」;「馬上…」、「一…立即」、「…後立即…」。

➡【動詞連用形】＋次第。表示某動作剛一做完，就立即採取下一步的行動，或前項必須先完成，後項才能夠成立。跟「～するとすぐ」意思相同。

1 詳しいことは、決まり次第ご連絡します。
詳細內容等決定以後再與您聯繫。

➡ 例句

2 大学を卒業し次第、結婚します。	等大學畢業以後就結婚。
3 病 院の部屋が空き次第、入院することになった。	等病房空出來以後，就去住院了。

4 雨が止み次第、出発しましょう。 | 雨一停就馬上出發吧！

5 バリ島に着き次第、電話します。 | 一到巴里島，馬上打電話給你。

● ～しだいだ、しだいで（は）

「全憑…」、「要看…而定」、「決定於…」。

➡【體言】＋次第だ、次第で（は）。表示行為動作要實現，全憑「次第だ」前面的名詞的情況而定，相當於「～によって決まる」、「～で左右される」，如例（1）～（4）；「地獄の沙汰も金次第」為相關諺語，如例（5）。

1 今度の休みに温泉に行けるかどうかは、お父さんの気分次第だ。

這次假期是否要去溫泉旅遊，一切都看爸爸的心情。

➡ 例句

2 合わせる小物次第でオフィスにもデートにも着回せる便利な１着です。 | 依照搭襯不同的配飾，這件衣服可以穿去上班，也可以穿去約會，相當實穿。

3 まずそう言ってみて、その後どうするかは相手の出方次第だ。 | 先這樣說說看，之後該怎麼做就看對方如何出招了。

4 成り行き次第では、私が司会をすることになるかもしれません。 | 端看事態的發展，或許將由我擔任司儀。

5 「犯人が保釈されたんだって？」「『地獄の沙汰も金次第』ってことだよ」。 | 「什麼？凶手交保了？」「這就是所謂的『有錢能使鬼推磨』啊！」

N2

～しだいです

「由於…」、「才…」、「所以…」。

➡【動詞普通形】＋次第です。解釋事情之所以會演變成如此的原由。是書面用語，語氣生硬。

1 そういうわけで、今の仕事に就いた次第です。
因為有這樣的原因，才從事現在的工作。

➡ 例句

2	取り急ぎ御礼申し上げたく、メール差し上げた次第です。	由於急著想向您道謝，所以寄電子郵件給您。
3	本件はたいへん重要だと存じますので、ご報告申し上げた 次第です。	深知此事事關重大，所以才向您報告。
4	100万円ほど貸していただきたく、お願いする次第です。	想向您借一百萬日圓左右，拜託您了。

～じょう（は／では／の／も）

「從…來看」、「出於…」、「鑑於…上」。

➡【體言】＋上（は／では／の／も）。表示就此觀點而言，相當於「～の方面では」。

1 その話は、ネット上では随分前から騒がれていた。
那件事，在網路上從很早以前就鬧得沸沸揚揚了。

➡ 例句

2 おかしいなあ。計算上は、壊れるはずないんだけどなあ。
好奇怪喔，就計算數據來看，不應該會壞掉啊？

3 予算の都合上、そこは我慢しよう。
依照預算額度，那部分只好勉強湊合了。

4 たばこは、健康上の害が大きいです。
香菸對健康會造成很大的傷害。

5 スケジュール上も、その日に会議を開くのはちょっと厳しいです。
即使是以已排定的行程來看，那天恐怕也擠不出時間開會。

● ～すえ（に／の）

「經過…最後」、「結果…」、「結局最後…」。

➡【體言】＋の末（に／の）。【動詞過去式】＋た末（に／の）。表示「經過一段時間，最後…」之意，是動作、行為等的結果，意味著「某一期間的結束」，為書面語，後接名詞時，用「～末の＋名詞」。

1 別れる別れないと大騒ぎをした末、結局 彼らは仲良くやっている。
一下要分手，一下不分手的鬧了老半天，結果他們又和好如初了。

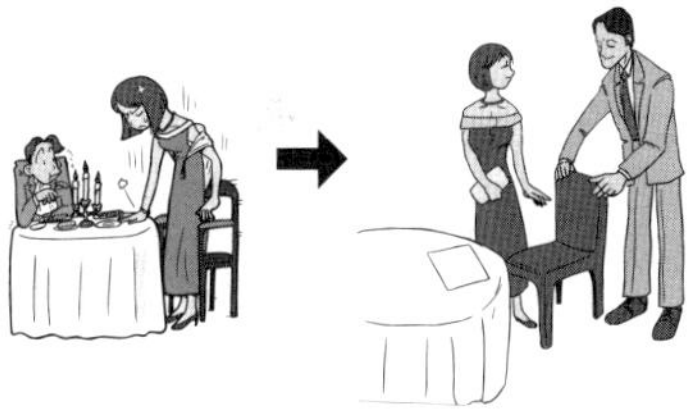

➡ 例句

2 悩んだ末に、会社を辞めることにした。
煩惱了好久，到最後決定辭去工作了。

3 この古代国家は、政治の混乱のすえに、滅亡した。
這個古代國家，政局混亂的結果，最後滅亡了。

4 悩んだ末の結論ですから、後悔はしません。
這是經過苦思之後做出的結論，不會後悔。

5 来月の末にお店を開けるように、着々と準備を進めている。
為了趕及下個月底開店，目前正在積極籌備當中。

～ずにはいられない

「不得不…」、「不由得…」、「禁不住…」。

➡【動詞未然形】＋ずにはいられない。表示自己的意志無法克制，情不自禁地做某事，為書面用語，相當於「～ないでは我慢できない」，如例（1）；用於反詰語氣（以問句形式表示肯定或否定），不能插入「は」，如例（2）；表示動作行為者無法控制所呈現自然產生的情感或反應等，如例（3）～（5）。

1 気になって、最後まで読まずにはいられない。
由於深受內容吸引，沒有辦法不讀到最後一個字。

➡ 例句

2 出向させられることになった。これが酒でも飲まずにいられるか。
我被公司外派了。這教我怎能不借酒澆愁呢？

3 あの映画のラストシーンは感動的で、泣かずにはいられなかった。
那電影的最後一幕很動人，讓人不禁流下眼淚。

4 君のその輝く瞳を見ると、愛さずにはいられないんだ。
看到妳那雙閃亮的眼眸，教人怎能不愛呢？

5 あまりにも無残な姿に、目をそむけずにはいられなかった。
那慘絕人寰的狀態，實在讓人目不忍視。

2-18

～そうにない、そうもない

「不可能…」、「根本不會…」。

➔【動詞ます形；動詞可能形詞幹】＋そうにない、そうもない。表示說話者判斷某件事情發生的機率很低，或是沒有發生的跡象。

1 明日（あした）はいよいよ出発（しゅっぱつ）だ。今夜（こんや）はドキドキして眠（ねむ）れそうにない。
明天終於要出發了。今晚興奮到睡不著。

➔ 例句

2	あんなにすてきな人（ひと）に、「好（す）きです」なんて言（い）えそうにないわ。	我是不可能對那麼出色的人說「我喜歡你」的。
3	昨日（きのう）からずっと雨（あめ）が降（ふ）っているが、まだやみそうにない。	從昨天開始就一直在下雨，這雨看來還不會停。
4	こんなに難（むずか）しい仕事（しごと）は、私（わたし）にはできそうもありません。	這麼困難的工作，我根本就辦不到。

N2

～だけあって

「不愧是…」；「也難怪…」。

➔【用言連體形；體言】＋だけあって。表示名實相符，後項結果跟自己所期待或預料的一樣，一般用在積極讚美的時候。副助詞「だけ」在這裡表示與之名實相符。相當於「～にふさわしく」。

1 この辺（へん）は、商業（しょうぎょう）地域（ちいき）だけあって、とてもにぎやかだ。
這附近不愧是商業區，相當熱鬧。

例句

2 百科辞典というだけあって、何でも載っている。	不愧是百科辭典，內容什麼都有。
3 プロを目指しているだけあって、歌がうまい。	不愧是立志成為專業歌手的人，歌唱得真好！
4 高いだけあって、食品添加物や防腐剤は一切含まれていません。	到底是價格高昂，裡面完全不含任何食品添加物或防腐劑。

～だけでなく

「不只是…也…」、「不光是…也…」。

【用言連體形；體言】＋だけでなく。表示前項和後項兩者皆是，或是兩者都要。

1 あの番組はゲストだけでなく、司会者も大物です。
那個節目不只是來賓，連主持人都是大牌人物。

例句

2 責任は幹部だけでなく、従業員にもある。	責任不只在幹部身上，也在一般員工身上。
3 これはキャリアだけでなく、人生にかかわる問題です。	這不只事關職涯，還是和人生有關的問題。
4 大雨だけでなく、強風による被害も大きかった。	不只是因為大雨，由強風所引起的災情也很嚴重。
5 夫は、殴るだけでなくお金も全部使ってしまうんです。	我先生不但會打我，還把生活費都花光了。

～だけに

「到底是…」、「正因為…，所以更加…」、「由於…，所以特別…」。

➡【用言連體形；體言】＋だけに。表示原因。表示正因為前項，理所當然地才有比一般程度更深的後項的狀況。相當於「～だから」。

1 役者としての経験が長いだけに、演技がとてもうまい。
正因為有長期的演員經驗，所以演技真棒！

➡ 例句

2	彼は政治家としては優秀なだけに、今回の汚職は大変残念です。	正因為他是一名優秀的政治家，所以這次的貪污事件更加令人遺憾。
3	私も以前体調を崩したことがあるだけに、あなたの辛さはよく分かります。	正因為我以前生過大病，所以你的痛苦我特別能理解。
4	有名な大学だけに、入るのは難しい。	正因為是著名的大學，所以特別難進。
5	賞をいただけるなんて、期待していなかっただけに、驚いています。	正因為並未預期會得獎，所以感到很驚訝。

N2

～だけある、だけのことはある

「到底沒白白…」、「值得…」、「不愧是…」、「也難怪…」。

➡【用言連體形；體言】＋だけある、だけのことある。表示與其做的努力、所處的地位、所經歷的事情等名實相符，對其後項的結果、能力等給予高度的讚美，如例（1）～（4）；又，也可用於對事物的負面評價，表示理解前項事態，如例（5）。

1 字がうまいなあ。さすが習字を習っているだけあるね。
你的字真好看啊！不愧是在學書法的人呀！

➡ 例句

2 よく飽きないね。好きなだけのことはある。	你怎麼都不會膩啊？那果真是你打從心底喜歡的事。
3 薬品に詳しいんだね。さすが化学を専攻しただけのことはある。	你對藥品了解得真詳盡呀！不愧是專門研究化學的人！
4 この服はちっとも傷まない。高かっただけのことはあるよ。	這件衣服一點也不會被鉤破！果然有其昂貴的價值呀！
5 5回洗濯しただけで穴が開くなんて、安かっただけあるよ。	只不過洗了五次就破洞了，果然是便宜貨！

● ～だけましだ

「幸好」、「還好」、「好在…」。

➡【動詞、形容詞普通形；形容動詞詞幹な】＋だけましだ。表示情況雖然不是很理想, 或是遇上了不好的事情, 但也沒有差到什麼地步, 或是有「不幸中的大幸」。有安慰人的感覺。

1 たとえ第三志望でも、君は行く大学があるだけましだよ。僕は全部落ちちゃったよ。
就算是第三志願，你有大學能唸已經很幸運了。我全部落榜了呢。

➡ 例句

2 ひどい事故(じこ)にあったけど、命(いのち)があるだけましだよ。	經歷了一場可怕的事故，幸好一條命還在。
3 咳(せき)と鼻水(はなみず)がひどいけど、熱(ねつ)がないだけましだ。	雖然咳嗽和流鼻水的情形很嚴重，但還好沒有發燒。
4 君(きみ)はボーナスがたった1ヶ月分(げつぶん)って文句(もんく)言(い)うけど、出(で)るだけ ましだよ。	雖然你抱怨年終只有一個月，但有年終已經很好了。

● ～たところが

「可是…」、「然而…」。

➡【動詞過去式】＋たところが。這是一種逆接的用法。表示因某種目的作了某一動作，但結果與期待相反之意。後項經常是出乎意料之外的客觀事實。相當於「～のに」。

1 彼(かれ)のために言(い)ったところが、かえって恨(うら)まれてしまった。
為了他好才這麼說的，誰知卻被他記恨。

➡ 例句

2 急(いそ)いで行(い)ってみたところが、まだ誰(だれ)も来(き)ていなかった。	火速趕到一看，誰知一個人都還沒來。
3 高(たか)いお金(かね)を出(だ)して買(か)ったところが、すぐ破(やぶ)れてしまった。	花了大把鈔票買，誰知馬上就破了。
4 あまり期待(きたい)せずに雑誌(ざっし)を発行(はっこう)したところが、とてもよく売(う)れました。	不怎麼被看好的雜誌，發行後卻賣得很好。
5 大(たい)して勉強(べんきょう)しなかったところが、成績(せいせき)は思(おも)ったより悪(わる)くなかった。	雖然沒有使力唸書，但是成績並非想像的差。

2-19

～っこない

「不可能…」、「決不…」。

【動詞連用形】+っこない。表示強烈否定，某事發生的可能性。相當於「～わけはない」、「～はずがない」。一般用於口語。用在關係比較親近的人之間。相當於「絶対に～ない」。

1 こんな長い文章、すぐには暗記できっこないです。
這麼長的文章，根本沒辦法馬上背起來呀！

例句

2 子どもが、そんな難しい方程式を分かりっこないです。	小孩子根本看不懂那麼難的程式呀！
3 彼はデートだから、残業しっこない。	他要去約會，所以根本不可能加班的！
4 どんなに急いだって、間に合いっこないよ。	不管怎麼趕，都不可能趕上的。
5 3億円の宝くじなんて、当たりっこないよ。	高達三億圓的彩金，怎麼可能會中獎呢。

～つつある

「正在…」。

【動詞連用形】+つつある。接繼續動詞後面，表示某一動作或作用正向著某一方向持續發展，為書面用語。相較於「～ている」表示某動作做到一半，「～つつある」則表示正處於某種變化中，因此，前面不可接「食べる、書く、生きる」等動詞。

1 二酸化炭素の排出量の増加に伴って、地球温暖化が進みつつある。
隨著二氧化碳排放量的增加，地球暖化
現象持續惡化。

➡ 例句

2 一生結婚しない人が増えつつある。	一輩子不結婚的人數正持續增加當中。
3 ミサイル発射事件をきっかけに、両国の緊張は高まりつつある。	自從爆發導彈發射事件以來，兩國的緊張情勢逐步攀升。
4 プロジェクトは、新しい段階に入りつつあります。	企劃正往新的階段進行中。
5 経済は、回復しつつあります。	經濟正在復甦中。

N 2

● ～つつ（も）

「儘管…」、「雖然…」；「一邊…一邊…」。

➡【動詞連用形】＋つつ（も）。表示逆接，用於連接兩個相反的事物，相當於的「～のに」、「～にもかかわらず」、「～ながらも」，如例（1）～（3）；表示同一主體，在進行某一動作的同時，也進行另一個動作，如例（4）、（5）。

1 夫に悪いと思いつつも、彼に溺れていったんです。
儘管心裡覺得對不起先生，但還是對情夫無法自拔。

➡ 例句

2 ちょっとだけと言いつつ、たくさん食べてしまった。	我一面說只嚐一點點就好，卻還是吃了一大堆。

3 やらなければならないと思いつつ、今日もできなかった。	儘管知道得要做，但今天還是沒做。
4 彼は酒を飲みつつ、月を眺めていた。	他一邊喝酒，一邊賞月。
5 空に浮かぶ雲を眺めつつ、故郷の家族のことを思った。	一面眺望著天空的浮雲，一面思念著故鄉的家人。

～て（で）かなわない

「…得受不了」、「…死了」。

➡【形容詞連用形】＋てかなわない。【形容動詞詞幹】＋でかなわない。表示情況令人感到困擾或無法忍受。敬體用「～てかなわないです」、「～てかないません」。

1 毎日の生活が退屈でかなわないです。
每天的生活都無聊得受不了。

➡ 例句

2 隣の工事がやかましくてかなわない。	隔壁施工實在是吵死了。
3 今年の夏は、暑くてかないません。	今年夏天熱得受不了。
4 うちの母親は、いつも「勉強、勉強」とうるさくてかなわない。	我媽老是說「讀書、讀書」的，實在是囉嗦死了。
5 このコンピューターは、遅くて不便でかなわない。	這台電腦跑很慢，實在是很不方便。

～てこそ

「只有…才（能）」、「正因為…才…」。

➡【動詞連用形】＋てこそ。由接續助詞「て」後接提示強調助詞「こそ」表示由於實現了前項，從而得出後項好的結果。「てこそ」後項一般接表示褒意或可能的內容。是強調正是這個理由的說法。

1 人は助け合ってこそ、人間として生かされる。
人們必須互助合作才能得到充分的發揮。

➡ 例句

2	目標を達成してこそ、大きな満足感が得られる。	正因為達成目標，才能得到大大的滿足感。
3	英語でも、日本語でも、使ってこそ上達するというものですよ。	無論是英語也好，日語也罷，都要經常練習才會進步喔。
4	家族の理解と支えがあってこそ、仕事に打ち込むことができます。	正因為有家人的體諒和支持，我才能全心全意投入工作之中。
5	ダイエットは、継続してこそ成果が得られる。	減重只有持之以恆，才會有成效。

～て（で）しかたがない、て（で）しょうがない、て（で）しようがない

「…得不得了」。

➡【形容詞・動詞連用形；形容動詞詞幹】＋て（で）しかたがない、て（で）しょうがない、て（で）しようがない。表示心情或身體，處於難以抑制，不能忍受的狀態，為口語表現，相當於「～てならない」、「～てたまらない」、「非常に」。使用頻率依序為：「て（で）しょうがない」、「て（で）しかたがない」、「て（で）しようがない」，其中「～て（で）しょうがない」使用頻率最高，如例（1）～（4）；請注意「～て（で）しようがない」與前者意思相同，發音不同，如例（5）。

1 蚊に刺されたところがかゆくてしかたがない。
被蚊子叮到的地方癢得要命。

➡ 例句

2 父の病気が心配でしょうがない。
我極度擔心父親的病況。

3 彼女のことが好きで好きでしょうがない。
我喜歡她，喜歡到不行。

4 私、もててもててしょうがないの。美しさって罪ね。
我簡直是人見人愛。人長得美真是罪過哪。

5 母からの手紙を読んで、泣けてしようがなかった。
讀著媽媽寫來的信，哭得不能自已。

● ～てとうぜんだ、てあたりまえだ

「難怪…」、「本來就…」、「…也是理所當然的」。

➡【動詞、形容詞連用形】＋て当然だ、て当たり前だ；【形容動詞詞幹】＋で当然だ、で当たり前だ。表示前述事項自然而然地就會導致後面結果的發生，這樣的演變是合乎邏輯的。

1 やせたいからといって食事を一日一食にするなんて、倒れ て当然だ。
雖說想減肥，但一天只吃一餐，難怪會倒下來。

➡ 例句

2 彼は頭がいいから、東大に合格できて当然だ。
他頭腦很好，考上東大也是理所當然。

3 外国語の学習は、時間がかかって当然だ。｜學習外語本來就要花時間。

4 あの人は学生時代ぜんぜん勉強しなかったのだから、仕事がなくて当たり前だ。｜那個人學生時代完全沒在唸書，找不到工作也是理所當然的。

2-20

～て（は）いられない、てられない、てらんない

「不能再…」、「哪還能…」。

➔【動詞連用形】＋て（は）いられない、てられない、てらんない。表示無法維持某個狀態，如例（1）、（2）；「～てられない」為口語說法，是由「～ていられない」中的「い」脫落而來的，如例（3）；「～てらんない」則是語氣更隨便的口語說法，如例（4）。

1 心配で心配で、家でじっとしてはいられない。
擔心得不得了，在家裡根本待不住。

➔ 例句

2 試験も近いから、もう遊んではいられない。｜考試也快到了，哪還能遊玩啊！

3 忙しくて、ゆっくり家族旅行などしてられない。｜好忙，哪有時間悠閒地來個家族旅行什麼的。

4 5年後の優勝なんて待ってらんない。｜等不及五年後要取得冠軍了。

～てばかりはいられない、てばかりもいられない

「不能一直…」、「不能老是…」。

➡【動詞連用形】＋てばかりはいられない、てばかりもいられない。表示不可以過度、持續性地、經常性地做某件事情。

1 忙(いそが)しいからって、部長(ぶちょう)のお誘(さそ)いを断(ことわ)ってばかりはいられない。
雖說很忙碌，但也不能一直拒絕部長的邀約。

➡ 例句

2 妻(つま)の死(し)をいつまでも悲(かな)しんでばかりはいられない。
不能一直為了妻子的去世而悲傷難過。

3 明日(あした)は試験(しけん)があるから、こんなところで遊(あそ)んでばかりはいられない。
明天要考試，不能在這裡一直玩耍。

4 いつまでも親(おや)に甘(あま)えてばかりもいられない。
也不能一直對父母撒嬌。

～てはならない

「不能…」、「不要…」。

➡【動詞連用形】＋てはならない。為禁止用法。表示有義務或責任，不可以去做某件事情。敬體用「～てはならないです」、「～てはなりません」。

1 人(ひと)と違(ちが)ったことをするのを恐(おそ)れてはならない。
不要害怕去做和別人不一樣的事情。

➡ 例句

2 試合(しあい)が終(お)わるまで、一瞬(いっしゅん)でも油断(ゆだん)してはならない。
在比賽結束之前，一刻也不能鬆懈。

3 あの日起こった悲しい出来事を忘れてはならない。	那天發生的遺憾事件可不能忘記。
4 夢がかなうまで諦めてはなりません。	在實現夢想之前不要放棄。
5 この悲惨な体験を、後世に伝えなくてはなりません。	如此悲慘的經驗，非得讓後人知道不可。

～てまで、までして

「到…的地步」、「甚至…」、「不惜…」。

➡【體言】＋までして。表示為了達到某種目的，採取令人震驚的極端行為，或是做出相當大的犧牲，如例（1）、（2）；【動詞連用形】＋てまで。前接動詞時，用「～てまで」，如例（3）～（5）。

1 売春までして男に金を貢いだ。
她不惜賣春賺錢供男人花用。

➡ 例句

2 借金までして家を買わなくてもいい。	沒必要搞到去借錢來買房子！
3 あんな人に頭を下げてまで、会社に残ろうとは思いません。	我不想為了讓自己留在公司裡，還得去向那種人低頭央求。
4 整形手術してまで、美しくなりたいとは思いません。	我沒有想變漂亮想到要整形動刀的地步。
5 映画の仕事は、彼が家出をしてまでやりたかったことなのだ。	從事電影相關工作，是他不惜離家出走也想做的事。

～といえば、といったら

「談到…」、「提到…就…」、「説起…」等，或不翻譯。

➡【體言】＋といえば、といったら。用在承接某個話題，從這個話題引起自己的聯想，或對這個話題進行說明。也可以說「というと」（提到）。

1 京都の名所といえば、金閣寺と銀閣寺でしょう。
提到京都名勝，那就非金閣寺跟銀閣寺莫屬了！

➡ 例句

2 日本の映画監督といえば、やっぱり黒沢明が有名ですね。
說到日本電影的導演，還是黑澤明有名吧。

3 意地悪な人といえば、高校の数学の先生を思い出す。
提到最壞心眼的，就想起高中的數學老師。

4 日本料理といったら、おすしでしょう。
談到日本料理，那就非壽司莫屬了。

5 花嫁修業といったら、家事、料理、礼儀作法などですよね。
所謂的新娘課程，指的是家事、烹飪、禮儀規矩等等吧。

～というと、っていうと

「你説…」；「提到…」、「要説…」、「説到…」。

➡【體言；句子】＋というと、っていうと。用於確認對方的發話內容，說話人再提出疑問、質疑等，如例（1）～（3）；表示承接話題的聯想，從某個話題引起自己的聯想，或對這個話題進行說明，相當於「～といえば」，如例（4）、（5）。

1 堺照之（さかいてるゆき）というと、このごろテレビでよく見（み）かけるあの堺照之（さかいてるゆき）ですか。
你說的那個堺照之，是最近常在電視上看到的那個堺照之嗎？

➡ 例句

2 来週（らいしゅう）っていうと、確（たし）か木曜日（もくようび）は祝日（しゅくじつ）じゃないですか。
你說下星期，可是我記得星期四不是應該放假嗎？

3 会（あ）えないっていうと？そんなにご病気（びょうき）重（おも）いんですか。
說是沒辦法見面？當真病得那麼嚴重嗎？

4 古典芸能（こてんげいのう）というと、やはり歌舞伎（かぶき）でしょう。
提到古典戲劇，就非歌舞伎莫屬了。

5 大人（おとな）っぽいというと、鈴木（すずき）さんでしょうね。
要論成熟呢，那就非鈴木小姐莫屬了。

● ～というものだ

「也就是…」、「就是…」。

➡【動詞連體形；體言】＋というものだ。表示對事物做出看法或批判，是一種斷定說法，近似「～なのだ」，不會有過去式或否定形的活用變化，如例（1）～（4）；「ってもん」是種較草率、粗魯的說法，是先將「という」變成「って」，再接上「もの」轉變的「もん」，如例（5）。

1 とうとう結婚（けっこん）を承知（しょうち）してくれた。待（ま）ったかいがあったというものだ。
她終於答應跟我結婚了。總算不枉我等了那麼久。

➡ 例句

2 コネで採用されるなんて、ずるいというものだ。	透過走後門找到工作，實在是太狡猾了。
3 この事故で助かるとは、幸運というものです。	能在這事故裡得救，算是幸運的了。
4 真冬の運河に飛び込むとは、無茶というものだ。	寒冬跳入運河，是件荒唐的事。
5 地球は自分を中心に回ってるとでも思ってるの？大間違いってもんよ。	他以為地球是繞著他轉的啊？真是錯到底啦！

2-21

～というものではない、というものでもない

「…可不是…」、「並不是…」、「並非…」。

➡【體言；用言終止形】＋というものではない、というものでもない。表示對某想法或主張，不能說是非常恰當，不完全贊成，相當於「～というわけではない」。

1 一流大学を出て一流企業に入れば勝ちというものではない。
不是讀了名校、進入一流公司，就屬於人生勝利組。

➡ 例句

2 結婚すれば幸せというものではないでしょう。	結婚並不代表獲得幸福吧！
3 年上だからといって、いばってよいというものではない。	並不是稍長個幾歲，就可以對人頤指氣使的！

4 才能(さいのう)があれば成功(せいこう)するというものではない。
有才能並非就能成功。

5 思(おも)い続(つづ)ければ必(かなら)ずいつか報(むく)われるというものでもない。
不是一直暗戀，總有一天就能終成眷屬。

● ～どうにか（なんとか、もうすこし）～ないもの（だろう）か

「能不能…」。

➡ どうにか（なんとか、もう少し）＋【動詞未然形；動詞可能形詞幹】＋ないもの（だろう）か。表示說話者有某個問題或困擾，希望能得到解決辦法。

1 最近(さいきん)よく変(へん)な電話(でんわ)がかかってくる。どうにかならないものか。
最近常有奇怪的電話打來。有沒有什麼辦法啊？

➡ 例句

2 近所(きんじょ)の子(こ)どもがいたずらばかりして困(こま)る。どうにかやめさせられないものだろうか。
附近的小孩老是在惡作劇，真令人困擾。能不能讓他們停止這種行為啊？

3 とても大切(たいせつ)なものなんです。なんとか直(なお)らないものでしょうか。
這是非常珍貴的東西。能不能想辦法修好呢？

4 隣(となり)のうちはいつも夜遅(よるおそ)くまで騒(さわ)いでいる。もう少(すこ)し静(しず)かにしてもらえないものだろうか。
隔壁住戶總在深夜大吵大鬧。能不能請他們稍微安靜一點呢？

～とおもうと、とおもったら

「原以為…，誰知是…」；「覺得是…，結果果然…」。

➡【動詞連用形た】＋と思うと、と思ったら；【名詞だ】＋と思うと、と思ったら。表示本來預料會有某種情況，下文的結果有兩種：較常用於出乎意外地出現了相反的結果，如例（1）～（4）；也可能用在結果與本來預料是一致的，如例（5）。此句型無法用於說話人本身。

1 太郎は勉強を始めたと思うと、5分で眠ってしまいました。
還以為太郎開始用功了，誰知道才五分鐘就呼呼大睡了。

➡ 例句

2 起きてきたと思ったら、また寝てしまった。
才剛起床，又倒頭睡了。

3 彼のオフィスは、3階だと思ったら4階でした。
原以為他的辦公室在三樓，誰知是四樓。

4 太郎は勉強していると思ったら、漫画を読んでいた。
原以為太郎在看書，誰知道是在看漫畫。

5 雷が鳴っているなと思ったら、やはり雨が降ってきました。
覺得好像打雷了，結果果然就下起雨來了。

～どころか

「哪裡還…」、「非但…」、「簡直…」。

➡【體言；用言連體形】＋どころか。表示從根本上推翻前項，並且在後項提出跟前項程度相差很遠，近似「～はもちろん～さえ」，如例（1）～（3）；表示事實結果與預想內容相反，如例（4）、（5）。

1 彼は結婚しているどころか、今の奥さんで３人目だ。
他不但結婚了，而且現在的太太還是第三任妻子。

例句

2 お金が足りないどころか、財布は空っぽだよ。
哪裡是不夠錢，就連錢包裡一毛錢也沒有。

3 一流大学を出ているどころか、博士号まで持っている。
他不僅是從名校畢業，還擁有博士學位。

4 薬が体に合わなかったようで、良くなるどころかかえってひどくなった。
身體似乎對這種藥物產生排斥，別說是病情好轉了，反而愈發惡化了。

5 失敗はしたが、落ち込むどころかますますやる気が出てきた。
雖然失敗了，可是不但沒有沮喪，反而激發出十足幹勁。

～どころではない

「哪裡還能…」、「不是…的時候」；「何止…」。

【體言；用言連體形】＋どころではない。表示沒有餘裕做某事，如例（1）、（2）；表示事態大大超出某種程度，如例（3）、（4）；表示事態與其說是前項，實際為後項，如例（5）。

1 先々週は風邪を引いて、勉強どころではなかった。
上上星期感冒了，哪裡還能唸書啊。

➡ 例句

2 ごめんなさい、息子が熱を出してそれどころじゃないんです。
對不起，我兒子正在發燒，沒心情談別的事！

3 怖いどころではなく、恐怖のあまり涙が出てきました。
何止是害怕，根本被嚇得飆淚了。

4 あったかかったどころじゃない、暑くて暑くてたまらなかったよ。
這已經不只是暖和，根本是熱到教人吃不消了耶！

5 あったかかったどころじゃない、あんな寒いところだとは思わなかったよ。
哪裡是暖和的天氣，根本連作夢都沒想到那地方會冷成那樣耶！

● ～とはかぎらない

「也不一定…」、「未必…」。

➡【體言；用言終止形】＋とは限らない。表示事情不是絕對如此，也是有例外或是其他可能性。

1 お金持ちが必ず幸せだとは限らない。
有錢人不一定就能幸福。

➡ 例句

2 訴えたところで、勝訴するとは限らない。
即使是提出告訴，也不一定能打贏官司。

3 機械化したところで、必ずしも効率が上がるとは限らない。
即使是機械化，也不一定能提高效率。

4 アメリカに住んでいたからといって、英語がうまいとは限らない。
雖說是曾住在美國，但英文也不一定流利。

2-22

● ～ないうちに

「在未…之前，…」、「趁沒…」。

【動詞未然形】＋ないうちに。這也是表示在前面的環境、狀態還沒有產生變化的情況下，做後面的動作。相當於「～前に」。

1 嵐が来ないうちに、家に帰りましょう。
趁暴風雨還沒來之前，回家吧！

例句

2	雨が降らないうちに、帰りましょう。	趁還沒有下雨，回家吧！
3	値が上がらないうちに、マンションを買った。	在房價還沒有上漲之前，買了公寓。
4	知らないうちに、隣の客は帰っていた。	不知不覺中，隔壁的客人就回去了。
5	1分もたたないうちに、「ゴーッ」といびきをかき始めた。	上床不到一分鐘就「呼嚕」打起鼾來了。

N2

● ～ないかぎり

「除非…，否則就…」、「只要不…，就…」。

【動詞未然形】＋ないかぎり。表示只要某狀態不發生變化，結果就不會有變化。含有如果狀態發生變化了，結果也會有變化的可能性。相當於「～ないなら」、「～なければ」。

1 犯人が逮捕されないかぎり、私たちは安心できない。
只要沒有逮捕到犯人，我們就無法安心。

例句

2 しっかり練習(れんしゅう)しないかぎり、優勝(ゆうしょう)はできません。
要是沒紮實做練習，就沒辦法獲勝。

3 工場(こうじょう)が生産(せいさん)をやめないかぎり、川(かわ)の汚染(おせん)は続(つづ)くでしょう。
要是工廠不停止生產，河川的污染就會持續下去。

4 向(む)こうが謝(あやま)らない限(かぎ)り、絶対(ぜったい)に頭(あたま)を下(さ)げるものか。
只要對方不認錯，我就絕不低頭！

5 社長(しゃちょう)の気(き)が変(か)わらないかぎりは、大丈夫(だいじょうぶ)です。
只要社長沒改變心意就沒問題。

～ないことには

「要是不…」、「如果不…的話，就…」。

【動詞未然形】＋ないことには。表示如果不實現前項，也就不能實現後項。後項一般是消極的、否定的結果。相當於「～なければ」、「～ないと」。

1 保護(ほご)しないことには、この動物(どうぶつ)は絶滅(ぜつめつ)してしまいます。
如果不加以保護，這種動物將會瀕臨絕種。

例句

2 試験(しけん)にパスしないことには、資格(しかく)はもらえない。
如果不通過考試，就拿不到資格。

3 工夫(くふう)しないことには、問題(もんだい)を解決(かいけつ)できない。
如果不下點功夫，就沒辦法解決問題。

4 勉強しないことには、いつまでたっても外国語を話せるようにはなりませんよ。

不學習的話，不管到什麼時候，都沒有辦法說好外語喔！

～ないではいられない

「不能不…」、「忍不住要…」、「不禁要…」、「不…不行」、「不由自主地…」。

➡【動詞未然形】＋ないではいられない。表示意志力無法控制，自然而然地內心衝動想做某事。傾向於口語用法。相當於「～しないでは我慢できない」。

1 紅葉がとてもきれいで、歓声を上げないではいられなかった。

紅葉真是太美了，不禁歡呼了起來。

N 2

➡ 例句

2 特売が始まると、買い物に行かないではいられない。

特賣活動一開始，就忍不住想去買。

3 税金が高すぎるので、文句を言わないではいられない。

因為稅金太高了，忍不住就想抱怨幾句。

4 彼女の身の上話を聞いて、同情しないではいられなかった。

聽了她的際遇後，教人不禁同情了起來。

5 困っている人を見て、助けないではいられなかった。

看到人家有困難時，實在無法不伸出援手。

N2 日語文法・句型詳解

～ながら（も）

「雖然…，但是…」、「儘管…」、「明明…卻…」。

➡【動詞連用形；形容詞終止形；體言；形容動詞詞幹；副詞】＋ながら（も）。連接兩個矛盾的事物，表示後項與前項所預想的不同，相當於「～のに」。

1 残念(ざんねん)ながら、今回(こんかい)はご希望(きぼう)に添(そ)えないことになりました。
很遺憾，目前無法提供適合您的職務。

➡ 例句

2 夫(おっと)の浮気(うわき)を、みんな知(し)っていながら私(わたし)には教(おし)えてくれなかった。
儘管大家都知道我先生有外遇，卻沒有人告訴我。

3 夫(おっと)に悪(わる)いと思(おも)いながらも、彼(かれ)への思(おも)いがどんどん募(つの)っていきました。
雖然覺得對不起先生，但對情夫的愛意卻越來越濃。

4 狭(せま)いながらも、楽(たの)しい我(わ)が家(や)だ。
雖然很小，但也是我快樂的家。

5 今季(こんき)は増益(ぞうえき)ながらも、まだ楽観(らっかん)できる経営(けいえい)状況(じょうきょう)ではありません。
雖然本季的收益增加，但經營狀況還不能樂觀看待。

～にあたって、にあたり

「在…的時候」、「當…之時」、「當…之際」。

➡【體言；用言連體形】＋にあたって、にあたり。表示某一行動，已經到了事情重要的階段。它有複合格助詞的作用。一般用在致詞或感謝致意的書信中。相當於「～に際して、～をするときに」。

1 このおめでたい時にあたって、一言お祝いを言いたい。
在這可喜可賀的時候，我想說幾句祝福的話。

➡ 例句

2 社長を説得するにあたって、慎重に言葉を選んだ。	說服社長的時候，說話要很慎重。
3 この実験をするにあたり、いくつか注意しなければならないことがある。	在進行這個實驗的時候，有幾點要注意的。
4 住宅ローンの申請にあたって、いろいろな書類の提出が求められました。	為了申請住宅貸款，被要求繳交各種文件。
5 プロジェクトを展開するにあたって、新たに職員を採用した。	為了推展計畫而進用了新員工。

N2

● ～におうじて

「根據…」、「按照…」、「隨著…」。

➡【體言】＋に応じて。表示按照、根據。前項作為依據，後項根據前項的情況而發生變化。意思類似於「～に基づいて」。

1 働きに応じて、報酬をプラスしてあげよう。
依工作的情況來加薪！

➡ 例句

2 病気の種類に応じて、飲む薬が違うのは当然だ。	根據不同的症狀，服用的藥物當然就不一樣了。

3 選手の水準に応じて、トレーニングをやらせる。	根據選手的程度，做適當的訓練。
4 保険金は被害状況に応じて支払われます。	保險給付是依災害程度支付的。
5 収入に応じて、生活のレベルを変える。	改變生活水準以配合收入。

2-23

～にかかわって、にかかわり、にかかわる

「關於…」、「涉及…」。

➡【體言】＋にかかわって、にかかわり、にかかわる。表示後面的事物受到前項影響，或是和前項是有關聯的。

1 新製品の開発にかかわって10年、とうとう完成させることができた。
新產品開發了十年，終於能完成了。

➡ 例句

2 あの政治家は以前、汚職事件にかかわり取り調べを受けたことがある。	那個政治家以前曾涉入貪污事件而遭受調查。
3 日本語をもっと勉強して、将来は台日友好にかかわる仕事がしたい。	我要多讀點日語，將來想從事台日友好相關工作。
4 命にかかわる大けがをした。	受到攸關性命的重傷。

～にかかわらず

「無論…與否…」、「不管…都…」、「儘管…也…」。

➡【體言；用言連體形】＋にかかわらず。表示前項不是後項事態成立的阻礙。接兩個表示對立的事物，表示跟這些無關，都不是問題，有時跟「～にもかかわらず」意思相同，都表示「儘管…」之意，前接的詞多為意義相反的二字熟語，或同一用言的肯定與否定形式，如例（1）～（4）；「～にかかわりなく」跟「～にかかわらず」意思、用法幾乎相同，表示「不管…都…」之意，如例（5）。

1 勝敗(しょうはい)にかかわらず、参加(さんか)することに意義(いぎ)がある。
不論是優勝或落敗，參與的本身就具有意義。

➡ 例句

2 同僚(どうりょう)とは、好(す)き嫌(きら)いにかかわらず付(つ)き合(あ)わなければならない。	不管是喜歡或討厭，都非得和同事保持互動才行。
3 年齢(ねんれい)や性別(せいべつ)にかかわらず、努力(どりょく)次第(しだい)で誰(だれ)にでもチャンスがあります。	不分年齡或性別，只要努力，任何人都有機會。
4 お酒(さけ)を飲(の)む飲(の)まないにかかわらず、一人当(ひとりあ)たり2,000円(えん)を払(はら)っていただきます。	不管有沒有喝酒，每人都要付兩千日圓。
5 以前(いぜん)の経験(けいけん)にかかわりなく、実績(じっせき)で給料(きゅうりょう)は決(き)められます。	不管以前的經驗如何，以業績來決定薪水。

～にかぎって、にかぎり

「只有…」、「唯獨…是…的」、「獨獨…」

➡【體言】＋に限って、に限り。表示特殊限定的事物或範圍，說明唯獨某事物特別不一樣，相當於「～だけは、～の場合だけは」，如例（1）～（4）；「～に限らず」為否定形，如例（5）。

1 うちの子に限って、万引きなんかするはずがありません。
唯獨我家的孩子，絕對不可能做出順手牽羊的事。

例句

2 受験の日に限ってインフルエンザにかかるなんて、ついてない。	竟然在考試當天患上流行性感冒，真是倒楣。
3 未使用でレシートがある場合に限り、返品を受け付けます。	僅限尚未使用並保有收據的狀況，才能受理退貨。
4 先着 50 名様に限り、100 円引きでサービスします。	僅限前五十名客人可享有扣抵一百日圓的優惠。
5 この店は、週末に限らずいつも混んでいます。	這家店不分週末或平日，總是客滿。

～にかけては

「在…方面」、「關於…」、「在…這一點上」。

【體言】＋にかけては。表示「其它姑且不論，僅就那一件事情來說」的意思。後項多接對別人的技術或能力好的評價，相當於「～に関して、について」。

1 数学にかけては関本さんがクラスで一番だ。
在數學科目方面，關本同學是全班最厲害的。

例句

2 米作りにかけては、まだまだ息子には負けない。	就種稻來說，我還寶刀未老，不輸兒子。

3 体力（たいりょく）にかけては自信（じしん）があったのだが、まさか入院（にゅういん）することになるとは。
至少就體力而言原先還頗有自信，萬萬沒想到居然會落得需要住院的地步。

4 サッカーの知識（ちしき）にかけては、誰（だれ）にも負（ま）けない。
足球方面的知識，我可不輸給任何人的。

5 人（ひと）を笑（わら）わせることにかけては、彼（かれ）の右（みぎ）に出（で）るものはいない。
以逗人發笑的絕活來說，沒有人比他更高明。

～にこたえて、にこたえ、にこたえる

「應…」、「響應…」、「回答」、「回應」。

N 2

➡【體言】+にこたえて、にこたえ、にこたえる。接「期待」、「要求」、「意見」、「好意」等名詞後面，表示為了使前項能夠實現，後項是為此而採取行動或措施。相當於「～に応じて」。

1 農村（のうそん）の人々（ひとびと）の期待（きたい）にこたえて、選挙（せんきょ）に出馬（しゅつば）した。
為了回應農村的鄉親們的期待而出來參選。

➡ 例句

2 民間（みんかん）の声（こえ）にこたえて、政治（せいじ）をもっとよくしていきます。
我要回應民間的心聲，將政治治理得更好。

3 消費者（しょうひしゃ）の要望（ようぼう）にこたえて、販売地域（はんばいちいき）の範囲（はんい）を広（ひろ）げた。
應消費者的要求，擴大了銷售的範圍。

4 社員（しゃいん）の要求（ようきゅう）にこたえ、職場環境（しょくばかんきょう）を改善（かいぜん）しました。
應員工的要求，改善了工作的環境。

5 全（すべ）ての要望（ようぼう）にこたえるのは無理（むり）ですが、できるだけのことはします。
雖然無法完成您所有的要求，但我會盡己所能的。

～にさいし（て／ては／ての）

「在…之際」、「當…的時候」。

➡【動詞連體形；體言】＋に際し（て／ては／ての）。表示以某事為契機，也就是動作的時間或場合。意思跟「～にあたって」近似。有複合詞的作用。是書面語。

1 展覧会を開催するに際して、関係各位から多大なご協力をいただいた。

在舉辦展覽會時，得到了諸位相關人士的大力支援。

➡ 例句

2 ご利用に際しては、まず会員証を作る必要がございます。	在您使用的時候，必須先製作會員證。
3 契約の更新に際し、以下の書類が必要になります。	續約時，必須備齊以下的文件資料。
4 新入社員を代表して、入社に際しての抱負を入社式で述べた。	我代表所有的新進職員，在進用典禮當中闡述了來到公司時的抱負。
5 取引に際しての注意事項は、きちんと読んだ方がいいですよ。	在交易時，最好要仔細閱讀注意事項喔。

2-24

～にさきだち、にさきだつ、にさきだって

「在…之前，先…」、「預先…」、「事先…」。

➡【體言；動詞連體形】＋に先立ち、に先立つ、に先立って。用在述說做某一動作前應做的事情，後項是做前項之前，所做的準備或預告，相當於「～（の）前に」。

1 論文を発表するに先立ち、ほかの解釈がないかよく検討した。
在發表論文之前，仔細檢討是否有其他的解釋方式。

➡ 例句

2 旅行に先立ち、パスポートが有効かどうか確認する。	在出遊之前，要先確認護照期限是否還有效。
3 自分で事業を始めたいが、起業に先立つ資金がない。	雖然想自己開辦事業，但沒有創業資金。
4 新しい機器を導入するに先立って、説明会が開かれた。	在引進新機器之前，先舉行了說明會。
5 上演に先立ちまして、主催者から一言ご挨拶を申し上げます。	在開演之前，先由主辦單位向各位致意。

N2

● ～にしたがって、にしたがい

「依照…」、「按照…」、「隨著…」。

➡【體言】+にしたがって、にしたがい。前面接表示人、規則、指示等的名詞，表示按照、依照的意思。

1 季節の変化にしたがって、町の色も変わってゆく。
隨著季節的變化，街景也改變了。

➡ 例句

2 指示にしたがって、行動してください。	請按照指示行動。
3 矢印にしたがって、進んでください。	請按照箭頭前進。

4 収入の増加にしたがって、暮らしが楽になる。	隨著收入的增加，生活也寬裕多了。
5 上司の指示にしたがい、進めたまでです。	只能遵照上司的指示往前進行了。

～にしたら、にすれば、にしてみたら、にしてみれば

「對…來說」、「對…而言」。

【體言】＋にしたら、にすれば、にしてみたら、にしてみれば。前面接人物，表示站在這個人物的立場來對後面的事物提出觀點、評判、感受。

1 祖母にしたら、高校生が化粧するなんてとんでもないことなのだろう。
對祖母來說，高中生化妝是很不可取的行為吧？

例句

2 英語の勉強は、私にすれば簡単なのだが、できの悪い人達には難しいのだろう。	學英文對我來說是很簡單，但是對頭腦不好的人們而言就很難了吧？
3 1,000円は、子どもにしてみたら相当なお金だ。	一千日圓對小朋友來說是一筆大數字。
4 彼にしてみれば、私のことなんて遊びだったんです。	對他來說，我只不過是玩玩罷了。

～にしろ

「無論…都…」、「就算…，也…」、「即使…，也…」。

➡【體言；用言連體形】＋にしろ。表示退一步承認前項，並在後項中提出跟前面相反或相矛盾的意見。是「～にしても」的鄭重的書面語言。也可以說「～にせよ」。相當於「かりに～だとしても」。

1 体調(たいちょう)は幾分(いくぶん)よくなってきたにしろ、まだ出勤(しゅっきん)はできません。
即使身體好了些，也還沒辦法去上班。

➡ 例句

N 2

2	仕事中(しごとちゅう)にしろ、電話(でんわ)ぐらい取(と)りなさいよ。	就算在工作中，也要接一下電話啊！
3	一時(いちじ)のことにしろ、友達(ともだち)とけんかするのはあまりよくないですね。	就算時間不長，跟朋友吵架也是不怎麼好的。
4	いくら忙(いそが)しいにしろ、食事(しょくじ)をしないのはよくないですよ。	無論再怎麼忙，不吃飯是不行的喔！
5	いくら有能(ゆうのう)にしろ、人(ひと)のことを思(おも)いやれないようなら、ダメでしょう。	即便是多麼能幹的人，假如不懂得為人著想，也是枉然吧！

～にすぎない

「只是…」、「只不過…」、「不過是…而已」、「僅僅是…」。

➡【體言；用言連體形】＋にすぎない。表示某微不足道的事態，指程度有限，有著並不重要的消極評價語氣。相當於「ただ～であるだけだ」。

1 彼女はちょっと顔がきれいであるにすぎない。役者としての実力はない。
她只不過是臉蛋長得漂亮一點罷了，根本沒有演技實力。

➡ 例句

2 彼はとかげのしっぽにすぎない。陰に黒幕がいる。	他只不過是代罪羔羊，背地裡另有幕後操縱者。
3 今回は運がよかったにすぎません。	這一次只不過是運氣好而已。
4 貯金があるといっても、わずか 20 万円にすぎない。	雖說有存款，但也不過是二十萬日圓而已。
5 答えを知っていたのではなく、勘で言ったにすぎません。	我不是知道答案，只不過是憑直覺回答而已。

● ～にせよ、にもせよ

「無論…都…」、「就算…，也…」、「即使…，也…」、「…也好…也好」。

➡【體言・用言連體形】＋にせよ、にもせよ。表示退一步承認前項，並在後項中提出跟前面相反或相矛盾的意見。是「～にしても」的鄭重的書面語言。也可以說「～にしろ」。相當於「かりに～だとしても」。

1 困難があるにせよ、引き受けた仕事はやりとげるべきだ。
即使有困難，一旦接下來的工作就得完成。

➡ 例句

2 最後の場面はいくらか感動したにせよ、全体的には面白くなかった。
即使最後一幕有些動人，但整體而言很無趣。

3 いくらずうずうしいにせよ、残り物を全部持って帰るなんてねえ。
不管再怎麼厚臉皮，竟然把剩下的東西全都帶回去，未免太過分了。

4 まだ子犬ですから、いくら利口にせよ、わんぱくな一面もあります。
不管再怎麼聰明，畢竟只是隻幼犬，總還有頑皮的一面。

5 いずれにもせよ、集会には出席しなければなりません。
不管如何，集會是一定得出席的。

N2

2-25

～にそういない

「一定是…」、「肯定是…」。

➡【體言；形容動詞詞幹；動詞・形容詞連體形】＋に相違ない。表示說話人根據經驗或直覺，做出非常肯定的判斷。跟「だろう」相比，確定的程度更強。跟「～に違いない」意思相同，只是「～に相違ない」比較書面語。

1 明日の天気は、快晴に相違ない。
明天的天氣，肯定是晴天。

➡ 例句

2 犯人は、窓から侵入したに相違ありません。
犯人肯定是從窗戶進來的。

3 彼女たちのコーラスは、すばらしいに相違ない。
她們的合唱，肯定很棒的。

4 この資料は私のものに相違ありません。｜這份資料肯定是我的。

5 裁判の手続きは、面倒に相違ない。｜打官司的手續想必很繁瑣。

● ～にそって、にそい、にそう、にそった

「沿著…」、「順著…」、「按照…」。

➡【體言】＋に沿って、に沿い、に沿う、に沿った。接在河川或道路等長長延續的東西，或操作流程等名詞後，表示沿著河流、街道，如例（1）；或表示按照某程序、方針，如例（2）～（5）。相當於「～に合わせて、～にしたがって」。

1 道に沿って、クリスマスの飾りが続いている。
沿著道路滿是聖誕節的點綴。

➡ 例句

2 目的に沿って、資金を運用する。｜按照目的運用資金。

3 計画に沿い、演習が行われた。｜按照計畫，進行沙盤演練。

4 部長の意向に沿うよう、手直ししてみました。｜遵照經理的想法，試著重做了一次。

5 契約に沿った商売をする。｜依契約做買賣。

● ～につけ（て）、につけても

「一…就…」、「每當…就…」。

➡【動詞連體形；體言】＋につけ（て）、につけても。每當碰到前項事態，總會引導出後項結論，表示前項事態總會帶出後項結論，如例（1）～（4）；也可用「～につけ～につけ」來表達，這時兩個「につけ」的前面要接成對的詞，如例（5）。

1 母から小包が届くにつけ、ありがたいと思う。
每當收到媽媽寄來的小包裹，就感到無限的感謝。

➡ 例句

2 あの時の出来事を思い出すにつけても、涙が出てきます。	每當回想起當時的往事，都會流淚。
3 福田さんは何かにつけて私を目の敵にするから、付き合いにくい。	福田小姐不論任何事總是視我為眼中釘，實在很難和她相處。
4 それにつけても、思い出すのは小学校で同級だった矢部さんです。	關於那件事，能夠想起的只有小學同班同學的矢部而已。
5 早瀬君の姿を見るにつけ、声を聞くにつけ、胸がキューンとなる。	不管是看到早瀬的身影也好，聽到他的聲音也好，我心頭就會一陣悸動。

● ～にて、でもって

「以…」、「用…」；「因…」；「…為止」。

➡【體言】＋にて、でもって。「にて」相當於「で」，表示時間、年齡跟地點，如例（1）；也可接手段、方法、原因、限度、資格或指示詞，宣佈、告知的語氣強，如例（2）；「でもって」是由格助詞「で」跟「もって」所構成，用來加強「で」的詞意，表示方法、手段跟原因，如例（3）、（4）。

1 もう時間なので本日はこれにて失礼いたします。
時間已經很晚了，所以我就此告辭了。

➡ 例句

2 書面にてご対応させていただく場合の手続きは、次の通りです。	以書面回覆之相關手續如下所述。
3 メールでもってご連絡いたしますが、よろしいでしょうか。	請問方便用e-mail與您聯繫嗎？
4 現代社会では、インターネットでもって、いろいろなことが事足りるようになった。	現代社會能夠透過網際網路完成很多事情。

● ～にほかならない

「完全是…」、「不外乎是…」、「其實是…」、「無非是…」。

➡【體言】＋にほかならない。表示斷定的說事情發生的理由、原因，是對事物的原因、結果的肯定語氣，亦即「それ以外のなにものでもない」（不是別的，就是這個）的意思，如例（1）～（4）；相關用法：「ほかならぬ」修飾名詞，表示其他人事物無法取代的特別存在，如例（5）。

1 このたびの受賞は、支持してくださった皆様のおかげにほかなりません。
這次能夠獲獎，必須完全歸功於各位長久以來的支持鼓勵。

➡ 例句

2 正月を迎えるということは、死に一歩近づくことにほかならない。	新的一年到來，也就相當於更接近死期了。
3 女性の給料が低いのは、差別にほかならない。	女性的薪資低，其實就是男女差別待遇。

4 彼があんなに厳しいことを言うのも、君のためを思うからにほかならない。

他之所以會說那麼嚴厲的話，完完全全都是為了你著想。

5 ほかならぬ君の頼みとあれば、一肌脱ごうじゃないか。

既然是交情匪淺的你前來請託，我當然得大力相助啊！

～にもかかわらず

「雖然…，但是…」、「儘管…，卻…」、「雖然…，卻…」。

➡【體言・用言連體形】＋にもかかわらず。表示逆接。後項事情常是跟前項相反或相矛盾的事態。也可以做接續詞使用。作用與「のに」近似。

1 努力にもかかわらず、全然効果が出ない。
儘管努力了，還是完全沒有看到效果。

➡ 例句

2 祝日にもかかわらず、会社で仕事をした。

雖然是國定假日，卻要上班。

3 彼は収入がないにもかかわらず、ぜいたくな生活をしている。

他雖然沒有收入，生活卻很奢侈。

4 熱があるにもかかわらず、学校に行った。

雖然發燒，但還是去了學校。

5 仕事量が膨大であるにもかかわらず、彼は不満も言わず黙々と働いている。

儘管他的工作量非常沉重，依然毫無怨言地默默工作著。

N2 日語文法・句型詳解

～ぬきで、ぬきに、ぬきの、ぬきには、ぬきでは

「省去…」、「沒有…」；「如果沒有…（，就無法…）」、「沒有…的話」。

➡【體言】＋抜きで、抜きに、抜きの。表示除去或省略一般應該有的部分，相當於「～なしで、なしに」，如例（1）、（2）；後接名詞時，用「～抜きの＋名詞」，如例（3）；【體言】＋抜きには、抜きでは。為「如果沒有…（，就無法…）」之意，相當於「～なしでは、なしには」，如例（4）、（5）。

1 ほらほら、堅苦しい挨拶は抜きでいいじゃない。かんぱーい！
哎呀哎呀，別再那樣一板一眼致詞啦！乾杯！

➡ 例句

2 この小説は、理屈抜きに面白かった。	這部小說就是好看，沒話說！
3 男性抜きの宴会、「女子会」がはやっています。	目前正在流行沒有任何男性參加的餐會，也就是所謂的「姊妹淘聚會」。
4 この商談は、社長抜きにはできないよ。	這個洽談沒有社長是不行的。
5 カフェイン抜きでは、コーヒーとは言えないよ。	少了咖啡因，哪裡還算是咖啡呢！

2-26

～ぬく

「…做到底」。

➡【動詞連用形】＋抜く。表示把必須做的事，最後徹底做到最後，含有經過痛苦而完成的意思。相當於「最後まで～する」。

1 苦しかったが、ゴールまで走り抜いた。
雖然很苦，但還是跑完全程。

例句

2 どんなに辛くても、やり抜くつもりだ。
無論多麼辛苦，我都要做到底。

3 あの子は厳しい戦争の中、一人で生き抜いた。
那孩子在殘酷的戰爭中一個人活了下來。

4 この不況の中で勝ち抜くためには、斬新なアイディアを考えることが必要となる。
想要在這不景氣裡勝出，就必須要想出嶄新的創意。

5 これは、私が考え抜いた末の結論です。
這是我經過深思熟慮後得到的結論。

～ねばならない、ねばならぬ

「必須…」、「不能不…」。

【動詞未然形】＋ねばならない、ねばならぬ。表示有責任或義務應該要做某件事情，如例（1）～（3）；「ねばならぬ」的語感比起「ねばならない」較為生硬、文言，如例（4）。

1 実は君に話さねばならないことがある。
其實我有話一定要對你說。

例句

2 他人を非難するには、その前に事実を確かめねばならない。
在責備他人之前，必須要先確定是否屬實。

3 仕事があるから、今日中に帰らねばならない。
我有工作要做，所以今天一定要回去。

4 約束は守らねばならぬ。
不能不守信。

N2 日語文法・句型詳解

～のうえでは

「…上」。

➡【體言】＋の上では。表示「在某方面是…」。

1 法律の上では無罪でも、私には許せない。
在法律上縱使無罪，我也不能原諒。

➡ 例句

2 今日は立夏です。暦の上では夏になりました。
今天是立夏，在曆法上已是夏天了。

3 数字の上では景気は回復しているが、そういう実感はない。
在數字上雖然景氣已經回復，但沒有實際的感覺。

4 距離の上では近いけれど、まっすぐ行くバスがないから時間がかかる。
距離上雖然很近，但是沒有直達的公車，所以得花時間。

～のみならず

「不僅…，也…」、「不僅…，而且…」、「非但…，尚且…」。

➡【體言；用言連體形】＋のみならず。表示添加，用在不僅限於前接詞的範圍，還有後項進一層的情況。相當於「～ばかりでなく、～も～」。

1 この薬は、風邪のみならず、肩こりにも効果がある。
這個藥不僅對感冒有效，對肩膀酸痛也很有效。

➡ 例句

2 資料を分析するのみならず、現場を見てくるべきだ。
不僅要分析資料，而且應該到現場勘察。

3 彼は要領が悪いのみならず、やる気もない。
他做的方法不僅不好，連做的意願也低。

4 先生は、学生の姓のみならず、下の名前まで全部覚えている。
老師不僅是學生的姓，連名字也都記住了。

5 あの辺りは不便であるのみならず、ちょっと物騒です。
那一帶不只交通不便，治安也不大好。

● ～のもとで、のもとに

「在…之下」。

N2

➡【體言】＋のもとで、のもとに。表示在受到某影響的範圍內，而有後項的情況，如例（1）；又，表示在某人事物的影響範圍下，或在某條件的制約下做某事，如例（2）～（4）。

1 太陽の光のもとで、稲が豊かに実っています。
稻子在太陽光之下，結實纍纍。

➡ 例句

2 坂本教授のもとで勉強したい。
我希望能在坂本教授的門下受教。

3 法のもとに、公平な裁判を受ける。
法律之下，人人平等。

4 ３ヶ月後に返すという約束のもとに、彼にお金を貸しました。
在他答應三個月後還錢的前提下，我把錢借給了他。

N2 日語文法・句型詳解

～のももっともだ、のはもっともだ

「也是應該的」、「也不是沒有道理的」。

➡【動詞・形容詞普通形；形容動詞詞幹な】＋のももっともだ、のはもっともだ。表示依照前述的事情，可以合理地推論出後面的結果，所以這個結果是令人信服的。

1 あのきれいな趙(ちょう)さんが失恋(しつれん)するなんて、みんなが驚(おどろ)くのももっともだ。
那位美麗的趙小姐居然會失戀，也難怪大家都很震驚。

➡ 例句

2 趙(ちょう)さんは親切(しんせつ)だから、みんなに好(す)かれるのももっともだ。
趙小姐為人親切，會被大家喜愛也是應該的。

3 葉(よう)さんはずっと趙(ちょう)さんのことを好(す)きだったのだから、趙(ちょう)さんをなぐさめるのはもっともだ。
葉先生一直以來都很喜歡趙小姐，也難怪他會去安慰趙小姐。

4 葉(よう)さんはとても優(やさ)しい人(ひと)だから、趙(ちょう)さんが葉(よう)さんを好(す)きになったのはもっともだ。
葉先生是非常溫柔的人，所以趙小姐喜歡上他也不是沒有道理的。

～ばかりだ

「一直…下去」、「越來越…」、「只等…」、「只剩下…就好了」。

➡【動詞辭書形】＋ばかりだ。這個句型有兩個意思，一個是表示事態越來越惡化。另一個是表示準備完畢，只差某個動作而已，或是可以進入下一個階段。

1 暮(く)らしは苦(くる)しくなるばかりだ。
生活只會越來越辛苦。

➔ 例句

2 このままでは両国の関係は悪化するばかりだ。
再這樣下去的話，兩國的關係只會更加惡化。

3 彼女はうつむいて、ただ泣くばかりだった。
她低頭，只是不停地哭著。

4 掃除はしたし、食事の支度もできたし、あとはお客さんが来るのを待つばかりだ。
打掃做了，飯也煮好了，剩下的就只等客人來了。

2-27

～ばかりに

「就因為…」、「都是因為…，結果…」。

➔【用言連體形】＋ばかりに。表示就是因為某事的緣故，造成後項不良結果或發生不好的事情，說話人含有後悔或遺憾的心情，相當於「～が原因で、(悪い状態になった)」，如例（1）～（3）；強調由於說話人的心願，導致極端的行為或事件發生，如例（4）、(5)。

1 過半数がとれなかったばかりに、議案は否決された。
因為沒有過半數，所以議案被否決了。

➔ 例句

2 性格があまりにまっすぐなばかりに、友人と衝突することもあります。
就因為他的個性太過耿直，有時候也會和朋友起衝突。

3 学歴が低いばっかりに、給料のいい仕事に就けない。
就因為學歷比較低，所以沒辦法從事高薪工作。

4 夫に嫌われたくないばかりに、何を言われても我慢している。
只因為不想被丈夫嫌棄，所以不管他如何挖苦我，全都忍耐下來。

5 オリンピックで金メダルを取りたいばかりに、薬物を使った。
只為了在奧運贏得金牌，所以用了藥物。

● ～はともかく（として）

「姑且不管…」、「…先不管它」。

➡【體言】＋はともかく（として）。表示提出兩個事項，前項暫且不作為議論的對象，先談後項。暗示後項是更重要的，相當於「～はさておき」。

1 顔はともかく、人柄はよい。
暫且不論長相，他的人品很好。

➡ 例句

2 俺の話はともかくとして、お前の方はどうなんだ。
先別談我的事，你那邊還好嗎？

3 それはともかく、まずコート脱いだら？
那個等一下再說，你先脫掉大衣吧？

4 平日はともかく、週末はのんびりしたい。
不管平常如何，我週末都想悠哉地休息一下。

5 デザインはともかくとして、生地は上等です。
先不管設計，布料可是上等貨色呢。

～ならまだしも、はまだしも

「若是…還説得過去」、「（可是）…」、「若是…還算可以…」。

➡【用言連體形・體言】＋ならまだしも、はまだしも。是「まだ」（還…、尚且…）的強調說法。表示反正是不滿意，儘管如此但這個還算是好的，雖然不是很積極地肯定，但也還說得過去。前面可接副助詞「だけ、ぐらい、くらい」，後可跟表示驚訝的「とは、なんて」相呼應。

1 授業中(じゅぎょうちゅう)に、お茶(ちゃ)ぐらいならまだしも物(もの)を食(た)べるのはやめてほしいです。
倘若只是在課堂上喝茶那倒罷了，像吃東西這樣的行為真希望能夠停止。

➡ 例句

2 年配(ねんぱい)の人(ひと)ならまだしも、若(わか)い人(ひと)まで骨粗鬆症(こつそしょうしょう)になるなんて、怖(こわ)いね。
如果是年長者倒還好說，連年輕人也罹患骨質疏鬆症，真可怕呀！

3 役員(やくいん)が決(き)めたんならまだしも、主任(しゅにん)が勝手(かって)に決(き)めちゃうなんてね。
如果董事決定的話還說得過去，主任居然擅自做決定真可惡。

4 ただつまらないだけならまだしも、話(はなし)がウソ臭(くさ)すぎる。
如果只是無趣的話還好說，但總覺得這件事聽起來很假。

5 ちょっとのんきなのはまだしも、仕事(しごと)の要領(ようりょう)もまるで分(わ)かっていない。
如果只是速度慢還好說，但他工作也完全不得要領。

～べきではない

「不應該…」。

➡【動詞辭書形】＋べきではない。如果動詞是「する」，可以用「すべきではない」或是「するべきではない」。表示禁止，從某種規範來看不能做某件事。

1 どんなに辛(つら)くても、死(し)ぬべきではない。
再怎麼辛苦，也不該去尋死。

➡ 例句

2 親(おや)に向(む)かって、「ばかやろう」などと言(い)うべきではない。
不應該對著父母說什麼「混帳東西」。

3 テストが 100 点(てん)でなかったくらいで、泣(な)くべきではない。
只不過是考試沒拿一百分，不該哭泣。

4 そんな危険(きけん)なところに行(い)くべきではない。
不應該去那麼危險的地方。

～ぶり、っぷり

「…的樣子」、「…的狀態」、「…的情況」;「相隔…」。

➡【體言；動詞連用形】＋ぶり、っぷり。前接表示動作的名詞或動詞的連用形，表示前接名詞或動詞的樣子、狀態或情況，如例（1）；有時為了強調語氣可改用「っぷり」，如例（2）、（3）；此外，【時間；期間】＋ぶり，則表示時間相隔多久的意思，如例（4）、（5）。

1 彼女(かのじょ)はため息(いき)ながらに一家(いっか)の窮乏(きゅうぼう)ぶりを訴(うった)えた。
她嘆著氣，陳述了全家人的貧窮窘境。

➔ 例句

2 あの人の豪快な飲みっぷりはかっこうよかった。	這個人喝起酒來十分豪爽，看起來非常有氣魄。
3 お相撲さんの食べっぷりには、驚かされました。	相撲選手吃飯時的豪邁樣相，真是令人瞠目結舌。
4 友人の赤ちゃんに半年ぶりに会ったら、もう歩けるようになっていました。	隔了半年再見到朋友的小寶寶，已經變得會走路了。
5 １年ぶりに会ったけど、全然変わっていなかった。	相隔一年沒見，完全都沒有變呢。

N 2

● ～ほどだ、ほどの

「幾乎…」、「簡直…」。

➔【用言連體形】＋ほどだ。表示對事態舉出具體的狀況或事例。為了說明前項達到什麼程度，在後項舉出具體的事例來，如例（1）～（3）；後接名詞，用「～ほどの＋名詞」，如例（4）、（5）。

1 最近、親父があまりに優しすぎて、気味が悪いほどだ。
最近，老爸太過和善，幾乎讓人覺得可怕。

➔ 例句

2 憎くて憎くて、殺したいほどだ。	我對他恨之入骨，恨不得殺了他！
3 今朝は寒くて、池に氷が張るほどだった。	今天早上冷到池塘的水面上結了一層冰。
4 高田さんほどの人でも、できなかったんですか。	就連高田先生那樣厲害的人，都沒辦法辦得到嗎？

5 何としても成し遂げたい。そのためにはどれほどの犠牲を払ってもいい。	無論如何都希望成功。為了達到這個目的將不計任何代價。

～ほど～はない

「沒有比…更…」。

➡【用言連體形；體言】＋ほど～はない。表示在同類事物中是最高的，除了這個之外，沒有可以相比的，如例（1）～（3）；【動詞連體形】＋ほどのことではない。表示「用不著…」之意，如例（4）、（5）。

1 今日ほど悔しい思いをしたことはありません。
從沒有像今天這麼不甘心過。

➡ 例句

2 オフィスが煙いほどいやなことはない。	辦公室的氣氛從沒像這樣烏煙瘴氣過。
3 平凡ほどいいものはないですよ。	再也沒有比平凡更好的了。
4 子どものけんかだ。親が出て行くほどのことではない。	孩子們的吵架而已，用不著父母插手。
5 軽いけがだから、医者に行くほどのことではない。	只是點輕傷，還用不著看醫生。

2-28

～まい

「不打算…」;「大概不會…」;「該不會…吧」。

➡【動詞終止形】＋まい。表示說話人不做某事的意志或決心，書面語，相當於「絶対～ないつもりだ」，如例（1）、（2）；表示說話人推測、想像，相當於「絶対～ないだろう」，如例（3）；用「まいか」表示說話人的推測疑問，相當於「～ではないだろうか」，如例（4）、（5）。

1 失敗は繰り返すまいと、心に誓った。
我心中發誓，絕對不再犯錯。

➡ 例句

2 あんなところへは二度と行くまい。
我再也不會去那種地方了！

3 妻が私を裏切るなんて、そんなことは絶対あるまい。
說什麼妻子背叛了我，那種事是絕對不可能的。

4 やはり妻は私を裏切っているのではあるまいか。
結果妻子終究還是背叛了我嗎？

5 妻は私と別れたいのではあるまいか。
妻子該不會想和我離婚吧？

N2

～まま

「就這樣…」。

➡【用言連體形；體言；この／その／あの】＋まま。表示原封不動的樣子，或是在某個不變的狀態下進行某件事情。

1 久しぶりにおばさんに会ったが、昔と同じできれいなままだった。
好久沒見到阿姨，她還是和以前一樣美麗。

2 子どもが遊びに行ったまま、まだ帰って来ないんです。 | 小孩就這樣去玩了，還沒回到家。

3 昨夜は歯磨きをしないまま寝てしまった。 | 昨晚沒有刷牙就這樣睡著了。

4 そのまま、置いといてください。 | 請這樣放著就可以了。

～まま（に）

「隨著…」、「任憑…」。

➡【動詞連體形】＋まま（に）。表示順其自然、隨心所欲的樣子。或是任憑他人的擺佈。

1 友達に誘われるまま、スリをしてしまった。
在朋友的引誘之下順手牽羊。

➡ 例句

2 子育てをしていて感じたことを、思いつくまま書いてみました。 | 我試著把育兒過程中的感受，想到什麼就寫成什麼。

3 老後は、時の過ぎゆくままに、のんびりと暮らしたい。 | 老後我想隨著時間的流逝，悠閒度日。

4 半年の間、気の向くままに世界のあちこちを旅して来ました。 | 這半年，我隨心所欲地在世界各地旅行回來。

～も～ば～も、も～なら～も

「既…又…」、「也…也…」。

➔【體言】＋も＋【用言假定】＋ば【體言】＋も；【體言】＋も＋【形容動詞詞幹】＋なら、【體言】＋も。把類似的事物並列起來，用意在強調。或並列對照性的事物，表示還有很多情況。

1 このアパートは、部屋も汚ければ家賃も高い。
這間公寓的房間已很陳舊，房租又很貴。

➔ 例句

2	彼は、小説も書けば学術論文も書く。	他既寫小說，也寫學術論文。
3	我々には、権利もあれば義務もある。	我們有權力，也有義務。
4	人生には、悪い時もあればいい時もある。	人生時好時壞。
5	あのレストランは、値段も手頃なら味もおいしい。	那家餐廳價錢公道，菜色味道也好吃。

～も～なら～も

「…不…，…也不…」、「…有…的不對，…有…的不是」。

➔【體言】＋も＋【同一體言】＋なら＋【體言】＋も＋【同一體言】。表示雙方都有缺點，帶有譴責的語氣。

1 最近の子どもの問題に関しては、家庭も家庭なら学校も学校だ。
最近關於小孩的問題，家庭有家庭的不是，學校也有學校的缺陷。

➡ 例句

2 旦那様も旦那様なら、お嬢様もお嬢様だ。
老爺不對，小姐也不對。

3 政府も政府なら、国民も国民だ。
政府有政府的問題，百姓也有百姓的不對。

4 子どもと殴り合いなんて、親も親なら子も子だ。
父子兩人竟然打架，真是父不父而子不子呀。

～もかまわず

「(連…都) 不顧…」、「不理睬…」、「不介意…」。

➡【用言連體形の、體言】＋もかまわず。表示對某事不介意，不放在心上。常用在不理睬旁人的感受、眼光等。相當於「～も気にしないで～」，如例（1）～（4）；「～にかまわず」表示不用顧慮前項事物的現況，請以後項為優先的意思，如例（5）。

1 警官の注意もかまわず、赤信号で道を横断した。
不理會警察的警告，照樣闖紅燈。

➡ 例句

2 相手の迷惑もかまわず、電車の中で隣の人にもたれて寝ている。
也不管會造成人家的困擾，在電車上睡倒在鄰座的人身上。

3 順番があるのもかまわず、彼は割り込んできた。
不管排隊的先後順序，他就這樣插進來了。

4 若者たちは、人の迷惑もかまわず大声で話していた。
年輕人大聲的說話，不管會不會打擾到周遭的人。

5 私にかまわず、先に行け。
不用管我，你們先去。

～もどうぜんだ

「…沒兩樣」、「就像是…」。

➡【動詞連體形；體言】＋も同然だ。表示前項和後項是一樣的，有時帶有嘲諷或是不滿的語感。

1 洋子(ようこ)さんは家族(かぞく)も同然(どうぜん)なんですから、遠慮(えんりょ)しないでたくさん食(た)べてね。
洋子小姐就像我們的家人一樣，請別客氣，多吃點喔！

➡ 例句

2 彼(かれ)が協力(きょうりょく)してくれるなら、もう成功(せいこう)したも同然(どうぜん)だ。	有了他的協助，就像是已經成功了。
3 あの二人(ふたり)はもう何年(なんねん)も同居(どうきょ)していて夫婦(ふうふ)も同然(どうぜん)だ。	那兩人已經同居好幾年了，就和夫妻沒兩樣。
4 私(わたし)はあの人(ひと)のことは何(なに)も知(し)らないも同然(どうぜん)なんです。	我可以說是完全不認識那個人。

2-29

～ものがある

「有…的價值」、「確實有…的一面」、「非常…」。

➡【用言連體形】＋ものがある。表示肯定某人或事物的優點。由於說話人看到了某些特徵，而發自內心的肯定，是種強烈斷定，如例（1）、（2）；表示受某事態而感動，如例（3）；用於感歎某事態之可取之處，如例（4）、（5）。

1 古典(こてん)には、時代(じだい)を越(こ)えて読(よ)みつがれてきただけのものがある。
古籍是足以跨越時代，讓人百讀不厭的讀物。

N2

例句

2 高校生なのにあれほどの速球を投げるとは、期待を抱かせるものがある。	還只是個高中生卻能投出如此驚人的快球，其未來不可限量。
3 その姿を見て、私の胸には熱く込み上げるものがあった。	看到他的身影，我的胸口湧上了澎湃的心潮。
4 彼のストーリーの組み立て方には、見事なものがある。	他的故事架構實在太精采了。
5 あのお坊さんの話には、聞くべきものがある。	那和尚說的話，確實有一聽的價值。

～ものだ

「以前…」;「…就是…」;「本來就該…」、「應該…」。

【用言連體形】＋ものだ。表示回想過往的事態，並帶有現今狀況與以前不同的含意，如例（1）、（2）；表示感慨常識性、普遍事物的必然結果，如例（3）；表示理所當然，理應如此，常轉為間接的命令或禁止，如例（4）、（5）。

1 私はいたずらが過ぎる子どもで、よく父に殴られたものでした。

我以前是個超級調皮搗蛋的小孩，常常挨爸爸揍。

例句

2 若いころは、酒を飲んではむちゃをしたものだ。	他年輕的時候，只要喝了酒就會鬧事。
3 どんなにがんばっても、うまくいかないときがあるものだ。	有時候無論怎樣努力，還是不順利的。

4 狭い道で、車の速度を上げるものではない。	在小路開車不應該加快車速。
5 やめておけ。年寄りの言うことは聞くもんだ。	快住手！要多聽老人言啊！

● ～ものなら

「如果能…的話」;「要是能…就…」。

➡【動詞連體形】＋ものなら。提示一個實現可能性很小的事物，且期待實現的心情，接續動詞常用可能形，口語有時會用「～もんなら」，如例（1）～（4）；表示挑釁對方做某行為。帶著向對方挑戰，放任對方去做的意味。由於是種容易惹怒對方的講法，使用上必須格外留意。後項常接「～てみろ」、「～てみせろ」等，如例（5）。

1 南極かあ。行けるものなら、行ってみたいなあ。
南極喔……。如果能去的話，真想去一趟耶。

➡ 例句

2 娘の命が助かるものなら、私はどうなってもかまいません。	只要能救活女兒這條命，要我付出一切都無所謂。
3 あんな人、別れられるものならとっくに別れてる。	那種人，假如能和他分手的話早就分了。
4 遊べるものなら遊びたいけど、お母さん手伝わないと。	假如能玩的話當然很想玩，可是還得幫忙媽媽才行。
5 あの素敵な人に、声をかけられるものなら、かけてみろよ。	你敢去跟那位美女講話的話，你就去講講看啊！

N 2

～ものの

「雖然…但是…」。

【用言連體形】＋ものの。表示姑且承認前項，但後項不能順著前項發展下去。後項一般是對於自己所做、所說或某種狀態沒有信心，很難實現等的說法，相當於「～けれども、～が」。

1 気はまだまだ若いものの、体はなかなか若いころのようにはいきません。
心情儘管還很年輕，但身體已經不如年輕時候那麼有活力了。

例句

2 森村は、顔はなかなかハンサムなものの、ちょっと痩せすぎだ。
森村的長相雖然十分英俊，可就是瘦了一點。

3 謝らなければいけないと分かってはいるものの、口に出しづらい。
儘管明知道非得道歉不可，但就是說不出口。

4 自分の間違いに気付いたものの、なかなか謝ることができない。
雖然發現自己不對，但總是沒辦法道歉。

5 彼女とは共通の趣味はあるものの、話があまり合わない。
雖然跟她有共同的嗜好，但還是話不投機半句多。

～やら～やら

「…啦…啦」、「又…又…」。

【體言；用言連體形（の）】＋やら；【體言；用言連體形（の）】やら。表示從一些同類事項中，列舉出兩項。大多用在有這樣，又有那樣，真受不了的情況。多有心情不快的語感。

1 近所に工場ができて、騒音やら煙やら、悩まされているんですよ。
附近開了家工廠，又是噪音啦，又是黑煙啦，真傷腦筋！

➡ 例句

2 総理大臣やら、有名スターやら、いろいろな人が来ています。	又是內閣總理，又是明星，來了很多人。
3 先月は家が泥棒に入られるやら、電車で財布をすられるやら、さんざんだった。	上個月家裡不僅遭小偷，錢包也在電車上被偷，真是淒慘到底！
4 子どもが結婚して、うれしいやら寂しいやら複雑な気分です。	孩子結婚讓人有種又開心又寂寞的複雜心情。
5 チョコのやらチーズのやら、ケーキがたくさんある。	巧克力的啦、起士的啦，有很多種蛋糕。

N2

● ～を～として、を～とする、を～とした

「把…視為…（的）」、「把…當做…（的）」。

➡【體言】＋を＋【體言】＋として、とする、とした。表示把一種事物當做或設定為另一種事物，或表示決定、認定的內容。「として」的前面接表示地位、資格、名分、種類或目的的詞。

1 あのグループはライブを中心として活動しています。
那支樂團主要舉行現場演唱。

例句

2 この会は卒業生の交流を目的としています。
這個會是為了促進畢業生的交流。

3 高橋さんをリーダーとして、野球愛好会を作った。
以高橋先生為首，成立了棒球同好會。

4 この競技では、最後まで残った人を優勝とする。
這個比賽，是以最後留下的人獲勝。

5 この教科書は日本語の初心者を対象としたものです。
這本教科書的學習對象是日語初學者。

～をきっかけに（して）、をきっかけとして

「以…為契機」、「自從…之後」、「以…為開端」。

【體言；用言連體形の】＋をきっかけに（して）、をきっかけとして。表示某事產生的原因、機會、動機等。相當於「～を契機に」。

1 関西旅行をきっかけに、歴史に興味を持ちました。
自從去旅遊關西之後，便開始對歷史產生了興趣。

例句

2 病気になったのをきっかけに、人生を振り返った。
因為生了一場病，而回顧了自己過去的人生。

3 がんをきっかけに日本縱断マラソンを始めた。
自從他發現自己罹患癌症以後，就開始了挑戰縱橫全日本的馬拉松長跑。

4 2月(がつ)の下旬(げじゅん)に再会(さいかい)したのをきっかけにして、二人(ふたり)は交際(こうさい)を始(はじ)めた。
自從二月下旬再度重逢之後，兩人便開始交往。

5 けんかをきっかけとして、二人(ふたり)はかえって仲良(なかよ)くなりました。
兩人自從吵架以後，反而變成好友了。

2-30

～をけいきとして、をけいきに（して）

「趁著…」、「自從…之後」、「以…為動機」。

➡【體言】＋を契機として、を契機に（して）。表示某事產生或發生的原因、動機、機會、轉折點。相當於「～をきっかけに」。

1 子(こ)どもが誕生(たんじょう)したのを契機(けいき)として、たばこをやめた。
自從生完小孩，就戒了煙。

➡ 例句

2 売(う)り上(あ)げが上向(うわむ)いたのを契機(けいき)に、大通(おおどお)りに店(みせ)を出(だ)した。
自從銷售額提高了以後，就在大馬路旁開了家店。

3 失恋(しつれん)したのを契機(けいき)に、心理学(しんりがく)の勉強(べんきょう)を始(はじ)めた。
自從失戀以後，就開始學心理學。

4 退職(たいしょく)を契機(けいき)に、もっとゆとりのある生活(せいかつ)を送(おく)ろうと思(おも)います。
我打算在退休以後，過更為悠閒的生活。

5 首相(しゅしょう)が発言(はつげん)したのを契機(けいき)にして、経済改革(けいざいかいかく)が加速(かそく)した。
自從首相那次發言之後，便加快了經濟改革的腳步。

N2

～をたよりに、をたよりとして、をたよりにして

「靠著…」、「憑藉…」。

➡【體言】＋を頼りに、を頼りとして、を頼りにして。表示藉由某人事物的幫助，或是以某事物為依據，進行後面的動作。

1 カーナビを頼(たよ)りにやっとたどり着(つ)いたら、店(みせ)はもう閉(し)まっていた。
靠著車上衛星導航總算抵達目的地，
結果店家已關門了。

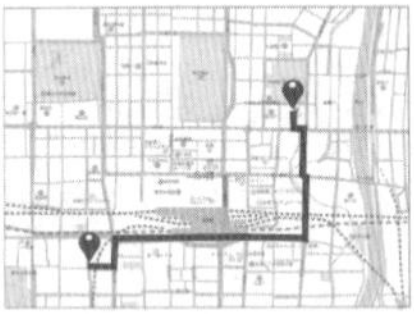

➡ 例句

2 懐中電灯(かいちゅうでんとう)の光(ひかり)を頼(たよ)りに、暗(くら)い山道(やまみち)を一晩中(ひとばんじゅう)歩(ある)いた。	靠著手電筒的光，在黑暗的山路中走了一整晚。
3 子(こ)どものころの記憶(きおく)を頼(たよ)りとして、昔(むかし)の東京(とうきょう)について語(かた)ってみたいと思(おも)います。	我想憑著小時候的記憶，談談以前的東京。
4 私(わたし)はあなただけを頼(たよ)りにして生(い)きているんです。	我只依靠你過活。

～をとわず、はとわず

「無論…都…」、「不分…」、「不管…，都…」。

➡【體言】＋を問わず、は問わず。表示沒有把前接的詞當作問題、跟前接的詞沒有關係，多接在「男女」、「昼夜」等對義的單字後面，相當於「～に関係なく」，如例（1）～（3）；前面可接用言肯定形及否定形並列的詞，如例（4）；使用於廣告文宣時，常為求精簡而省略助詞，因此有漢字比例較高的傾向，如例（5）。

1 ワインは、洋食(ようしょく)和食(わしょく)を問(と)わず、よく合(あ)う。
無論是西餐或日式料理，葡萄酒都很適合。

例句

2	経験(けいけん)の有無(うむ)は問(と)わず、誰(だれ)でも応募(おうぼ)できます。	不管經驗的有無，誰都可以來應徵。
3	パートさん募集中(ぼしゅうちゅう)！　性別(せいべつ)、年齢(ねんれい)は問(と)いません。	誠徵兼職人員！任何性別、年齡都歡迎。
4	君達(きみたち)がやるやらないを問(と)わず、私(わたし)は一人(ひとり)でもやる。	不管你們到底要做還是不做，就算只剩我一個也會去做。
5	正社員募集(せいしゃいんぼしゅう)。短大卒以上(たんだいそついじょう)、専攻(せんこう)問(と)わず。	誠徵正職員工。至少短期大學畢業，任何科系皆可。

N2

～をぬきにして（は／も）、はぬきにして

「沒有…就（不能）…」;「去掉…」、「停止…」。

【體言】＋を抜きにして（は／も）、は抜きにして。「抜き」是「抜く」的連用形，後轉當名詞用。表示沒有前項，後項就很難成立，如例（1）～（3）；表示去掉前項事態，作後項動作，如例（4）、（5）。

1 政府(せいふ)の援助(えんじょ)を抜(ぬ)きにして、災害(さいがい)に遭(あ)った人々(ひとびと)を救(すく)うことはできない。
沒有政府的援助，就沒有辦法救出受難者。

例句

2	小堀(こぼり)さんの必死(ひっし)の努力(どりょく)を抜(ぬ)きにして成功(せいこう)することはできなかった。	倘若沒有小堀先生的拚命努力絕對不可能成功的。
3	領事館(りょうじかん)の協力(きょうりょく)を抜(ぬ)きにしては、この調査(ちょうさ)は行(おこな)えない。	沒有領事館的協助，就沒辦法進行這項調查。

4 その件を抜きにしても、父を許すことなんかできません。	就算沒有那件事，也絕不可能原諒父親的。
5 冗談は抜きにして、あそこの会社、ほんとに倒産寸前だってよ。	不開玩笑，那家公司真的快要倒閉了耶。

～をめぐって（は）、をめぐる

「圍繞著…」、「環繞著…」。

➡【體言】＋をめぐって、をめぐる。表示後項的行為動作，是針對前項的某一事情、問題進行的，相當於「～について」、「～に関して」，如例（1）～（3）；後接名詞時，用「～をめぐる＋名詞」，如例（4）、（5）。

1 一夜にして富を手に入れた彼をめぐって、いろいろな噂が流れている。
有各式各樣的傳言圍繞著一夜致富的他打轉。

➡ 例句

2 さっき訪ねてきた男性をめぐって、女性たちが噂話をしています。	女性們談論著剛才來訪的那個男生。
3 足利尊氏と楠正成をめぐっては、時代によって評価が揺れ動いている。	關於足利尊氏和楠正成，在不同的時代有不同的評價。
4 額田王をめぐる二人の皇子の争いは、多くの小説の題材となっている。	關於額田王的兩位皇子之爭，成為許多小說的寫作題材。
5 首相をめぐる収賄疑惑で、国会は紛糾している。	關於首相的收賄疑雲，在國會引發一場混亂。

～をもとに（して／した）

「以…為根據」、「以…為參考」、「在…基礎上」。

➡【體言】＋をもとに（して）。表示將某事物作為後項的依據、材料或基礎等，後項的行為、動作是根據或參考前項來進行的，相當於「～に基づいて」、「～を根拠にして」，如例（1）～（3）；用「～をもとにした」來後接名詞，或作述語來使用，如例（4）、（5）。

1 本歌取りとは、有名な古い歌をもとに新しい歌を作る和歌の技法である。
所謂的「本歌取」是指運用知名的古老和歌加以創作新和歌的技法。

➡ 例句

2 兄は、仕事で得た経験をもとにして商売を始めた。	哥哥以他從工作上累積的經驗為基礎，做起生意來了。
3 この映画は、実際にあった話をもとにして制作された。	這齣電影是根據真實的故事而拍的。
4 『平家物語』は、史実をもとにした軍記物語である。	《平家物語》是根據史實所編寫的戰爭故事。
5 私の作品をもとにしただと？完全な盗作じゃないか！	竟敢說只是參考我的作品？根本是從頭剽竊到尾啦！

N1

2-31

～あっての

「有了…之後…才能…」、「沒有…就不能（沒有）…」。

➡【體言】＋あっての＋【體言】。表示因為有前面的事情，後面才能夠存在，含有後面能夠存在，是因為有前面的條件，如果沒有前面的條件，就沒有後面的結果了，如例（1）～（4）；「あっての」後面除了可接實體的名詞之外，也可接「もの、こと」來代替實體，如例（5）。相當於「～あるから成り立つ」、「～がなければ成り立たない」。

1 お客様あっての商売ですから、お客様は神様です。
有顧客才有生意，所以要將顧客奉為上賓。

➡ 例句

2	お願い、捨てないで。あなたあっての私なのよ。	求求你，千萬別丟下我。沒有你，我根本活不下去呀！
3	社員あっての会社だから、利益は社員に還元するべきだ。	沒有職員就沒有公司，因此應該將利益回饋到職員身上。
4	有権者あっての政治家ですから、有権者の声に耳を傾けるべきです。	沒有選民的支持就沒有政治家，因此應該好好傾聽選民的聲音。

5 今回(こんかい)の受賞(じゅしょう)も、先生(せんせい)のご指導(しどう)あってのことです。
這回能夠獲獎，一切都要歸功於老師的大力指導。

～いかんだ

「…如何，要看…」、「能否…要看…」、「取決於…」。

【體言（の）】＋いかんだ 。表示前面能不能實現，那就要根據後面的狀況而定了。「いかん」是「如何」之意，如例（1）～（4）；句尾用「～いかん／いかに」表示疑問，「…將會如何」之意。接續用法多以「體言＋や＋いかん／いかに」的形式，如例（5）。

1 勝利(しょうり)できるかどうかは、チームのまとまりいかんだ。
能否獲勝，就要看團隊的團結與否了。

例句

2 景気(けいき)の回復(かいふく)は、総理(そうり)の手腕(しゅわん)いかんだ。
景氣能否復甦，要看總理的本事了。

3 今春(こんしゅん)から転校(てんこう)するかどうかは、父(ちち)の仕事(しごと)いかんだ。
今年春天是否會轉學，要看父親的工作決定。

4 合格(ごうかく)するかどうかは、彼女(かのじょ)の努力(どりょく)のいかんだ。
合格與否端看她的努力。

5 果(は)たして、佐助(さすけ)の運命(うんめい)やいかん。
究竟結果為何，就要看佐助的造化了。

～いかんで（は）

「要看…如何」、「取決於…」。

【體言（の）】＋いかんで（は）。表示後面會如何變化，那就要看前面的情況、內容來決定了。「いかん」是「如何」之意，「で」是格助詞。

1 展示方法（てんじほうほう）いかんで、売（う）り上（あ）げは大（おお）きく変（か）わる。
隨著展示方式的不同，營業額也大有變化。

➡ 例句

2 次（つぎ）の選挙結果（せんきょけっか）いかんで、政局（せいきょく）は大（おお）きく変（か）わる可能性（かのうせい）がある。	根據下次選舉的結果，政局可能會有大變動。
3 検査結果（けんさけっか）いかんで、今後（こんご）の治療方針（ちりょうほうしん）が決（き）まる。	根據檢查的結果，來決定今後的治療方向。
4 天候（てんこう）のいかんでは、行（い）けないかもしれない。	還得看老天的臉色，我搞不好沒辦法去。
5 社長（しゃちょう）の判断（はんだん）のいかんでは、倒産（とうさん）もあり得（え）る。	端視董事長的決斷，亦不排除倒閉的可能。

～いかんにかかわらず

「無論…都…」。

➡【體言（の）】＋いかんにかかわらず。表示不管前面的理由、狀況如何，都跟後面的規定、決心或觀點沒有關係。也就是後面的行為，不受前面條件的限制。這是「いかん」跟不受前面的某方面限制的「にかかわらず」（不管…），兩個句型的結合。

1 本人（ほんにん）の意向（いこう）のいかんにかかわらず、命令（めいれい）は絶対（ぜったい）だ。
無論個人的意願如何，命令就是一切。

➡ 例句

2 賠償額（ばいしょうがく）のいかんにかかわらず、被害者側（ひがいしゃがわ）は上告（じょうこく）するつもりだ。	無論賠償金額如何，受害者一方都打算提出上訴。

3 料金のいかんにかかわらず、貴社に仕事を委託することはできない。	無論你估價費用多少，我們都無法將工作委託給貴社來做。
4 目的のいかんにかかわらず、紙幣をコピーするのは違法である。	先不論目的為何，複印紙鈔的行為就是違法。
5 理由のいかんにかかわらず、嘘はよくない。	不管有什麼理由，說謊就是不好。

～いかんによって（は）

「根據…」、「要看…如何」、「取決於…」。

➡【體言（の）】＋いかんによって（は）。表示依據。根據前面的狀況，來判斷後面的可能性。前面是在各種狀況中，選其中的一種，而在這一狀況下，讓後面的內容得以成立。

1 回復具合のいかんによって、入院が長引くかもしれない。
看恢復情況如何，可能住院時間會延長。

➡ 例句

2 反省のいかんによって、処分が軽減されることもある。	看反省的情況如何，也有可能減輕處分。
3 判定のいかんによって、試合結果が逆転することもある。	根據判定，比賽的結果也有可能會翻盤。
4 売れ行きのいかんによっては、販売が中止される可能性もある。	根據銷售的情況，或許有可能停止販售。
5 視聴者の反応いかんによっては、今月で番組を打ち切ることになります。	假如觀衆的反應不佳，這個月就會將節目停播。

～いかんによらず、によらず

「不管…如何」、「無論…為何」、「不按…」。

➡【體言（の）】＋いかんによらず、【體言】＋によらず。表示不管前面的理由、狀況如何，都跟後面的規定、決心或觀點沒有關係。也就是後面的行為，不受前面條件的限制。「如何によらず」是「いかん」跟不受某方面限制的「によらず」（不管…），兩個句型的結合。相當於「～いかんにかかわらず」。

1 理由のいかんによらず、ミスはミスだ。
不管有什麼理由，錯就是錯。

➡ 例句

2	役職のいかんによらず、配当は平等に分配される。	不管職位的高低，紅利都平等分配。
3	会社側の回答のいかんによらず、デモは実行される。	不管公司方面的回應，抗議遊行照常進行。
4	先方の対応いかんによらず、我々はすべきことをするだけです。	無論對方的應對如何，我們只有盡己所應為。
5	わが社は学歴によらず、本人の実力で採用を決めている。	本公司並不重視學歷，而是根據應徵者的實力予以錄取。

2-32

～うが、うと（も）

「不管是…」、「即使…也…」。

➡【用言意向形】＋うが、うと。表示逆接假定。前常接疑問詞相呼應，表示不管前面的情況如何，後面的事情都不會改變。後面是不受前面約束的，要接想完成的某事，或表示決心、要求的表達方式，如例（1）～（3）；也可接「隨你便、不干我事」的評價，如例（4）、（5）。

1 どんなに苦しかろうが、最後までやり通すつもりだ。
不管有多辛苦，我都要做到完。

➡ 例句

2 いくらお金があろうが、毎日が楽しくなければ意味がない。
即使再有錢，如果天天悶悶不樂也就沒意義了。

3 ほかの人にどう思われようとかまわない。
不管別人是怎麼認定我的都無所謂。

4 あの人がどうなろうと知ったことではない。
不管那個人會有什麼下場，都不干我的事。

5 他人に何と言われようとも、やりたいようにやる。
不管別人說什麼，只管照著自己想做的去做。

N1

～うが～うが、うと～うと

「不管…」、「…也好…也好」、「無論是…還是…」。

➡【用言意向形】＋うが、うと＋【用言意向形】＋うが、うと。舉出兩個或兩個以上相反的狀態、近似的事物，表示不管前項如何，後項都會成立，或是後項都是勢在必行的。

1 事実だろうとなかろうと、うわさはもう広まってしまっている。
不管事實究竟為何，謠言早就傳開了。

➡ 例句

2 雨が降ろうが風が吹こうが、学校には行かなければならない。
不管下雨還是颳風，都必須去學校。

3 高かろうが安かろうが、これがほしいと言ったらこれがほしい。	不管昂貴還是便宜，我說我想要就是想要。
4 結果が成功だろうと失敗だろうと、経験は必ず将来の役に立つ。	不管結果是成功還是失敗，經驗肯定都會對未來有所幫助。

～うが～まいが

「不管是…不是…」、「不管…不…」。

➡【動詞意向形】＋うが＋【動詞未然形（五段・カ變動詞終止形）】＋まいが。表示逆接假定條件。這句型利用了同一動詞的肯定跟否定的意向形，表示無論前面的情況是不是這樣，後面都是會成立的，是不會受前面約束的，如例（1）～（3）；表示對他人冷言冷語的說法，如例（4）、（5）。

1 台風が来ようが来るまいが、出勤しなければならない。
不管颱風來不來，都得要上班。

➡ 例句

2 あなたが信じようが信じまいが、私の気持ちは変わらない。	你相信也好，不相信也罷，我的心意絕對不會改變。
3 内部で抗争があろうがあるまいが、表面的には落ち着いている。	不管内部有沒有鬥爭，表面上看似一片和平。
4 真面目に働こうが働くまいが、俺の勝手だ。	不管要認真工作還是不工作，那都是我的自由！
5 彼が賛成しようとするまいと、私はやる。	不管他贊不贊成，我都會做。

～うと～まいと

「做…不做…都…」、「不管…不」。

➔【動詞未然形】＋うと＋【動詞未然形（五段・カ變動詞終止形）】＋まいと。跟「～うが、～まいが」一様，表示逆接假定條件。這句型利用了同一動詞的肯定跟否定的意向形，表示無論前面的情況是不是這樣，後面都是會成立的，是不會受前面約束的，如例（1）～（4）；表示對他人冷言冷語的說法，如例（5）。

1 売(う)れようと売(う)れまいと、いいものを作(つく)りたい。
不論賣況好不好，我就是想做好東西。

➔ 例句

2 自分(じぶん)がリストラされようとされまいと、みんなで団結(だんけつ)して会社(かいしゃ)に抗議(こうぎ)する。	不管自己是否會被裁員，大家都團結起來向公司抗議。
3 景気(けいき)が回復(かいふく)しようとしまいと、私(わたし)の仕事(しごと)にはあまり関係(かんけい)がない。	無論景氣是否恢復，與我的工作沒有太大的相關。
4 彼女(かのじょ)に男(おとこ)がいようといまいと、知(し)ったことではない。	管她有沒有男朋友，那都不關我的事。

～うにも～ない

「即使想…也不能…」。

➔【動詞意向形】＋うにも＋【動詞可能形的未然形】＋ない。表示因為某種客觀的原因，即使想做某事，也難以做到。是一種願望無法實現的說法。前面要接動詞的意向形，表示想達成的目標。後面接否定的表達方式，可接同一動詞的可能形否定形，如例（1）～（4）；後項不一定是接動詞的可能形否定形，也可能接表示「沒辦法」之意的「ようがない」，如例（5）。另外，前接サ行變格動詞時，除了用「詞幹＋しようがない」，還可用「詞幹＋のしようがない」。相當於「～したいが～できない」。

1 携帯電話も財布も忘れて、電話をかけようにもかけられなかった。
既沒帶手機也忘了帶錢包，就算想打電話也沒有辦法。

➡ 例句

2 この天気じゃ、出かけようにも出かけられないね。	依照這個天氣看來，就算想出門也出不去吧。
3 足がすくんでしまって、逃げようにも逃げられなかったんです。	兩腿發軟，就算想逃也逃不出去。
4 家に帰ってこないので、話そうにも話せない。	他沒有回家，就是想跟他說也沒辦法。
5 道具がないので、修理しようにも修理しようがない。	沒有工具，想修理也沒辦法修理。

～うものなら

「如果要…的話，就…」。

➡【動詞意向形】＋うものなら。表示假設萬一發生那樣的事情的話，事態將會十分嚴重。後項一般是嚴重、不好的事態。是一種比較誇張的表現。

1 昔は、親に反抗しようものならすぐに叩かれたものだ。
以前要是敢反抗父母，一定會馬上挨揍。

例句

2 あの犬は、ちょっとでも近づこうものならすぐ吠えます。 | 只要稍微靠近那隻狗就會被吠。

3 的外れな答えを言おうものなら、皆に容赦なく笑われます。 | 要是說了那麼離譜的答案，必定會遭到大家毫不留情地譏笑的。

4 ひどい花粉症で、この時期は外に出ようものなら、くしゃみが止まらなくなります。 | 由於我罹患嚴重的花粉症，要是在這個時節出門的話，必定會沿途噴涕連連的。

5 教 室で騒ごうものなら、先生にひどく叱られます。 | 只要敢在教室裡吵鬧，肯定會被老師罵得很慘。

2-33

～かぎりだ

「真是太…」、「…得不能再…了」、「極其…」。

【形容詞・形容動詞連體形】＋限りだ。表示喜怒哀樂等感情的極限。這是說話人自己在當時，有一種非常強烈的感覺，這個感覺別人是不能從外表客觀地看到的。由於是表達說話人的心理狀態，一般不用在第三人稱的句子裡。

1 孫の花嫁姿が見られるとは、うれしい限りだ。
能夠看到孫女穿婚紗的樣子，真叫人高興啊！

例句

2 10年ぶりに旧友に会うことができて、喜ばしい限りだ。 | 能夠見到闊別了十年的老友，真是太開心了！

3 国の代表としてオリンピックに行くとは、すばらしい限りだ。 | 能代表國家參加奧林匹克比賽，真是太棒了！

4 たったの２点で不合格になったとは、残念な限りだ。

只差兩分就及格了，真是可惜啊！

5 好きな人と結婚できて、幸せな限りです。

能和心愛的人結婚，可以說是無上的幸福。

～がさいご、たらさいご

「（一旦…）就必須…」、「（一…）就非得…」。

➡【動詞過去式】＋が最後、たら最後。表示一旦做了某事，就一定會產生後面的情況，或是無論如何都必須採取後面的行動。後面接說話人的意志或必然發生的狀況，且後面多是消極的結果或行為，如例（1）、（2）；「たら最後」是更口語的說法，句尾常用可能形的否定，如例（3）～（5）。相當於「一旦～したら」、「～すると、必ず」。

1 横領がばれたが最後、会社を首になった上に妻は出て行った。

盜用公款一事遭到了揭發之後，不但被公司革職，到最後甚至連妻子也離家出走了。

➡ 例句

2 あのスナックは食べたら最後、もう止まりません。

那種零嘴會讓人吃了就還想再吃。

3 聞かれたが最後、生かしてはおけない。

既然已經被你聽見了，那就絕對不能留下活口！

4 ここをクリックしたら最後、もう元には戻せないから気をつけてね。

要小心喔，按下這個按鍵以後，可就再也沒辦法恢復原狀了。

5 この地に足を踏み入れたが最後、一生出られない。

一旦踏進這個地方，就一輩子出不去了。

～かたがた

「順便…」、「兼…」、「一面…一面…」、「邊…邊…」。

➡【體言】＋かたがた。表示在進行前面主要動作時，兼做（順便做）後面的動作。也就是做一個行為，有兩個目的。前接動作性名詞，後接移動性動詞。前後的主語要一樣。詞義相當於「～がてら」。

1 帰省かたがた、市役所に行って手続きをする。
返鄉的同時，順便去市公所辦手續。

➡ 例句

2 出張かたがた、昔の同僚に会ってこよう。	出差時，順道去拜訪以前的同事吧！
3 会社訪問かたがた、先輩にも挨拶しておこう。	拜訪公司的同時，也順便跟前輩打個招呼吧！
4 犬の散歩かたがた、郵便局によって用事を済ませた。	溜狗的同時，順道去郵局辦了事情。
5 先日のお詫びかたがた、菓子を持っていった。	藉此致歉的機會，送上了糕餅。

～かたわら

「一邊…一邊…」、「同時還…」。

➡【體言の；動詞連體形】＋かたわら。表示在做前項主要活動、工作以外，在空餘時間之中還做別的活動、工作。前項為主，後項為輔，且前後項事情大多互不影響，如例（1）～（4）。跟「～ながら」相比，「～かたわら」通常用在持續時間較長的，以工作為例的話，就是在「副業」的概念事物上，相當於「～一方で、別に（A 傍ら B、A 為主要動作）」；也有在身邊、身旁的意思，如例（5）。用於書面。

1 支店長として多忙を極めるかたわら、俳人としても活動している。
他一邊忙碌於分店長的工作，一邊也以俳人的身分活躍於詩壇。

➡ 例句

2 プロとして作品を発表するかたわら、ときおり同人誌も出している。
他一方面以專業作家的身分發表作品，有時也會在同人誌上投稿刊載。

3 歌手のかたわら陶芸にも打ち込んでおり、日展に入選するほどだ。
他不但是歌手，同時也非常投入陶藝，作品甚至入選日本美術展覽會。

4 彼女は執筆のかたわら、あちこちで講演活動をしている。
她一面寫作，一面到處巡迴演講。

5 はしゃいでいる妹のかたわらで、姉はぼんやりしていた。
妹妹歡鬧不休，一旁的姊姊卻愣愣地發呆。

● ～がてら

「順便」、「在…同時」、「借…之便」。

➡【體言；動詞連用形】＋がてら。表示在做前面的動作的同時，借機順便也做了後面的動作，也就是做一個行為，有兩個目的，後面多接「行く、歩く」等移動性相關動詞，如例（1）～（4）；又，表示由於前項目的性的行為、動作，而去後項地點，但在後項地點所進行的事情大概不僅只是前項動作，如例（5）。

1 診察がてら、おじいちゃんの薬ももらって来る。
借檢查之便，同時也來拿爺爺的藥。

➡ 例句

2	買い物がてら、新幹線の切符の予約にも行って来た。	去買東西，順便來預約新幹線的車票。
3	孫を迎えに行きがてら、パン屋に寄る。	去接孫子，順便到麵包店。
4	子どもの登校を見送りがてら、お隣へ回覧板を届けてきます。	我去送小孩出門上學，順便把回覽通知送給隔壁鄰居。
5	散歩がてら、祖母の家まで行ってきた。	散步時順道繞去了祖母家。

● ～（か）とおもいきや

「原以為…」、「誰知道…」。

➡【體言；用言終止形】＋（か）と思いきや。表示按照一般情況推測，應該是前項的結果，但是卻出乎意料地出現了後項相反的結果，含有說話人感到驚訝的語感。後常跟「意外に（も）、なんと、しまった、だった」相呼應。本來是個古日語的說法，而古日語如果在現代文中使用通常是書面語，但「～（か）と思いきや」多用在輕鬆的對話中，不用在正式場合。相當於「～と思ったところが、意外にも～」。

1 どうせすぐ飽きるだろうと思いきや、もう3ヶ月も続いている。
還以為他很快就會玩膩了，想不到居然已經堅持三個月了。

➡ 例句

2	村田さんと阿部さん、結婚ももうすぐと思いきや、別れたらしい。	原以為村田先生和阿部小姐很快就要結婚了，沒想到他們好像分手了。
3	父は許してくれまいと思いきや、応援すると言ってくれた。	原本以為父親不會答應，沒料到他竟然說願意支持我。

N1

4 さっき出発したかと思いきや、３分で帰ってきた。
以為他剛出發了，誰知道才過三分鐘就回來了。

5 難しいかと思いきや、意外に簡単だった。
原以為很困難的，卻出乎意料的簡單。

～がはやいか

「剛一…就…」。

➡【動詞連體形】＋が早いか。表示剛一發生前面的情況，馬上出現後面的動作。前後兩動作連接十分緊密，前一個剛完，幾乎同時馬上出現後一個。由於是客觀描寫現實中發生的事物，所以後句不能用意志句、推量句等表現。

1 娘の顔を見るが早いか、抱きしめた。
一看到女兒的臉，就緊緊地抱住了她。

➡ 例句

2 判決を聞くが早いか、法廷から飛び出した。
剛一聽到判決，就從法庭飛奔出去。

3 ドアのベルが鳴るが早いか、うれしそうに駆け出して行った。
一聽到門鈴響起，就開心地快跑了出去。

4 横になるが早いか、いびきをかきはじめた。
一躺下來就立刻鼾聲大作。

5 店頭に商品が並ぶが早いか、たちまち売り切れた。
商品剛擺上架，立刻就銷售一空。

2-34

～がゆえ（に）、がゆえの

「因為是…的關係；…才有的…」。

➡【用言連體形】＋が故（に）、が故の；【體言（の）】＋故（に）、故の。是表示原因、理由的文言說法，相當於「（の）ため（に）」，如例（1）；使用「故の」時，後面要接名詞，如例（2）～（4）；「に」可省略，如例（5）。書面用語。相當於「～ので」、「～のために」、「～が原因で」。

1 電話で話しているときもついおじぎをしてしまうのは、日本人であるが故だ。
由於身為日本人，連講電話時也會不由自主地鞠躬行禮。

N1

➡ 例句

2	貧しさ故の犯行で、情状酌量の余地がある。	由於是窮困導致的犯行，可予以酌情減刑。
3	美人には、美人であるが故の悩みがある。	美女有美女才有的煩惱。
4	事実を知ったが故の苦しみもある。	有時認清事實，反而會讓自己痛苦。
5	若さ故（に）、過ちを犯すこともある。	年少也會因輕狂而犯錯。

～からある、からする、からの

「足有…之多…」、「值…」、「…以上」。

➡【體言（數量詞）】＋からある、からする、からの。前面接表示數量的詞，強調數量之多。含有「目測大概這麼多，說不定還更多」的意思。前接的數量，多半是超乎常理的。前面接的數字必須為尾數是零的整數，一般重量、長度跟大小用「からある」，價錢用「からする」，如例（1）～（3）；後接名詞時，用「からの」，如例（4）；又，表示數量最低限度的計算，如例（5）。

1 10キロからある大物(おおもの)の魚(さかな)を釣(つ)った。
釣到了一條起碼重達十公斤的大魚。

➡ 例句

2 20キロからあるスーツケースを一人(ひとり)で運(はこ)んだ。
一個人搬了重達二十公斤的行李箱。

3 このレストランの料理(りょうり)は一番(いちばん)安(やす)くても5,000円(えん)からする。
這家餐廳的料理，最便宜也要五千日圓以上。

4 2万字(まんじ)からの文章(ぶんしょう)を翻訳(ほんやく)した。
翻譯了兩萬字以上的文章。

5 あの店(みせ)のケーキは1個(こ)100円(えん)からある。
那家店的蛋糕每個從一百日圓起跳。

～かれ～かれ

「或…或…」、「是…是…」。

➡【形容詞詞幹】＋かれ＋【形容詞詞幹】＋かれ。舉出兩個相反的狀態，表示不管是哪個狀態、哪個場合的意思。原為古語用法，但「遅かれ早かれ」、「多かれ少なかれ」、「善かれ悪しかれ」已成現代日語中的慣用句用法。

1 あの二人(ふたり)が遅(おそ)かれ早(はや)かれ別(わか)れることは、目(め)に見(み)えていた。
那兩個人遲早都會分手，我早就料到了。

➡ 例句

2 若(わか)いうちは誰(だれ)でも、多(おお)かれ少(すく)なかれ人生(じんせい)の意味(いみ)について考(かんが)えるのではないだろうか。
年輕時不管是誰，多少都會思考人生的意義不是嗎？

3	善かれ悪しかれ、私達はグローバル化の時代に生きているのだ。	不管是好是壞，我們就是生活在國際化的時代。
4	どんな人にも、遅かれ早かれ死が訪れる。	不管是誰，早晚都難逃一死。

～きらいがある

「有一點…」、「總愛…」。

➡【動詞連體形；體言の】＋きらいがある。表示有某種不好的傾向，容易成為那樣的意思。多用在對這不好的傾向，持批評的態度。而這種傾向從表面是看不出來的，它具有某種本質性的性質，如例（1）～（4）；一般以人物為主語。以事物為主語時，多含有背後為人物的責任，如例（5）。書面用語。常用「どうも～きらいがある」。相當於「～がちだ」。

N1

1 うちの息子はすぐ頭に血が上るきらいがある。
我家兒子動不動就會暴怒。

➡ 例句

2	あの政治家は、どうも女性蔑視のきらいがあるような気がする。	我覺得那位政治家似乎有蔑視女性的傾向。
3	このごろの若い者は、歴史に学ばないきらいがある。	近來的年輕人，似乎有不懂得從歷史中記取教訓的傾向。
4	嫌なことがあるとお酒に逃げるきらいがある。	一旦面臨討厭的事情，總愛藉酒來逃避。
5	あの新聞は左派寄りのきらいがある。	那家報紙有偏左派的傾向。

N1 日語文法・句型詳解

～ぎわに、ぎわの（名詞）

「臨到…」、「在即…」、「迫近…」。

➡【動詞連用形】＋ぎわに、ぎわの N。表示事物臨近某狀態，或正當要做什麼的時候，如例（1）～（3）；【動詞連用形】＋ぎわに；【體言の】＋きわに。表示和其他事物間的分界線，特別注意的是「際」原形讀作「きわ」，常用「體言の＋際」的形式，如例（4）、(5)。常用「瀬戸際（せとぎわ）」（關鍵時刻）、「今わの際（いまわのきわ）」（臨終）。

1 白鳥は、死にぎわに美しい声で鳴くといわれています。
據說天鵝瀕死之際會發出淒美的聲音。

➡ 例句

2 寝際に起こされて、眠れなくなりました。	正要入睡時被叫醒，再也睡不著了。
3 散りぎわの桜は、はかなくて切ないものです。	開始凋謝飄零的櫻花，散落一地的虛無與哀愁。
4 目の際に、小さなできものができました。	我的眼睛附近長出了一粒東西。
5 髪の生え際が後退してきました。	我的髮線往後退了。

～きわまる

「極其…」、「非常…」、「…極了」。

➡【形容動詞語幹】＋きわまる。形容某事物達到了極限，再也沒有比這個更為極致了。這是說話人帶有個人感情色彩的說法。是書面用語。

1 大勢の人に迎えられ感激きわまった。
這麼多人來迎接我，真叫人是感激不已。

➡ 例句

2 受賞の知らせを聞き、うれしさきわまって泣き出した。
聽到得獎的消息，喜極而泣。

3 あの女の態度は失礼きわまる。
那女人的態度真是失禮至極。

4 多忙がきわまって体調を崩した。
過於忙碌，而弄垮了身體。

5 積み重なった怒りがきわまって、彼は椅子や机を蹴って暴れた。
由於怒氣累積到了極點，他狂亂地踢了桌椅。

N1

2-35

～きわまりない

「極其…」、「非常…」。

➡【形容動詞語幹（なこと）;形容詞連體形（こと）】＋きまわりない。跟「きわまる」一樣。形容某事物達到了極限，再也沒有比這個更為極致了，這是說話人帶有個人感情色彩的說法;前面常接「残念、残酷、失礼、不愉快、不親切、不可解、非常識」等負面意義的漢語。相當於「とても～である」、「たいへん～である」。

1 あそこのうちの子ときたら、全く不作法きまわりないんだから。
說到那家的小孩，實在沒規矩到了極點！

➡ 例句

2 彼女に四六時中監視されているようで、わずらわしいことききわまりない。
女友好像時時刻刻都在監視我，簡直把我煩得要命！

3 あと少しだったのに、残念なこときわまりない。
只差一點點就達成了，真是令人遺憾無比。

4 彼女の対応は、失礼きわまりない。
她的對應方式，太過失禮了。

5 周囲への配慮を欠いた彼の行為は、不愉快きわまりない。
他的舉止絲毫沒有考慮身邊人們的感受，委實令人極度不悅。

● ～くらいなら、ぐらいなら

「與其…不如…（比較好）」、「與其忍受…還不如…」。

➡【用言連體形；體言】＋くらいなら、ぐらいなら。表示與其選擇前者，不如選擇後者。說話人對前者感到非常厭惡，認為與其選叫人厭惡的前者，不如後項的狀態好。常用「くらいなら～方がましだ、くらいなら～方がいい」的形式，為了表示強調，後也常和「むしろ（寧可）」相呼應。「ましだ」表示兩方都不理想，但比較起來還是這一方好一些。

1 浮気するぐらいなら、むしろ別れたほうがいい。
如果要移情別戀，倒不如分手比較好。

➡ 例句

2 謝るぐらいなら、最初からそんなことしなければいいのに。
早知道要道歉，不如當初別做那種事就好了嘛！

3 コンビニ弁当、捨てるくらいなら、値引きすればいいのでは？
與其把便利商店的過期便當盒丟掉，不如降價買掉不是比較好？

4 書き直すくらいなら、初めからていねいに書きなさいよ。
早知道必須重寫，不如起初就仔細書寫，那樣不是比較好嗎？

5 恥ずかしがるぐらいなら、やらなきゃいいのに。 | 與其覺得不好意思，不如當初就不要做了啊！

～ぐるみ

「全部的…」。

➡【體言】＋ぐるみ。表示整體、全部、全員。前接體言時，通常為慣用表現。

1 強盜に身ぐるみはがされた。
被強盜洗劫一空。

➡ 例句

2 お祭りに観光客がたくさん来てくれるよう、町ぐるみで取り組む。 | 為了讓許多觀光客前來祭典，全村都忙了起來。

3 幹部は初め、彼個人の犯行を装ったが、やがて会社ぐるみの不正であったことが発覚した。 | 幹部起初假裝是他個人的罪行，不久後被發現是整間公司的違法行為。

4 林田さんとは、家族ぐるみのお付き合いをしている。 | 我和林田先生兩家平常都有來往。

～こそあれ、こそあるが

「雖然」、「但是」、「是…沒錯」。

➡【體言；形容動詞詞幹で】＋こそあれ、こそあるが。逆接用法。表示即使認定前項為事實，但說話人認為後項才是重點，如例（1）、（3）、（4）；又，有強調「是前項，不是後項」的作用，如例（2）。是書面用語。

1 程度の差こそあれ、人は誰でもストレスを感じながら生きているものです。
雖然有程度的差距，但不管是誰都懷抱著壓力而活著。

例句

2 子どもが悪いことをしたら叱るのは、親の義務でこそあれ、虐待ではない。	小孩做錯事而訓斥他，只是父母的義務，談不上是虐待。
3 彼は真面目でこそあるが、優柔不断なところが欠点だ。	他是很認真沒錯，但是優柔寡斷是他的缺點。
4 私はアメリカに住んでいたことこそありますが、小さなころだったので、あまり覚えていないんです。	我是有在美國住過沒錯，但那是我小時候的事了，記不太清楚。

～こそすれ

「只會…」、「只是…」。

【動詞連用形；體言】＋こそすれ。後面通常接否定表現，用來強調前項才是正確的，而不是後項。

1 これ以上放っておけば、今後地球環境は悪くなりこそすれ、良くなることは決してありません。
再繼續棄之不理的話，今後地球環境只會惡化，絕對不會好轉的。

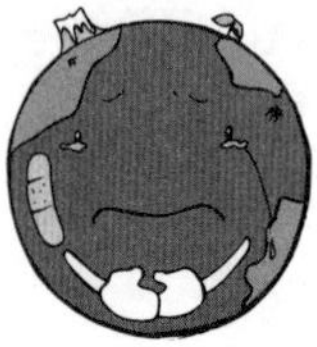

➡ 例句

2 いつも自慢ばかりしていても、みんなから嫌われこそすれ、尊敬されることなどないのに、彼には分からないらしい。
老是自吹自捧只會惹人厭，根本不會有人尊敬你，看來他不曉得這個道理。

3 山田さんは、ダイエットしようと言っていながらあの食べ方では、体重は増えこそすれ、減ることはないよ。
山田小姐說要減肥，但依照她的吃法，體重只會增加，不會減輕的喔。

4 新しい政府の顔ぶれを見ても、失望こそすれ、希望などまったくわいてこなかった。
看到新政府的幕僚，只有感到失望，完全沒有湧現任何希望。

～ごとし、ごとく、ごとき（名詞）

「如…一般（的）」、「同…一樣（的）」。

➡【體言（の）；動詞連體形（が）】＋如し、如く、如き N。好像、宛如之意，表示事實雖然不是這樣，如果打個比方的話，看上去是這樣的，如例（1）、（2）；出現於中國格言中，如例（3）。「ごとし」只放在句尾；「ごとく」放在句中；「ごとき」可以用「～ごとき＋名詞」的形式，形容「宛如…的…」；【體言】＋ごとき。前面接的體言，通常帶有謙讓或輕視之意，表示「像…那樣的…」，如例（4）、（5）。

1 彼女は天使の如き微笑で、みんなを魅了した。
她用宛如天使般的微笑，讓衆人入迷。

➡ 例句

2 桜の花びらが、雪の降る如く散る。
落櫻繽紛，如飛雪一般。

3 光陰矢の如し。
光陰似箭。

4 私如きがやらせていただいていいんですか。
如此重任交給像我這樣的人來做真的可以嗎？

5 山田如きにこの私が負けるものか。	我怎麼可能輸給像山田那樣的人呢？

2-36

～ことだし

「由於…」。

➡【體言である；形容動詞詞幹な；動詞・形容詞普通形】＋ことだし。後面接決定、請求、判斷、陳述等表現，表示之所以會這樣做、這樣認為的理由或依據。是口語用法，語氣較為輕鬆。

1 まだ早いけれど、目が覚めてしまったことだし、起きよう。
雖然還早，但都已經醒來了，起床吧。

➡ 例句

2 もう随分遅いことだし、そろそろ失礼します。	時間也不晚了，我該告辭了。
3 工藤さんが私につらく当たるのはいつものことだし、いちいち気にしていません。	工藤先生總是對我態度刻薄，所以我不會一一放在心上。
4 今日は晴れて空気がきれいなことだし、ハイキングにでも行くことにしよう。	今天天氣晴朗，空氣又清新，登山健行去吧！
5 森田さんはとても優しくてきれいなことだし、あんなすてきな男性を射止めるのももっともだ。	森田小姐非常溫柔又很漂亮，也難怪能抓住那麼出色的男性的心。

● ～こととて

「（總之）因為…」。

➡【體言の；用言連體形】＋こととて。表示順接的理由，原因。常用於道歉或請求原諒時，後面伴隨著表示道歉、請求原諒的內容，或消極性的結果，如例（1）～（3）。是一種正式且較為古老的表現方式。書面用語。另外，也可表示逆接的條件，相當於「こととはいえ、だからとはいえ」，「雖然是…也…」的意思，如例（4）、（5）。

1 このような重責（じゅうせき）を担（にな）うのは初（はじ）めてのこととて、至（いた）らぬ点（てん）もあるかと存（ぞん）じます。
這是我首度接下如此重責大任，想必仍有未臻完善之處。

➡ 例句

2 随分昔（ずいぶんむかし）のこととて、じっくり考（かんが）えないと思（おも）い出（だ）せない。
已經是很久以前的事了，得慢慢回憶才想得起來。

3 急（きゅう）なこととて、何（なん）のお構（かま）いもできませんが、どうぞごゆっくり。
忽然大駕光臨，沒能好好招待，還請多坐一會兒。

4 知（し）らぬこととて、許（ゆる）される過（あやま）ちではない。
這不是說不知道，就可以被原諒的。

5 束（つか）の間（ま）のこととて、苦痛（くつう）には違（ちが）いない。
雖然是轉眼之間發生的事，但一定感到很難過。

～ことなしに、なしに

「沒有…」、「不…而…」。

➡【動詞連體形】＋ことなしに；【體言】＋なしに。接在表示動作的詞語後面，表示沒有做前項應該先做的事，就做後項。意思跟「ないで、ず（に）」相近。書面用語，口語用「ないで」，如例（1）～（3）。相當於「～しないままで」；「ことなしに」表示沒有做前項的話，後面就沒辦法做到的意思，這時候，後多接有可能意味的否定表現，口語用「～しないで～ない」，如例（4）、（5）。

1 何の説明もなしに、いきなり彼女に「もう会わない」と言われた。
連一句解釋也沒有，女友突然就這麼扔下一句「我不會再跟你見面了」。

➡ 例句

2 約束なしに訪ねたが、快く迎えてくれた。
雖然沒事先約好就前去拜訪，對方仍很爽快接待了我。

3 電話の一本もなしに外泊するなんて、心配するじゃないの。
連打通電話說一聲都沒有就擅自在外面留宿，家裡怎會不擔心呢！

4 人と接することなしに、人間として成長することはできない。
不與人相處，就無法成長。

5 言葉にして言うことなしに、相手に気持ちを分かってもらうことはできない。
沒有把心裡的話說出來，對方就無從得知我們的感受。

この、ここ～というもの

「整整…」、「整個…來」。

➡ ここ、この＋【期間・時間】＋というもの。前接期間、時間的詞語，表示時間很長，「這段期間一直…」的意思。說話人對前接的時間，帶有感情地表示很長。

1 ここ数週間というもの、休日もひたすら仕事に追われていました。
最近連續幾星期的假日都在加班工作。

➡ 例句

2 ここ1年というもの、転職や大病などいろいろなことがありました。
回顧這一年來，經歷過換了工作與生了大病的重重波折。

3 この3週間というもの、企画を成功させるために寝る時間も惜しんで働いた。
這三個星期以來，為了順利完成企劃案，我們不惜晝夜趕工。

4 この2年間というもの、彼女のことを思わない日は1日もなかった。
這兩年以來，我沒有一天不思念她。

5 ここ1週間というもの、ろくなものを食べていない気がします。
我覺得我這一個禮拜，都沒有吃到像樣的三餐。

～（さ）せられる

「不禁…」、「不由得…」。

➡【動詞未然形】＋（さ）せられる。表示說話者受到了外在的刺激，自然地有了某種感觸。

1 この本には、考えさせられた。
這本書不禁讓我思考了許多。

例句

2	雄大な景色を見て、自然の偉大さを感じさせられた。	看到雄壯的景色，不禁讓我感受到大自然的偉大。
3	降るような星空を見て、人間なんてちっぽけな存在だと思わせられた。	看見滿天星斗，不由得感到人類是很渺小的存在。
4	大貫さんの真面目な勉強ぶりには感心させられる。	不得不佩服大貫同學認真讀書的樣子。

～しまつだ

「(結果)竟然…」、「落到…的結果」。

【動詞連體形；この／こんな】＋しまつだ。表示經過一個壞的情況，最後落得一個更壞的結果。前句一般是敘述事情發生的情況，後句帶有譴責意味地，陳述結果竟然發展到這樣的地步。有時候不必翻譯。相當於「～有様だ」、「～という悪い結果になった」。

1 うちの娘ときたら、仕事ばっかりして行き遅れるしまつだ。
說起我家的女兒呀，只顧著埋首工作，到頭來落得遲遲嫁不出去的老姑娘的下場。

例句

2	酒ばかり飲んで、あげくの果ては奥さんに暴力をふるうしまつだ。	他成天到晚只曉得喝酒，到最後甚至到了向太太動粗的地步。
3	泥棒に入られて、交通事故に遭って、その上会社まで首になるしまつだ。	先是家裡遭了小偷，然後又遇上交通意外，到最後還淪落到被公司開除的下場。

4 借金を重ねたあげく、夜逃げするしまつだ。
在欠下多筆債務後，落得躲債逃亡的下場。

5 良く考えずに投資なんかに手を出すから、このしまつだ。
就是因為未經仔細思考就輕易投資，才會落得如此下場。

2-37

～じゃあるまいし、ではあるまいし

「又不是…」。

➔【體言；動詞＋わけ】＋じゃあるまいし、ではあるまいし。表示由於並非前項，所以理所當然為後項。前項常是極端的例子，用以說明後項的主張、判斷、忠告。帶有斥責、諷刺的語感。

1 テレビドラマや映画じゃあるまいし、そんなことがあってたまるか。
又不是電視劇還是電影，怎麼可能會有那樣的事。

N1

➔ 例句

2 武士の時代じゃあるまいし、今どき自分のことを「拙者」なんて言う人はいないよ。
又不是武士的時代，現在沒有人會稱自己為「在下」的。

3 南極に行くわけではあるまいし、そんな厚いオーバー持って行かなくてもいいでしょう。
又不是去南極，用不著帶那麼厚的大衣去吧？

4 神様ではあるまいし、いつ大きな地震が起こるかなんて分かるわけがありません。
又不是神明，哪知道什麼時候會有大地震。

～ずくめ

「清一色」、「全都是」、「淨是…」。

【體言】＋ずくめ。前接名詞，表示全都是這些東西、毫不例外的意思。可以用在顏色、物品等；另外，也表示事情接二連三地發生之意。前面接的體言通常取決於慣用表現。

1 うれしいことずくめの１ヶ月(げつ)だった。
這一整個月淨是遇到令人高興的事。

例句

2	彼女(かのじょ)はいつも上(うえ)から下(した)までブランドずくめです。	她總是從頭到腳全身都是名牌裝扮。
3	最近(さいきん)はいいことずくめで、悩(なや)みなんか一(ひと)つもない。	最近淨是遇到好事，沒有任何煩惱。
4	黒(くろ)ずくめの男(おとこ)たちがこっちを見(み)ていて、気味(きみ)が悪(わる)い。	一群黑黝黝的男人一直盯著這邊看，感覺很不舒服。
5	今日(きょう)の夕食(ゆうしょく)はごちそうずくめだった。	今天的晚餐真是珍饈佳餚啊！

～ずじまいで、ずじまいだ、ずじまいの（名詞）

「（結果）沒…（的）」、「沒能…（的）」、「沒…成（的）」。

【動詞未然形】＋ずじまいで、ずじまいだ、ずじまいのＮ。表示某一意圖，由於某些因素，沒能做成，而時間就這樣過去了。常含有相當惋惜、失望、後悔的語氣。多跟「結局、とうとう」一起使用。使用「ずじまいの」時，後面要接名詞。

1 いなくなったペットを懸命に探したが、結局、その行方は分からずじまいだった。
雖然拚命尋找失蹤的寵物，最後仍然不知牠的去向。

➔ 例句

2 結局、彼女の話は聞けずじまいだった。	到最後，還是沒能聽完她的說法。
3 せっかくの連休だったのに、どこにも出かけずじまいで家にいました。	難得的連續休假，我卻哪裡也沒去，一直待在家裡。
4 うちには出さずじまいの年賀状がけっこうある。	我家收著不少沒有寄出去的賀年卡。
5 公表されずじまいの資料が、古い箱から発見されたそうです。	聽說他們從老舊的箱子裡，發現了未被公開的資料。

N1

～ずにはおかない、ないではおかない

「不能不…」、「必須…」、「一定要…」、「勢必…」。

➔【動詞未然形】＋ずにはおかない、ないではおかない。前接心理、感情等動詞，表示由於外部的強力，使得某種行為，沒辦法靠自己的意志控制，自然而然地就發生了，所以前面常接使役形的表現，如例（1）、（2）；當前面接的是表示動作的動詞時，則有主動、積極的「不做到某事絕不罷休、後項必定成立」語感，語含個人的決心、意志，如例（3）～（5）。相當於「必ず～する」、「絶対に～する」。

1 首相の度重なる失言は、国民を落胆させずにはおかないだろう。
首相一次又一次的失言，教民衆怎會不失望呢？

➡ 例句

2 この作品は、人々を感動させずにはおかない。	這件作品，教人們怎能不感動呢？
3 週末のデート、どうだった？白状させないではおかないよ。	上週末的約會如何？我可不許你不從實招來喔！
4 制裁措置を発動しないではおかない。	必須採取制裁措施。
5 息子がどうして死んだのか、真相を追究せずにおくものか。	我兒子是怎麼死的，怎能不去探究真相呢？

● ～すら、ですら

「就連…都」;「甚至連…都」。

➡【體言】＋すら、ですら。舉出一個極端的例子，表示連他（它）都這樣了，別的就更不用提了。有導致消極結果的傾向。和「さえ」用法相同。用「すら…ない」(連…都不…) 是舉出一個極端的例子，來強調「不能…」的意思。

1 プロの選手ですら、高校生の彼のボールを打てなかった。
才高中生的他所投出的球，就連專業的選手也打不到。

➡ 例句

2 大人ですら解決できない問題を、どうして子どもが解決できようか。	連大人都解決不了的問題，小孩子怎麼可能解決呢？
3 温厚な彼ですら怒りをあらわにした。	連敦厚的他，都露出憤怒的神情來了。

4 疲れすぎて、お風呂に入る気力すらない。 | 因為過度疲勞，連洗澡的力氣都沒有了。

5 発言するチャンスすら得られなかった。 | 連讓我發言的機會也沒有。

～そばから

「才剛…就…」、「隨…隨…」。

➡【動詞連體形】＋そばから。表示前項剛做完，其結果或效果馬上被後項抹殺或抵銷。常用在反覆進行相同動作的場合。大多用在不喜歡的事情。相當於「～するすぐあとから」、「～たと思ったらすぐに～」。

N1

1 ほら、また！　言ってるそばからこぼすんじゃないよ。
瞧，又來了！怎麼話才說完，又掉得滿地都是了啦！

➡ 例句

2 稼ぐそばから使ってしまうなんて。お金はわいて出るもんじゃないのよ。 | 才剛賺到手又花掉了！錢可不是會自己冒出來的東西耶！

3 並べたそばから売れていく絶品のスイーツなのです。 | 這是最頂級的甜點，剛陳列出來就立刻銷售一空。

4 片付けるそばから、子どもが散らかす。 | 我才剛收拾好，小孩子就又弄得亂七八糟。

5 ドーナツを揚げているそばから、子どもがつまみ食いする。 | 我才炸好甜甜圈，孩子就偷吃。

2-38

～ただ～のみ

「只有…」、「只…」、「唯…」。

➡ ただ＋【用言連體形；體言】＋のみ。表示限定除此之外，沒有其他。「ただ」跟後面的「のみ」相呼應，有加強語氣的作用。「のみ」是嚴格地限定範圍、程度，是規定性的、具體的。「のみ」是書面用語，意思跟「だけ」相同。

1 ただ女性のみがお産の苦しみを知っている。
只有女人才知道生產的辛苦。

➡ 例句

2 今の社会システムの下では、ただ官僚のみが甘い汁を吸っている。	在現今的社會體制下，只有當官的才能得到好處。
3 自然界では、ただ強い者のみが生き残れる。	自然界中只有強者才能倖存。
4 部下はただ上司の命令に従うのみだ。	部下只能遵從上司的命令。
5 失敗したことは忘れて、ただ次の仕事に専念するのみだ。	忘掉過去的失敗，只專心於接下來的工作。

～ただ～のみならず

「不僅…而且」、「不只是…也」。

➡ ただ＋【用言連體形；體言】＋のみならず。表示不僅只前項這樣，後接的涉及範圍還要更大、還要更廣，後常和「も」相呼應。是書面用語。

1 彼はただアイディアがあるのみならず、実行力も備えている。
他不僅能想點子，也具有實行能力。

➡ 例句

2	彼はただ勇敢であるのみならず、優しい心の持ち主でもある。	他不只勇敢，而且秉性善良。
3	彼女はただ気立てがいいのみならず、社交的で話しやすい。	她不僅脾氣好，也善於社交很聊得來。
4	彼女はただシェークスピアのみならず、イギリス文学全般をよく理解している。	她不只懂莎士比亞，對所有英國文學也都很瞭解。
5	ただ子どもの安全のみならず、大人の安全も考慮に入れた。	不只是孩子們的安全而已，也將大人們的安全考量進去了。

～たところが

「…可是…」、「結果…」。

➡【動詞連體形】＋たところが。表示順態或逆態接續，後項往往是出乎意料的客觀事實。因為是用來敘述已發生的事實，所以後面要接過去式的表現。相當於「そうであるのに」，「然而卻…」的意思。

1 ソファーを購入したところが、ソファーベッドが送られてきました。

買了沙發，廠商卻送成了沙發床。

➡ 例句

2	荷物を預けたところが、重量オーバーで追加料金の支払いを要求された。	把行李送去託運，沒想到竟然被要求支付超重費。
3	これで大丈夫と思っていたところが、大変なトラブルになった。	原先以為這樣就沒事了，沒想到竟演變成了嚴重的糾紛。

4 医者に診てもらいに行ったところが、休みだった。
去看了病以後休息。

5 家に電話をかけたところが、誰も出ませんでした。
我打了通電話到家裡，卻都沒有人接。

～たところで～ない

「即使…也不…」、「雖然…但不」、「儘管…也不…」。

➡【動詞連體形】＋たところで～ない。接在動詞過去式之後，表示即使前項成立，後項的結果也是與預期相反，無益的、沒有作用的，或只能達到程度較低的結果，所以句尾也常跟「無駄、無理」等否定意味的詞相呼應。句首也常與「どんなに、何回、いくら、たとえ」相呼應表示強調。後項多為說話人主觀的判斷。相當於「たとえ～しても」。

1 今から勉強したところで、受かるはずもない。
就算從現在開始用功讀書，也不可能考得上。

➡ 例句

2 どんなに悔やんだところで、もう取り返しがつかない。
就算再怎麼懊悔，事情也沒辦法挽回了。

3 何回言ったところで、どうしようもないよ。
任憑說了多少次，也是沒用的啦！

4 いくら急いだところで、8時には着きそうもない。
無論再怎麼趕路，都不太可能在八點到達吧！

5 応募したところで、採用されるとは限らない。
即使去應徵了，也不保證一定會被錄用。

～だに

「一…就…」;「連…也（不）…」。

➡【體言（＋格助詞）;動詞連體形】＋だに。前接「考える、想像する、思う、聞く、思い出す」等心態動詞時，則表示光只是做一下前面的心裡活動，就會出現後面的狀態了，如例（1）～（3）。有時表示消極的感情，這時後面多為「怖い、つらい」等表示消極的感情詞；前接名詞時，舉一個極端的例子，表示「就連…也（不）…」的意思，如例（4）、（5）。

1 あの日のことを思い出すだに、思わず頬が緩む。
一想起那天的事，就忍不住露出笑容。

➡ 例句

2 見知らぬ人に後をつけられたことを思い出すだに、体が震えてくる。	光是回想起被陌生人跟蹤的往事，就讓我全身抖個不停。
3 地震のことなど考えるだに恐ろしい。	只要一想像發生地震的慘狀就令人不寒而慄。
4 私が大声で叫んでも、彼は一べつだにしなかった。	即便我大聲叫喚，他卻連一聲也不吭。
5 想像だにしなかった幸運に、まるで夢を見ているようです。	這是根本意想不到的幸運，簡直就像在做夢一般。

～だの～だの

「又是…又是…」、「一下…一下…」、「…啦…啦」。

➡【動詞、形容詞終止形；形容動詞詞幹；體言】＋だの。列舉用法，在眾多事物中選出幾個具有代表性的。多半帶有負面的語氣，常用在抱怨事物。是口語用法。

1 毎年、年末は、大掃除だのお歳暮選びだので忙しい。
每年年尾又是大掃除又是挑選年終禮品，十分忙碌。

例句

2 住宅ローンだの子どもの学費だので、いくら働いてもお金がたまらない。	又是房貸又是小孩的學費，不管再怎麼工作就是存不了錢。
3 新しい家を見に行ったが、部屋が狭いだの駅から遠いだのと主人が文句を付けたので、決まらなかった。	去物色新居一趟，不過外子一下抱怨房間很窄一下又說離車站很遠，所以作罷。
4 私の母はいつも、もっと勉強しろだの家の手伝いをしろだのと、うるさくてたまらない。	我媽媽老是要我用功唸書啦幫忙做家事啦，真是囉嗦得不得了。

2-39

～たらきりがない、ときりがない、ばきりがない、てもきりがない

「沒完沒了」。

【動詞連用形】＋たらきりがない、てもきりがない。【動詞終止形】＋ときりがない。【動詞假定形】＋ばきりがない。前接動詞，表示是如果做前項的動作，會永無止盡，沒有結束的時候。

1 これ以上考えてもきりがないから、諦めた。
再想下去簡直是沒完沒了，所以我放棄了。

➡ 例句

2 もっといいのが欲(ほ)しいけど、上(うえ)を見(み)たらきりがないから、これぐらいで我慢(がまん)しておこう。
雖然想要更好的，但目光放高的話只會沒完沒了，所以還是先這樣忍耐一下吧。

3 細(こま)かいことを気(き)にするときりがないから、あまりこだわらないことにしよう。
在意小事只會沒完沒了，所以還是不要太拘泥吧。

4 欲(よく)を言(い)えばきりがないが、せめてもう少(すこ)し料理(りょうり)がうまければ、家内(かない)は言(い)うことなしなんだが。
要求太多的話根本就說不完，但至少希望內人煮的菜能再好吃一點，這樣一來她就無可挑剔了。

N 1

● ～たりとも

「那怕…也不（可）…」、「就是…也不（可）…」。

➡【體言】＋たりとも。前接「一＋助數詞」的形式，表示最低數量的數量詞，強調最低數量也不能允許，或不允許有絲毫的例外，如例（1）～（4），是一種強調性的全盤否定的說法，所以後面多接否定的表現。書面用語。也用在演講、會議等場合。相當於「たとえ～であっても」、「～でも～ない」;「何人たりとも」為慣用表現，表示「不管是誰都…」，如例（5）。

1 ご恩(おん)は１日(にち)たりとも忘(わす)れたことはありません。
您的大恩大德我連一天也不曾忘記。

➡ 例句

2 国民(こくみん)の血税(けつぜい)は、１円(えん)たりとも無駄(むだ)にはできない。
國民的血汗稅金，就算是一塊錢也不可以浪費。

3 １匹(ぴき)たりとも逃(に)がすことはできない。
即使一隻也不能讓牠跑掉。

4	1個たりとも渡すわけにはいかない。	一個也不能給你。
5	何人たりとも立ち入るべからず。	無論任何人都不得擅入。

～たる（もの）

「作為…的…」。

➡【體言】＋たる（者）。表示斷定或肯定的判斷。前接高評價的事物、高地位的人、國家或社會組織，表示照社會上的常識、認知來看，應該會有合乎這種身分的影響或做法，所以後常和表示義務的「～べきだ、～なければならない」等相呼應。「たる」給人有莊嚴、慎重、誇張的印象。書面用語。相當於「～である以上」、「～の立場にある」。

1 男たる者、こんなところで引き下がれるか。
身為男子漢，面臨這種時刻怎麼可以退縮不前呢？

➡ 例句

2	彼はリーダーたる者に求められる素質を備えている。	他擁有身為領導者應當具備的特質。
3	企業経営者たる者には的確な判断力が求められる。	作為一個企業的經營人，需要有正確的判斷力。
4	私に言わせれば、香りこそドリアンの果物の王たるゆえんである。	依我的看法，那股香氣正是榴槤成為水果之王的理由。
5	万物の創造主たる神の御前では、王もこじきもありません。	在造萬物之主的至聖之神面前，不分國王和乞丐，全都一律平等。

～つ～つ

「（表動作交替進行）一邊…一邊…」、「時而…時而…」。

➡【動詞連用形】＋つ＋【動詞連用形（被動態）】＋つ。表示同一主體，在進行前項動作時，交替進行後項動作。用同一動詞的主動態跟被動態，如「抜く、抜かれる」這種重複的形式，表示兩方相互之間的動作，如例（1）～（3）；也可以用「浮く（漂浮）、沈む（下沈）」兩個意思對立的動詞，表示兩種動作的交替進行，如例（4）、（5）。書面用語。多作為慣用句來使用。

1 二人の成績は、抜きつ抜かれつだ。
兩人的成績根本不分上下。

➡ 例句

2	セール期間中、デパートは押しつ押されつの大賑わいだ。	百貨公司在特賣期間，顧客我推你擠的非常熱鬧。
3	なんだかんだ言っても、肉親は持ちつ持たれつの関係にある。	雖然嘴裡嫌東嫌西的，畢竟血濃於水還是相互扶持的血親關係。
4	変な人が銀行の前を行きつ戻りつしている。	有個可疑的人正在銀行前面走來走去。
5	月が雲間に見えつ隠れつしている。	月亮在雲隙間若隱若現。

～であれ、であろうと

「即使是…也…」、「無論…都…」。

➡【體言】＋であれ、であろうと。表示不管前項是什麼情況，後項的事態都還是一樣。後項多為說話人主觀的判斷或推測的內容。前面有時接「たとえ」。

N1 日語文法・句型詳解

1 たとえアナウンサーであれ、舌(した)が回(まわ)らないこともある
即使是新聞播報員，講話也會有打結的時候。

➡ 例句

2 たとえ警察官(けいさつかん)であれ、罪(つみ)を犯(おか)すものもいる。
就算是警察也會犯罪。

3 たとえ貧乏(びんぼう)であれ、何(なに)か生(い)きがいがあれば幸(しあわ)せだ。
即使貧窮，只要有生活目標也是很幸福的。

4 たとえどんな理由(りゆう)であれ、家庭内暴力(かていないぼうりょく)は絶対(ぜったい)に許(ゆる)せません。
無論基於什麼理由，絕對不容許對父母暴力相向。

5 オーブンレンジであれば、どのメーカーのものであろうと構(かま)いません。
只要是微波烤箱，無論是哪家廠牌的都沒關係。

～であれ～であれ

「即使是…也…」、「無論…都」、「也…也…」。

➡【體言】＋であれ＋【體言】＋であれ。表示不管哪一種人事物，後項都可以成立。先舉出幾個例子，再指出這些全部都適用之意。

1 雨(あめ)であれ、晴(は)れであれ、イベントは予定通(よていどお)り開催(かいさい)される。
無論是下雨或晴天，活動仍然照預定舉行。

➡ 例句

2 子(こ)どもであれ、大人(おとな)であれ、間違(まちが)いなく楽(たの)しめる。
無論是小孩還是大人，都一定可以樂在其中。

3 幹部であれ、普通の職員であれ、責任は同じだ。
無論身為幹部或是一般職員，都必須要肩負同樣的責任使命。

4 与党の議員であれ、野党の議員であれ、選挙前はみんな必死だ。
無論是執政黨的議員，或在野黨的議員，選舉前大家都很拼命。

5 反対であれ、賛成であれ、意思表示することが大切だ。
無論是反對還是贊成，表示意見是很重要的。

2-40

～てからというもの（は）

「自從…以後一直」、「自從…以來」。

➡【動詞連用形】＋てからというもの（は）。表示以前項行為或事件為契機，從此以後有了很大的變化。用法、意義跟「～てから」大致相同。書面用語。相當於「～してから、ずっと」。

1 核実験を行ってからというもの、国際社会の反発が高まっている。
自從進行核爆測試以後，國際社會的反對聲浪益發高漲。

➡ 例句

2 子どもを病気で亡くしてからというものは、すっかり気落ちしている。
自從小孩因病過世以後，他變得非常沮喪。

3 肝臓を悪くしてからというものは、お酒は控えている。
自從肝功能惡化以後，他就盡量少喝酒了。

N1

4 高校を中退してからというもの、彼はすっかり付き合いが悪くなった。	他從高中中輟之後，變得完全不與人來往了。
5 オーストラリアに赴任してからというもの、家族とゆっくり過ごす時間がない。	自從到澳洲赴任以後，就沒有時間好好跟家人相處了。

～てしかるべきだ

「應當…」、「理應…」。

【動詞・形容詞連用形】＋てしかるべきだ；【形容動詞詞幹】＋でしかるべきだ。表示那樣做是恰當的、應當的。也就是用適當的方法來解決事情。

1 所得が低い人には、税金の負担を軽くするなどの措置がとられてしかるべきだ。
應該實施減輕所得較低者之稅負的措施。

例句

2 この研究成果はもっと評価されてしかるべきだ。	此一研究成果理當獲得更大的肯定。
3 国民の視点にたった改革がなされてしかるべきだ。	應當從國民的視角推動改革才行。
4 彼女の努力はもっと正当に評価されてしかるべきだ。	對她的努力應該給予更加公允的評價才是。
5 大接戦で負けたのだから、もっと悔しがってしかるべきです。	因為在拉距戰中輸了，他們應該要感到悔恨才是。

● ～てすむ、ないですむ、ずにすむ

「…就行了」、「…就可以解決」;「不…也行」、「用不著…」。

➡【動詞・形容詞連用形】＋て済む。表示以某種方式，某種程度就可以，不需要很麻煩，就可以解決問題了；【動詞未然形】＋ないで済む、ずに済む。表示不這樣做，也可以解決問題，或避免了原本預測會發生的不好的事情。

1 友達が、余っていたコンサートの券を１枚くれた。それで、私は券を買わずにすんだ。
朋友給了我一張多出來的演唱會的入場券，我才得以不用買入場券。

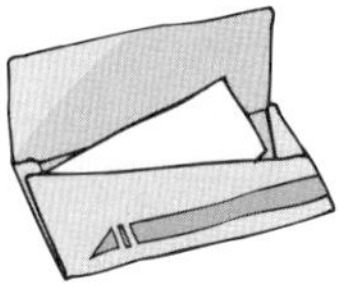

➡ 例句

2 謝って済むなら警察も裁判所もいらない。
如果道歉就能解決事情，那就不需要警察跟法院了。

3 図書館が家の近くにあるので、本を買わないで済みます。
由於圖書館距離家裡很近，根本不必買書。

4 唐辛子やお酢をうまく活用すれば、塩やしょう油をたくさん入れなくても済みますよ。
如果能夠巧用辣椒和醋調味，其實不必加很多鹽或醬油也很好吃喔。

5 会社には寮があるので、家賃は安くて済みます。
公司有提供宿舍，所以房租不用花太多錢。

～でなくてなんだろう

「難道不是…嗎」、「不是…又是什麼呢」。

➡【體言】＋でなくてなんだろう。用一個抽象名詞，帶著感情色彩述說「這個就可以叫做…」的表達方式。這個句型是用反問「這不是…是什麼」的方式，來強調出「這正是所謂的…」的語感。常見於小說、隨筆之類的文章中。含有說話人主觀的感受。相當於「～のほかのものではない」、「これこそ～そのものである」。

1 またこんなものを買(か)って、これが無駄遣(むだづか)いでなくてなんなのよ。
你又買了這種東西！假如這不叫亂花錢，那又是什麼呢？

➡ 例句

2 二人(ふたり)は出会(であ)った瞬間(しゅんかん)、恋(こい)に落(お)ちた。これが運命(うんめい)でなくてなんだろう。
兩人在相遇的剎那就墜入愛河了。如果這不是命中注定，又該說是什麼呢？

3 これが恩人(おんじん)に対(たい)する裏切(うらぎ)りでなくてなんだろう。
假如這不叫背叛恩人，那又叫做什麼呢？

4 根(ね)も葉(は)もないのに、こんな記事(きじ)を書(か)くなんて、捏造(ねつぞう)でなくてなんだろう。
根本無憑無據，竟然寫出這樣的報導，這不是捏造又叫做什麼呢？

5 これが幸(しあわ)せでなくてなんだろう。
這難道不就是所謂的幸福嗎？

～ではあるまいし

「又不是…」、「也並非…」。

➡【體言】＋ではあるまいし。表示「因為不是前項的情況，後項當然就…」，後面多接說話人的判斷、意見跟勸告等。雖然是表達方式比較古老，但也常見於口語中，更口語的說法為「じゃあるまいし」。一般不用在正式的文章中。相當於「～ではないのだから」、「～でもないのだから」。

1 実の親でもあるまいし、おしゅうとめさんの介護をするなんて偉いね。

又不是自己的母親，能願意照顧婆婆，實在太偉大了！

➡ 例句

2 知らなかったわけじゃあるまいし、今さら何を言うんだ。

我又不是不知道來龍去脈，事到如今還有什麼好辯解的？

3 （痴漢の言い訳）ちょっと触ったくらいで何だ、減るもんじゃあるまいし。

（色情狂的說辭）只不過輕輕碰了一下，又不會死人！

4 世界の終わりではあるまいし、そんなに悲観する必要はない。

又不是到了世界末日，不必那麼悲觀。

5 子どもじゃあるまいし、これぐらい分かるでしょ。

又不是小孩，這應該懂吧！

～てはかなわない、てはたまらない

「…得受不了」、「…得要命」、「…得吃不消」。

➡【用言連用形】＋てはかなわない、てはたまらない；【形容動詞詞幹】＋ではかなわない、ではたまらない。表示負擔過重，無法應付。如果按照這樣的狀況下去不堪忍耐、不能忍受。是一種動作主體主觀上無法忍受的表現方法。用「かなわない」有讓人很苦惱的意思。常跟「こう、こんなに」一起使用。口語用「ちゃかなわない、ちゃたまらない」。

N1

1 面白いと言われたからといって、同じ冗談を何度も聞かされちゃかなわない。
雖說他說的笑話很有趣，可是重複聽了好幾次實在讓人受不了。

例句

2 君にそう言われちゃかなわないよ。	被你這麼一說，讓我深感汗顏呀。
3 卸値をこれ以上下げられてはかなわない。	要是批發價格再往下掉的話，那可受不了了。
4 助けてあげたいけど、借金がここまで膨大ではかなわない。	我很想幫忙，但你欠債如此龐大，我真的也束手無策。
5 たいした傷でもないのに、大げさにクレームをつけられてはたまらない。	根本沒什麼大不了的傷勢，竟然還誇大其詞地要求賠償，真是過分。

2-41

～てはばからない

「不怕…」、「毫無顧忌…」。

【動詞連用形】＋てはばからない。前常接跟說話相關的動詞，如「言う、断言する、公言する」的連用形。表示毫無顧忌地進行前項的意思。

1 その新人候補は、今回の選挙に必ず当選してみせると断言してはばからない。
那位新的候選人毫無畏懼地信誓旦旦必將在此場選舉中勝選。

➡ 例句

2 人様に迷惑をかけてはばからない。
毫無忌憚地叨擾他人。

3 彼は自分が正しいと主張してはばからない。
他毫無所懼地堅持自己是正確的。

4 占い師は今月大地震が発生すると言ってはばからないけど、誰も信じていないみたい。
雖然占卜師斷言這個月將會發生大地震，但是似乎沒有任何人相信他。

5 彼は外務大臣なのに、英語ができないと公言してはばからない。
他身為一個外交部長，卻毫不諱言對外宣稱自己不會講英語。

N1

● ～てまえ

「由於…所以…」。

➡【動詞普通形・體言の】＋手前。強調理由、原因，用來解釋自己的難處、不情願。有「因為要顧自己的面子或立場必須這樣做」的意思，如例（1）～（4）。後面通常會接表示義務、被迫的表現，例如：「なければならない」、「しないわけにはいかない」、「ざるを得ない」、「しかない」；又，表示場所，不同於表示前面之意的「まえ」，此指與自身距離較近的地方，如例（5）。

1 せっかく作ってくれたんだ。あんまりおいしくないけれど、彼女の手前、全部食べなくちゃ。
這是她特地下廚為我烹煮的。雖然不怎麼好吃，但由於她是我的女朋友，我得全部吃光光。

➡ 例句

2 一人でできると言ってしまった手前、「やっぱり手伝って」なんて言うのはかっこう悪いよ。
之前曾說過自己一個人就能辦到，現在才來說「還是幫我忙吧」實在是太丟臉了。

3 1週間でやると部長に約束した手前、残念だが合コンの誘いは断って残業しないと。	我和部長說好一個禮拜內要搞定，雖然很可惜，但還是不得不拒絕聯誼的邀約來加班。
4 部下達の手前、なんとかミスを取り繕わなければいけない。	因為他們是我的下屬，所以一定要想辦法亡羊補牢。
5 日本では、箸を右ではなく手前に置きます。	在日本，筷子是橫擺在自己的正前方，而不是右邊。

～てもさしつかえない、でもさしつかえない

「…也無妨」、「即使…也沒關係」、「…也可以」。

【動詞テ形；形容詞連用形】＋ても差し支えない。【形容動詞詞幹；體言】＋でも差し支えない。讓步表現。表示前項也是可行的。相當於「～てもかまわない」和「～てもいい」，只是語氣比較正式。

1 字は、丁寧に書けば多少下手でも差し支えないですよ。
字只要細心地寫，就算是寫不怎麼好也沒關係喔。

例句

2 すみません。今、少しお時間いただいても差し支えないでしょうか。	不好意思，現在方便耽誤您一點時間嗎？
3 出発は朝少し早くても差し支えないですよ。	即使早上早點出發也無妨喔。
4 寄付は少額でも差し支えありません。	捐款就算是一點小錢也可以。

● ～てやまない

「…不已」、「一直…」。

➔【動詞連用形】＋てやまない。接在感情動詞後面，表示發自內心的感情，且那種感情一直持續著，如例（1）～（4）。這個句型由古漢語「…不已」的訓讀發展而來。常見於小說或文章當中，會話中較少用；又，表示永無止境，如例（5）。

1 彼の態度に、怒りを覚えてやまない。
對他的態度感到很火大。

➔ **例句**

2 彼女の話を聞いて、涙がこぼれてやまない。	聽了她的話之後，眼淚就流個不停。
3 兵士が無事に帰国することを願ってやまない。	由衷祈求士兵們能夠平安歸國。
4 さっきの電話から、いやな予感がしてやまない。	接到剛才的電話以後，就一直有不好的預感。
5 もう少し早く駆けつけていればと、後悔してやまない。	如果再早一點趕過去就好了，對此我一直很後悔。

● ～と～（と）があいまって、～が／は～とあいまって

「…加上…」、「與…相結合」、「與…相融合」。

➔【體言】＋と＋【體言】＋（と）が相まって。表示某一事物，再加上前項這一特別的事物，產生了更加有力的效果之意。書面用語，也用「～が／は～と相まって」的形式。相當於「～と一緒になって」、「～と影響し合って」。此句型後項通常是好的結果。

1 喜(よろこ)びと驚(おどろ)きが相(あい)まって、言葉(ことば)が出(で)てこなかった。
驚喜交加，讓我說不出話來。

➡ 例句

2 ストレスと疲(つか)れが相(あい)まって、寝込(ねこ)んでしまった。	壓力加上疲勞，竟病倒了。
3 奇抜(きばつ)なストーリーが絵柄(えがら)の美(うつく)しさと相(あい)まって、今大人気(いまだいにんき)のマンガです。	在引人入勝的故事情節與絕美屏息的圖畫相輔相成之下，這部漫畫目前廣受讀者的瘋狂喜愛。
4 日本(にほん)の風土(ふうど)が日本人(にほんじん)の美意識(びいしき)と相(あい)まって、俳句(はいく)という文学(ぶんがく)を生(う)み出(だ)した。	在日本的風土與日本人的美學意識兩相結合之下，孕育出所謂的俳句文學。
5 彼女(かのじょ)の美貌(びぼう)は、優雅(ゆうが)な立(た)ち居振(いふ)る舞(ま)いと相(あい)まって、私(わたし)の目(め)を引(ひ)き付(つ)けた。	她妍麗的姿容加上優雅的舉手投足，深深吸引了我的目光。

～とあって

「由於…（的關係）」、「因為…（的關係）」。

➡【用言終止形；體言】＋とあって。表示理由，原因。由於前項特殊的原因，當然就會出現後項特殊的情況，或應該採取的行動。後項是說話人敘述自己對某種特殊情況的觀察。書面用語，常用在報紙、新聞報導中。相當於「～であるから」、「～ということで」、「～だけあって」。

1 人気(にんき)バンドが初(はじ)めて来日(らいにち)するとあって、空港(くうこう)にはファンが詰(つ)め掛(か)けた。
由於這支當紅樂團是首度來到日本，前來接機的歌迷擠爆了機場。

例句

2 ほかならぬ山辺先生に頼まれたとあっては、断るわけにはいきませんね。	既然是山邊老師的特意央託，我總不能拒絕吧？
3 特売でこんなに安いとあっては、デパートが混まないはずはありません。	特賣的價格那麼優惠，百貨公司怎麼可能不擠得人山人海呢？
4 年頃とあって、最近娘はお洒落に気を使っている。	因為正值妙齡，女兒最近很注重打扮。
5 サミットが開催されるとあって、空港の警備が強化されています。	由於高峰會即將舉行，機場也提高了安全戒備。

2-42

～とあれば

「如果…那就…」、「假如…那就…」。

【用言終止形；體言】＋とあれば 。是假定條件的說法。表示如果是為了前項所提的事物，是可以接受的，並將取後項的行動。前面常跟表示目的的「ため」一起使用，表示為了假設情形的前項，會採取後項。後句不能出現表示請求或勸誘的句子。

1 デザートを食べるためとあれば、食事を我慢しても構わない。
假如是為了吃甜點，不吃正餐我也能忍。

例句

2 昇進のためとあれば、何でもする。	如果是為了升遷，我什麼都願意做。
3 彼女のご両親にあいさつに行くとあれば、緊張するのもやむを得ない。	既然要去向她的父母請安問候，也不由得感到心情緊張。

4 1日15分でいいとあれば、続けられそうな気がします。
如果一天只需花十五分鐘，那或許可以持續下去。

5 もし必要とあれば、弁護士の紹介も可能です。
如果有必要的話，也可以幫你介紹律師。

●～といい～といい

「不論…還是」、「…也好…也好」。

➡【體言】＋といい＋【體言】＋といい。表示列舉。為了做為例子而舉出兩項，後項是對此做出的評價。含有不只是所舉的這兩個例子，還有其他也如此之意。用在批評和評價的場合，帶有吃驚、灰心、欽佩等語氣。相當於「～も～も」。與全體為焦點的「といわず～といわず」（不論是…還是）相比，「といい～といい」的焦點聚集在所舉的兩個事物上。

1 鼻といい口元といい、この子ったらお父さんにそっくり。
不管是鼻子也好、嘴巴也好，這孩子和爸爸長得一模一樣！

➡ 例句

2 スミスさんといいジョンソンさんといい、本当によくしてくれた。
包括史密斯先生也好、強森先生也好，他們待我都非常親切。

3 品質といい、お値段といい、お買い得ですよ。
不論品質也好、價格也好，保證買到賺到喔！

4 娘といい、息子といい、全然家事を手伝わない。
女兒跟兒子，都不幫忙做家事。

5 ドラマといい、ニュースといい、テレビは少しも面白くない。
不論是連續劇，還是新聞，電視節目一點都不有趣。

～というか～というか

「該説是…還是…」。

➡【體言；形容動詞詞幹；形容詞普通形】＋というか＋【體言；形容動詞詞幹；形容詞普通形】＋というか。用在敘述人事物時，說話者想到什麼就說什麼，並非用一個詞彙去形容或表達，而是列舉一些印象、感想、判斷。更隨便一點的說法是「～っていうか～っていうか」。

1 そんな危(あぶ)ないところに行(い)くなんて、勇敢(ゆうかん)というか無謀(むぼう)というか、とにかくやめなさい。
去那麼危險的地方，真不知道該說勇敢還是莽撞，總之你還是別去了。

➡ 例句

2 きれいな月(つき)だなあ。白(しろ)いというか青(あお)いというか、さえ渡(わた)っているよ。
真是美麗的月色。不知是白是藍，散發出冷澈的光芒。

3 子(こ)どものころ、うちの近(ちか)くに池(いけ)というか沼(ぬま)というかそんなのがあって、そこでよく遊(あそ)んだんだ。
小時候，家裡附近有個不知道是池塘還是沼澤的地方，我常常在那邊遊玩。

4 将来(しょうらい)の夢(ゆめ)はノーベル賞(しょう)を取(と)ることだなんて、夢(ゆめ)というか野望(やぼう)というか、よくもまあ大言壮語(たいげんそうご)を。
將來的夢想是拿下諾貝爾獎，這是夢想還是奢望呢？真好意思說這種大話。

N1

N1 日語文法・句型詳解

～というところだ、といったところだ

「頂多…；可説…差不多」、「可説就是…」。

➡【用言終止形；體言】＋というところだ、といったところだ。接在數量不多或程度較輕的詞後面，表示頂多也只有文中所提的數目而已，最多也不超過文中所提的數目，如例（1）、（2）；說明在某階段的大致情況或程度，如例（3）、（4）；「～ってとこだ」為口語用法，如例（5）。是自己對狀況的判斷跟評價。相當於「だいたい～ぐらい」。

1 お酒を飲むのは週に 2、3 回というところです。
喝酒頂多是一個星期兩三次而已吧。

➡ 例句

2	今の給料は自分一人ならやっと生活できるといったところです。	目前的薪水頂多只夠一個人餬口而已。
3	私と彼は友達以上恋人未満というところだろう。	我想我跟他的關係可說是比朋友親，但還稱不上是情侶吧！
4	数学の試験はギリギリセーフといったところでした。	數學考試差不多在及格邊緣。
5	「どう、このごろ調子？」「まあまあってとこだね。」	「怎樣，最近還好吧？」「算是普普通通啦。」

～といえども

「即使…也…」、「雖說…可是…」。

➡【體言；用言終止形】＋といえども。表示逆接轉折。先承認前項是事實，再敘述後項事態。也就是一般對於前項這人事物的評價應該是這樣，但後項其實並不然的意思。前面常和「たとえ、いくら、いかに」等相呼應。有時候後項與前項內容相反。一般用在正式的場合。另外，也含有「～ても、例外なく全て～」的強烈語感。相當於「～といっても」、「～だって」。

1 家族といえども、言っていいことと悪いことがある。
雖說是一家人，也必須拿捏說話的分寸。

➡ 例句

2 「まさか、先生がそんなことをするなんて。」「教師といえども人間だよ。」
「不會吧，老師怎麼可能會做那種事呢？」「就算身為教師，畢竟也是凡人呀。」

3 子どもといえども容赦はしないぞ。
即便是小孩子也絕不輕易原諒喔！

4 いくらこの病気は進行が遅いといえども、放っておくと命取りになる。
即便這個病的進程發展得很慢，要是置之不理仍然會危及性命。

5 計画に同意するといえども、懸念していることがないわけではありません。
儘管已經同意進行計畫，但並非可以高枕無憂。

● ～といった（名詞）

「…等的…」、「…這樣的…」。

➡【體言】＋といった N。表示列舉。一般舉出兩項以上相似的事物，表示所列舉的這些不是全部，還有其他。前接列舉的兩個以上的例子，後接總括前面的名詞。

1 私は寿司、カツどんといった和食が好きだ。
我很喜歡吃壽司與豬排飯這類的日式食物。

➡ 例句

2 上野動物園ではパンダやラマといった珍しい動物も見られますよ。
在上野動物園裡可以看到貓熊以及駝馬等各類珍禽異獸喔！

3 娘はピンクや紫や黒といった色が好きみたいです。	女兒似乎很喜歡粉紅色、紫色或黑色這一類的顏色。
4 太宰治や夏目漱石といった作家の作品は、何度読んでも飽きません。	像太宰治或是夏目漱石這些作家的作品，不管捧讀幾次都依舊讓人激賞。
5 カエルやウサギといった動物の小物を集めています。	我正在收集青蛙和兔子相關的小東西。

2-43

～といったらない

「…極了」、「…到不行」。

➡【體言；用言終止形；形容動詞語幹】＋といったらない。「といったらない」是先提出一個討論的對象，強調某事物的程度是極端到無法形容的，後接對此產生的感嘆、吃驚、失望等感情表現，正負評價都可使用，相當於「とても～（だ）」，如例（1）～（3）；【體言；用言終止形；形容動詞語幹】＋といったら。表示無論誰說什麼，都絕對要進行後項的動作。前後常用意思相同或完全一樣的詞，表示意志堅定，是一種強調的說法，正負評價都可使用，近似於「誰がなんと言おうと」，如例（4）、（5）。

1 あのときはうれしいといったらなかった。
說起那時候的狂喜，簡直無法以筆墨形容。

➡ 例句

2 娘の花嫁姿の美しいことといったらなかった。	再沒有比女兒披上嫁衣的模樣更美麗動人的了。
3 阿里山で日の出を見たときの感動といったらなかった。	說起在阿里山看到日出的瞬間，真是感動得不得了。

4	やるといったら絶対にやる。死んでもやる。	一旦決定了要做就絕對要做到底，即使必須拚死一搏也在所不辭。
5	諦めないといったら、何が何でもあきらめません。	一旦決定不半途而廢，就無論如何也決不放棄。

～といったらありはしない

「…之極」、「極其…」、「沒有比…更…的了」。

➔【體言；用言終止形；形容動詞語幹】＋といったらありはしない。強調某事物的程度是極端的，極端到無法形容、無法描寫。跟「といったらない」相比，「～といったらない」、「～ったらない」能用於正面或負面的評價，但「～といったらありはしない」、「～ったらありはしない」、「～といったらありゃしない」、「～ったらありゃしない」只能用於負面評價。

1 人に責任を押しつけるなんて、腹立たしいといったらありはしない。
硬是把責任推到別人身上，真是令人憤怒至極。

➔ 例句

2	倒れても倒れてもあきらめず、彼はしぶといといったらありはしない。	無論跌倒了多少次依舊堅強地不放棄，他的堅韌精神令人感佩。
3	彼の口の聞き方ときたら、生意気ったらありはしない。	他說話的口氣，真是傲慢之極。
4	今日は入試なのに電車が遅れて遅刻しそうだ。あせるったらありゃしない。	今天有入學考試，電車卻遲來，害我差點遲到，真是急死人了。
5	あの通りは騒々しいといったらありゃしない。	那條路真是嘈雜極了。

N1 日語文法・句型詳解

～といって～ない、といった（名詞）～ない

「沒有特別的…」、「沒有值得一提的…」。

➡【これ；疑問詞】＋といって～ない、といったN～ない。前接「これ、なに、どこ」等詞，後接否定，表示沒有特別值得一提的東西之意。為了表示強調，後面常和助詞「は」、「も」相呼應；使用「といった」時，後面要接名詞。

1 私には特にこれといった趣味はありません。
我沒有任何嗜好。

➡ 例句

2	特にこれといって好きなお酒もありません。	也沒有什麼特別喜好的酒類。
3	これといった成果もないけど、やらなかったよりはいいんじゃないかな。	即使不是什麼了不起的成果，總比什麼都不做來得好吧。
4	どこといってそれほど行きたいところも思いつきません。	壓根兒想不出來有什麼地方是非常想去造訪的。
5	なぜといった理由もないんだけど、この家が気に入りました。	雖然沒有什麼特別理由，我就是喜歡這棟房子。

～といわず～といわず

「無論是…還是…」、「…也好…也好…」。

➡【體言】＋といわず＋【體言】＋といわず。表示所舉的兩個相關或相對的事例都不例外。也就是「といわず」前所舉的兩個事例，都不例外會是後項的情況，強調不僅是例舉的事例，而是「全部都…」的概念。

1 昼といわず、夜といわず、借金を取り立てる電話が相次いでかかってくる。
討債電話不分白天或是夜晚連番打來。

➡ 例句

2 休日といわず、平日といわず、お客さんがいっぱいだ。	無論是假日或平日，都擠滿了客人。
3 緑茶といわず、紅茶といわず、お茶なら何でも好きです。	不論是綠茶或者是紅茶，只要是茶飲，我通通喜歡。
4 目といわず、鼻といわず、パパにそっくりね。	不管是眼睛也好、鼻子也好，全都和爸爸長得一模一樣。
5 服といわず、靴といわず、彼女はいつも流行のもので身を固めています。	妹妹歡鬧不休，一旁的姊姊卻愣愣地發呆。

N1

● ～といわんばかりに、とばかりに

「幾乎要說…；簡直就像…」、「顯出…的神色」。

➡【簡體句；體言】＋と言わんばかりに、とばかり（に）。表示看那樣子簡直像是的意思，心中憋著一個念頭或一句話，幾乎要說出來，後項多為態勢強烈或動作猛烈的句子，常用來描述別人，如例（1）～（3）；雖然沒有說出來，但是從表情、動作上已經表現出來了，含有幾乎要說出前項的樣子，來做後項的行為，如例（4）、（5）。

1 歌手が登場すると、待ってましたとばかりに盛大な拍手がわき起こった。
歌手一出場，全場立刻爆出了如雷的掌聲。

例句

2 今がチャンスとばかりに、持ち株を全て売った。
看準了大好時機，賣掉了所有持股。

3 相手がひるんだのを見て、ここぞとばかりに反撃を始めた。
看見對手一畏縮，便抓準時機展開反擊。

4 それじゃあまるで全部おれのせいと言わんばかりじゃないか。
照你的意思，不就簡直在說這一切都怪我不好嗎？

5 容疑者は、被害者は自分だと言わんばかりに言い訳を並べ立てた。
嫌犯拚命辯解，簡直把自己講成是被害人了。

～ときたら

「說到…來」、「提起…來」。

【體言】＋ときたら。表示提起話題，說話人帶著譴責和不滿的情緒，對話題中的人或事進行批評，後也常接「あきれてしまう、嫌になる」等詞。批評對象一般是說話人身邊，關係較密切的人物或事。用於口語。有時也用在自嘲的時候。相當於「～といったら」。

1 お隣ときたら、奥さんは失礼だし子どもは乱暴だし、もう引っ越したい。
說到隔壁那戶鄰居真是無言，太太沒禮貌、小孩又粗魯，我真想搬家呀。

例句

2 このポンコツときたら、また修理に出さなくちゃ。
說到這部爛車真是氣死人了，又得送去修理了。

3 うちの子(こ)ときたら、野球(やきゅう)ばっかりで勉強(べんきょう)はちっともしないんですよ。

說到我們家這孩子實在氣人，成天只曉得打棒球，功課全拋到腦後。

4 部長(ぶちょう)ときたら朝(あさ)から晩(ばん)までタバコを吸(す)っている。

說到我們部長，一天到晚都在抽煙。

5 あの連中(れんちゅう)ときたら、いつも騒(さわ)いでばかりいる。

說起那群傢伙呀，總是吵鬧不休。

2-44

～ところを

「正…之時」、「…之時」、「…之中」。

➡【體言の；形容詞；動詞連用形＋中の】＋ところを。表示雖然在前項的情況下，卻還是做了後項。這是日本人站在對方立場，表達給對方添麻煩的辦法，為寒暄時的慣用表現，多用在開場白，後項多為感謝、請求、道歉等內容，如例（1）、（2）；【動詞連體形】＋ところを。表示進行前項時，卻意外發生後項，影響前項狀況的進展，後面常接表示視覺、停止、救助等動詞，如例（3）～（5）。

1 お忙(いそが)しいところを、わざわざお越(こ)しくださり、ありがとうございます。

感謝您百忙之中大駕光臨。

➡ 例句

2 お休(やす)みのところをお邪魔(じゃま)して申(もう)し訳(わけ)ありません。

打擾您寶貴的休息時間，真是非常抱歉。

3 テレビゲームしているところを、親父(おやじ)に見(み)つかってしまった。

我正在玩電視遊樂器時，竟然被老爸發現了。

4 お見苦しいところをお見せしたことをお詫びします。
讓您看到這麼不體面的畫面，給您至上萬分的歉意。

5 危険なところを助けていただき、心から感謝を申し上げます。
您在我危急之中伸出援手，在此由衷表達我的謝意。

～としたところで、としたって

「就算…也」。

【體言；動詞、形容詞、形容動詞普通形】＋としたころで、としたって。假定的逆接表現。表示即使假定事態為前項，但結果為後項，後面通常會接否定表現，如例文（1）～（3）；又，表示陳述說話人對於某個話題的價值判斷，是以前項為假定條件而提出後項結果，如例文（4）；也可表示前項與其他相同，皆產生後項事態，如例文（5）。

1 外国人の友達を見つけようとしたところで、こんな田舎に住んでるんだから知り合う機会なんてなかなかないよ。
就算想認識外國人當朋友，但住在這種鄉下地方也沒什麼認識的機會呀。

例句

2 いくら頭がいいとしたって、外国語はすぐには身に付かないものです。
就算頭腦再怎麼好，外語也不是三兩天就能學會的。

3 私が貧乏だとしたって、人に見下される筋合いはない。
即使我很窮，也不該被別人看輕。

4 あれでアマチュアなのか。プロとしたって通用するんじゃないかな。
那樣的程度還算是業餘的嗎？我看就算說是職業選手也不為過吧？

5 私(わたし)としたところで、向(む)こうが折(お)れてきたなら和解(わかい)するのにやぶさかではない。

就算是我，要是對方肯低頭，我也會不計前嫌和他和解的。

～とは

「連…也」、「沒想到…」、「…這…」、「竟然會…」;「所謂…」。

➡【用言終止形；體言】＋とは。由格助詞「と」＋係助詞「は」組成，表示對看到或聽到的事實（意料之外的），感到吃驚或感慨的心情 . 前項是已知的事實，後項是表示吃驚的句子，如例（1）；有時會省略後半段，單純表現出吃驚的語氣，如例（2）;口語用「なんて」的形式，如例（3）；另外，前接體言，也表示定義，前項是主題，後項對這主題的特徵等進行定義，是「所謂…」的意思，相當於「～ということは」，如例（4）；口語用「って」的形式，如例（5）。

1 不景気(ふけいき)がこんなに長(なが)く続(つづ)くとは、専門家(せんもんか)も予想(よそう)していなかった。
景氣會持續低迷這麼久，連專家也料想不到。

➡ 例句

2 こともあろうに、入試(にゅうし)の日(ひ)に電車(でんしゃ)が事故(じこ)で止(と)まるとは。

誰會想到，偏偏就在入學大考的那一天電車發生事故而停駛了。

3 まさか、あんな真面目(まじめ)な人(ひと)が殺人犯(さつじんはん)なんて。

真沒想到，那麼認真的老實人居然是個殺人凶手！

4 幸(しあわ)せとは、今(いま)目(め)の前(まえ)にあるものに感謝(かんしゃ)できることかな。

我想，所謂的幸福，就是能由衷感激眼前的事物吧！

5 ねえ、「クラウド」って何(なに)？ネットの用語(ようご)みたいだけど？

我問你，什麼叫「雲端」啊？聽說那是一種網路術語哦？

N1 日語文法・句型詳解

～とはいえ

「雖然…但是…」。

➡【體言；用言終止形】＋とはいえ。表示逆接轉折。前後句是針對同一主詞所做的敘述，表示先肯定那事雖然是那樣，但是實際上卻是後項的結論。也就是後項的說明，是對前項既定事實的否定或是矛盾。後項一般為說話人的意見、判斷的內容。書面用語。相當於「～といっても」、「～けれども」。

1 いくら元気で健康とはいえ、お父さんもう 80 歳だよ。
雖說依然精神矍鑠、身體硬朗，畢竟父親已經八十歲了呀。

➡ 例句

2 就職したとはいえ、今の給料じゃ食べていくのがやっとだ。	雖然已經有工作了，目前的薪水頂多只夠勉強餬口罷了。
3 母親を殺したとはいえ、動機には同情の余地がある。	儘管他殺了母親，但其動機堪稱同情。
4 難しいとはいえ、「無理」だとは思わない。	雖然說困難，但我想也不是說不可能。
5 マイホームとはいえ、20 年のローンがある。	雖說是自己的房子，但還有二十年的貸款要付。

～とみえて、とみえる

「看來…」、「似乎…」。

➡【體言；動詞・形容詞・形容動詞普通形】＋とみえて、とみえる。前項為後項的根據、原因、理由，表示說話者從現況、外觀、事實來自行推測或做出判斷。

1 黄さんは、もう立ち直ったようだ。次のボーイフレンドを見つけたとみえる。
黃小姐似乎已經振作起來了。看來她已經找到新男友了。

例句

2 黄さんがしょぼんとしている。ふられて悲しいとみえる。	黃小姐看起來垂頭喪氣的，看來是被甩了所以很難過。
3 それで黄さんは気晴らしをしたいとみえて、私をやれカラオケだ、やれ合コンだと誘ってくる。	所以黃小姐似乎是為了散心，一下約我去ＫＴＶ，一下又約我去參加聯誼。
4 黄さんは勝ち気な女性とみえて、ふられてから合コンに積極的だ。	黃小姐看來是位好強的女性，被甩了之後對於聯誼的態度很積極。

2-45

～ともあろうものが

「身為…卻…」、「堂堂…竟然…」、「名為…還…」。

【體言】＋ともあろう者が。表示具有聲望、職責、能力的人或機構，其所作所為，就常識而言是與身份不符的。「～ともあろう者が」後項常接「とは／なんて、～」，帶有驚訝、憤怒、不信及批評的語氣，但因為只用「～ともあろう者が」便可傳達說話人的心情，因此也可能省略後項驚訝等的語氣表現。前接表示社會地位、身份、職責、團體等名詞，後接表示人、團體等名詞，如「者、人、機関」，如例（1）～（3）；若前項並非人物時，「者」可用其它名詞代替，如例（4）；「ともあろう者」後面常接「が」，但也可接其他助詞，如例（5）。

1 日本のトップともあろう者が、どうしたらいいのか分からないなんて、情けないものだ。
連日本的領導人竟然都會茫然不知所措，實在太窩囊了。

例句

2	医者ともあろう者が万引きをするとは、お金がないわけでもあるまいし。	貴為醫師的人卻幹了順手牽羊的行徑，又不是缺錢花用啊。
3	市議会議員ともあろう者が、賭博で逮捕されるなんてね。	堂堂一個市議會議員，居然會因為賭博而被抓。
4	トヨサンともあろう会社が、倒産するとは驚いた。	規模龐大如豐產公司居然倒閉了，實在令人震驚。
5	あんな暴言を吐くなんて、首相ともあろう者にあるまじきことだ。	貴為首相竟然口出惡言，以其身分地位實在不恰當。

～ともなく、ともなしに

「無意地」、「下意識的」、「不知…」、「無意中…」。

【疑問詞】＋ともなく、ともなしに。前接疑問詞時，則表示意圖不明確的意思，如例（1）～（3）；【動詞終止形】＋ともなく、ともなしに。表示並不是有心想做，但還是進行後項動作。也就是無意識地做出某種動作或行為，含有動作、狀態不明確的意思。相當於「何となく」、「特に～する気もなく」，如例（4）、（5）。

1 不思議な老人の姿は、どこへともなくかき消えました。
那位奇妙的老者，就此消失無蹤了。

例句

2	誰からともなく、野球チームを作ろうと言い出した。	不曉得是誰先說的，有人提議組成一支棒球隊。

3 二人は、どちらからともなく手を差し出し、固く握り合った。	兩人幾乎不約而同地伸出手來，緊緊地握住了彼此。
4 電話をかけるともなしに、受話器を握りしめている。	也沒有要打電話的意思，只是握著電話筒。
5 彼女は、さっきから見るともなしに雑誌をぱらぱらめくっている。	她從剛才就漫不經心地，啪啦啪啦地翻著雜誌。

● ～と（も）なると、と（も）なれば

「要是…那就…」、「如果…那就…」。

➡【體言；動詞終止形】＋と（も）なると、と（も）なれば。前接時間、職業、年齢、作用、事情等名詞或動詞，表示如果發展到某程度，用常理來推斷，就會理所當然導向某種結論。後項多是與前項狀況變化相應的內容。相當於「～になると、やはり～」。

1 交渉が決裂したとなると、マスコミが騒ぎ出すぞ。
一旦談判破裂，勢必會引發傳媒的瘋狂報導喔！

➡ 例句

2 転勤となると、引っ越しやら業務の引継ぎやら、面倒でかなわないなあ。	一旦被派往外地工作，就得忙著搬家啦、業務交接啦等等的，真是麻煩透頂啊。
3 ストライキとなれば、お客様に迷惑がかかる。	一旦演變成罷工事件，將會造成顧客的困擾。
4 12時ともなると、さすがに眠たい。	到了十二點，果然就會想睡覺。
5 首相ともなれば、いかなる発言にも十分注意が必要だ。	如果當了首相，對於一切的發言就要十分謹慎。

～ないではすまない、ずにはすまない、なしではすまない

「不能不…」、「非…不可」。

➡【動詞未然形】＋ないでは済まない、ずには済まない（前接サ行變格動詞時，用「せずには済まない」）。表示前項動詞否定的事態、說辭，考慮到當時的情況、社會的規則等，是不被原諒的、無法解決問題的或是難以接受的，如例（1）、（2）；【體言】＋なしでは済まない；【否定の意味のある引用句】＋では済まない。表示前項事態、說辭，是不被原諒的或無法解決問題的，指對方的發言結論是說話人沒辦法接納的，前接引用句時，「」可有可無，如例（3）、（4）；【動詞未然形】＋ないでは済まされない、ずには済まされない（前接サ行變格動詞時，用「せずには済まされない」）。和可能助動詞否定形連用時，有強化責備語氣的意味，如例（5）。

1 何としても相手を説得せずには済まない。
無論如何都非得說服對方不可。

➡ 例句

2 営業マンとして、業績を上げないでは済まない。
身為業務專員，不能不提升業績。

3 ここまでこじれると、裁判なしでは済まないかもしれない。
雙方已經僵持到這種地步，或許只能靠打官司才能解決了。

4 「できない」では済まない。
光是嚷著「我不會做」也無濟於事。

5 今さら知らなかったでは済まされない。
事到如今佯稱不知情也太說不過去了吧。

～ないともかぎらない

「也並非不…」、「不是不…」、「也許會…」。

【體言で；動詞・形容詞未然形】＋ないとも限らない。表示某事並非百分之百確實會那樣。一般用在說話人擔心好像會發生什麼事，心裡覺得還是採取某些因應的對策比較好。看「ないとも限らない」知道「とも限らない」前面多為否定的表達方式。但也有例外，前面接肯定的表現如：「金持ちが幸せだとも限らない」（有錢人不一定很幸福）。

1 火災にならないとも限らないから、注意してください。
我並不能保證不會造成火災，請您們要多加小心。

例句

2 この状況なら、彼が当選しないとも限らない。	照這個狀況判斷，他未必會落選。
3 セキュリティーがしっかりしているからといって、泥棒が入らないとも限らない。	雖然保全措施做得很周全，也未必就不會有小偷潛入。
4 親父のことだから、直前に気を変えないとも限らない。	畢竟老爸總是三心兩意的，難講到了前一刻或許仍會改變心意。
5 案外面白くないとも限らないから、一度行ってみよう。	說不定會蠻有趣的，還是去看看吧。

2-46

～ないまでも

「沒有…至少也…」、「就是…也該…」、「即使不…也…」。

➔【體言で；用言未然形】＋ないまでも。前接程度比較高的，後接程度比較低的事物。表示雖然不至於到前項的地步，但至少有後項的水準的意思。後項多為表示義務、命令、意志、希望、評價等內容。後面為義務或命令時，帶有「せめて、少なくとも」等感情色彩。相當於「～ほどではないが」、「～まではできないが」。

1 毎日(まいにち)ではないまでも残業(ざんぎょう)がある。
雖說不是每天，有時還是得加班。

➔ 例句

2 そうは言(い)わないまでも、せめてもう少(すこ)しなんとかしてほしい。	雖說沒要求到那個地步，至少希望做一些補救措施。
3 プロ並(な)みとは言(い)えないまでも、なかなかの腕前(うでまえ)だ。	雖說還不到專業的水準，已經算是技藝高超了。
4 取(と)り立(た)ててきれいではないまでも、不細工(ぶさいく)というわけではない。	雖然並沒有特別漂亮，也不致於算是醜陋。
5 おいしくないまでも、食(た)べられないことはない。	雖然不太好吃，還不致於令人食不下嚥。

● ～ないものでもない、なくもない

「也並非不…」、「不是不…」、「也許會…」。

➡【動詞未然形】＋ないものでもない、なくもない。表示依後續周圍的情勢發展，有可能會變成那樣、可以那樣做的意思。用較委婉的口氣敘述不明確的可能性。是一種用雙重否定，來表示消極肯定的表現方法。多用在表示個人的判斷、推測、好惡等。語氣較為生硬。相當於「～しないわけではない」、「～することもあり得る」。

1 そこまで言(い)うのなら、やってあげないものでもないよ。
既然都說到這個份上了，我也不是不能幫你一把啦。

➡ 例句

2 彼(かれ)の言(い)い分(ぶん)も分(わ)からないものでもない。	他所說的話也不是不能理解。
3 この量(りょう)なら１週間(しゅうかん)で終(お)わらせられないものでもない。	以這份量來看，一個禮拜也許能做完。
4 お酒(さけ)は飲(の)まなくもありませんが、月(つき)にせいぜい２、３回(かい)です。	也不是完全不喝酒，但頂多每個月喝兩三次吧。
5 日本語(にほんご)はできなくもない。	不算是不會說日語。

● ～ながらに、ながらの（名詞）

「邊…邊…」；「…狀（的）」。

➡【體言；動詞連用形】＋ながらに、ながらのN。前面的詞語通常限於慣用表現。表示維持原有的狀態，原封不動，用「ながらの」時後面要接名詞，如例（1）、（2）；又，表示做某動作的狀態或情景。兩個動作、狀態同時一起進行，也就是「在A的狀況之下做B」的意思，如例（3）；「ながらに」也可使用「ながらにして」的形式，如例（4）、（5）。

1 僕は生まれながらのばかなのかもしれません。
說不定我是個天生的傻瓜。

➡ 例句

2	ここでは、昔ながらの製法で、みそを作っている。	在這裡，我們是用傳統以來的製造方式來做味噌的。
3	被害者は、涙ながらに恐ろしい体験を語った。	被害人一面流著眼淚，訴說了那段恐怖的經歷。
4	彼には、生まれながらにしてスターの素質があった。	他擁有與生俱來的明星特質。
5	生きながらにして地獄の苦しみを味わった。	雖然活著，卻嚐到了煉獄的痛苦。

～なくして（は）～ない

「如果沒有…就不…」、「沒有…就沒有…」。

➡【體言；動詞連體形こと（名詞句）】＋なくして（は）～ない。表示假定的條件。表示如果沒有前項，後項的事情會很難實現或不會實現。「なくして」前接一個備受盼望的名詞，後項使用否定意義的句子（消極的結果）。書面用語，口語用「なかったら」。相當於「～がなければ」、「～がなかったら」。

1 愛なくして人生に意味はない。
如果沒有愛，人生就毫無意義。

➔ 例句

2 （アメリカ独立戦争のときのスローガン）代表なくして課税なし。	（美國獨立戰爭時的口號）無代表，不納稅。
3 対話なくしては、問題の解決は難しい。	假如雙方沒有對話，問題就很難解決了。
4 話し合うことなくして、分かりあえることはないでしょう。	雙方沒有經過深入詳談，就不可能彼此了解吧！
5 あなたなくしては、生きていけません。	失去了你，我也活不下去。

● ～なくはない、なくもない

「也不是沒…」、「並非完全不…」。

➔【動詞假定形；形容詞連用形】＋なくはない、なくもない。【體言が；形容動詞詞幹で】＋なくはない、なくもない。利用雙重否定形式，表示消極的、部分的肯定。多用在陳述個人的判斷、好惡、推測。

1 お酒ですか。飲めなくはありません。
喝酒嗎？也不是不能喝啦。

➔ 例句

2 「今、ちょっとお時間よろしいですか。」「ああ、忙しくなくはないけど、何ですか。」	「現在方便打擾一下嗎？」「嗯，也不是不忙啦，怎麼了？」
3 大学入試は自信がなくはないけど、やっぱり緊張します。	對於大學入學考試雖然也不是完全沒自信，但還是會緊張。
4 インターネットはとても便利だが、使い方によっては危険でなくもない。	網路雖然很方便，但是依照使用方式的不同也不能說它不危險。

N1 日語文法・句型詳解

● ～なみ

「相當於…」、「和…同等程度」。

➡【體言】＋並み。表示該人事物的程度幾乎和前項一樣。像是「男並み」（和男人一樣的）、「人並み」（一般）、「月並み」（每個月、平庸）等都是常見的表現。有時也有「把和前項相同的事物排列出來」的意思，像是「街並み」（街上房屋成排成列的樣子）、「軒並み」（家家戶戶）。

1 世間並みじゃいやだ。俺は成功者になりたいんだ。
我不要平凡！我要當個成功人士。

➡ 例句

2 まだ５月なのに、今日は真夏並みの暑さだった。
才五月而已，今天就熱得像盛夏一樣。

3 今年のスギ花粉の量は、例年並みかやや多いでしょう。
今年的杉樹花粉量應該是和往年一樣，或是再稍微多一些。

4 容姿は十人並みだけれど、気が利くし温厚ないい人だよ。
容貌雖然普普通通，但是是個機伶又敦厚的好人喔。

2-47

● ～なしに（は）～ない、なしでは～ない

「沒有…不」、「沒有…就不能…」。

➡【體言】＋なしに（は）～ない、なしでは～ない。表示前項是不可或缺的，少了前項就不能進行後項的動作。或是表示不做前項動作就先做後項的動作是不行的。

1 僕はお酒と音楽なしでは生きていけないんです。
我沒有酒和音樂就活不下去。

➡ 例句

2	体が不自由なため、周りの人の助けなしには、生活できません。	由於身體有些障礙不便，所以沒有周圍的人的幫助，就無法打理生活。
3	この事業は彼の資金援助なしには成功しなかっただろう。	這份事業當初要是沒有他的資金援助應該不會成功。
4	目が悪くて、眼鏡なしでは本を読めないんです。	視力不好，沒有眼鏡的話就沒辦法看書。

● ～ならいざしらず、はいざしらず、だったらいざしらず

「（關於）我不得而知…」、「姑且不論…」、「（關於）…還情有可原」。

➡【體言】＋ならいざ知らず、はいざ知らず、だったらいざ知らず。表示不去談前項的可能性，而著重談後項中的實際問題。後項所提的情況要比前項嚴重或具特殊性。後項的句子多帶有驚訝或情況非常嚴重的內容。「昔はいざしらず」是「今非昔比」的意思。

1 昔はいざしらず、今は会社を十も持つ大実業家だ。
不管他有什麼樣的過去，現在可是擁有十家公司的大企業家。

➡ 例句

2	子どもならいざ知らず、大の大人までが夢中になるなんてね。	如果是小孩倒還另當別論，已經是大人了竟然還沉迷其中！
3	20年前はいざしらず、今の時代で携帯電話を持っていないなんて、仕事にならないよ。	又不是二十年前，在這個時代裡如果沒有行動電話，根本沒有辦法工作呀。

4 留学生だったらいざしらず、このレベルのことわざぐらい分かるでしょう。
如果是留學生，或許情有可原；可是這麼簡單的俗諺，應該都知道吧。

5 小学生ならいざ知らず、中学生にもなって、ぬいぐるみで遊んでいるんですか。
小學生的話就算了，已經是國中生了居然還在玩玩偶嗎？

～ならでは（の）

「正因為…才有（的）」、「只有…才有（的）」、「若不是…是不…（的）」。

【體言】＋ならでは（の）。表示對「ならでは（の）」前面的某人事物的讚嘆，含有如果不是前項，就沒有後項，正因為是這人事物才會這麼好。是一種高度評價的表現方式，所以在商店的廣告詞上，有時可以看到。置於句尾的「ならではだ」，表示肯定之意。而「～ならでは～ない」的形式，強調「若不是…是不…」的意思。相當於「～でなくては（できない）」、「～だけの」、「～以外にはない」。

1 マンゴーなんて、南国台湾ならではだね。
說起芒果，就屬南方國度台灣出產的品質最好唷！

例句

2 田舎ならではの人情がある。
若不是在鄉間，不會有如此濃厚的人情味。

3 これは子どもならでは描けない味のある絵だ。
這是只有小孩子才畫得出如此具有童趣的圖畫呀！

4 決勝戦ならではの盛り上がりを見せている。
比賽呈現出決賽才會有的激烈氣氛。

5 こんなにホッとできるのは、幼なじみならではだ。
只有青梅竹馬，才能叫人如此安心自在。

～なり

「剛…就立刻…」、「一…就馬上…」。

➡【動詞連體形】＋なり。表示前項動作剛一完成，後項動作就緊接著發生。後項的動作一般是預料之外的、特殊的、突發性的。後項不能用命令、意志、推量、否定等動詞。也不用在描述自己的行為，並且前後句的動作主體必須相同。

1 ボールがゴールに入るなり、観客は一斉に立ち上がった。
球一進球門，觀眾就應聲一同站了起來。

➡ 例句

2	「あっ、誰かおぼれてる」と言うなり、彼は川に飛び込んだ。	他剛大喊一聲：「啊！有人溺水了！」便立刻飛身跳進河裡。
3	論文を発表するなり、各界から注目を集めた。	才發表論文，就立刻引起了各界的注目。
4	知らせを聞くなり、動揺して言葉を失った。	一得知消息，心裡就忐忑不安說不出半句話來。
5	受賞するなり、一躍人気者になった。	才剛領獎，就一躍成為大家的寵兒。

～なり～なり

「或是…或是…」、「…也好…也好」。

➡【體言；動詞・形容詞終止形】＋なり＋【體言；動詞・形容詞終止形】＋なり。表示從列舉的同類或相反的事物中，選擇其中一個。暗示在列舉之外，還可以其他更好的選擇。後項大多是表示命令、建議等句子。一般不用在過去的事物。由於語氣較為隨便，不用在對長輩跟上司。

1 テレビを見るなり、お風呂に入るなり、好きにくつろいでください。
看電視也好、洗個澡也好，請自在地放鬆休息。

➡ 例句

2 不明な点は、自分で調べるなり、人に聞くなりすればよい。	不清楚的地方，只要自己去查或問別人就好。
3 拭くなり、洗うなりして、シートの汚れをきれいに取ってください。	不管是以擦拭的還是用刷洗的方式，總之請將座墊的髒污清除乾淨。
4 落ち着いたら、電話なり手紙なりちょうだいね。	等安頓好以後，記得要撥通電話還是捎封信來喔。
5 北海道なり沖縄なり、どこでもいいから日本に行ってみたいなあ。	我好想去趟日本玩一玩喔！不管是北海道也好、沖繩也好，總之日本的哪裡都行。

● ～なりに、なりの

「那般…（的）」、「那樣…（的）」、「這套…（的）」。

➡【體言】＋なりに、なりの。表示根據話題中人切身的經驗、個人的能力所及的範圍，含有承認前面的人事物有欠缺或不足的地方，在這基礎上，依然盡可能發揮或努力地做後項與之相符的行為。多有正面的評價的意思。用「なりの名詞」時，後面的名詞，是指與前面相符的事物，如例（1）～（3）；要用種謙遜、禮貌的態度敘述某事時，多用「私なりに」等，如例（4）、（5）。

1 あの子はあの子なりに一生懸命やっているんです。
那個孩子盡他所能地拚命努力。

➡ 例句

2 赤(あか)ちゃんでも、赤(あか)ちゃんなりのコミュニケーション能力(のうりょく)を持(も)っている。	即便是嬰兒，也具有嬰兒自己的溝通能力。
3 この件(けん)については私(わたし)なりの考(かんが)えがある。	關於這件事，我有我自己的看法。
4 弊社(へいしゃ)なりに誠意(せいい)を示(しめ)しているつもりです。	我們認為敝社已示出誠意了。
5 私(わたし)なりに最善(さいぜん)を尽(つ)くします。	我會盡我所能去做。

2-48

～に（は）あたらない

「不需要…」、「不必…」、「用不著…」；「不相當於…」。

➡【動詞終止形】＋に（は）当たらない。接動詞終止形時，表示沒有必要做某事，或對對方過度反應，表示那樣的反應是不恰當的。用在說話人對於某事評價較低的時候，多接「賞賛する、感心する、驚く、非難する等詞之後。相當於「～しなくてもいい」、「～する必要はない」，如例（1）～（3）；【體言】＋に（は）当たらない。接名詞時，則表示「不相當於…」的意思，如例（4）、（5）。

1 どうせそうなると思(おも)っていたよ。驚(おどろ)くには当(あ)たらないさ。
我就知道事情一定會變成這樣的啦！沒什麼好驚訝的。

➡ 例句

2 あの状況(じょうきょう)ではやむを得(え)ないだろう。責(せ)めるには当(あ)たらない。	在那種情況之下，也是迫不得已的吧。不應該責備他。

3 こんなくだらない問題は討論するに当たらない。
用不著討論這種毫無意義的問題。

4 漢字があるのを平仮名で書いたくらい、間違いには当たらないでしょう？
就算把有漢字的字詞寫成了平假名，也用不著當成是錯字吧？

5 その程度のことはいじめには当たらないと思う。
那種程度的事情，我想並不足稱淩霸。

～にあって（は／も）

「在…之下」、「處於…情況下」；「即使身處…的情況下」。

➡【體言】＋にあって（は／も）。「にあっては」前接場合、地點、立場、狀況或階段，表示因為處於前面這一特別的事態、狀況之中，所以有後面的事情，這時候是順接。另外，使用「あっても」基本上表示雖然身處某一狀況之中，卻有後面的跟所預測不同的事情，這時候是逆接。接續關係比較隨意。屬於主觀的說法。說話者處在當下，描述感受的語氣強。書面用語。

1 この上ない緊張状態にあって、手足が小刻みに震えている。
在這前所未有的緊張感之下，手腳不停地顫抖。

➡ 例句

2 この状況下にあって、出掛けるわけにはいかない。
在這種情況下，是不能外出的。

3 変化の早い国際市場にあっては、常に最新の動向に注意を払わなくてはならない。
為因應變化急遽的國際市場，我們總是必須注意其最新動態。

4 政界にあっても、経済界にあっても、激しい後継者争いが繰り広げられている。
無論是在政界，或者在商界，總是不斷上演著繼任者爭奪戰。

5 この不況下にあって、消費を拡大させることは難しい。
在這不景氣的狀況下，要增長消費能力是件難事。

～にいたって（は）、にいたっても

「到…階段（オ）」；「至於」、「談到」；「雖然到了…程度」。

【體言；動詞終止形】＋に至って（は）、に至っても。「に至って（は）」表示到達某個極端的狀態，後面常接「初めて、やっと、ようやく」；也表示從幾個消極、不好的事物中，舉出一個極端的事例來。「に至っても」表示即使到了前項極端的階段的意思，屬於「即使…但也…」的逆接用法。後項常伴隨「なお、まだ、未だに」（尚、還、仍然）或表示狀態持續的「ている」等詞。

1 会議が深夜に至っても、結論は出なかった。
會議討論至深夜仍然沒能做出結論。

例句

2 現在に至っても、10年前の交通事故の後遺症に悩まされている。
即使到了現在，仍為十年前的交通意外傷害所留下的後遺症所苦。

3 ここまで業績が悪化するに至っては、工場の閉鎖もやむを得ない。
業績不理想至此，不得不關閉工廠。

4 わが社に至っては、社員全員のボーナスが3割カットですよ。
至於本公司，則是刪減了全體職員的三成紅利呢。

5 離婚するに至って、息子の親権を争うことになりました。
到了要離婚的地步，便開始爭奪兒子的監護權歸屬於誰。

～にいたる

「到達…」、「發展到…程度」。

➡【體言；動詞連體形】＋に至る。表示事物達到某程度、階段、狀態等。含有在經歷了各種事情之後，終於達到某狀態、階段的意思，常與「ようやく、とうとう、ついに」等詞相呼應，如例（1）～（4）；【場所】＋に至る。表示到達之意，如例（5）。偏向於書面用語。翻譯較靈活。

1 何時間(なんじかん)にも及(およ)ぶ議論(ぎろん)を経(へ)て、双方(そうほう)は合意(ごうい)するに至(いた)った。

經過好幾個小時的討論，最後雙方有了共識。

➡ 例句

2 長(なが)い下積(したづ)み時代(じだい)を経(へ)て、デビューに至(いた)った。

經過長期間供人驅使的考驗後，終於出道了。

3 10年(ねん)も付(つ)き合(あ)って、結婚(けっこん)するに至(いた)った。

經過長達十年的交往，最後終於論及婚嫁了。

4 入院(にゅういん)と退院(たいいん)を繰(く)り返(かえ)して、ようやく完治(かんち)するに至(いた)った。

經過幾次的住院和出院，病情終於痊癒了。

5 森(もり)に降(ふ)る雨(あめ)は、地下水(ちかすい)や河川水(かせんすい)となり、やがて海(うみ)に至(いた)る。

降落在森林的雨水，會成為地下水和河水，最後流進海洋。

～にいたるまで

「…至…」、「直到…」。

➡【體言】＋に至るまで。表示事物的範圍已經達到了極端程度。由於強調的是上限，所以接在表示極端之意的詞後面。前面常和「から」相呼應使用，表示從這裡到那裡，此範圍都是如此的意思。

1 祖父母から孫に至るまで、家族全員元気だ。
從祖父母到孫子，家人都很健康。

➔ 例句

2 ファッションから政治に至るまで、彼はどんな話題についても話せる。
從流行時尚到政治，他不管什麼話題都可以聊。

3 あの店は、自慢のソースはもちろん、パイ生地やドレッシングに至るまで、すべて手作りしています。
那家店不只是值得自豪的醬汁，甚至連麵包的麵糰與調味料，全部都由廚師親手製作的。

4 あの店は、食料品から日用雑貨に至るまで、必要なものは何でも揃っている。
那家店從食材到日常用品，只要是必需品都有販售。

5 服から小物に至るまで、彼女はブランド品ばかり持っている。
從服飾至小飾品，她用的都是名牌。

N1

～にかぎったことではない

「不僅僅…」、「不光是…」、「不只有…」。

➔【體言】＋に限ったことではない。表示事物、問題、狀態並不是只有前項這樣。經常用於表示負面的情況。

1 不景気なのは何もうちの会社に限ったことではない。
經濟不景氣的並不是只有我們公司。

➔ 例句

2 このようないじめは今回に限ったことではない。
像這種霸凌行為並不是只有這次而已。

3 我が家で赤飯を食べるのは、お祝いの日に限ったことではない。｜在我們家，不只是在慶祝的日子才吃紅豆飯。

4 自営業の人の仕事が忙しいのは、平日に限ったことではない。｜自營業的人不光是平日才工作忙碌。

2-49

～にかぎる

「就是要…」、「最好…」。

➡【體言；動詞辭書形；動詞未然形＋ない】＋に限る。除了用來表示說話者的個人意見、判斷，意思是「最…」，相當於「～が一番だ」，如例（1）；還可以用來表示限定，相當於「～だけだ」；同時也是給人忠告的句型，相當於「～たほうがいい」，如例（2）～（4）。

1 夏はやっぱり冷たいビールに限るね。
夏天就是要喝冰啤酒啊！

➡ 例句

2 太りたくなければ、家にお菓子を置かないに限る。｜若不想發胖，最好是不要在家裡放點心零食。

3 落ち込んだときは、おいしいものを食べて、早くお風呂に入って寝るに限る。｜沮喪的時候，最好是吃美食、早點洗澡睡覺了。

4 悪いと思ったら、素直に自分の非を認め、さっさと謝るに限る。｜如果覺得是自己的錯，那就老實地承認自己的錯誤，快點道歉。

～にかこつけて

「以…為藉口」、「托故…」。

【體言】＋にかこつけて。前接表示原因的名詞，表示為了讓自己的行為正當化，用無關的事做藉口。

1 父の病気にかこつけて、会への出席を断った。
以父親生病作為藉口拒絕出席會議了。

例句

2 何かと忙しいのにかこつけて、ついついトレーニングをサボってしまいました。
以忙碌作為藉口，常常偷懶沒去參加訓練課程了。

3 息子の入学式にかこつけて、妻までスーツを新調したらしい。
以要出席兒子的入學典禮的藉口，妻子好像也趁機為自己添購了一套新套裝。

4 忘年会の買い出しにかこつけて、自分用のおつまみも買ってきました。
趁著去採買尾牙用的用品的機會，連自己要吃的零食也順道買了回來。

N1

～にかたくない

「不難…」、「很容易就能…」。

【體言；動詞連體形】＋に難くない。表示從某一狀況來看，不難想像，誰都能明白的意思。前面多用「想像する、理解する」等理解、推測的詞，書面用語。

1 お産の苦しみは想像に難くない。
不難想像生產時的痛苦。

➡ 例句

2	橋造りに大変な労力と時間を要することは理解に難くない。	不難理解造橋工程得耗費的驚人勞力與時間。
3	娘を嫁にやる父親の気持ちは察するに難くない。	不難想像父親嫁女兒的心情。
4	こうした問題の発生は、予想するに難くない。	不難預料會發生這樣的問題。
5	双方の意見がぶつかったであろうことは、推測に難くない。	不難猜想雙方的意見應該是分歧的。

● ～にして

「在…（階段）時才…」；「是…而且也…」；「雖然…但是…」。

➡【體言】＋にして。前接時間、次數等，表示到了某階段才初次發生某事，也就是「直到…才…」之意，常用「Nにしてようやく」、「Nにして初めて」的形式，如例（1）～（3）；又，表示兼具兩種性質和屬性，可以用於並列，如例（4）；也可以用於逆接，如例（5）。

1 結婚5年目にしてようやく子どもを授かった。
結婚五週年，終於有了小孩。

➡ 例句

2	60歳にして英語を学び始めた。	到了六十歲，才開始學英語。
3	アメリカは44代目にしてはじめて黒人大統領が誕生した。	美國到了第四十四屆，初次誕生了黑人總統。
4	ゲーテは作家にして政治家でした。	歌德既是作家也是一位政治家。

5 国家元首にして、あのような言動がどうして許されようか。

堂堂一國的元首，那種言行舉止怎麼可以被原諒！

～にそくして、にそくした

「依…（的）」、「根據…（的）」、「依照…（的）」、「基於…（的）」。

➡【體言】＋に即して、に即した。「即す」是「完全符合，不脫離」之意，所以「に即して」表示「正如…，按照…」之意，如例（1）；常接「時代、実験、実態、事実、現実、自然、流れ」等名詞後面，表示按照前項，來進行後項，如例（2）～（5）。如果後面出現名詞，一般用「～に即した＋（形容詞／形容動詞）名詞」的形式。相當於「～に合って」、「～に合わせて～」、「に合って」。

1 実験結果に即して考える。
根據實驗結果來思考。

➡ 例句

2 時代に即した新たなシステム作りが求められている。

渴望能創造出符合時代需求的新制度。

3 自然に即した自給自足の生活を送りたいものだ。

真希望能過著符合大自然運行的自給自足生活啊！

4 実態に即して戦略を練り直す必要がある。

有必要根據現狀來重新擬定戰略。

5 子どものレベルに即した授業をしなければ、意味がありません。

授課內容若未配合孩子的程度就沒有意義。

～にたえる、にたえない

「經得起…」、「可忍受…」；「值得…」；「不堪…」、「忍受不住…」、「不勝…」。

➡【體言；動詞連體形】＋たえる。表示可以忍受心中的不快或壓迫感，不屈服忍耐下去的意思，如例（1）、（2）。否定要加可能助動詞，用「たえられない」；表示值得這麼做，有這麼做的價值，如例（3）。這時候的否定說法要用「たえない」，不用「たえられない」；【體言；動詞連體形】＋にたえない。表示情況嚴重得不忍看下去，聽不下去了。這時候是帶著一種不愉快的心情。前面只能接「読む、聞く、見る」等為數不多的幾個動詞，如例（4）；又前接「感慨、感激」等詞，表示強調前面情感的意思，一般用在客套話上，如例（5）。

1 社会に出たら様々な批判にたえる神経が必要です。

出了社會之後，就要有經得起各種批評的心理準備。

➡ 例句

2 重責にたえるべく、全力を尽くす所存です。	為了擔負起重責大任，我準備全力以赴。
3 この作品は大人の鑑賞にもたえるものです。	這作品值得成人閱讀。
4 見るにたえない荒れようだ。	真是荒蕪得慘不忍睹。
5 展覧会を開催することができて、感慨にたえない。	能夠舉辦展覽會，真是不勝感慨。

2-50

～にたる、にたりない

「可以…」、「足以…」、「值得…」;「不夠…」;「不足以…」、「不值得…」。

➡【體言;動詞終止形】＋に足る、に足りない。「～に足る」前接「信頼する、尊敬する」等詞，表示很有必要做前項的價值，那樣做很恰當，如例（1）～（3）;「～に足りない」含又不是什麼了不起的東西，沒有那麼做的價值的意思，如例（4）;「～に足りない」也可表示「不夠…」之意，如例（5）。

1 君は、この職に足る十分な能力があるのかね。
你擁有足以勝任這份工作的能力嗎？

➡ 例句

2	私の人生は語るに足るほどのものではない。	我的一生沒有什麼好說的。
3	これだけでは、彼の無実を証明するに足る証拠にはならない。	只有這些證據，是無法證明他是被冤枉的。
4	あいつは信頼するに足りない人間だ。	那傢伙不值得你信任。
5	今の収入では、生活していくに足りない。	以現在的收入實在入不敷出。

～にとどまらず

「不僅…還…」、「不限於…」、「不僅僅…」。

➡【體言（＋格助詞）】＋にとどまらず。表示不僅限於前面的範圍，更有後面廣大的範圍。前接一窄狹的範圍，後接一廣大的範圍。有時候「にとどまらず」前面會接格助詞「だけ、のみ」來表示強調，後面也常和「も、まで、さえ」等相呼應。

1 テレビの悪影響（あくえいきょう）は、子（こ）どもたちのみにとどまらず大人（おとな）にも及（およ）んでいる。
電視節目所造成的不良影響，不僅及於孩子們，甚至連大人亦難以倖免。

➔ 例句

2 彼女（かのじょ）は雑誌（ざっし）の編集（へんしゅう）にとどまらず、表紙（ひょうし）のデザインも手掛（てが）けています。
她不單負責雜誌的編輯工作，連封面設計亦不假他人之手。

3 先月（せんげつ）発売（はつばい）したゲームは、国内（こくない）にとどまらず、海外（かいがい）でもバカ売（う）れです。
上個月開始販售的遊戲軟體，不僅在國內大受歡迎，在海外也狂銷一空。

4 彼女（かのじょ）はテレビドラマにとどまらず、映画（えいが）に舞台（ぶたい）に幅広（はばひろ）く活躍（かつやく）しています。
她不僅在電視戲劇裡大放異彩，連在電影和舞台劇領域也十分活躍。

5 娘（むすめ）は、食物（しょくもつ）アレルギーにとどまらず、ダストアレルギーもあります。
我女兒不僅有食物過敏，對灰塵也會過敏。

● ～には、におかれましては

「在…來説」。

➔【體言】＋には、におかれましては。前接地位、身份比自己高的人，表示對該人的尊敬。語含最高的敬意。「～におかれましては」是更鄭重的表現方法。前常接「先生、皆様」等詞。

1 あじさいの花（はな）が美（うつく）しい季節（きせつ）となりましたが、皆様方（みなさまがた）におかれましてはいかがお過（す）ごしでしょうか。
時值繡球花開始展露嬌姿之季節，各位近來是否安好？

➔ 例句

2 貴社におかれましては、所要の対応を行うようお願い申し上げます。

敬祈貴公司能惠予善加處理本件。

3 役員の皆様におかれましては、ご多忙中のところご出席いただきありがとうございます。

承蒙各位長官在百忙中撥冗出席，甚感謝意。

4 先生にはお元気でお過ごしのことと存じます。

相信老師依然身體硬朗。

5 加藤様にはますますご清祥のこととお慶び申し上げます。

加藤先生勛鑒：敬維公私迪吉，為祝為頌。

● ～にはおよばない

「不必…」、「用不著…」、「不值得…」。

➔【動詞終止形；體言】＋には及ばない。表示沒有必要做某事，那樣做不恰當、不得要領，如例（1）、（2），經常接表示心理活動或感情之類的動詞之後，如「驚く」（驚訝）、「責める」（責備）；還有用不著做某動作，或是能力、地位不及水準的意思，如例（3）～（5）。常跟「からといって」（雖然…但…）一起使用。

1 息子の怪我については、今のところご心配には及びません。

我兒子的傷勢目前暫時穩定下來了，請大家不用擔心。

➔ 例句

2 今すぐご返事いただくには及びません。

不需要現在馬上回答。

3 全般的に理系の科目が得意だけど、数学は伊藤さんには及ばない。	儘管我對所有理科都很拿手，唯獨數學比不上伊藤同學。
4 いくら寒いといっても、北海道の寒さには及ばない。	不管天氣再怎麼冷，都不及北海道的凍寒。
5 機能的には、やはり最新のパソコンには及ばない。	就機能上而言，還是比不上最新型的電腦。

● ～にひきかえ

「和…比起來」、「相較起…」、「反而…」。

➡【體言；用言連體形の】＋にひきかえ。比較兩個相反或差異性很大的事物。含有說話人個人主觀的看法。書面用語。相當於「～とは反対に」、「～とは逆に」、「～とは打って変わって」。跟站在客觀的立場，冷靜地將前後兩個對比的事物進行比較「～に対して」比起來，「～にひきかえ」是站在主觀的立場。

1 いとこの玲ちゃんはよくできるのに、それにひきかえあんたは何なの！
妳的表妹小玲成績那麼好，相較之下妳實在太差勁了！

➡ 例句

2 男子の草食化にひきかえ、女子は肉食化しているようだ。	相較於男性的草食化，女性似乎有愈來愈肉食化的趨勢。
3 昔は親には何でも従ったのにひきかえ、今の子どもはすぐ口答えする。	相較於從前的兒女對父母言聽計從，現在的小孩卻動不動就頂嘴。

4 兄が無口なのにひきかえ、弟はおしゃべりだ。
相較於哥哥的沈默寡言，弟弟可真多話呀！

5 彼の混乱振りにひきかえ、彼女は冷静そのものだ。
和慌張的他比起來，她就相當冷靜。

～によらず

「不論…」、「不分…」、「不按照…」。

➡【體言】＋によらず。表示該人事物和前項沒有關聯，不受前項限制。

1 彼女は見かけによらず、力持ちです。
她人不可貌相，力氣非常大。

➡ 例句

2 この病気は、年齢や性別によらず、誰にでも起こり得ます。
這種病不分年齡和性別，誰都有可能罹患。

3 これまでのしたきりによらず、新しいやり方でやりましょう。
不要依照以往的慣例常規，讓我們採用新的做法吧。

4 収入の多少によらず、子育てには援助があるべきだと思います。
不分收入多寡，我認為養育小孩都需要援助才對。

2-51

～にもまして

「更加地…」、「加倍的…」、「比…更…」、「比…勝過…」。

➔【體言】＋にもまして。表示兩個事物相比較。比起前項，後項更為嚴重，更勝一籌，前面常接時間、時間副詞或是「それ」等詞，後接比前項程度更高的內容，如例（1）～（3）；【疑問詞】＋にもまして。表示「最…」之意，如例（4）、（5）。

1 高校３年生になってから、彼は以前にもまして真面目に勉強している。
上了高三，他比以往更加用功。

➔ 例句

2 世界的な異常気象のせいで、今年の桜の開花予想は例年にもまして難しい。	因為全球性的　，所以要預測今年櫻花的開花期，比往年更加困難。
3 開発部門には、従来にもまして優秀な人材を投入していく所存です。	開發部門打算招攬比以往更優秀的人才。
4 今日の授業はいつにもまして面白かった。	今天的課比以往更有趣。
5 私には何にもまして子どもが大切です。	對我來說，沒有什麼是比孩子更重要的。

～のいたり（だ）

「真是…到了極點」、「真是…」、「極其…」、「無比…」。

➔【體言】＋の至り（だ）。前接「光栄、感激」等特定的名詞，表示一種強烈的情感，達到最高的狀態，多用在講客套話的時候，通常用在好的一面，如例（1）～（3）；表示前項與某個結果有相互關聯，如例（4）、（5）。

1 こんな賞をいただけるとは、光栄の至りです。
能得到這樣的大獎，真是光榮之至。

➡ 例句

2 過去の作品をいま読みかえすと、赤面の至りです。
回頭去讀以前的作品，真叫人羞愧不已。

3 創刊 50 周年を迎えることができ、慶賀の至りです。
能夠迎接創刊五十週年，真是值得慶祝。

4 すべて私どもの不明の至りです。
一切都怪我們的督導不周。

5 若気の至りとして許されるものではない。
雖說是血氣方剛，但也不能因為這樣就饒了他。

～のきわみ（だ）

「真是…極了」、「十分地…」、「極其…」。

➡【體言】＋の極み（だ）。形容事物達到了極高的程度。強調這程度已經超越一般，到達頂點了。大多用來表達說話人激動時的那種心情。前面可接正面或負面、或是感情以外的詞。前接情緒的詞表示感情激動，接名詞則表示程度極致。「感激の極み」、「痛恨の極み」是慣用的形式。

1 大の大人がこんなこともできないなんて、無能の極みだ。
堂堂的一個大人連這種事都做不好，真是太沒用了。

➡ 例句

2 今回の事態は、痛恨の極みとしか言いようがない。
這次的情勢，只能說是叫人痛恨至極了。

3 そこまでよくしてくださって、感激（かんげき）の極（きわ）みです。 | 您如此為我設想周到，真是令我感激萬分。

4 世界三大珍味（せかいさんだいちんみ）をいただけるなんて、贅沢（ぜいたく）の極（きわ）みです。 | 能享受到世界三大美味，真是太奢侈了。

5 あのホテルは贅（ぜい）の極（きわ）みを尽（つ）くしている。 | 那家飯店實在是奢華到了極點。

～はいうにおよばず、はいうまでもなく

「不用說…（連）也」、「不必說…就連…」。

➡【體言】＋は言うに及ばず、は言うまでもなく。表示前項很明顯沒有說明的必要，後項較極端的事例當然就也不例外。是一種遞進、累加的表現，正、反面評價皆可使用。常和「も、さえも、まで」等相呼應。古語是「～は言わずもがな」。

1 年始（ねんし）は言（い）うに及（およ）ばず、年末（ねんまつ）もお休（やす）みです。
元旦時節自不在話下，歲末當然也都有休假。

➡ 例句

2 有名（ゆうめい）なレストランは言（い）うに及（およ）ばず、地元（じもと）の人（ひと）しか知（し）らない穴場（あなば）もご紹介（しょうかい）します。 | 不只是著名的餐廳，也將介紹只有當地人才知道的私房景點。

3 航空（こうくう）チケットは言（い）うまでもなく、宿泊先（しゅくはくさき）からレストランまで全部（ぜんぶ）彼女（かのじょ）が手配（てはい）してくれました。 | 別說是機票了，就連住宿和餐廳，全都由她一手幫我們安排妥當了。

4 栄養（えいよう）バランスは言（い）うまでもなく、カロリーもしっかり計算（けいさん）してあります。 | 別說是營養均衡了，就連熱量也經過精細的計算。

5 滑り止めの学校は言うまでもなく、志望校にも難なく合格しました。

別說是備胎用的學校，就連第一志願的學校也輕鬆考上了。

～はおろか

「不用說…就是…也…」。

➡【體言】＋はおろか。後面多接否定詞。表示前項的一般情況沒有說明的必要，以此來強調後項較極端的事例也不例外。後項常用「も、さえ、すら、まで」等強調助詞。含有說話人吃驚、不滿的情緒，是一種負面評價。不能用來指使對方做某事，所以不接命令、禁止、要求、勸誘等句子。相當於「～は言うまでもなく」、「～はもちろん」。

1 食べ物はおろか、飲み水さえない。
別說是食物了，就連飲用水也沒有。

N1

➡ 例句

2 戦争で、住む家はおろか家族までみんな失った。

在這場戰爭中，別說房子沒了，連全家人也統統喪命了。

3 あの人に告白することはおろか、「おはよう」と言うことすらできない。

別說要向那個人告白了，我根本連「早安」都說不出口。

4 生活が困窮し、学費はおろか、光熱費も払えない。

生活困苦，別說是學費，就連電費和瓦斯費都付不出來。

5 この国のトイレは、ドアはおろか、壁さえもない。

這個國家的廁所，別說是門，就連牆壁也沒有。

N1 日語文法・句型詳解

～ばこそ

「就是因為…」、「正因為…」。

➡【用言假定形】＋ばこそ。強調原因。表示強調最根本的理由。正是這個原因，才有後項的結果。強調說話人以積極的態度說明理由。句尾用「のだ」、「のです」時，有「加強因果關係的說明」的語氣。一般用在正面的評價。書面用語。相當於「～からこそ」。

1 あなたのことを心配（しんぱい）すればこそ、言（い）っているんですよ。
就是因為擔心你，所以才要訓你呀！

➡ **例句**

2 厳（きび）しいことを言（い）うのも、子（こ）どもがかわいければこそだ。	會說這樣的重話，正是因為疼愛孩子才講的。
3 妻（つま）を愛（あい）すればこそ、裏切（うらぎ）りを許（ゆる）せなかったんです。	正因為我深愛妻子，所以才無法原諒她的出軌。
4 健康（けんこう）であればこそ、働（はたら）くことができる。	就是因為有健康的身體，才能工作打拼。
5 地道（じみち）な努力（どりょく）があればこそ、成功（せいこう）できたのです。	正因為有踏實的努力，才能達到目的。

2-52

～はさておき、はさておいて

「暫且不說…」、「姑且不提…」。

➡【體言】＋はさておき、はさておいて。表示現在先不考慮前項，而先談論後項。

1 仕事（しごと）の話（はなし）はさておいて、さあさあまず一杯（いっぱい）。
別談那些公事了，來吧來吧，先乾一杯再說！

➔ 例句

2 真偽のほどはさておき、これが報道されている内容です。

先不論是真是假，這就是媒體報導的內容。

3 勝ち負けはさておき、感動を与えてくれたアスリート達に拍手を！

先不論勝負成敗，請為這些帶給我們感動的運動員們鼓掌喝采！

4 その話はさておいて、今日は楽しく一杯やりましょう。

先把那件事擱到一旁，今天讓我們開懷暢飲吧！

5 結婚はさておき、とりあえず彼女が欲しいです。

結婚這件事就先擱到一旁，反正我就是想要交女朋友。

～ばそれまでだ、たらそれまでだ

「…就完了」、「…就到此結束」。

➔【動詞・形容詞假定形】＋ばそれまでだ、たらそれまでだ。表示一旦發生前項情況，那麼一切都只好到此結束，一切都是徒勞無功之意，如例（1）～（3）；前面多採用「も、ても」的形式，強調就算是如此，也無法彌補、徒勞無功的語意，如例（4）、（5）。

1 トーナメント試合では、一回負ければそれまでだ。
淘汰賽只要輸一場就結束了。

➔ 例句

2 このことがマスコミに嗅ぎつけられたらそれまでだ。

萬一這件事被傳播媒體發現的話，一切就完了。

3 単なる不手際と言われればそれまでだ。

如果被講「你真是笨手笨腳」的話，那就沒戲唱了。

4 立派な家も火事が起これぱそれまでだ。	不管多棒的房子，只要發生火災也就全毀了。
5 どんなに説明しても、誰にも聞いてもらえなければそれまでだ。	不管怎麼說明，沒人聽進去就什麼都沒用了。

～はどう（で）あれ

「不管…」、「不論…」。

➡【體言】＋はどう（で）あれ。表示前項不會對後項的狀態、行動造成什麼影響。

1 本音はどうであれ、表向きはこう言うしかない。
不管真心話為何，對外都只能這樣說。

➡ 例句

2 勝敗はどうあれ、私なりに最善を尽くしたので、悔いはありません。	不管勝敗如何，我已經盡了自己最大的努力，所以不後悔。
3 理由はどうであれ、法を犯したことに変わりありません。	不管理由為何，觸法這點都是不變的。
4 結果はどうであれ、自分で決めたことは後悔しない。	不管結果如何，都不後悔自己做出的決定。

～ひとり～だけで（は）なく

「不只是…」、「不單是…」、「不僅僅…」。

➡ ひとり＋【體言】＋だけで（は）なく。表示不只是前項，涉及的範圍更擴大到後項。後項內容是說話人所偏重、重視的。一般用在比較嚴肅的話題上。書面用語。口語用「ただ～だけでなく～」。

1 少子化(しょうしか)はひとり女性(じょせい)だけの問題(もんだい)ではなく、社会全体(しゃかいぜんたい)の問題(もんだい)だ。

少子化不單是女性的問題，也是全體社會的問題。

例句

2	環境問題(かんきょうもんだい)はひとり環境省(かんきょうしょう)だけでなく、各省庁(かくしょうちょう)が協力(きょうりょく)して取(と)り組(く)んでいくべきだ。	環境問題不單是環保署，也需要各行政單位的同心協力。
3	石油(せきゆ)の値上(ねあ)がりは、ひとり中東(ちゅうとう)だけの問題(もんだい)でなく世界的(せかいてき)な問題(もんだい)だ。	油價上漲不只是中東國家的問題，也是全球性的課題。
4	このことはひとり日本(にほん)だけでなく、地球規模(ちきゅうきぼ)の重大(じゅうだい)な問題(もんだい)である。	這件事不僅和日本有關，也是全球性的重大問題。
5	あの事件(じけん)にはひとり政治家(せいじか)だけでなく、官僚(かんりょう)や大企業(だいきぎょう)の経営者(けいえいしゃ)が関与(かんよ)していた。	這個案件不只是政客，就連官僚和大企業的負責人也都有牽連在內。

～ひとり～のみならず～（も）

「不單是…」、「不僅是…」、「不僅僅…」。

ひとり＋【體言】＋のみならず（も）。比「ひとり～だけでなく」更文言的說法。表示不只是前項，涉及的範圍更擴大到後項。後項內容是說話人所偏重、重視的。一般用在比較嚴肅的話題上。書面用語。口語用「ただ～だけでなく～」。

1 明日(あした)のマラソン大会(たいかい)は、ひとりプロの選手(せんしゅ)のみならず、アマチュア選手(せんしゅ)も参加可能(さんかかのう)だ。

明天的馬拉松大賽，不僅是職業選手，就連業餘選手也都可以參加。

例句

2	会議には、ひとり国際政治の研究者のみならず、国際法の研究者も参加していた。	不單是國際政治的學者，就連國際法的學者也都出席了會議。
3	復興作業には、ひとり自衛隊のみならず、多くのボランティアの人が関わっている。	不僅是自衛隊投入重建作業，許多義工也都有參與。
4	彼はひとり問屋のみならず、市場関係者も知っている。	他不只認識批發商，也認識了市場相關人物。
5	その作品はひとり中国のみならず、世界の中国語圏で絶大な人気を誇っている。	那個作品不只是中國，在世界各地的華人圈也享負盛譽。

2-53

～べからず、べからざる（名詞）

「不得…（的）」、「禁止…（的）」、「勿…（的）」、「莫…（的）」。

【動詞終止形】＋べからず、べからざるN。是「べし」的否定形。表示禁止、命令。是一種比較強硬的禁止說法，文言文式的說法，多半出現在告示牌、公佈欄、演講標題上。現在很少見。其中禁止的內容，是就社會認知來看，不被允許的。口語說「～てはいけない」。「～べからず」只放在句尾，或放在「」內，做為標語或轉述的內容，如例（1）、（2）；「～べからざる」後面則接名詞，這個名詞是指不允許做前面行為、事態的對象，如例（3）、（4）；又，用於諺語，如例（5）。另外，由於「べからず」與「べく」、「べし」一樣為古語表現，因此前面常接古語的動詞，如例（1）的「忘る」等，便和現代日語中的有些不同。前面若接サ行變格動詞，可用「～すべからず／べからざる」、「～するべからず／べからざる」，但較常使用「～すべからず／べからざる」（「す」為古日語「する」的終止形）。

1 入社式(にゅうしゃしき)で社長(しゃちょう)が「初心忘(しょしんわす)るべからず」と題(だい)するスピーチをした。
社長在公司的迎新會上，發表了一段以「莫忘初衷」為主題的演講。

例句

2 「働(はたら)かざるもの食(く)うべからず」とはよく言(い)ったものだ。	「不工作就不可以吃飯」這句話說得真好。
3 経営者(けいえいしゃ)として欠(か)くべからざる要素(ようそ)はなんであろうか。	什麼是做為一個經營者不可欠缺的要素呢？
4 犯罪(はんざい)は警察官(けいさつかん)としてあり得(う)べからざる行為(こうい)だ。	以警官而言，犯罪是絕對不容發生的行為。
5 男子厨房(だんしちゅうぼう)に入(はい)るべからず。	男子遠庖廚。

N1

～べく

「為了…而…」、「想要…」、「打算…」。

【動詞終止形】＋べく。表示意志、目的。是「べし」的連用形。表示帶著某種目的，來做後項。語氣中帶有這樣做是理所當然、天經地義之意。雖然是較生硬的說法，但現代日語有使用。後項不接委託、命令、要求的句子。前面若接サ行變格動詞，可用「～すべく」、「～するべく」，但較常使用「～すべく」(「す」為古日語「する」的終止形)。

1 消費者(しょうひしゃ)の需要(じゅよう)に対応(たいおう)すべく、生産量(せいさんりょう)を増加(ぞうか)することを決定(けってい)した。
為了因應消費者的需求，而決定增加生產量。

例句

2 借金を返済すべく、共働きをしている。
夫婦兩人為了還債都出外工作。

3 相手の勢力に対抗すべく、人員を総動員した。
為了跟對方的勢力抗衡，而出動了所有人員。

4 調理師の資格を取得すべく、日夜勉強と修業を続けている。
為了取得廚師的證照，而不分晝夜不斷地磨練手藝。

5 実情を明らかにすべく、アンケート調査を実施いたします。
我們為了追求真相而進行問卷調查。

～べくもない

「無法…」、「無從…」、「不可能…」。

【動詞終止形】＋べくもない。表示希望的事情，由於差距太大了，當然是不可能發生的意思。也因此，一般只接在跟說話人希望有關的動詞後面，如「望む、知る」。是比較生硬的表現方法。另外，前面若接サ行變格動詞，可用「～すべくもない」、「～するべくもない」，但較常使用「～すべくもない」（「す」為古日語「する」的終止形）。

1 土地が高い都会では、家などそう簡単に手に入るべくもない。
在土地價格昂貴的城市裡，並非那麼容易可以買到房子的。

例句

2 彼と同じポジションに就くなんて望むべくもない。
不應妄想與他坐上同樣的職位。

3 個人商店ですから、店の規模や商品数は大手と比べるべくもない。
畢竟是個人經營的小店，無論是店鋪的規模，或是商品的數量，都遠遠不及大型商店。

4 ここ10年の株価の動向からすると、経済力が高まっていることは疑うべくもない。
從近十年的股價波動看來，毫無疑問的，經濟力已經日漸增高了。

5 まさか妻の命が風前の灯だとは、知るべくもなかった。
我壓根不知道妻子的性命竟然已是風中殘燭了。

～べし

「應該…」、「必須…」、「值得…」。

【動詞終止形】＋べし。是一種義務、當然的表現方式。表示說話人從道理上考慮，覺得那樣做是應該的，理所當然的，如例（1）～（3）。用在說話人對一般的事情發表意見的時候，含有命令、勸誘的語意，只放在句尾。是種文言的表達方式；前面若接サ行變格動詞，可用「～すべし」、「～するべし」，但較常使用「～すべし」（「す」為古日語「する」的終止形），如例（4）；又，用於格言，如例（5）。

1 親たる者、子どもの弁当ぐらい自分でつくるべし。
親自為孩子做便當是父母責無旁貸的義務。

例句

2 イライラしたときこそ努めて冷静に、客観的に自分を見つめるべし。
情緒急躁時，更須盡可能冷靜、客觀地審視自己。

3 仕事には、常に最善を尽くすべし。
凡事皆應鞠躬盡瘁。

4 1年間でコストを10%削減すべしとの指示があった。
上面有指令下來要我們在一年內將年成本壓低百分之十。

5 後生おそるべし。｜後生可畏。

～まぎわに（は）、まぎわの（名詞）

「迫近…」、「…在即」。

【體言（の）；動詞連體形】＋間際に（は）、間際の N。表示事物臨近某狀態，或正當要做什麼的時候，如例（1）～（3）；後接名詞，用「間際の＋名詞」的形式，如例（4）、（5）。

1 後ろに問題が続いていることに気づかず、試験終了間際に気づいて慌ててしまいました。
沒有發現考卷背後還有題目，直到接近考試時間即將截止時才赫然察覺，頓時驚慌失措了。

例句

2 早めに旅行の準備したら。いつも（旅行の）間際になって慌てるんだから。	你還是早點收拾行李吧？不然每次都到臨出發前才手忙腳亂。
3 寝る間際には、あまり食べない方がいいですよ。	即將入睡之際不要吃太多比較好喔。
4 試合終了間際の逆転勝利に、観客は大いに盛り上がった。	在比賽即將結束的時刻突然逆轉勝利，觀衆們全都陷入了激動瘋狂的情緒。
5 火事が起きたのは、勤務時間終了間際のことでした。	那場火災就發生在即將下班的時刻。

～まじ、まじき（名詞）

「不該有（的）…」、「不該出現（的）…」。

【體言＋として／に＋ある】＋まじき N。前接指責的對象，多為職業或地位的名詞，指責話題中人物的行為，不符其身份、資格或立場，後面常接「行為、発言、態度、こと」等名詞，如例（1）～（4）；【動詞終止形】＋まじ，只放在句尾，是一種較為生硬的書面用語，較不常使用，如例（5）。

1 それは父親（ちちおや）としてあるまじきふるまいだ。
那是身為一個父親不該有的言行。

例句

2	外務大臣（がいむだいじん）としてあるまじき軽率（けいそつ）な発言（はつげん）に国民（こくみん）は落胆（らくたん）した。	國民對外交部長，不該發表的輕率言論感到很灰心。
3	嘘（うそ）の実験結果（じっけんけっか）を公表（こうひょう）するとは、科学者（かがくしゃ）としてあるまじき行為（こうい）だ。	竟然發表虛假的實驗報告，真是作為一個科學家不該有的行為。
4	事件（じけん）を捏造（ねつぞう）するとは、報道機関（ほうどうきかん）にあるまじき最低（さいてい）の行為（こうい）だ。	竟然憑空捏造事件，真是作為媒體不該有的差勁行為。
5	更（さら）なる原発建設（げんぱつけんせつ）を断固（だんこ）許（ゆる）すまじ！	誓死反對增設核電廠！

N1

2-54

～までだ、までのことだ

「大不了…而已」、「也就是…；純粹是…」。

➔【動詞連體形】＋までだ、までのことだ。接動詞連體形時，表示現在的方法即使不行，也不沮喪，再採取別的方法。有時含有只有這樣做了，這是最後的手段的意思。表示講話人的決心、心理準備等，如例（1）、（2）、（4）；接過去式時，強調理由、原因只有這個；表示理由限定的範圍。表示說話者單純的行為。含有「說話人所做的事，只是前項那點理由，沒有特別用意」，如例（3）、（5）。相當於「～だけだ」、「～に過ぎない」。

1 結婚を許してくれないなら、出て行くまでです。
假如不答應我們結婚，我將不惜離家出走！

➔ 例句

2	壊されても壊されても、また作るまでのことです。	就算一而再、再而三壞掉，只要重新做一個就好了。
3	何が悪いんだ、本当のことを言ったまでじゃないか。	難道我說錯了嗎？我只不過是說出事實而已啊！
4	和解できないなら訴訟を起こすまでだ。	如果沒辦法和解，大不了就告上法院啊！
5	私の経験から、ちょっとアドバイスしたまでのことだ。	這不過是依我個人的經驗，提出的一些意見而已。

～まで（のこと）もない

「用不著…」、「不必…」、「不必說…」。

➡【動詞終止形】＋まで（のこと）もない。前接動作，表示沒必要做到前項那種程度。含有事情已經很清楚了，再說或做也沒有意義，前面常和表示說話的「言う、話す、說明する、教える」等詞共用。相當於「～する必要がない」、「～しなくてもいい」。

1 改めてご紹介するまでもありませんが、物理学者の湯川振一郎先生です。
這一位是物理學家湯川振一郎教授，
我想應該不需要鄭重介紹了。

➡ 例句

2	そのくらい、いちいち上に報告するまでのこともない。	那種小事，根本用不著向上級逐一報告。
3	この程度の風邪なら、会社を休むまでのこともない。	只不過是這種小感冒，根本不必向公司請假。
4	さまざまな要因が背後に隠れていることは言うまでもない。	不用說這背後必隱藏了許多重要的因素。
5	子どもじゃあるまいし、一々教えるまでもない。	你又不是小孩，我沒必要一個個教的。

～まみれ

「沾滿…」、「滿是…」。

➡【體言】＋まみれ。表示物體表面沾滿了令人不快或骯髒的東西，非常骯髒的樣子，前常接「泥、汗、ほこり」等詞，表示在物體的表面上，沾滿了令人不快、雜亂、負面的事物，如例（1）～（3）；另外，也表示處在叫人很困擾的狀況，如「借金」等令人困擾、不悅的事情，如例（4）、（5）。

1 畑仕事で汗まみれになった。
下田工作忙得全身大汗淋漓。

➡ 例句

2 あの仏像は何年も放っておかれたので、ほこりまみれだ。
那尊佛像已經放置好多年了，沾滿了灰塵。

3 被害者は、血まみれになって倒れていた。
被害人渾身是血倒在地上。

4 好きなものを好きなだけ買って、彼は借金まみれになった。
他總是想買什麼就買什麼，最後欠了一屁股的債。

5 明らかに嘘まみれの弁解にみんなうんざりした。
大家對他擺明就是一派胡言的詭辯感到真是服了。

～めく

「像…的樣子」、「有…的意味」、「有…的傾向」。

➡【體言；形容詞・形容動詞詞幹；副詞】＋めく。「めく」是接尾詞，接在詞語後面，表示具有該詞語的要素，表現出某種樣子，如例（1）～（3）；後接名詞時，用「めいた」的形式連接，如例（4）、（5）。

1 声を荒げ、脅かしめいた言い方で詰め寄ってきた。
他發出粗暴聲音，且用一副威脅人的語氣向我逼近。

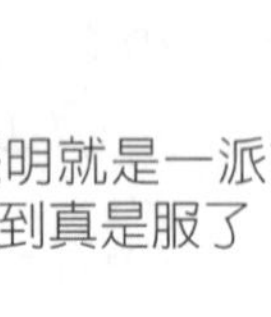

➡ 例句

2 あの人はどこか謎めいている。
總覺得那個人神秘兮兮的。

3 群集（ぐんしゅう）がざわめく中（なか）、首相（しゅしょう）は演説（えんぜつ）を始（はじ）めた。
在人群吵雜之中，首相開始了他的演講。

4 言（い）い訳（わけ）めいた返答（へんとう）なら、しないほうがましだ。
回答如果是滿口的狡辯，那還不如不要回答。

5 皮肉（ひにく）めいた言（い）い方（かた）をすると嫌（きら）われる。
話中帶刺的講話方式會惹人厭的。

～もさることながら

「不用説…」、「…（不）更是…」。

➔【體言】＋もさることながら。前接基本的內容，後接強調的內容。含有雖然不能忽視前項，但是後項比之更進一步。一般用在積極的、正面的評價。跟直接、斷定的「よりも」相比，「もさることながら」比較間接、婉轉。

1 美貌（びぼう）もさることながら、彼女（かのじょ）の話術（わじゅつ）は男（おとこ）という男（おとこ）をメロメロにした。
她不但美貌出衆，一口舌燦蓮花更是把所有的男人迷得神魂顛倒。

➔ 例句

2 勝敗（しょうはい）もさることながら、スポーツマンシップこそ大切（たいせつ）だ。
不僅要追求勝利，最重要的是具備運動家的精神。

3 味（あじ）のよさもさることながら、盛（も）り付（つ）けの美（うつく）しさもさすがだ。
美味自不待言，充滿美感的擺盤更是令人折服。

4 このドラマは、内容（ないよう）もさることながら、俳優（はいゆう）の演技（えんぎ）もすばらしいです。
這部連續劇不只内容精采，演員的演技也非常精湛。

N 1

5 技術もさることながら、体力と気力も要求される。
技術層面不用說，更是需要體力和精力的。

～もなんでもない、もなんともない

「也不是…什麼的」、「也沒有…什麼的」。

➡【形容詞連用形】＋もなんともない。【體言・形容動詞詞幹】＋でもなんでもない。用來強烈否定前項。

1 別に、あなたのことなんて好きでもなんでもない。
沒有啊，我也沒有喜歡你還是什麼的。

➡ 例句

2 スポーツ観戦が好きなわけでもなんでもないのに、なんでオリンピックとなると興奮するんだろう。
其實也不是喜歡觀賞運動比賽還是什麼的，但是為什麼一到奧運就會興奮起來呢？

3 見た目はひどい傷なんですが、不思議なことに痛くもなんともないんです。
看起來雖然傷得很重，但神奇的是，也不會覺得痛還是什麼的。

4 高い買い物だが、利益に繋がるものなので惜しくもなんともない。
雖然是高額消費，但和利益相關，所以也不會覺得可惜還是什麼的。

2-55

（～ば／ても）～ものを

「可是…」、「卻…」、「然而卻…」。

➔【用言連體形】＋ものを。表示說話者以悔恨、不滿、責備的心情，來說明前項的事態沒有按照期待的方向發展。跟「のに」的用法相似，但說法比較古老。常用「～ば（いい、よかった）ものを、～ても（いい、よかった）ものを」的表現。另外，「ものを」除了可放在句中（接助詞用法），也可放句尾（終助詞用法），表示事情不如意，心裡感到不服氣、感嘆的意思，相當於「～のになあ」，可翻成「…呀、…啦」。

1 先にやってしまえばよかったものを、やらないから土壇場になって慌てることになる。
先把它做好就沒事了，可是你不做才現在事到臨頭慌慌張張的。

➔ 例句

2 言ってくれれば準備しておいたものを、急に言われても手元にないですよ。	如果你早點講的話，我就會事先準備好；臨時才說有急用，我手邊也沒有呀。
3 正直に言えばよかったものを、隠すからこういう結果になる。	老實講就沒事了，你卻要隱瞞才會落到這種下場。
4 一言謝ればいいものを、いつまでも意地を張っている。	說一聲抱歉就沒事了，你卻只是在那裡鬧彆扭。
5 隠してもいずればれるものを、隠そうとするから余計につらいんだ。	雖然藏起來遲早有一天也會被發現，你卻想隱瞞，才會這麼難受。

N1 日語文法・句型詳解

～や、やいなや

「剛…就…」、「一…馬上就…」。

➡【動詞連體形】＋や、や否や。表示前一個動作才剛做完，甚至還沒做完，就馬上引起後項的動作。兩動作時間相隔很短，幾乎同時發生。語含受前項的影響，而發生後項意外之事。多用在描寫現實事物。書面用語。前後動作主體可不同。

1 合格者の番号が掲示板に貼られるや、黒山の人だかりができた。
當公佈欄貼上及格者的號碼時，就立刻圍上大批的人群。

➡ 例句

2 財務長官が声明を発表するや、市場は大きく反発した。
當財政部長發表聲明後，股市立刻大幅回升。

3 似顔絵が公開されるや、犯人はすぐ逮捕された。
一公開了肖像畫，犯人馬上就被逮捕了。

4 国交が回復されるや否や、経済効果がはっきりと現れた。
才剛恢復邦交，經濟效果就明顯地有了反應。

5 その子を一目見るや否や、彼の妹だとすぐに分かった。
一看到那小朋友，就認出是他的妹妹。

～を～にひかえて

「臨進…」、「靠近…」、「面臨…」。

➡【體言】＋を＋【時間；場所】＋に控えて。「に控えて」前接時間詞時，表示「を」前面的事情，時間上已經迫近了；前接場所時，表示空間上很靠近的意思，就好像背後有如山、海、高原那樣宏大的背景。也可以省略「【時間；場所】＋に」的部分，只用「【體言】＋を控えて」。

1 結婚式を明日に控えているため、大忙しだった。
明天即將舉行結婚典禮，所以忙得團團轉。

➡ 例句

2 大学の合格発表を明日に控えて、緊張で食事もろくにのどを通りません。	明天即將公布大學入學錄取榜單，緊張得不太吃得下東西。
3 妻は出産を来週に控えて、実家に帰りました。	妻子即將於下週生產，我已經讓她回到娘家了。
4 会社の設立を目前に控えて、慌ただしい日が続いています。	距離公司成立已進入倒數階段，每天都異常繁忙。
5 コンサートの開幕を５分後に控えて、会 場は異様な熱気で盛り上がっている。	演唱會即將在五分鐘後開始，會場內氣氛異常的高亢。

● ～をおいて、をおいて～ない

「除了…之外」。

➡【體言】＋をおいて、をおいて～ない。表示沒有可以跟前項相比的事物，在某範圍內，這是最積極的選項。多用於給予很高評價的場合，如例（1）～（3）；用「何をおいても」表示比任何事情都要優先，如例（4）、（5）。相當於「～しか～ない」、「～よりほか～ない」。

1 この難題に立ち向かえるのは、彼をおいていない。
能夠挺身面對這項難題的，捨他其誰！

例句

2 私達を救えるのは、あなたをおいてほかにはいないわ。
能夠拯救我們的，除了你再也沒有別人了！

3 反撃に打って出るのは、今をおいてほかにない。
除了此時此刻，再也沒有更恰當的時機給予反擊了。

4 せっかくここに来たなら、何をおいても博物館に行くべきだ。
好不容易來到了這裡，不管怎樣都要去博物館才是。

5 彼女の生活は、何をおいてもまず音楽だ。
她的生活不管怎樣，都以音樂為第一優先。

～をかぎりに、かぎりで

「從…之後就不(沒)…」、「以…為分界」。

【體言】＋を限りに、限りで。前接某契機、時間點，表示在此之前一直持續的事，從此以後不再繼續下去。多含有從說話的時候開始算起，結束某行為之意。表示結束的詞常有「やめる、別れる、引退する」等。正、負面的評價皆可使用。

1 あの日を限りに彼女から何の連絡もない。
自從那天起，她就音訊全無了。

例句

2 今月を限りに事業から撤退することを決めた。
我決定事業做到這個月後就收起來。

3 私は今日を限りにタバコをやめる決意をした。
我決定了從今天開始戒菸。

4 今場所限(こんばしょかぎ)りで、彼(かれ)は横綱(よこづな)を引退(いんたい)する。	這場相撲比賽結束後，他將從橫綱之位退休。
5 今年限(ことしかぎ)りで、彼(かれ)はアナウンサーを辞(や)める。	他將於今年辭去主播一職。

～をかわきりに

「以…為開端開始…」、「從…開始」。

➡【體言】＋を皮切りに。前接某個時間點，表示以這為起點，開始了一連串同類型的動作。後項一般是繁榮飛躍、事業興隆等內容。

1 12日(にち)を皮切(かわき)りに、各学部(かくがくぶ)の合格者(ごうかくしゃ)が順次発表(じゅんじはっぴょう)される。
十二號起，各系所的上榜名單會依次公佈。

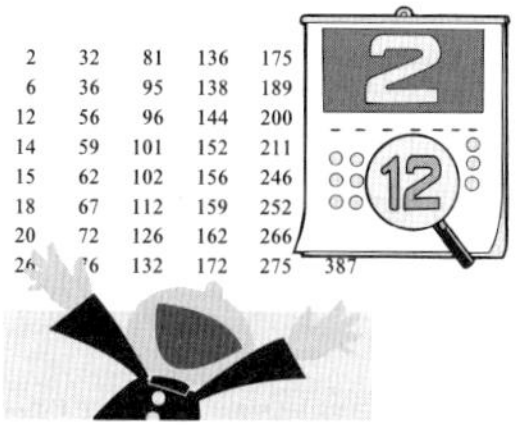

2 32 81 136 175
6 36 95 138 189
12 56 96 144 200
14 59 101 152 211
15 62 102 156 246
18 67 112 159 252
20 72 126 162 266
132 172 275 387
2
12

➡ 例句

2 ニューヨークでのコンサートを皮切(かわき)りに、ワールドツアーが始(はじ)まる。	全球性的巡迴演唱會，從在紐約舉辦的演唱會開唱。
3 月曜日(げつようび)に行(おこな)われる予選(よせん)3試合(しあい)を皮切(かわき)りに、今(こん)シーズンの幕(まく)が開(あ)ける。	這次大會將以禮拜一所舉辦的三場初賽開始，為本季賽事開啟序幕。
4 早稲田大学(わせだだいがく)の入試(にゅうし)を皮切(かわき)りに、今年(ことし)もいよいよ受験(じゅけん)シーズンが始(はじ)まります。	從早稻田大學的入學測驗開始，今年也即將進入考季了。
5 新(あたら)しいサービスの提供(ていきょう)を皮切(かわき)りに、この分野(ぶんや)での事業(じぎょう)を拡大(かくだい)していく計画(けいかく)だ。	我們打算以提供新服務為開端，來擴大這個領域的事業。

N1

2-56

～をかわきりにして、をかわきりとして

「以…為開端開始…」、「從…開始」。

➔【體言】＋を皮切りにして、を皮切りとして。前接某個時間點，表示以這為起點，開始了一連串同類型的動作。後項一般是繁榮飛躍、事業興隆等內容。

1 3年前（ねんまえ）に、アメリカを皮切（かわき）りとして、世界中（せかいじゅう）で発売（はつばい）されるようになった。
三年前在美國開賣後，現在全世界都有販售。

➔ 例句

2 彼女（かのじょ）の発言（はつげん）を皮切（かわき）りにして、討論（とうろん）は白熱（はくねつ）した。
自從她發言之後，便掀起了熱烈的討論。

3 彼（かれ）の逮捕（たいほ）を皮切（かわき）りにして、一連（いちれん）の事件（じけん）が明（あか）るみに出（で）た。
自從他被逮捕之後，一連串的案件都因此水落石出。

4 1997年（ねん）に、タイを皮切（かわき）りとして東南（とうなん）アジア通貨危機（つうかきき）が生（しょう）じた。
一九九七年從泰國開始，掀起了一波東南亞的貨幣危機。

5 香港（ホンコン）を皮切（かわき）りとしてワールドツアーを行（おこな）う。
將以香港為首站，展開世界巡迴演出。

～をきんじえない

「不禁…」、「禁不住就…」、「忍不住…」。

➔【體言】＋を禁じえない。前接帶有情感意義的名詞，表示面對某種情景，心中自然而然產生的，難以抑制的心情。這感情是越抑制感情越不可收拾的。屬於書面用語，正、反面的情感都適用。口語中不用。

1 デザインのすばらしさと独創性に賞賛を禁じえない。
看到設計如此卓越又具獨創性，令人讚賞不已。

➡ 例句

2 事態が思わぬ展開を見せ、戸惑いを禁じえない。	事態發展到始料所不及的地步，真令人感到困惑。
3 常識に欠ける発言に不快感を禁じえない。	那種缺乏常識的發言，真叫人感到不快。
4 あまりに突然の出来事に驚きを禁じえない。	事情發生得太突然了，令人不禁大吃一驚。
5 欲しいものを全て手にした彼に対し、嫉妬を禁じえない。	他要什麼就有什麼，不禁令人感到嫉妒。

● ～をふまえて

「根據…」、「以…為基礎」。

➡【體言】＋を踏まえて。表示以前項為前提、依據或參考，進行後面的動作。後面的動作通常是「討論する」、「話す」、「検討する」、「抗議する」、「論じる」、「議論する」等和表達有關的動詞。多用於正式場合，語氣生硬。

1 自分の経験を踏まえて話したいと思います。
我想根據自己的經驗來談談。

➡ 例句

2 環境の変化の実態を踏まえて問題を論じなければなりません。	必須依據環境變化的實情來討論問題。

3 この結果を踏まえて今後の対応を検討したいと思います。
我想依據這個結果來討論今後的對應措施。

4 学生たちの抗議行動は、法的な根拠を踏まえていない。
學生們的抗議行動並未逾越法源。

～をもって

「以此…、用以…」；「至…為止」。

➡【體言】＋をもって。表示行為的手段、方法、材料、中介物、根據、仲介、原因等，相當於「～によって」、「～でもって」、「～を使って」、「で」，如例（1）～（3）；另外，表示限度或界線，接在「これ、以上、本日、今回」之後，用來宣布一直持續的事物，到那一期限結束了，常見於會議、演講等場合或正式的文件上，如例（4）；較禮貌的說法用「～をもちまして」的形式，如例（5）。

1 顧客からの苦情に誠意をもって対応する。
心懷誠意以回應顧客的抱怨。

➡ 例句

2 彼は自由を訴え、死をもって抗議した。
他為了提倡自由，而以死抗議。

3 当選の発表は、賞品の発送をもって代えさせていただきます。
中獎名單不另行公布，獎品將會直接寄出。

4 以上をもって、わたくしの挨拶とさせていただきます。
以上是我個人的致詞。

5 これをもちまして、2014年株主総会を終了いたします。
到此，二〇一四年的股東大會圓滿結束。

～をもってすれば、をもってしても

「只要用…」;「即使以…也…」。

➡【體言】＋をもってすれば、をもってしても。原本「～をもって」表示行為的手段、工具或方法、原因和理由，亦或是限度和界限等意思。「～をもってすれば」後為順接，從「行為的手段、工具或方法」衍生為「只要用…」的意思, 如例（1）～（3）;「～をもってしても」後為逆接, 從「限度和界限」成為「即使以…也…」的意思，如例（4）、（5）。

1 あの子の実力をもってすれば、全国制覇は間違いない。
他只要充分展現實力，必定能稱霸全國。

➡ 例句

2 現代の科学をもってすれば、証明できないとも限らない。	只要運用現代科技，或許能夠加以證明。
3 私の魅力をもってすれば、どんな男もイチコロよ。	只要我一施展魅力，任何男人都會立刻拜倒在石榴裙下唷！
4 この病気は、最新の医療技術をもってしても完治することはできない。	這種疾病，即使採用最新的醫療技術，仍舊無法醫治痊癒。
5 そうか。彼の技術をもってしても、作れなかったか。	原來如此。就算擁有他的技術，也做不出來哦。

～をものともせず（に）

「不當…一回事」、「把…不放在眼裡」、「不顧…」。

➡【體言】＋をものともせず（に）。表示面對嚴峻的條件，仍然毫不畏懼，含有不畏懼前項的困難或傷痛，仍勇敢地做後項。後項大多接正面評價的句子。不用在說話者自己。相當於「～を恐れないで」、「～を気にもとめないで」。跟含有譴責意味的「をよそに」比較,「をものともせず（に）」含有讚歎的意味。

1 世間の白い目をものともせずに、彼女はその愛に身を捧げた。
她不在乎外界一片不看好，依然投身於熊熊愛火之中。

例句

2 周囲の無理解をものともせずに、彼はひたすら研究に没頭した。
他不顧周遭的不理解，兀自埋首於研究。

3 支持率の低下をものともせずに、権力の座にしがみついている。
對於支持率的下滑他毫不在意，只管緊抓權力不放。

4 不況をものともせず、ゲーム業界は成長を続けている。
電玩事業完全不受景氣低迷的影響，持續成長著。

5 スキャンダルの逆風をものともせず、当選した。
他完全不受醜聞的影響當選了。

2-57

～をよぎなくされる、をよぎなくさせる

「只得…」、「只好…」、「沒辦法就只能…；迫使…」。

【體言】＋を余儀なくされる。「される」因為大自然或環境等，個人能力所不能及的強大力量，不得已被迫做後表示項。帶有沒有選擇的餘地、無可奈何、不滿，含有以「被影響者」為出發點的語感，如例（1）～（3）；【體言】＋を余儀なくさせる。「させる」使役形是強制進行的語意，表示後項發生的事，是叫人不滿的事態。表示情況已經到了沒有選擇的餘地，必須那麼做的地步，含有以「影響者」為出發點的語感，如例（4）、（5）。相當於「～やむをえず」。書面用語。

1 荒天のため欠航を余儀なくされた。
由於天候不佳，船班只得被迫停駛。

➡ 例句

2 機体に異常が発生したため、緊急着陸を余儀なくされた。

因為飛機機身發生了異常，逼不得已只能緊急迫降了。

3 交通事故の後遺症により、車椅子生活を余儀なくされた。

因為車禍留下的後遺症，所以只能過著坐輪椅的生活。

4 父の突然の死は、彼に大学中退を余儀なくさせた。

父親驟逝的噩耗，使他不得不向大學辦理休學。

5 国際社会の圧力は、その国に核兵器の放棄を余儀なくさせた。

國際社會的施壓，迫使該國必須放棄核武。

N1

● ～をよそに

「不管…」、「無視…」。

➡【體言】＋をよそに。表示無視前面的狀況，進行後項的行為。意含把原本跟自己有關的事情，當作跟自己無關，多含責備的語氣。前多接負面的內容，後接無視前面的狀況的結果或行為。相當於「～を無視にして」、「～をひとごとのように」。

1 期待に膨らむ家族や友人をよそに、彼はマイペースだった。

他沒把家人和朋友對他的期待放在心上，還是照著自己的步調過日子。

➡ 例句

2 彼女は、昨今の婚活ブームをよそに独身生活を満喫している。

對於近來的相親熱潮她毫不在意，非常享受一個人的生活。

3 ばか騒ぎをしている連中をよそに、私はおいしい料理を堪能した。	我沒理睬那些鬧酒狂歡的傢伙們，細細品嚐了美味的餐食。
4 周囲の喧騒をよそに、彼は自分の世界に浸っている。	他無視於周圍的喧嘩，沉溺在自己的世界裡。
5 警察の追及をよそに、彼女は沈黙を保っている。	她無視於警察的追問，仍保持沉默。

～んがため（に）、んがための

「為了…而…（的）」、「因為要…所以…（的）」。

➡【動詞未然形】＋んがため（に）、んがための。表示目的。用在積極地為了實現目標的說法，「んがため（に）」前面是想達到的目標，後面常是雖不喜歡，不得不做的動作。含有無論如何都要實現某事，帶著積極的目的做某事的語意。書面用語，很少出現在對話中。要注意接「する」時為「せんがため」，接「来る」時為「来（こ）んがため」；用「んがための」時後面要接名詞。相當於「～するために」、「～するための」。

1 政府の不正を明らかにせんがため、断固として戦う。
為了揭發政府的營私舞弊，誓言奮戰到底！

➡ 例句

2 そんなのは、有権者の歓心を買わんがためのパフォーマンスだ。	那只是為了博取當權者的歡心所做的表演罷了。
3 本当はこんなことはしたくない。それもこれも生きんがためだ。	我其實一點都不想做這種事。這一切的一切都是為了活下去呀！
4 ただ酔わんがために酒を飲む。	單純只是為了買醉而喝酒。

5 売り上げを伸ばさんがため、営業に奔走している。 | 為了提高營業額，而四處奔走拉客戶。

● ～んばかり（だ／に／の）

「幾乎要…（的）」、「差點就…（的）」。

➡【動詞未然形】＋んばかり（に／だ／の）。表示事物幾乎要達到某狀態，或已經進入某狀態了。前接形容事物幾乎要到達的狀態、程度，含有程度很高、情況很嚴重的語意。「～んばかりに」放句中，如例（1）～（3）；「～んばかりだ」放句尾，如例（4）；「～んばかりの」放句中，後接名詞，如例（5）。口語少用，屬於書面用語。相當於「今にも～しそうなほど だ／に／の」。

1 夕日を受けた山々が、燃え上がらんばかりに赤く輝いている。
照映在群山上的落日彤霞，宛如燃燒一般火紅耀眼。

➡ 例句

2 逆転優勝に跳び上がらんばかりに喜んだ。 | 反敗為勝讓人欣喜若狂到簡直就要跳了起來。

3 窓から朝日が溢れんばかりに差し込んで、気持ちがいい。 | 屋裡洋溢著從窗子射進的朝陽，舒服極了。

4 恋人に別れを告げられて、僕の胸は悲しみに張り裂けんばかりだった。 | 情人對我提出分手，我的胸口幾乎要被猛烈的悲傷給撕裂了。

5 満場の聴衆から、割れんばかりの拍手がわき起こった。 | 滿場聽眾如雷的掌聲經久不息。

索引

索引

索引

な

索引

索引

は

ま

や

其の他

山田社日語 23

新制對應版 日本語文法・句型辭典
—N1、N2、N3、N4、N5 文法辭典
(25K+2MP3)

2014年06月 初版

●著者 吉松由美・田中陽子・西村惠子・千田晴夫・大山和佳子◎合著

●出版發行 山田社文化事業有限公司
106 臺北市大安區安和路一段 112 巷 17 號 7 樓
電話 02-2755-7622
傳真 02-2700-1887

◆郵政劃撥 19867160號 大原文化事業有限公司
◆網路購書 日語英語學習網
http://www. daybooks. com. tw

◆總經銷 聯合發行股份有限公司
新北市新店區寶橋路 235 巷 6 弄 6 號 2 樓
電話 02-2917-8022
傳真 02-2915-6275

●印刷 上鎰數位科技印刷有限公司
●法律顧問 林長振法律事務所 林長振律師

●定價 新台幣430元
●ISBN 978-986-246-397-0